最後の人

詩人 高群逸枝

石牟礼道子

藤原書店

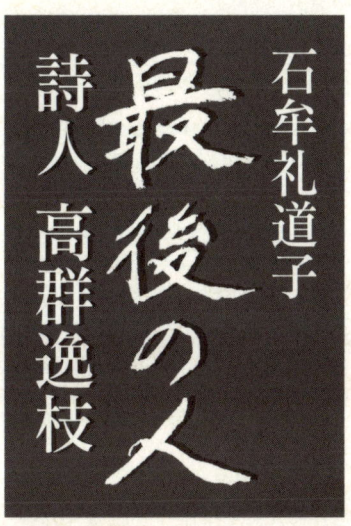

高群逸枝（1894–1964）
（熊本近代文学館所蔵・提供）

森の家の南東部分（修理後）2 階が敗戦までの書斎兼寝室。1 階が戦後の書斎。その右（東）側が玄関

玄関に掲げられた
「面会お断り」の札

森の家の表札

逸枝が愛した庭の杏の花

橋本憲三と高群逸枝。森の家の前で
（熊本近代文学館所蔵・提供）

2階のベッドルーム

ベッドの枕元に掛けられた
「完遂」の額

2階の化粧室
窓のすぐ外にヒバの木
が見える

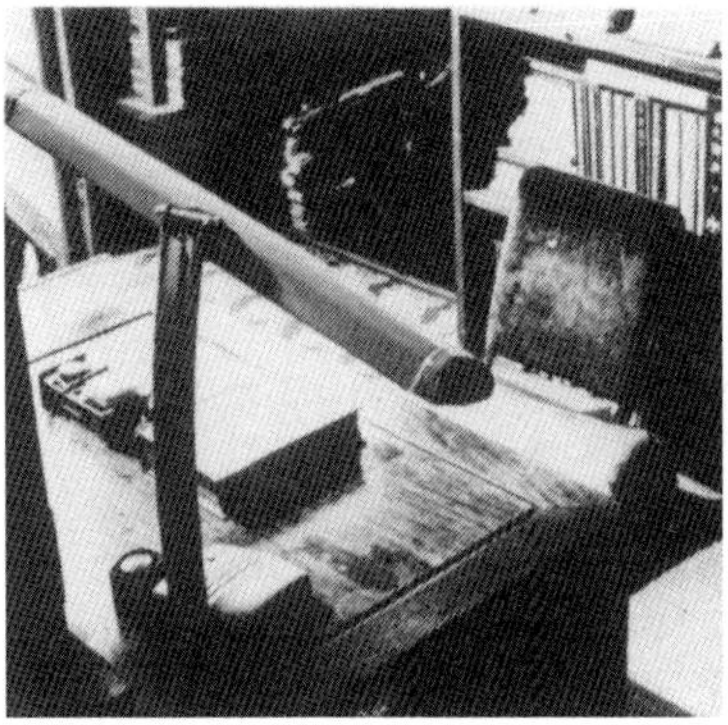

晩年の机

玄関左手に4坪の応接室（後年の書斎）

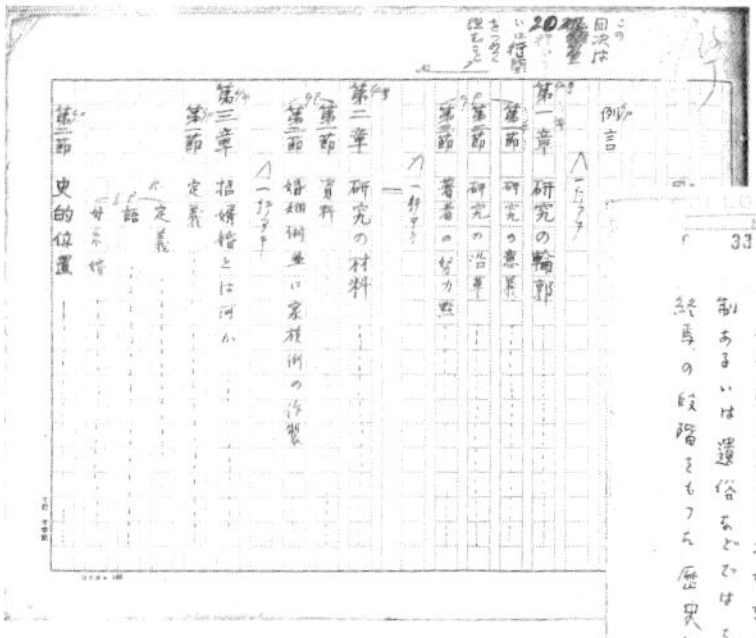
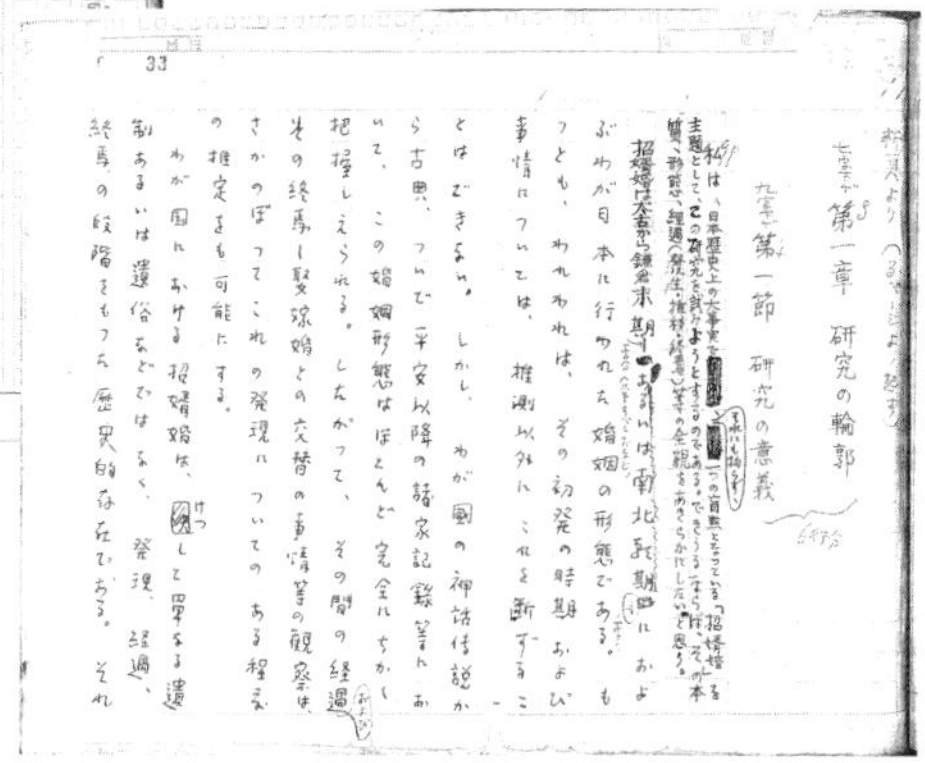

『招婿婚の研究』原稿
（水俣市立図書館所蔵・提供）

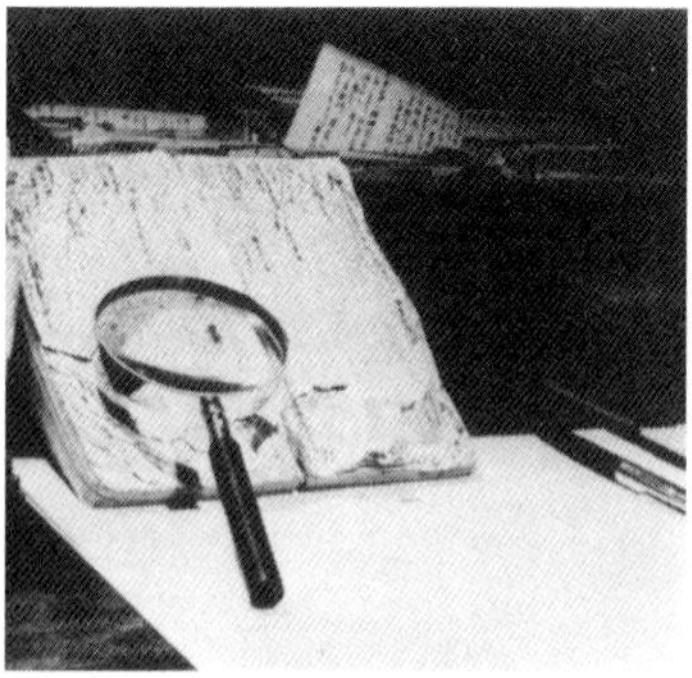

愛用の年表、拡大鏡、万年筆。
奥にカード箱の引き出し。

『招婿婚の研究』執筆白熱のころ
（1951 年 10 月 20 日撮影）

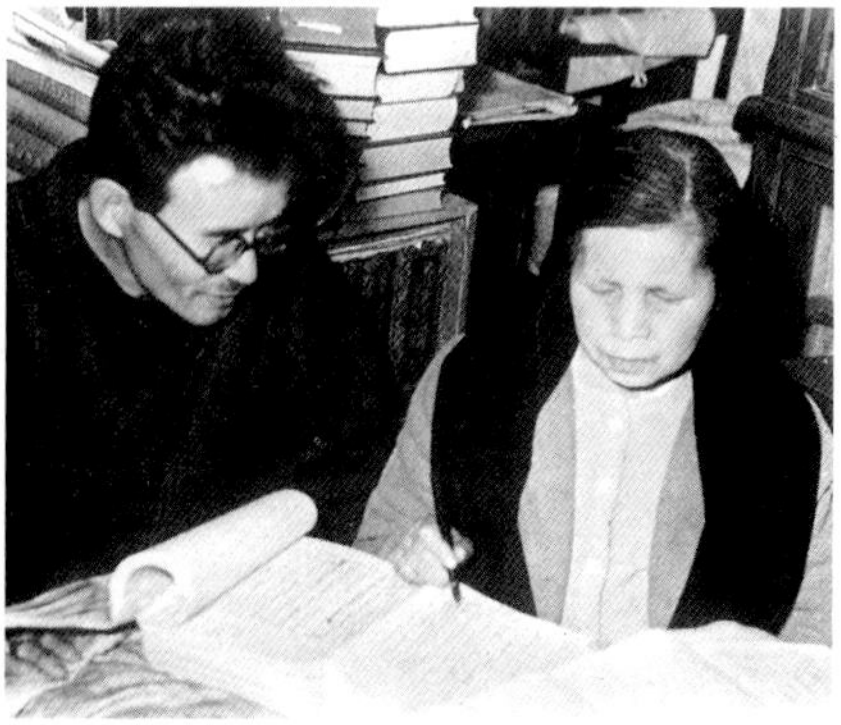

『招婿婚の研究』完成のころ
（1952 年 3 月 7 日撮影）

1961 年秋

森の家の庭で（熊本近代文学館所蔵・提供）

最後の写真

橋本憲三と高群逸枝。
愛鶏トン子と

左・逸枝亡き後、全集発行準備中の橋本憲三

右・『高群逸枝雑誌』創刊号（1968 年 10 月）

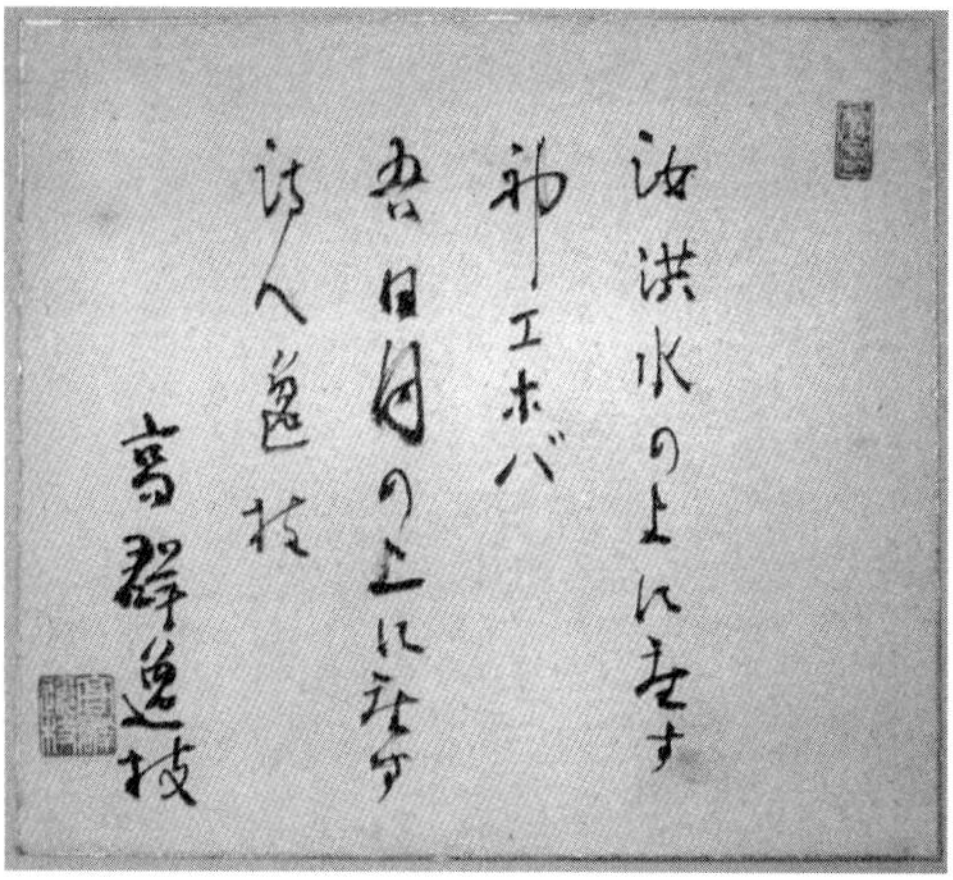

「日月の上に」

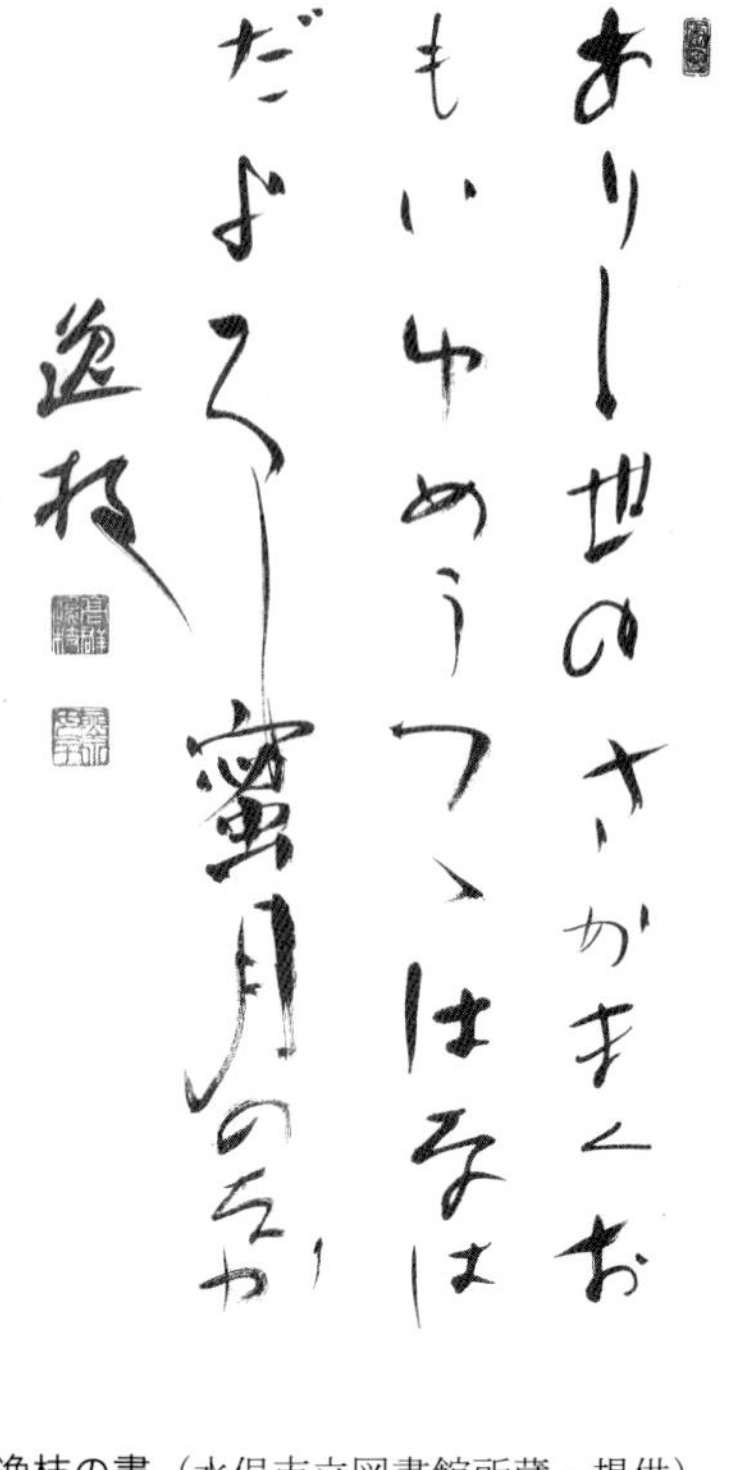

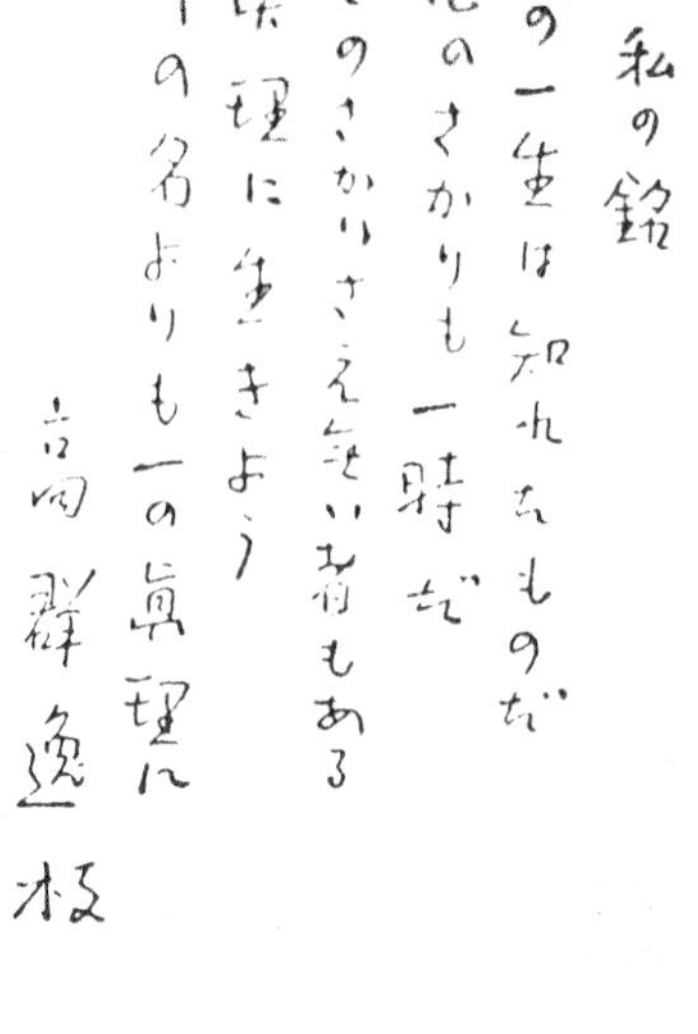
私の銘
人の一生は知れたものだ
花のさかりも一時だ
そのさかりさえ無い者もある
眞理に生きよう
千の名よりも一の眞理に
高群逸枝

逸枝の書（水俣市立図書館所蔵・提供）　　私の銘（水俣市立図書館所蔵・提供）

寄田時代の高群一家（左から妹栞を抱く母登代、逸枝 9 歳、そのうしろ従姉千代野、弟清人、父勝太郎。1903 年 3 月 16 日撮影）

守富時代（左から弟元男、母登代、妹栞、逸枝 15-17 歳、弟清人、父勝太郎）

熊本女学校の友と（前列左端が逸枝。18 歳のころ。「かしこあそやま　かすみにうかび……わかくさの　花のいろいろ」と写真裏に逸枝の書きこみがある）

憲三が建てた 2 人の墓　水俣の秋葉山中腹にあり、逸枝の肖像と 2 人が婚約時に詠んだ歌「約婚す一千九百十九春　緑かがやく　おおあめつちに　憲三」「この心なににたとえん　一宵のみ空くもらず　君と約婚す　逸枝」と刻まれている

最後の人　詩人高群逸枝　目次

最後の人

詩人　高群逸枝

題字・石牟礼道子
装丁・作間順子

最後の人

詩人　高群逸枝

森の家の前景
（研究室を眺める橋本憲三）

汝洪水の上に座す
神エホバ
吾日月の上に座す
詩人逸枝

第一章　森の家

一九六六年七月十一日朝、私は橋本憲三氏（以後、K氏と書く）のお伴をして世田谷の森を後にした。木立ちの中は深い霧の中にあった。

私はこの伝説化された森にかくされている、館の庇をちょっと仰ぎみた。それから玄関の扉の横にあるちいさな白い木の標札に目を移した。

「面会お断り」

くるりとした童字めく書体でそれは書いてあるのだった。

「まったく」と、ある日、K氏はふっふと思い出し笑いをしながらおっしゃった。

「――あのひとは、虫の死にだって慟哭《どうこく》の心を持っていたひとだったから、原始的な大蛮勇のごときもので、面会お断りでもなんでもやってのけてしまうんだから――」

木の間の影が青くさして、K氏は扉の方をむき軽く瞑目しておられた。激情と沈潜とが氏の眉目のあたりで交錯しているのがうかがえる。全集のお仕事はまだ完結していないのだった。

先生、と私は口に出さずに仰ぎみた。

氏は、瞑目したまま軽く呟くように、

「逸っぺごろ、また水俣にゆきますよ」

熊本なまりでそういわれた。そしてうなずきながら把手を軽くもちあげて、カチャリと鍵をさしこまれた。八つ手の下をくぐり曲って小暗い樹の下道を、それはまったく樹々の朽ち葉だけを踏み重ねてうっすらと表層のどこかにいつも苔をおいているような、ふわふわとやわらかな道であったが——その道をひっそりくぐりぬけて、つまり世田谷四丁目の森の研究所をくぐりぬけて、K氏と私は白いアスファルトの世田谷桜二の七の三の道に出たのだった。森の外にはどこか晴れやらぬ七月のなかばの朝の、東京の空があるのだった。

彼女自身が帰省のためにこの森を出たのは昭和十五年八月の朝である。

——Kが玄関の扉に鍵をかっているのを見ながら、「しばらく留守にします。帰ってくるまでどうか無事で」と念じた。Kと私とは露の草径をすこし歩いて、東京発声映画撮影所の前から東横バスに乗り、渋谷から省電にのりかえて東京駅に行った。ホームは一ぱいの人で、こんなでは乗れるかと心配したが、仕合わせに左側の窓ぎわの座席をとることができてほっとした。トンネルごとの窓の開閉がうまくいかないので、後には隣の人が私の肩ごしにしてくださった。

××の療養所から僚友に迎えられて福岡の原隊に帰還するという白衣の人で恐縮のおもいをした。ふだんの病気の上に、暑さで食事もできないほど弱りながら翌朝下関についた。白衣の人にあいさつすると、

「途中気をつけてお出でなさい」

といたわってもらった。

と彼女は書いている。この章は彼女の死の年、一九六四年四月八日、自伝『火の国の女の日記』第三部終章として書かれ、絶筆の章となった。

茶の間や廊下や「研究室」の扉をしめ、二階、書斎兼寝室やおどり場、化粧部屋から下りる階段をなでながら、帰省の朝彼女は、

「さようなら、さようなら、またくるまでさようなら」

とそれらのものたちへ声を出して言った。世俗から遮断されていた森の中では、ほほえましくも無縫な共同体が営まれていた。それはこの世田谷一帯のどこからみてもひときわ天にそびえて朗々としていたこの森の大檜群をみればわかることだった。共同体、それは、彼女の『招婿婚の研究』の冒頭にある言葉をしていいわしめると、

――われわれ人類を全体としてみれば、その先祖はこれら（山、川、石、動植物、樹木、太陽等）天然現象や動植物にあったとするのが原始人の哲学即宗教であり、この哲学即宗教は、ダー

キン以後のアミーバ的先祖観の科学とどこかで類似性をもつものであり、人間と畜生とを二区分した父系時代の観念とは雲泥の差があり、それとは相容れない種類のものであった。ここには生命（万物を生命視したのである。原子力発見後の科学に通じよう）への崇拝と、その相互間の血縁視とがあり、それは父系時代の万物を上下の階級に分ち、主人と従者に差別する観念とはまるで似ていないものであった。自然神観を祖型とし、母祖神がやがて生れる――というような世界のおのずからなる顕現である。

帰省の年昭和十五年はまた、彼女が招婿婚の核心をつかみこれまでの調査カード全部を破棄して再出発（四十六歳）した年でもある。

三月二十六日（昭和十五年）

今夜茫然自失。二年ニワタッテ採集シタルカードヲ破棄シテ、モウ一ペンハジメカラヤリナオスベキカト思イテナリ。ナゼナラ、コノ二年ノ勉強ニヨッテ、招婿婚ノ性質、種類、経過等が、タドタドシク理解サレタガ、トクニソレガ、今夜ニナッテ完全ニ全面的、体系的ニ把握サレタノデアル。ダノニ、イマコノ目デ二年間ノカードヲミルト、ドンナ性質ノモノカ、ドンナ段階ノ例カ、モチロン会得セザリシユエ記入シアラズ。シタガッテ、イマトナッテハ、コレハ無用ノカードナリ。……

二年間ノ勉強デ、ダンダント知リ得タルコトハ、平安家族ガ女系家族（婿取リ家族）、ト、マタ「家」ヲハナレタル個人的夫婦ノ家族ノミデ成ッテイルコト、コレニタイシテ男系家族

（嫁取リ家族）スナワチ「家」ニツイタ家族ノ出現ハ、ジツニ一般原則的ニハ室町以後デアルトイウコトデアッタ。

コノ把握ハ重大ナリト思ウ。サレバ、コノ把握ヲ前提トシテ、既読文献ノ再調査ト、サラニ資料ヲ無限ニ拡大セント思イ立チタリ。

穂積重遠先生への手紙。

――文献予定のほぼ二分の一を読みました。すこしずつ理解をふかめております。婿とりから嫁とりまでの変遷がおぼろげながらわかりかけてまいりました。

平安時代までは男は親の家で結婚することがまったくなく、結婚とともに女の家か、あるいは新しい住居かへ「外住み」をしたようにみえます。親の家から通う例はたくさんありますけれども、結婚の場所――ひいて家族の住居は、父子おのおの所を異にしたように思われます。

したがって嫁姑の争などという家族制度的な説話はほとんど見当りません。継子いじめは見えますが、それも落窪の場合のような多くは庶母で、実母が死んでから庶母の家へ寄食させられたものでございます。室町時代の狂言「はちかつぎ」のような純然たる継母の例はまだ見えないようでございます。

時間が足りないかと懸念いたしております。

この後、ある日私は採集した婚姻語のカードをみて、ツマドヒ、ムコトリ、という婚姻語が日本古代の婚姻語の代表語であることを知り、この婚姻語の推移が、すなわち大まかには婚姻形態の推移をものがたっている――つまり、この二語がそのまま古代婚姻史の時代区分を反映している、ということを知った。そこで必然的にヨメトリ、という婚姻語の追求がこれにつづくことになる。

このことはかつて『母系制の研究』で「多祖」現象を発見したときとおなじ一つの天啓的なひらめきともいうべきものだった。

ときどきK氏はいたずらを告白する少年のようにむずむずとほほえみをたたえて言われるのであった。

「ボクはね、男の一生を棒に振って女房につくした、という風におもわれているのですよ。僕は家庭爆破に、いささかの協力をしただけですよ。かといって僕たちはとくにボクは、家庭の遺制、つまり男権社会の遺制の中に育ったから、とくにボクはそれをひきずっていたから、一度これを爆破しなければ、女性は、全面的に生れ替ることはできない。それが自分の体験でよくわかるのです。で、この森の家にはそういうしかけがあるのです。男どもには、それがわからない。これはね、女たちにしかわかりません、当分」

やったらめたらな仕かけの余光が、まだこの森にこもっていた。大震災のときの彼女の日記（二十九歳）。

九月一日

――月が出た。神秘な不思議なきもち。人間のつくった文明がいかにもろいものかという実験はみごとなものだ。もはや充分に行なわれた。上結果だ。神保町の本屋はまる焼けだろう。これで日本の書物の心臓が破裂したというものだ。

九月二日　朝

――人びとの眼ははじめて地上の火事から空の雲へ、宇宙へと移ったらしい、宇宙は一種の異様な、たぶん原始人にあたえたのとおなじ圧力を、文明社会の人民たちにあたえているようだ。あなかしこ。たんらら。

二日　夜

――〇〇〇たちは手ぐすね引いているらしい。××人が来たら一なぐりとでも思っているのかしら。じつに非国民だ。いわゆる「朝鮮人」をこうまで差別視しているようでは「独立運動」はむしろ大いにすすめてもいい。その煽動者にわたしがなってもいい。

三日

——東京からは引っきりなしに飛報がとどく。朝鮮人日本人を合して数万のものが暴動化したと。私はなんとなく勇み立つようなうれしいような気がした。もうそこの辻、この角で、不逞朝鮮人、不逞日本人が発見され、突き殺されているという。

『東京は熱病にかかっている』で日本を念頭におくと何からいってよいかわからない。日本は目にみえない崖へ進みつつある。「防備は暴備、亡備である」ということを私はつくづく思う。過ぎし世界戦争で明白に証明されたことではなかったか。——とも彼女は書いた。彼女は病み、まるで世界のなやみをぜんぶ彼女は病み、ひきうけていたようだった。それから永い沈潜の時期が森にやってきた。彼女が森そのものであったり、森は彼女そのものであったりした。

女主人《あるじ》逝去後二年経っていた。檜の根元の三つ葉芹を私はある日引き抜いて嗅いでみた。ひどく頼りない根が手応えもなく抜けてきて、匂いがあるかないかわからなかった。それから朝のすましに入れてK氏の全集の仕事のお疲れに献じたいと思った。しかし三葉芹はまるではかない味と舌ざわりだった。森の命も消えつつあったのである。

さあ!

とK氏はよくおっしゃった。森の落葉の中をかきわけるようにして私が出てゆくとき、

さあ!

飛んで、飛んで、飛んで、飛んでゆくんですよ。

私はまるで大檜群の間から飛翔するような勢いで〝東京〟へ出てゆき、すぐに迷子になって夜中にやっと森にたちもどり、くぬぎの木によじのぼってその枝から二階書斎におやすみの〝先生〟の窓をたたき、それでもお気がつかれないので（武蔵野のからっ風がよく窓をたたくので）、またするするとくぬぎの木を降りて裏手風呂場の窓から侵入してK氏を仰天させ、さてそれから雀の学校の生徒のようになって未明の講義がはじまったりするのであった。

夜中になってねむくなり、森にあやされて、こくりと頭をふたつぐらい漕ぐと、あの天然のユーモアが、煙のようにわいてきて、わたしは笑いながらくるりくるりとねむりに入るのであった。

「あいつめのことをね、吸血鬼！と僕はときどき称んでいたんですよ。いや、ボクは頭に向う鉢巻をしめて、両手で耳をふさいで、吸血鬼！と尊称を奉るのです。目がさめるとね、質問ぜめにするんです。上は天皇のことから、死にかかって迷いこんできた野良猫のこと、そしてニワトリのことまで！　でね、僕がベッドに座りなおしてそういうと彼女はすっかりしょげて、かなしむんだけれど、すぐにまた、でもあなた、とか、それからあなた、とかはじめるんです！　なんてしかし、強じんなる魂といわねばならん」

ノートのお許しがでたのは七月三日である。

その七月三日——

昨夜、というより今暁（一時）K氏よりノートしてよいとの御許し出る。そのこと橋本静子氏に報告する。

軽部家について

軽部のおなみさん（四十年四月死亡）はお茶の小さな家元の娘で軽部家に里子に出されたのだった（両養子）。おなみさんの母は浜町河岸の老舗に再婚したのでそのようになったのである。この母堂とその家族たちは震災のとき軽部家にやって来て、おなみさんのことを母堂は、

「こんな土百姓の娘になって。ほんとにおまえさんも里子に出されねば大家の娘風になっていたものをね」

などと言ったが、おなみさんは里子とはいえ家つき娘でハイカラで活動家で、ちょっと酒を呑み、逸枝は歯がよくいたんでいたが、両袖で重箱を抱えてきて、

「お嬢さんに甘いものを」

と買ってくるのであった。

軽部夫妻は仲が悪く、「肌割れ」の夫婦だった。よくケンカしていて茶碗をポンポンおなみさんは割っていた。逸枝が夫婦の緩衝地帯になっていて、あるとき夫の仙太郎さんが何をおもったか簿記帳なるものを買いこんできて、これにはおなみさんも大恐慌をおこしたものである。さっそく一件は「お嬢さん」へと報告され、逸枝はとりあげ方をこん願された。

そのようなとき逸枝はこんな風に仙太郎さんにいうのだった。

「仙太郎さん、あなた、とても美しい帳面を買って来られたそうですね。簿記帳だなんて。ほんとうに珍らしくて、いいものだときいています。ちょっと、どんなものかみせて下さいな。わたくし帳面や本が好きで、ちょっとみせて下さいな。

まあ、まあ。うつくしい！　よい帳面だこと。ほんとにほしかったのですわたくしも。あのう、わたくしに、ゆずってはいただけません？」

もともと、経理の才は自分もなくて、おなみさん対策に思いつきでひょいと買って来た簿記帳であるから、仙太郎さんは気がよくて間が悪そうな顔つきをしながら、逸枝にとりあげられてしまうことになる。

大正九年九月十五日、草深い世田谷村満中在家《まんじゅうざいけ》の軽部家に住みついて、奥の八畳をあてがわれてK氏が球磨の山中の学校から送る三十円のなかから二十円の安くはない寄宿費を払って何やら読んだり書いたりしている彼女のことを、この肌割れ夫婦は揃って畏敬していて好きであった。

おなみさんは娘のころ芳川伯爵家に行儀見習いとしてつとめ、いわばその「小間使い」の経験から逸枝が玄関を上り下りするときは履物をそろえて「奉仕」し、彼女はまたそれにうつくしく所をえた風に乗っかってひとつの秩序をつくり出して暮していたものである。東京になじまなかった彼女も、このおなみさんとの関係では平安で好もしい世界をえていた。

「これだけの本を読んだのですけれどね。本から呑まれる人ではありませんでした。研究の内容が激動的な展開をとげるようなときにも、たとえばアッと声をあげるのは心の中ではあげたかもしれないけれど、しずかに精神的には深いところで動いているにちがいないけれど、あらわれなかったなあ。そこには持続力がコントロールされていました。生涯投げないのです。息切れしない。いつかみつけ出す。ものごとを『見た』といわずに、『見られた、見ることができた』と客観性や諸関係をあらわして表現していた。論理が飛躍しなかった。いくらつめこんでもはみださなかった」

K氏は心から彼女を尊敬した。日常のワルロはくらしのアクセントで飛び出したが、学問、学説に対してだけはくささなかった。招婿婚に必要な基本的な資料は昭和十四年頃から二十年頃には揃った。日記が主資料で歴史一般資料もほとんどである。

二階書架の本、この日よりセイリをおはじめ。

七月八日　風

九時きっかり写真家桑原史成氏みえる。森の家サツエイ開始。

庭、階上（ベッド）と庭からみた階下書斎。彼女の遺品、オーバーとボウシ。ジロコ、タロコたちのいた両袖のついたデスクの下の寝箱のあと。ベッドに腰かけた先生。デスクの上の『火の国』すんだあと形づくられた寂しくも親しい簡易生活の跡。デンキコンロ、インクツボ（パイロット)、小さなハサミ。ノリ(ビニールチューブ青)、ネスコーヒーの空ビン。こわれた(火事になりかけた)ポット。つまり卓上自炊のあと。

五百ワットのライト照射。ベッドの由来についてきく。上沼袋時代に買われた。オーバーはフランス帰りの三越の専ぞくデザイナーが作った。帽子はオーバーに揃えて銀座でK氏が買ってきたもの(家出事件の直後、K氏平凡社時代である)。K氏の収入、百二十円、彼女もその位とっていた。当時家賃三十円、生活費(食費)百円位でやっており、世田谷の研究所に移ってからは生活費三十円にきりつめた。

七月九日　あめのちくもり

午後四時、大蔵ランド(世田谷四丁目停留所・郵便局のところ)より成城学園ゆきバスに乗って平塚らいてうさん宅へ。

アイホーンから「どなたですか」と非常にくぐもった低い声きこえる。「橋本です。橋本憲三です。おわかれのごあいさつにうかがいました」

「まあ!」

とまた一段とひくい声がした。ひとりぐらしの、どこかバタ臭くて閑雅なちいさな家。御子息の設計であるという。

成城のあたりはどうだんの垣根がよく育っていてまやかしのようにぽっかりと東京の空が晴れ

る。これはこれで「東京文化」の一風景にちがいない。

らいてうさんは鉄色無地の和服を着ていられて、後姿の立居のとびぬけて優雅な人だった。八十歳を越した老女である。

「まあ、なんとまあ、ようこそ、ベトナムがああいうことになりまして」

というごあいさつ。「ベトナム話し合いの会」を発足させたところである。「わたくしはもうほんとに、年をとりまして何もできなくなりましたのですけれど、若いひとたちがね、よくやってくださいます」らいてうさんはそういいかけて、「全集が軌道にのって、ほんとうにお疲れでございます。かげながら御完成をお祈りしておりますのですよ。で、終られたら、おひとりで、熊本へ？　ほんとうに、おさびしいことでございますね。ご一緒に、お帰りになる筈で、ございましたのにねえ」ひとことずつ区切るようにそういって、深々とあらためてK氏におじぎをされた。

「わたくしもね、博史の絵の個展をしてやりたい、とおもっているのでございますけれど、命が少くなりましてからも、何やかやとつとめねばならないことが尽きませずに」

ひくくゆっくりとして、どこかふるえをおびた幽かな声である。お茶をさしあげましょうと立ちあがりながらテーブルの上にできあがった「ベトナム話し合いの会」のよびかけのパンフレットと募金簿を指先でさし出し、「どうぞね、ご協力下さいませ」と奥の方に入られた。

お盆をかかげて入ってこられるまで、かなりの間ことこと奥の方で音がしていた。そのお手元がひどくおぼつかない。ままごとのようなお碗の茶は玉露だった。文字どおり、露のしたたりのような極味である。このあたりにはどこかにまだ、天然の露のような地下水が遺っていたのか。なんとそれはしかし、消えゆく味であったことだろう。

逸枝はらいてうの青鞜宣言にある〝潜める天才〟論を『女性の歴史 二』において全面的に擁護・支持し発展的に展開させて、らいてう論を試みた。

らいてうはかつて塩原行において（煤煙事件）、青鞜運動において、自由恋愛と結婚の実践において、そしていまや母性主義において、あらゆる全路線において敵対者に囲繞されて進んだ。おなじ系の母性主義でも、山田わかのそれは、保守者側の容るるところであったが、らいてうのそれは、ついに冷眼視されておわった。のみならず、進歩者側もまた彼女を攻撃することを、愉快としていたようである。それは彼女が教条によらず信念による孤立者であったからであろう。またつねに自己批判をくり返す過程にある巨大な未熟者であったからでもあろう。

彼女が発した「女権宣言」はきわめて日本的なものでありいわば原始日本に存在した女性祭祀（原始共産社会のイデオロギー）からの伝統の声であるといえる。女性祭祀のおこなわれた原始社会は財産共有のうえに樹立された社会であり、「家庭」なるものを知らなかった社会であり、すべての成年の男を父、成年の女を母と呼び、すべての男女児を子と呼んで共同保育し、またその他のいっさいの家事を共同化し、山の峠にホコラを建てて太陽を祭り、老若男女があげて宇宙の神秘に直接的に参画した愛と平和の形態をもった社会であった。

すでに世界史はロシア革命をむかえていて、フランス革命の自由主義段階から一世紀余で社会主義の入口を人類は知った。しかしその意味を知りそれを信念化するためには無学なもの（本能のみにたよって生きるくせをもつ庶民層や女性の大部分）はひじょうに時間が必要であるばあいが多い。らいてうの場合もそのジグザグ路上での歩みはじつに隙だらけのもので、まさに「錯誤なき生涯」の逆であり、逆の角度からみればとうてい容易にはつかめない種類の矛盾にみちた複雑怪奇な正体でさえあったといえる。

と逸枝はいい、この時代にあらわれはじめる女権論の萌芽について、一葉、晶子、らいてうのような半町人や半市民、もしくは「良家」に育った依存者的女性層の頭脳において（他の豪農系の独立型女性よりは）しばしば女性的苦悩や不安が痛切であったのはじつはこの路線が、典型的な奴隷的女性のたまり場であり、その矛盾の展開点であったからだとしている。『青鞜』や「新しい女」の噂を逸枝は熊本の僻村の代用教員時代にきいたが、彼女の自我はまだ形をとることもできずに、野山や沼の精霊とともにひそみかくれていた。『大日本女性人名辞書』が出されたときをきっかけにしてらいてう等を中心に逸枝の女性史への後援会がつくられ、その間逸枝はらいてうの発言には自発的な書評なり援護的発言をつづけ、のち『恋愛創生』を出したときらいてうにこれを送り、「あなたの伝記は自分でなければ書けない」と手紙を出した。このようなことは（特定個人への積極的意志表示は）逸枝の生涯においてはかなり異例なことである。逸枝をして語らしめると、――逸枝の『日月の上に』や『放浪者の詩』『東京は熱病にかかっている』を一貫しているものは山川菊栄がらいてうの『青鞜』を嘲笑していったいわゆる空想主義やセンチメンタル性がもっとも極度につきつめられ、謳歌され、あるいは投げ出され、それを通じて生きる道を知ろうとしていた必死的身がまえをもった作品であり、このような逸枝をらいてうは東京の片隅で発見し、ある面での自己の継承者とみていた――から、新婦人協会が解散して八年目の昭和五年に平塚らいてうは逸枝のよびかけに応じて『婦人戦線』に参加した、のであったと書いている。

「……逸枝さんとは荻窪にいらっしゃるときお逢いしたのがはじめてでございます。『婦人戦線』の前でございましたでしょう。私の方がお訪ねしましたので――。非常に尊敬しておりましたので。

ただ顔をみあってなんとなくほほえみあっているばかりで、別に何というお話もいたしませんでしたのを覚えています。御文章は勇ましいことをお書きになっておりましたけれども、躰半分は隠れていらっしゃるような方でしたから。私も口下手でございますし。それで満足でございました。

お部屋に大きな鏡があって、お化粧のものなどが沢山のっていて、美しくお化粧のあとがみえます。それが、お文章とくらべて、不思議なような、でも納得されるような、そのようなことが印象にのこっております」

時代はまだこの女たちには熟していなかった。

目黒の国立東京第二病院へ。彼女終焉の病院。

K氏も私も言葉途切る。ひどくおつかれのご様子。

夜、震災後の平凡社のお話。綴り方雑誌のこと。文園社（平凡社別動隊）のこと。神祇辞典のこと。

綴り方雑誌のことはおもしろい。当時綴り方は文部省の指導要項はあったがこの雑誌では、高等師範の先生方をたずね児童の文章をのせ鑑賞文選をのせた。最初菊判四頁で出版し、その作品ケイサイを通じて指導理念を発生させ概念としてとらえ、よりどころを出してゆく、というもので尋常一年から六年までを対象にして六種、定価五銭、三二頁、時好や要望に応え二十万部位売れていた。

七月十日　はれ
K先生おやすみ。全集の校正のあいまに、昨日のような強行軍の日程は、ご予定にあったとはいえ、破天荒なことであった。おつかれのご様子。
桑原さん九時ごろおみえ。サツエイ大車輪。まず、化粧部屋から。書庫、階段、避暑室、階下書斎。庭で先生。ボヤーッとおうつりになられたらよろしいと思いますと変な進言をする。どうしたらいいでしょうか、と氏があがっておられるので。
桑原さんそっちょくでしんしな態度で、「逸枝先生は学者としても非常にすばらしい方だと言うことはもちろんですけれど、女性としても何といいますか、すばらしく魅力的なお方ではなかったかということを感じますが」と質問。

先生「それは世にもすばらしい女性でした。七十歳になって病気になるまで、彼女の魂も女体も少女のようにつつましくきよらかで、完ぺきでした。われわれはそのようなまじわりをしてきました。僕でなくても他の男性であっても、彼女は相手にそのような至福をあたえずにはやまないものを無限に持っていた女性でした」そして先生は目元をそめて、元気になられる。

桑原さんおかえり。先生二階でおやすみ。私がまぎれこんできて、いわば世塵を持ちこんでいるのである。小さくなるきもち。しかし魂がゆらめき立つ。午後四時ごろ渋谷定輔氏おみえ。社会新報の書評をお持ちになって。先生一応離京のごあいさつ。ウイスキー小びん。ビール小一本。トリモツの串やき、モモ、など買いに桜通りに出る。桜通りはお店が道ばたにずらりと出て、「いらっしゃい、いらっしゃい」と口々におかみさん達を呼びよせていて、車はエンリョしてその間を通るのである。熊本水俣のお祭の夜店よりもにぎやかで、私はあっけにとられておもしろく、すっかりそのけしきにみとれて帰りK氏にその報告をながながとしすぎたりする。彼女はいつか「水俣の姉さん」上京の折、やはり桜通りに買物に出かけて迷子になり、一向帰らなかったが、やがて顔を「紅太郎さん」のようにまっかにして帰って来た由であった。

渋谷氏は御病気でアルコールを禁じられていらっしゃり、K先生は彼女との生活ではアルコールをたしなむご生活ではなかったが、ビール小一本を御二人であけられた。私は熱っぽい渋谷氏の観音様礼讃にうなずくあまりに、うっかり、えらんで買ってきたうつくしい水蜜桃を出しわすれてしまった。渋谷氏、八時に帰宅される。先生御門までおみおくり。
離京じゅんび――。

七月十一日
六時めざめ、木立の中の深い霧。
……

七月十二日、熊本平野に入ってはれ。壮大な空。炎のような風。肥後平野は早苗とイ草と濃い森となだらかな山ひだとで地なる生命をおおってゆれ動いている。森かげに点在する家々のつつましさ。益城の山よ、と彼女はいった。
……

しぐれの雨よ
その足で行ってくれ
母さんと姉さんの山へ
水俣の町へ
三宝寺へ
益城の山と野へ

しぐれの雨よ
その足で行ってくれ
そして伝えてくれ
東京の森の家からよろしくと

（『火の国の女の日記』第四部）

九月二十五日夕、ふたたび世田谷森の家着。

台風、大津から先を切断、木曾川あたりに上陸。わが「はやぶさ」一晩大津泊り、京都まわりで新幹線なるものに乗り替え一日遅れて首都入り。首都とは森の家である。

それはなんという崩壊のダイナミズムであったろう！　いやそのダイナミズムを司る森の意志というべきであったことだろう。

その昔、この森に立ち入った故郷の詩人は「アッシャー家の崩壊」と、この館のことをなぞったものであった。われわれの女あるじは、否定もしなければつよく肯定もしなかった。彼女は何時でも、何でも許容する。

玉電上町から桜通りをつきぬけると、旧満中在家の、その在の土の香の残る中に東京農大を中心にする風致地区があらわれる。ここはまことに奇妙で親しい一角である。古い郊外住宅の重厚さの中に、新しい庶民層の軽アパートの、急ごしらえの外階段などが打ちまざり、そのあいまには大根畑や野壺が残っていた。その隣にはまたひいらぎのある庭園や庭園灯や、つまりそれら田園と都市とが混在し重なりあって、夕闇の陵線や灯りを造りだすのである。

　窓々の灯りがまわりの騒音を吸収しはじめ、この一帯に静寂な光芒が訪れようとする。団欒や疲労や思索や虚無のどっかりとした夜がそのようにしてやってくる。

　われわれの森はと云えばそれらの中にそびえ立ち、夕闇の一瞬を司る。そしてわれわれの森は、ざんばらに垂れ下っている。森の中の樹という樹々は下枝を折り下げ、もっとも巨きかった檜群のうちの四本ほどは根元から、土を掘りあげはねあげ、森を縦横に遮断して倒れこんでいた。

　わたしは斧を持たなかった。濃い闇が来る。不思議な歓喜にわたしはむずむずする。ここは神々の原野である。彼女は熊襲と隼人族の娘だった。樵夫よ、老いたる樵夫よと、わたしは森の奥の微かな灯りにむかって心の中で称ぶ。K氏は全集最終巻の編纂を抱えたまま風邪をひいて、二階書斎のベッドで仰臥のまま、その仕事を続行中である。一昨夜の台風は森の道を遮断した。恐らく氏はこの外界を窓から一べつし、フムフムとうなずき、何ごともなくベッドに打ち倒れていられるに相違ない。けもの道をいま、こしらえてさしあげます。わたしはそう思った。わたしの俄か旅行着は忽ち羊歯や野ぶどうの蔓や、藪からしどものとりことなる。

　ながい探検が終わり、わたしは壮絶な姿となって館の玄関にたどりつく。玄関が開かれている。十燭光のあかりの下に白い木の葉が、いや葉書が一枚置かれている。

　拾いとり近々と目にくっつけてわたしは読みとる。

「歓迎　どうぞ二階へ」

なんと本質的な夜だ。わたしはひたいの汗をかきあげる。羊歯や山椒や野茨やらの匂いがぷんぷんする。そのようなものを躰中にくっつけたまま、わたしはゆっくりのぼりはじめる。深遠のきざはしを。

やがて、氏のさわやかな洪笑をきくことができるであろう。いやひょっとすると、氏は重態かもわからない――。

一場の握手でわたしは現実世界へ這入りこむ。

――うず高い読みさしの本。この夜氏のベッドの下から、キュリー夫人伝をみつけだす。

十月一日

汝洪水の上に座す

神エホバ

吾日月《じつげつ》の上に座す

詩人逸枝

時代は詩人逸枝にへきえきする。吾日月の上に座す、とは。神の上に己れをおくとは。いやべつに詩人を持ち出すまでもない。あのおなごが、という一べつでよいのである。彼女の心をいえばこうなのだ、と思いながらがばとわたしは森の家で目ざめる。

詩人汝に告げん。
あらゆるものは天才である。独創というものはありうべきものではない。
因は決定されたところからくる。時代的普遍からくる。
個人は個人ではない。一切である。
個人の哲学が偉大であるという理由はない。
それと同様な哲学をあらゆるものもまたもっている。
ただ、表現する機縁に打たれていないというのみである。

詩人汝に告げん。
個人は個人ではない。普遍である。

玄人の芸術、専門家の芸術は結果において虚妄で模倣で、私どもにとってはなんでもない、というのが彼女の〝文芸的意見〟であった。それもまた彼女の〝共同体〟思想だった。

……

わたしたちは銀座街頭で、幾千のビラに見舞われた。
群衆はジャコバン的精神の、
血染めの行列の上の模様となってひろがった。
……

わたしの言葉は都会の文法のために
はからずも原始性をうしなってしまった。
……
『東京は熱病にかかっている』に彼女はそう書いたが、現代詩は古代祭祀時代の神示とはかかわりないことであってみれば、彼女の詞《ことば》は、本来の資質の象徴性へと先祖還りすればよいのである。地の声とは、還ってくることばをいうのだ。先生のご容子要注意。

十月三日
桜通りに買物に出て門を入ろうとすると、銀杏樹《いちょう》の下で五、六歳の男の子二人遊んでいて、ひとりがいぶかしげに声をかけた。

「オバチャンち、ここ?」

という。世田谷の住民からはじめて声をかけられたのである。わたしの家というわけではないけれどと思いながら、

「そうよ」

とふり返って買物のカボチャを抱くと、

「オバチャンち、こわいね」

という。

「あら、こわいの、どうして」

「こわいよ、とても」

「ちっともこわいことないのよ、こんな巨きな樹がいっぱいあるし」

「こわいよ、晩にここ通ると、とってもこわいよ、お化けの樹みたいだよ」

二人はこもごも門から研究室へ続く〝けもの道〟をのぞきこみ、へっぴり腰でしんけんな表情をしている。その様子いかにもかわいらし。K氏に報告。

この日はじめて「経堂」ゆき。岩波の『科学』探しと土地勘訓練のため。地図書いていただく。東京農大北門から和光学園。まっすぐ行って坂を下りるところ学生アパートらしき建物つづく。軽部家を目で探すと和光学園の間から「森」の梢がみえる。ここらあたりはまだいたるところに武蔵野のおもかげ残っている感じである。経堂駅は地下駅である。踏切り、小田急線であると通行の人から教わる。「はと号」通る。本屋さんに『科学』なし。『自然科学概論』もなし。帰途、急に生汗たらたらと背中と胸を流れる。K氏のご健康快調と見うけられずねむれぬ夜が続いているのである。急に心配になる。

ご無事でよかったとぼんやりしていると、お茶を入れて下さる。恐縮して更に茫となっているとごじぶんでおのみになり、

「どうか（どうです）、僕のお茶の入れ方上手でしょうが」

「ほんとうにおいしゅうございます」

とお返事すると、

「ちっと牛乳の匂いのするばってん」

とおっしゃる。今朝の牛乳カップをわたしが洗い忘れていたのである。それではっと目がさめて笑い出してしまった。お仕事のお邪魔をしている上はせめて十分に先生のご健康を管理し、という心づもりであったが、管理されているのはこちらであることが理解されたのである。

この夕、全集最終巻の解題下書き出来上り。

「読んで下さい」

とおっしゃる。しばらく手が出ない。さしのぞくことは越権ではないか。再度の仰せによって読ませていただく。短文であるが、その言葉の深さ（彼女への愛）格調（その心）の高さに胸うたる。どっとかなしくなる。おさびしそうな先生。曇りの空をみる。秋色の庭。時間とは何であるか。夜、先生ニンニク食べられ下書きお清書。御苦心の様子。わたしは『美想曲』を読み進む。切々と時間が進む。端正な姿で書いていらっしゃる先生。左の目に左手をあてて。左の目は失明している方の目である。背後の書棚の上に、憲平ちゃん、高群家ご両親、橋本家ご両親の写真、そして彼女の写真の大写し、若かりし頃の夫妻の写真、松橋町から贈られた時計（ノートルダム寺院の鐘の音）である。

氏のお姿のあまりの刻みの深さに『火の国の女の日記』ご執筆時の夜々のことを思い浮かべ、厳粛な感動につつまれる。その頃のお手紙。

――もう二カ月も、誰とも、ひとことも対話しない日々が続いています。ただ姿なき彼女と――

昨夜、この茶の間にいて執筆にかかろうとすると、二階より、――さあんと呼ばれる声がして、かけあがってみると、

「道子さんまた嘔吐感です」

とおっしゃる。心配ただならず。塩水つくってさしあげたが結局吐かれず。午前中摂生をねがったのであったが――。静子さんに解題を書かれていること報告の手紙書く。

十月五日　はれ

先生お医者さまからあまりに遅く、心配になり門に出る。ちょうどおかえり。大へん御気分よろしいお顔である。とてもお天気ですから、彼女ゆかりの陸軍自動車隊跡と農大図書館にご案内しましょう、そのままの姿で上等です。とおっしゃる。御自分のお姿はお医者さまゆき用の御めかしで！　わたしは庭掃除姿で先生の庭下駄をつっかけ素顔のザンバラ髪につぎの当ったスラックス。先生は茶色のスポーツウェアに合背広を腕におかけになっているのである。大きな庭下駄を鳴らしてお供する。

大蔵ランドまだ未完成。ここで彼女と東京発声映画時代のロケーションを眺められた話。勤皇の志士が祇園小唄で出てきて、もやい舟に乗るところ、捕方が囲む場面となり、二、三十ぺんやっ

たとのこと。プールがあった。このプールに舟を浮かべていた。二人とも俳優稼業にいたく同情したという話。世田谷四丁目郵便局を教えてもらう。帰途門を入りかけると右隣空畑を経て凝った建築のいつも人気の感じられぬ邸は古内家といい、デビ夫人ゆかりの家であると教えられた。

午後三時頃、わたしはノコギリを見つけ出して、かの大檜に挑みはじめた。切開して人道をひらくためである。お米屋さんが幹を越え、枝を乗り越え、芒の中に落ちこみ、はあはあいいながら米を持ちこんでくれ、「化物屋敷と聞いていましたがねえ、いやはや、大へんなところですねえ。あんた近頃来たお手伝いさん？」

というので「はい」というと、「そいつぁあてえへんだ」といったので、牛乳屋さんや新聞屋さんの為に一念発起したのである。半分位ひいたところで先生二階からききつけて加勢して下さる。作業中、栗をみつけ、かん声。栗拾いに変更。夜茹でて、彼女の霊前に。

十月六日

解題について遠慮なく感想をのべるようにと申されるのでその通りに申し上げる。九時頃文章とととのったとおっしゃる。九時八分頃仕上げられた。評論集『恋愛創生』をもって全集の編纂を終えられた訳である。この森の研究室に（二階書斎）彼女が古事記一冊をおいて出発したころのことをお書き入れ。

比類ない愛の書完成。廃屋、老残、というお言葉がある。むべなるかなと思い、言葉なし。果実酒を黙って献じる。そして彼女の霊前には二粒の栗。

解題／編者

この巻の刊行をもって『高群逸枝全集』全一〇巻は完結するのである。縁あって全集の著者の著述生活の始終をみとどけることになった編者たる私にとって、このことは、彼女にたいする一つの義務を果たしえたことになる。

全集編纂についてはすでに彼女の生前はやくその賛否をたしかめてみたことがあり、そこで私はよろこんで原案を立てることを引き受けたのであった。彼女生存中に事成らず（第一巻『母系制の研究』の原本整理——誤記、誤植、字句修正——のみ終了）、彼女に原案の一閲をもとめるすべを失ったが、理論社社長小宮山量平氏の全集発行申し入れにたいし、ただちにこれを感謝して応諾をなしたのは、著者との間に前述の経緯があり、多少の準備が行なわれていたからである。

ただ正しく告白して、いまこの一〇巻の編纂をもって彼女の許容なり、満足なりをもとめることができるかといえば、はなはだ覚束ないことである。私は形なき彼女との対話を執拗にくり返しつつこの編纂を完了したが、かえりみて心の痛むものがあることをいかんともしがたい。

第一巻～第六巻および第八巻の主著についてはいうことはないが、第七巻ならびに第九巻においては、こう書いているまもうずく悩みをもったのであり、たとえば、既刊第九巻のなかの「路次裏の記1」の採録について、また、この第七巻のなかの「婦人戦線抄・ほか」の選択について、おそらく彼女のおもわくに私は添い得なかったのであろうと思う。おなじく、この巻の「児童と道徳」などもそうであるだろう。このように私を慚愧させるものは、彼女最後の著作『火の国の女の日記』の「後記にかえて」の文中に、以下のように記されてあるようなことからである。

彼女はこれらのものには執着をもたなかった。折りに触れて、彼女はこんな話をしていた

「日記一巻（『火の国の女の日記』）と追加研究一巻とができ上がったら、『過去の紙くず』は一切焼いてしまって、また新しい出発をしましょう。あたたかいところへ行って、そこで私は『女性の歴史』で書けなかった未来像を叙事詩のかたちで描くでしょう。たぶん私の最後の詩篇となるでしょう」

過去の紙くずというのは、著書以外の、いくらか机辺にのこっている既発表ものの切り抜きをはじめ、未発表もののすべてを指していることはいうまでもない。むろん私（編者）も同調しよろこんで「そうしましょう」とこたえたものだった。

全集には、はじめ、もう一巻、「平安鎌倉室町家族の研究」を予定していたが、編纂の最終段階で検討の結果、この原稿には書き込みが非常に多くて接合不明の箇処なども少なくなく、ことに表類にいっそうその難があり、その他にも書き入れ指定が果たされていない等、そのまま活字整版に付することは可能でないため、やむをえず、これは除外されるにいたった。別に、「日本古代婚姻例集」の採録も一応考えられたのであったが、その成果の精髄は「平安鎌倉室町家族の研究」とともに『招婿婚の研究』に吸収されていることではあり、強いて採録するにもおよぶまいとして、同じく除外されることになった。

この巻に採録をみた『恋愛創生』は一九二六年（大正十五年）万生閣＝平凡社から出版されたもの。この書については『火の国の女の日記』につぎのように書かれてある。

『恋愛創生』は全文章節をもたない書き流しの論文であるが、いわばそのような形式が必然的に生まれなければならなかった環境と条件のもとに一気に書いたものであるといえよう。内容は序文が示しているように、母子保障社会の主張――新女性主義――であるが、借り着のない自己の思想であり、私にとっては後の女性史学建設へのいろいろな芽ばえを持っているものとして、たいせつなものに考えている。

残念なことは、資料と時間とに制約されたのと、疑いもない著者の未熟とが相まって多くの誤謬をおかしていることであるが、母子保障の必然性から社会主義の肯定に到達していることとや、遠い将来における婚姻制の廃止を考え、かえってそれによって夫婦の純粋な一体化が生かされるという、いわばエンゲルス的な思想に、べつの道から到達していることが特徴といえよう。もっともエンゲルスの本はまだ私は、そのころまでは読んでいなかった。ついでにいえば私の史的恋愛観は、のちになって『招婿婚の研究』、『日本婚姻史』、『女性の歴史』等に具体化してくる……。

「女性史研究の立場から」は、ジャーナリズムからもとめられて書いた自己の専門にふれた小論文の類をおさめ、それに未発表原稿から「平安鎌倉室町家族の研究一般公家篇はしがき」と「今昔物語集婚姻例表凡例」が加えられている。

「婦人戦線抄・ほか」は、事実上著者が主宰した月刊『婦人戦線』に書かれた時事評論に類した文章および他の一般新聞・雑誌等に載せられた同種のものがあつめられている。「児童と道徳」は『教育の世紀』に連載されたものである。

全集の著者は、その最後の多年に亘る一研究の基礎調査ほぼ成りまさに落筆の機を寸前にむかえながら、また一詩作の構想をもちながら、また老後のひとときの自適生活を予想しながら、一九六四年六月七日忽然と逝った。七十歳。

あとにして思えば、死の当日、彼女はおそらく眼前の死の自覚なくして、はしなくも後事を私に託する発言をした。彼女を失っていまは廃屋と化した二階の一室、彼女が三〇余年前に机上ただ一冊の『古事記伝』を置き、「女性史学事始」をなしたその一室に、私はひとり老残を横たえて、未完のままのこされた彼女の自伝、『火の国の女の日記』の整理にしたがい、その刊行について理論社社長小宮山量平氏の然諾および全集発行の申し入れを受けるにいたる。かくて『火の国の女の日記』は一九六五年六月刊行、この書をも含む『高群逸枝全集』は一九六六年二月第一回刊行、同六七年二月最終回刊行をみる。彼女に負う私の義務もここに終わるのである。

十月六日

はじめて、東京の、銭湯にゆく。

大蔵ランドの近くに煙突がみえているので、ぼくは一度も行ったことはありませんが、行ってごらんなさい、とK先生がおっしゃる。

一時間ばかり迷い迷っていても、煙突は夜月にみえているのでたどりつく。東京の建物は万事大ざっぱで、こけおどかしのみかけが多いが、銭湯だけはそれでも建物自体がほかほかと霧を吹き、下町風の瓦屋根の下に金文字を入れたのれんなどをぶら下げていた。

番台で二十八円を払うとロッカーの鍵を渡される。彼女や私の故郷では竹の籠に脱ぎすてておかれけばよいが、この、下町風のお風呂といえども隣はなにをする人かわからぬ東京であってみれば、着物入れの戸棚のひとつひとつは、仕切られたミニアパートよろしく鍵をかけるしかけとはなるのであろう。

脱衣場から浴場へむいてゆく女性達の姿こそ、圧巻というべきものであった。彼女らはバスタオルでおおったりなどしない。湯煙りの中にすっくと背をのばし、そのバスタオルでは髪をきりつつみ、片手にくさぐさの香料を入れたプラスチックの洗面器などをかかえ、いとも軽やかな素腰で、鏡張りになっている洗湯の前に行ってかがみこむ。脱衣から洗場にゆくまでに、あの、貝の中に立つ女神のしぐさは一瞬たりともみうけられない。故郷の草深い銭湯では、肩こぶの張ったりんりんとした老婆でさえみせる、身につけるものすべてが体からすべりおちるときのあの、洗いざらしのてぬぐいをあてる、稚ないしぐさが、東京のこの銭湯の女性たちにはみうけられない。その間の動作はきわめて機能的開放的である。

それにもかかわらず東京の女性たちのかぼそさ、白さは尋常のものではない。あきらかにこれは画一的人工的なやせ方というものではあるまいか。野菜やくだものでごはんぬき、というあの女性週刊誌文化の美容標準に、彼女らのかぼそさはぴったり照応する。だから、鏡の前にかがみこんで体を洗う彼女らのしぐさは、脱衣のときのしぐさとはまた異なり、異常に入念である。洗うというよりそれは、文字通り、磨きこむ、というにぴったりする。

田舎の老婆たちが、脱衣場も浴場も、番台や入口からまるみえの銭湯で、互いの背中の灸の間を流しあったりするときにみせる、あの、ぎこちなくて、あけっぴろげで、ゆうゆうとしていて原始的なエロスと、共同個室のような、東京の銭湯の女性たちが、いじらしくもすさまじいほど、自分の体や顔のみ磨きこんでいる集団とをくらべて、これを女性史の動きつつある接点としてながめてみることは、まことに興味深い。

そのような場所にいて、ぼうぜんと女たちを観察しほおけている私はといえば、太平洋諸島的およびモンゴル的混血の、素材、というより他ない存在である。

生産者の世界は、裸体主義にはじまったが、この裸体は、自然を意味するもので、淫蕩を意味するものではない。この生産者の世界には、享楽はあったが、淫蕩はなかった。男女の美醜観にもそれがあらわれていた。ひとびとは正しい、つまり普通の美をこのんだ。普通の美というのは、生産者にふさわしい知恵と健康を意味するのであった。この時代の美の標準のいくらかは、古典をみてもうかがわれる。

「古事記」の応神条に、山城の木幡乙女の美しさが描かれているが、「小楯なすうしろで」──すなわち、楯のようにまっすぐなうしろ姿──正しい姿勢が、とくにそこでは美女の条件となっている。また「万葉」に、上総の末というところの珠名娘子という美少女のことが歌われているが、それには、

「胸別《むなわき》の、広き吾妹、腰細のすがるをとめの、その姿《かお》の、端正《きらきらしき》に、花のごと、咲《えみ》て立てれ

ば……」

とある。「胸幅の広い、腰の切れた軽快な姿」というからには、おそらくは、下半身もよく発達した体格であったろうし、「花のごと咲て立てれば」という形容にも、この美少女の花のような全姿（一部分でなく、全体的に把握された美）がかんじられる。「胸幅の広い」などという条件は、生産者以外の美ではない。『出雲風土記』にも「童女《おとめ》の胸鉏《むなすき》」とあるが、それは若い女性の胸幅のように広い鉏という意味で、女の胸の広くて健やかなのを貴んだ俗がわかるのである。

珠名娘子の歌に、「その姿の端正」とあるのはおもしろい。姿をカホとよみ、端正をキラキラシとよんであるが、これは江戸期の学者が古訓などを参酌してよんだものとおもう。後代でカホといえば顔面だけのことであるが、古訓にしたがうならば容姿全体となるところに、美女観のちがいがうかがえよう。古訓ではキラキラシというのは、輝かしいとか、ただしいとかいう意味であって、心身一体の境地においていわれるが、後代ではいわゆるキラビヤカというような外見一点ばりの堕落した意味になる。

知的なかんじをもった、または何かの一つの境地に、純粋に熱中しているような女性に対しても、むかしのひとびとは、これを心のすこやかな姿だとして、からだの美とともに、賞讃した傾向がある。『堤中納言物語』のなかの「虫めづる姫君」など、後代なら、ひとたまりもなく、ひんしゅくされてしまうだろうに、あのころまでは、ああしたひたぶるな熱中した姿は、かえって美しいとさえみられたらしい。

恋愛にしても、後代なら「男ずき」だの「恋愛遊戯」だのと、卑俗な見方でしか見ないような境地でも、乙女ぶりとして、むかしは愛してそれをみていた。

珠名娘子の時代は、すでに奴隷制の時代であって、もちろん生産者の時代などとはいえない時代だったが、それでも『古今集』以後の歌集と『万葉』とを比較してもわかるように、そこには、つよい土の香や、生活の積極面や、庶民の自主性などが、まだ力づよくのこっているのがみられ、珠名娘子もそうしたなかの一人であって、彼女の素行を売淫婦のそれのようにいう後代の解説者の卑俗な見解には、私はふさんせいなのである。『万葉』のその条を仮名まじりに書きかえてみると、

しなが鳥　安房につぎたる　あづさ弓　すゑの珠名は　胸別の　広きわぎも　腰細のすがるをとめの　そのかほの　きらきらしきに　花のごと　ゑみて　立てれば　玉桙の　道行く人は　おのが行く道は行かずて　よばなくに　門にいたりぬ　さしならぶ　となりの君は　あらかじめ　おの妻かれて　乞はなくに　かぎさえまつる　人皆の　かく迷えればうちしなひ　よりてぞ妹は　たはれてありける

反歌
金門にし人の来立てば夜中にも身はたなしらず出でて逢ひける

「安房の国の隣、上総の国の末という所の珠名という乙女は、胸幅の広い、腰の切れた、りっ

ぱな姿をもった乙女で、そうした端正な姿で、花のように笑って立っているものだから、道行く人は行くてを忘れ、よびもしないのに、この乙女の門のところにきてしまう。またお隣のおやじさんまでが、従来の妻とは前もって手を切っておいて、求めもしないのに、いつでも忍んでおいでなさいと合い鍵を乙女に手渡したりする。世の中の男という男が、こんなふうにこの乙女の美しさに迷って大騒ぎをするものだから、われわれの愛らしい珠名娘子は、あれごらん、身も心もたのしげに、男たちによりかかりながらのぼせてふざけていたよ」というのであろう。

恋の香に無心に酔っているこの乙女ぶりを、この時代のひとたちは、たぶん、寛大な心にうつくしい（愛らしい）とそれをみたのであろう。このように、そこでは美の条件の範囲がひろく、寛やかで、豊かであったが、後代になると、いわゆる「女らしさ」というようなせまい枠がつくられ、女性美は萎縮し、「ひなにはまれな美人」というようなことばがあらわしているように、美女は都会と貴族にだけ存在するとされ、爾余のすべての世のひとたちの審美眼までが曇って消えてしまった。

わが国でも平安ごろまでは、美といっても女性だけを対象とはしなかった。美人という語は男性にもいわれていた。美醜観そのものにも、後代のそれのような、冷淡な物品あつかい——人間性を無視した品さだめの態度——などなりたっていなかった。醜（シコ）という古語には、かならずしも後代のそれのようなつきはなした暗さがない。むしろたくましいとか、心にくいとかいうような、ほめた意味があった。醜は醜であることによって、同時にまた美でもあった。オダフクという醜女の典型も、ウズメノミコトとして顕現したとき、それは一方の魅力を意味した。

こうして生産者の世界では、あらゆる存在が肯定された。人間への愛や尊敬だけでなく、天地万物に対してそうであった。たとえばむかしの日本人は、雑草を愛したが、牡丹やバラがなかったからというだけでは、それの説明にはならない。雑草の中にも、より雑草的なものと、花だけを強調する牡丹的傾向のものとがあるが、前者を愛したといえるのである。愛の尺度が花のみになく、姿にあり、その背景をなしているより大きな天然との調和においてのそれであったから。

裸体生活者であったわれわれの先祖たちも、容儀について無神経ではなかった。裸体にもとづく立派な容儀があった。「隋書」の倭国伝によると、男女の多くが腕や顔やからだにイレズミをしているとあり、イレズミははじめ魚や虫の害を防ぐためになされたらしいがおいおいとには、当然にも、それが容儀化してきた。イレズミのほかに「魏志」によると、「以二朱丹一塗二其身体一。」とあり、赤土からつくったべにを、からだや顔に塗ったらしい。男女の埴輪土偶に、顔を赤く彩ったものが多いのも、それであろう。健康美を強調したわけであろう。

耳飾り、耳玉、頸飾り、腰飾り、手玉、足玉等の出土、これらの装身具もその最初はたぶん裸体者の容儀に由来したらしくかんがえられる。髪は、男も女も被髪（自然の垂髪）から埴輪にみられるミヅラや、髪飾りには、ウヅといって花や葉をさすもの、カヅラといって、草などを巻きつける俗もあった。竹櫛もさした。

（『女性の歴史』第一章）

K先生に銭湯における観察を話す。瞠目されたご様子である。

十月十三日

東京日記に書きこみを入れたり、三島、沼津コンビナート反対運動の資料に目を通したりしていると、ベッドの上からK先生が（ここのところいちじるしく変調を来たしていられるので、私は氏のベッドの下に小さな彼女の机を持ち出してすわり、聞き書きをとったりして仕事を続けているのであった。机は、若い二人が軽部家を出て、上落合の新世帯をはじめる時、K氏が新宿で買われたもの——新宿は田舎町であった——、ねずみいらずと本立て、火鉢、七輪、等、軽部仙太郎氏が大八車に積んで移転を手伝ってくれた）

「いいですか道子さん、詩を読みたいのですが。星、星について、彼女が自分の星について書いているのですよ」

と大きな声でいわれる。

全集第九巻が出来上った直後であり、全集専ぞく校正者藤井氏が、十一日献本五冊を持参されて、あとの原稿は如何なっているか、きいてくるように、との小宮山氏のおことづけを伝えられ、K氏はそのとき最終回（第七巻）原稿――編者のことばだけをのこして――を渡されたのであった。

「ああ、これですみましたよ」

とその一瞬、先生は哀愁ただならぬ目の色をされ、氏はそのとき彼女の大きなカーデガンを寝巻の上に羽織り、くびにタオルを巻いていられた。それからハトロン封筒にK氏の編集になった彼女の原稿をぎっしりつめこんだものを手に持って階段を下りてゆかれたのであった。

藤井氏とかなりの時間談話がつづき、小宮山氏はソ連作家同盟の招きで（翻訳者、作家、出版者の代表として）十月十九日御出発、十一月十三日帰着のご予定であるという。

詩を読みたいと言われたとき、K先生は十一日からのお疲れがとれず、胸の上に彼女の第九巻、小説、随筆、日記をのせてひろげてはすこし、うとうととねむっていられるかとおもっていたのである。

「星」

と、K先生は、ベッドに仰臥のまま、胸を波うたせて声をだされた。

「はい」、私はペンを置く。

「どうぞ、おきかせねがいます。」と答える。そして、先生の方をみる。

先生はちょうど、むかしの、田舎の小学校の生徒が立って朗読をするときのような、朗らかな声で、くぎりをつけながら、彼女の詩を読みだされるのであった。

そのような、ベッドの上のK先生のおつむの髪は、長く黒く、ひたいはしろくひろく、そしてまろくて、非常に清潔だった。われわれの彼女は、『火の国の女の日記』にはじめての出あいのことを書いて、「ふりあおぐと、なかなかの好男子にみえた――」といっているが、その感じは枕の上の漆黒の髪にのこっている。

章の区切りがくると、先生は、「ふふ、逸っぺめ、くそまじめに、こんなことを書きおって」と瞑目され、次の章を、読みつがれるのである。

星

私が負っている七赤金星　南国てきな星だと　占い師がいった
この世をわがものがおに　あることないこと　口にだしてさえずり
いつも陽気で　のほうずで
たしかにそうだ　私はこの星を負ってる
おしゃれで　偽善てきで
むきだしなかおでは　一時間もいまいとする
いつもつくったかおで
美の雰囲気――それがほとんどできそこねていても

まぼろしの霧――それがむざんにやぶれていても
生き甲斐をそうした美に感じ　雰囲気に感じてる
だが私は　私に知性があって
この知性がたえずべつのものをもとめ
まことの世界や　愛の世界に　あこがれてるのを知る
また私のおそろしく飛躍てきな　わがものがおのふるまいが
まわりのひとに　有毒なものであるのを知るとき
私はこころからおそれるのだ
私はいま　私が負ってる南国の星　七赤金星の星に
かたねばならないのだ
おおせめてもの晩年に
私はべつの　よい星に生まれ変わろう

「一九四七年です。六月六日に書いています」

「一九四七年。ああそれは、終戦の次の年。私はその頃、結婚したばかりで、たちまち、結婚とはなにか、わからなくなっていました。それに、みんな、餓えていました――女たちはただただ働いていて」

「そうです。そうでしょうとも。こんなのがあります。『星』の三日前だ。『開拓的研究者は、その方法が帰納的であるため、中途に幾回となく帰納が錯雑、後になって、幾回となくこれを訂正せねばならない。カードの書き直し、表の訂正等、幾十百回とも知れない。そのあげく、カードも表も真っ黒で、何が何だかわからないものとなり、最初からやり直しとなる。きょうもそのことで収拾しがたいことになり、くたびれ、気力さえうせた。食糧不足なのでよけいこたえる』――そう書いているのです。あの頃二人とも、栄養失調で、よく枕を並べて、このベッドの上にへたばっていたものですよ。」

K氏の頬にかすかな赤みがさし、そして急に「はっはっは」と高い笑いをされる。この笑い声はK氏に独特のもので、檜の切口の匂いのような、樵夫の斧のひびきのような、笑い声である。

「十七日くもり――逸枝、下肢のいたみを訴え、尿意頻数。朝食かんころ数個で腹内熱をもち、四肢マヒ、あきらかに栄養失調の症状。夕方、矢野雅雄夫婦来。新茶、矢野克子詩集『いしずえ』。十八日、はれ――山口さんスープ二リットル、ソース、ビタミンAD、うどん一、おむすびと煮豆など。くたくたに疲れた」

「――先生、では、そのあと、私がお読みいたしましょう」

そういって、私は全集第九巻を、氏のお手からとりあげる。第九巻、小説・随筆・日記篇。菊判、五二五頁。

それは仰臥されている氏の両掌には、いかにも持ち重りするようにみえる。とりあげてはならないのではないか、ふと私は、そう思う。

いま、K氏に感じられているのは、第九巻というものにまとめあげられた、一冊分の、彼女の体重のごときものではあるまいか。

氏のお胸と、両手首の折れかがまろうとするあいだにある高群逸枝という存在、朱色の表紙の、第九巻の著者は、この森の家の（女性史学研究所と、戦時中名づけられていた）女あるじであった。彼女なきいま、理論社の手を経て、編者であり、はじめての読者であり、著者の夫君である人の胸の上に、ある種の安定をもってひろげられているその朱色の本は、いかにも、この森の宵にこそふさわしい。森の生命はこの夜も、このようにして保たれる。

古典的で非常にがっしりしている簡素なベッドと、それに仰臥されているK氏と、K氏の胸の上に、朱色の鳥のようにとまっている彼女、それは彼女の死後といえども、一対の存在の様式をつくりえているが、そのような存在はといえば、生命そのものがもつ本来性、あの無心さによって、沼のようにいとなまれている首都の夜の中に在りえていた。

彼女の本はさっきから、あの新しい本というものがはじめて頁を開かれるときの、まっさらな、固い音をたてていた。K氏のひたいはうっすらと上気し、片方の視力しかないお目がしばらくけむっていて、とじられる。

氏の両の手首は空間をさまよい、そのまま胸の上に伏せられる。そして、本の、彼女の重みは、私の両掌の中に移ってくるのである。そのときかすかに、沼の匂いを嗅いだ、と私はおもう。それは植物的な腐臭である。そのような文明の中を、どっぷり、いま、くぐりつつあるのだなとおもわぬではない。

しかし、私は読みいだす。紙はしろくて、まるで古生代の原生林の木から採ってきたような、芳香をたてる本であったから。

「――『十九日、木よう、くもり。

両三日くるしんだ。夜はほとんど不眠。不眠のあいだに『女性史学』の研究題目や、その方法に関してかんがえた。題目はあらゆるものが対象となりうる。家族制、婚姻制等の大きなものから、衣服、ことば、女性観、民話民謡、諸芸術、宗教等いっさい。そして方法としては、それらを通史的に、または特定的に、女性の地位との関連において研究すること。その場合、研究の基盤となるべき女性の地位に関する基礎的もしくは、方法論的見方の問題についてはべつに考えがある』……」

朝は起きぬけに、例の〝K先生の大演説〟からはじまるのである。

「……道子さん、これからの歴史学はね、分業化してゆくのですよ。そしてそれは協同研究という形で進むでしょう。たとえばある機関に属する研究者たちが、充分な予算と、いながらにして日本をはじめ各国からおのずと集まってくるぼう大な資料とをあたえられて、協同的に研究をする、そういう形でやらないと、これからの研究は進めにくいところにきている。もちろんある自由な個人の天才的なオリジナリティと献身にまたねばならぬ未開の領域は無限に残されてはいる。こうした場合、まず個人の限られたエネルギー、時間、資料等々の問題についてその研究に見合った条件が充たされねばならぬ。

そこで、逸枝のように、個人で、まったく、とぼしい金で、資料をあつめて、研究に従事するためには、極度に生活費を節したり、外界と遮断して時間を有効につかうことをしたりしなければならぬ。ましてあんな、死にかかったのら猫にでもひたすらな愛情をかたむけて、溺れこんでいくようなひと、人間との関係では溺れこんで、死ぬような思いをして、なかなか回復しない、そんな彼女にとって、「面会謝絶」と「門外不出」は必然の処置だった。ひとたび学問にむかえば、彼女はやはりそんな風な、つまり初発の魂をもってぶつかるのだったが、しかしここでは、彼女は不動の理性と勇気を持続することができたのですよ。

そのような学問のやり方は、つまり初発の心のごときはもう、現代のメカニックなやり方の中では通用しにくいけれども、人間の回復をねがって——彼女の知恵が、あなたと同じように、彼女は貧乏人で、貧乏人の心を持っていて、つまり人類の大部分、人類の側にぞくしていて、あなたが水俣病を、たとえば科学の方からでなくて、社会科学の方からでなくて、人間そのものの中からみて、知恵をひらいて資料あつめをやり、人の時間をサクシュ、いや搾取ではない、つまりそのことで相手に反対給付を、つまりよろこびをあたえて、そこから真実をひきだして人間の原存在の意味を問う形で、水俣病という公害にとり組んでゆくように、全く彼女も、自分一人の知恵で、日本歴史の基本的資料をととのえ、幸い、その中から大鉱脈をみつけだして、あのような研究をやってのけていった。

彼女は日本の古文献の中にうずもれていた招婿婚を掘り出してきて、確実な歴史文献による実証を欠く原始社会の研究に、土管をあけたのですよ。大きな土管を。まだこのことが正しく理解されているかいないかは、いま問うところではない。これはもう時の問題にすぎないと思われるのだから……。

あのひとは、あのひとの心は、人類とともにいつもあって、僕はそれをおもう……彼女はやはり天才者だった……。彼女は三十七歳で研究にはいったが、僕はもっと早く準備をしてやれたらなおよかったと思う。もっとはやく気づくべきだった……。

今朝は牛乳にしましょう。そうしましょう。そして二度食《じき》でよい。僕はあまり食べたくありません。

あなた、風邪はなおりましたか？ なおったの。そりゃよかったなあ」

そこで私はとんとんと二階をおりて、非常に簡単で、十分に栄養的な、二度食のための、食事をつくりにでかけるのである。

○朝食
麦めし

味噌汁
ブタ肉
カボチャ
油あげ
ネギ
ウニ
白菜漬
フクミ（先生名づける）昆布
梅干
牛乳（先生）
○夕食
麦めし
人参卵とじ
バター
ネギ
生キャベツ
パセリ
牛乳
ミカン（二個ずつ）

フクミ昆布

朝食は、まず、彼女にお茶をあげることから始まるのであった。

私が、「きょうは、とても、いいお茶の色です」といってお湯のみを持って立ちあがると、先生は、彼女の写真をみあげてうなずかれ、

「うん、今朝はとてもいい顔してますよ。逸っぺ」

といわれるのである。秋色ちかい庭であったから、その茫々たる草景色も降り立ってよくみれば、水引草の花盛りであったりする。そのようなかそかな花たちであってみれば、ひしひしと群生して露をふくみ、この館に添っていた。そのような草花をつんで、彼女への供花とすることは、野遊びめいた森の暮らし、いや、まぼろしのくらしをつづけるための、リアリズムであった。

この日、道子、「海と空のあいだに」第八回できあがり。『熊本風土記』に送稿。

十月十六日　はれ

インクがきれましたから、経堂へ行ってまいります、と申しあげると、

「そう、ひとりで行けるようになりましたか。では、今日は、彼女の曽遊の地豪徳寺へご案内しておきましょう」

まったく先生のお体のおぐあいは天と地ほどに変転さだめなく、そのようなことをおおせいだ

されると、私はパッとあたりがひらけて、東京の空をみあげたりする。そのような日は、きまって、この世田谷の森の上の空がうっすらとスモッグを払い、せつないほど、ほんのかすかな青さで、秋晴れの空となっているのであった。

豪徳寺、井伊家菩提寺。逸枝の葬儀は、豪徳寺の僧たちによっていとなまれたのである。この寺域も櫛の歯の欠けてゆく形で、世俗とのまじわりをあらわしすぎる。マンションが入り込んできていたり、群小の無名墓があばかれていたりするのである。

この寺に井伊家夫人たちの墓多く、直弼の墓を探したがみあたらぬ。ほぼ、それらしきものと見当つけしのみである。

招福と書いたお堂があり、猫堂という。早朝にちかいのに、もう濃いあずき色のあづま菊が供えられてあった。相場師や水商売の女性たちのおまいりが多いという先生のお話である。お堂の道ぞいに、小さな泥づくりの招き猫。その塗りのよほどにくずれかけてちょこなんと座すを三匹、先生の教唆により、というより期せずしてその心おこり、買物かごの中に安置する。

「おサイ銭、入れておかぬと、忽ちにして仏罰をこうむりますよ」

といわれ、十円、おサイ銭箱に納め、それから鈴ふり鳴らして退散する。

豪徳寺界隈は二度目の平凡社づとめのころ、K先生の散歩区域であった。

そのころ、この山門のあたりには朝霧がたちこめていた。

「――雲水たちが、山門の内を竹ぼうきで掃いていたり、ある早朝は、二、三十人ばかりの若い僧たちが、雲水たちが、ワラジをつけて、今しも托鉢に出かけようとするのに、出逢ったこともあったなあ。山門から、ばらばらっと八方に散ってゆくのです。

その人たちは、実にゆゆしい顔をしていて――、目つきがいい。きびきびしていて、野性的で、キツネ、うん、野ギツネのような精かんな面がまえしとったなあ。左手にしゃく杖をもって、右手に網代笠をもって、墨染の衣を裾みじかに、朝の山風になびかせて。

あぎゃんしたことは、今はもう見らんなあ。その頃は人が三人でも抱えまわされんような大杉やけやきが山内にあって、うっそうとしていたものでしたよ」

豪徳寺と満中在家（森の家所在地旧名）の間の八幡宮の境内まできて、私はへたばり、石段の下の地べたに座りこんでしまった。

先生はのほほんとして、そのままお医者さまにまわられ、古賀書店と巌南堂へ電話されるというお元気さである。

けげんのきわみである。

古書をあきなう巌南堂と古賀書店について、先生の講義。数字がとび出してきたので、午前中のつかれも加わって、講義は耳を素通りした。そして先生にすぐに見破られるのである。

「ああ、ダメだ。まったく仕方のない人だ。こういうことになると、何をお考えになっているんだか、ぼくは一人で発言していて、損をした」

そうおっしゃって立ちあがられる。彼女ののこした資料についてのご感想であったのにちがいない。

夕方、東京の空、白くなる。庭木の木の葉、その空に固定して無限にひろがる。さきほどのK先生の歩き方を考えている。木の葉のごとし。氏のゆきたもうところ、しばしば、自動車を停めて、ならべられるのである。武蔵野は、小丘陵が波をうっている。豪徳寺は、その中でもゆったりと小高い。

十月十七日　くもり
古賀書店氏来訪。

今日から本の整理がはじまる。『神話伝説大系』、『近世日本国民史』、『クロポトキン全集』、『大日本地名辞書』など。

二階の書庫や研究室から玄関や庭先へ抱えおろした一冊一冊の埃をていねいにはらい、分類、分析して持ち帰り分と、本屋さんにひきわたす分とに整理しておくのである。お茶の間で、古賀書店氏のかけひきを、先生だまってきいていらっしゃる気配。

どのような小冊子といえども、彼女の書きこみの痕跡がある。

「――ああ、これらの本をぜんぶ、彼女は読んだのですよ」

書店氏が帰ると、先生は、たえがたいようなひくいお声でそういわれる。そしてていねいに一冊ずつ、タオルで拭きよめられるのである。

二階研究室の机に、『古事記伝』一冊をおいて、彼女が出発したのは昭和六年七月一日であった。いま、この書庫の蔵書は斯界に伝説的存在となり、古本屋さんにとって注視の的であるらしい。世俗にうとい私にも、ここ十日あまり、そのあわただしい出入りで判断がつく。

「……僕ははずかしめをうける。彼女の本をのこされて、ひとりで処分せねばならないなんて……」

先生がひとりごとを洩らされるのを、私はききとめる。古賀書店へお渡しをきめられたという。日が暮れかかるとお顔が蒼くなられた。

「道子さん、あなたひどくつかれた顔をしています。今日はこれまでにしましょう」

そうおっしゃる。蒼浪と埃をかぶられた全身。ぞっと寒い無機質の夕暮れがくる。天文学的孤独。森の樹々や植物たちに呪術をかける。汝ら語るなかれ、しわぶくなかれ。

三十回ばかり二階書庫から、いわゆる、あかずの玄関を重々しくあけ放ち、本をかかえて運びおろした。日が暮れると、心がすっぽり幻視状態となる。すなわち森の中の道具だてのことごとくが消えうせ、遠景のさらさらとしていて寂しく明るい緑の中に、階段だけが、象徴劇のようにかかって残っているのであった。これは呪術のかけすぎというもので、自分にかかったのである。

十月十八日　はれ

朝、青い空。

牛乳を持って上ってゆくと、ベッドの上の先生の口から飛び出したのは、ルナールの日記についてである。

古びた『ルナール日記』（岸田國士訳）を手に持ってベッドから大股に下りて来られる。

『才能というやつは量の問題だ』。や、彼女が○をつけてますよ。○をつけているところは気に入ったというしるし。ふむ、彼女の気に入りそうな言葉だ。これはどうですか道子さん」

「量は質に転化するということなのでしょうか」

「……うむ、そうですね……量は質に転化するか……マルクスでしょう。そのようなことを言ったと思いますが、そこで僕の解釈では、大海の中に油があっても、のみこまれてしまう。たとえばそういう量と質の問題として考えるならば、わかる気がしますね。しかしなあ、彼女の勉強のしかたですけれどもね、才能もだけれど、その、ルナール流のことばでまずいえば、日本の風土では、ことに女では肩が張るのですよ。われわれのセンセイはしかし、のちには抵抗のない姿でやっていたなあ。しかし、今にして更におもうのですけれど心はなんで、あのように濶達だったのか」

「合理主義なのでございましょうねヨーロッパの。この場合の量の問題だ、というような考え方は。ところで彼女の場合の仕事の量には、かえってストイズムの趣があって、ストイズムの方法論として量がともなった感があるようにおもうのですけれど。このようなものは東洋の思想の系譜でございましょう？　欠落するひまのない美意識の持続のようなものに、それは転化されてゆく、なんと、どしがたいぜいたくさ！」

「そうなんです！　じつにぜいたくなんです。一歩も門の外に出たがらないのですから」

「彼女は『恋愛論』の中でしばしば言っているでしょう。究極の愛というものは、つまり人類は、寂滅するだろう、もしくはさらに他の新生命へ発展するだろうと。恋愛は合体を理想とし、これに対して生殖は分裂を意志すると。ですから、合体は自己解消をいみし、生殖における分裂は自己保存を意志としていて、アミーバの昔から不変原則だと。それで、この両者の関係の指向しているのは、人類の無限の増殖よりは、人類の完全な合体——無性化、ほろび、ではあるまいかと」

「うふん、なかなかにいみじきことを言ったなあ」

「それで、彼女の学問の中にながれているのは、そのような合体を夢みつづけてきた女たちの情念の歴史でしょう。ですから、彼女の残した仕事の量は、その業績の自己保存を意味しない——。むしろ、消滅へむかっていそぐ、いや、いそぐというより消滅をまっとうする、完了する、完了したい、そのような情念の絶唱がこめられているように思われます。その残響のようなものですね、形にあらわれてのこった彼女の仕事は。彼女の文章を読んでいると、私は、彼女の仕事にもですけれど、その仕事を形容した彼女の文章に、より魅せられるものですから。文章にこめられた彼女の魂に——。朗々としていて野のかなしみが、地《つち》のかなしみといったらいいのでしょうか。歴史の自己運動に到達しようとするものの、巨いなるかなしみのようなものが、伝わってまいりますでしょう……」

「ああ、ぼくも、それは感じつづけていました。たとえば、カフカが持っていた魂の世界。あんな魂の世界なども、あのひとはよくみていて、つまりカフカのようなおそろしい世界などもよく知覚していて、なおかつそれを肯定して超える愛を持っていたひとでした。それほどな彼女の孤独を、ぼくはとうてい……、ぼくなどはまったくあのひとのおかげで、あのひとの愛や孤独のかげで、一生ひるねして暮したようなもので、あのひとにくらべたら、まったく酔生夢死のようにうつらうつらして、おかげをこうむって、生きてきたようなもんです。

あのひとの愛はまったくしずかで、孤独などといっても、表面は決して、そんな姿にはみえないで、みえないところで、のたうちまわっているのに、ぼくには、のちにはそれがよくわかっていた。決して人に気どられないようにひとりでたたかって、表面はじつにいみじき姿をしていましたから……死んだのちまでも、ぼくをこうして生かしてくれて、僕の役割はもうすんだとおもったのですが——」

「でも彼女はあの、歴史の自己運動と合体していました。何といったらいいのでしょう。そのような極限の瞬間を知っていたのではないでしょうか。でなければ、あのような持続力へと昇りつめることはできないでしょう。

そのようにして、天然の深いやすらぎが、詩人の魂にはしばしばやってきます。無私のやすらぎが——。そのような虚無の涯をあそんで、彼女は自己を空っぽにしてきて、むきあうものの魂によりそうのです。だから彼女にむかえばしずめられる。彼女の好んだ感覚、あの論理世界。自分で、自己放擲《ほうてき》と名づけていて、時々耐えがたくなると一切合切自己放擲してしまうのだと——。それでまた彼女が濶達に甦って、名づける〈母性我〉の世界。歴史の法則そのもののように、ゆるやかで、かなしみをそなえていて、私はとっても好きなのです、そのような彼女が——」

「ゆうべは寝はぐれて、彼女の世界を、彼女の孤独の質とその深さを思いやり、自分はどれほど相寄りえたか索然たるものがあります。ぼくは瞠目してみていました。あんなひとがこの世に生きていたなんて——」

「——自然科学……人文科学……すべての学問を統合総括する、もうひとつ上の学問。未来学のゆきつく涯の終焉紀の学問、そこまでゆきつくとき、人間は、どのような質の愛を認識として持つのでしょうか……その前駆的な愛の形態は、もう私たちのまわりに、ぼつぼつみることができるとおもうのですけれど……」

終りの時は、いつでもながれていた。朝は海の中に似たみどりいろの闇である。コップに注がれたままの牛乳が、そのようにして忘れられる。

「だめですねえ、牛乳は鮮度がいちばんですからね。ぼくに持ってきて下さったのでしょう。それ下さい、いただきます」

彼女と、先生と、私のあいだの、流れつづける冷たい宇宙から、私はおおいそぎで牛乳をとりいだす。

ああやっと、朝の食事にありつきましたといいながら、先生は、下手くそに剃られたあごのあたりに、ポッチリと牛乳を呑みのこされるのであった。そして、今日は大車輪でやりましょうと、非常に元気なお声を出されるのである。

『中央公論』、『改造』、の昭和二年三月号などが出でくる。背表紙にうっすらと、彼女の書き入れ。○婦人雑誌　○福本和夫、などと読まれる。

目次をひらいてみると「婦人雑誌は何処へ行く」という見出しに平林初之輔ほかの男性が書いている。創作欄芥川竜之介の「河童」。つまり定価五十銭の改造は私とおない年である。外国作品欄、ジャンコクトオ「エッフェル塔上の結婚者」。「支那現時の問題」というのは特集記事らしい。

昼、コーヒーにミカンをたべながら、大正天皇生母のことを話題に出したことから皇室婚について雑感をのべあう。皇室に家庭なし、と彼女は書いた。

天皇は母の家に育った。そこがそのまま皇居になった。だから古代の皇居は一定の場所でなく転々として移ったという説（「古事記伝」）がある。推古の言に「自分は蘇我氏の出身だ」（「書紀」）とあるのも、欽明皇女ではあるが、母族の蘇我氏に育ったことをいうのであろう。その皇居の豊浦宮も、蘇我氏の当時の本居の地に営まれたものらしい。すなわち豊浦宮も、有名な豊浦寺も、もとは推古の外祖父稲目の居宅だったと諸書にみえる。

天皇氏族という固有の父系氏族があって、一定の居所と勢力をもち、それが即位の背景となっていたと考えるばあい（いわゆる保守派も進歩派もこうした考えかたのようであるが）そうした氏族の存在や居所については深く迷わずにはいられない。

「姓氏録」のいわゆる皇別氏を仮にそれだとしよう。その皇別氏には、近江の息長真人氏を筆頭とする三五〇余氏がみえているが、その筆頭氏にしても、招婿出自（応神が近江の息長氏の女を妻問い、生まれた子二俣王が母方の居所と氏称を嗣いで、出自だけ父方の皇別氏に列したもの）であることを歴史は隠していない。これら皇別氏のなかには部民をなのるもの、諸蕃の姓を負うものも多い。これら皇別氏は神武から嵯峨におよぶ歴代天皇の子孫であると称しているものではあるが、それらの多くは各地域の固有のばらばらの大小氏族にすぎない。そしてそれらの存在はそれらの本家である天皇氏族の巨然たるべき居地や勢力の存在を示唆すべくなんらのたしにもならない。

天皇は系のみがあって、母族から母族へと転移した抽象的存在形態（ヤマト時代の父系母族制を端的に表現した）ではなかったろうか。とすれば、天皇には家庭もなく、祭祀所兼役所があるだけで、いわゆるキサキも出勤制による役員の一員だったのではなかろうか。そして天皇のこうしたありかたが、天皇の弱さとともに強さの鍵でもありはしなかったろうか。わが国の多くの歴史家たちは、家父長婚たる嫁取婚を最も早く発生した場所として天皇家をみているようであるが、はるかに下った平安ごろをみても、それは決して嫁取婚ではない。わが国の皇后は江戸の儒学者が非難したように（この非難は当たらないが）嫁取婚でない入内のしかたをしている。つまり、皇后としてでなく、侍寝職の女御、女官職の内侍、更衣等として入内し、そのなかから事後的に選ばれて立后するが、立后後も自己氏族から断絶されておらず、氏后として氏祭を司り、氏弟を本拠として子生み子育てをなし（この状態は物語等にたくさん出てくる）、その財産は氏族が相続し、死ねば氏族の墓地に葬られる。天皇家に厳格な意味で嫁取婚が発生したのは明治以後であると私は思っている。

（全集版『日本婚姻史』）

十月二十四日　はれ

本の整理、終る。古賀書店におひき渡しのこときまる。本を積み込んだ大型トラックが森の角を曲るとき、先生は姿勢を正し、深々と頭を下げられた。

ぼうぼうたる秋草の庭。戸棚類や、雑本、新聞の類（資料の一部）を積みあげられて火をかけられる。階下書斎資料群の中で、七夕の笹などとともに、彼女を語っていたマンドリンも火の中へ。マンドリンは焼却をきめられていたものの一つである。

「——マンドリンもお焼きになりますか」

「——ええ」

「どうしても」

「そうです」

「……」

「最初の絃をひくとき、彼女はなぜ、彼女はバイオリンなどもいじっていて、ビューッと高くて、強い音を出していたのでしょう。単なる下手、というのでもない、必ず最初、高い、強い、耐えがたいような音色を出す――あれだけは彼女に似つかわしくない音色だった」

「……」

「――音楽がないと彼女は餓え出すのです――」

彼女の心の中に鳴っていた音楽を、K氏は感じることは出来ても、聴きとることは出来ない。人と人とのかかわりはそのようにしてはじまりもし、距りもする。

オランダ渡りの形をしたマンドリンは、彼女だけの音楽、たぶんたとえば、インド古典叙事詩に揺曳《ようえい》していた古代楽器の再現なり（彼女はジャータカをからかうのが好きだった）、阿蘇、釈迦院あたりの麓の、わらべ唄のはしはしでもあったろうが、そのような可憐な唄をまつわらせて、いわばひどく学究的な書斎の真中におかれていたのである。

光りうせ、色あせ、死に絶えつつある武蔵野の午後。その一角にとり残された仮象の森。えんえんと音をたてて燃えあがる彼女の遺品の炎の中に、K氏は佇立しつくされる。今日は本の運び出しも、古賀書店氏達へのご挨拶も、その他遺品持出し（彼女の衣服、靴など）にも、ことのほかきっぱりと無口で立合われた。

炎は一瞬の永却である。焼滅へ、消滅へ――。

合掌して念ずれば、ごうごうとたちのぼる炎の中に、古代の原野が、たたなわる彼女の嬥歌《かがい》の原野が無限に展開する。

海口榴市《つばいち》の
八十の
ちまたに
立ちならし
結びし紐を
解かまく
惜しも

人妻に
吾もまじらむ
吾妻に
ひとも言問へ
………

異なる、悪しき文明世紀が、このようなときにも、ややもやと足元を這いながら立ちのぼって生れでる。そのような地《つち》の上に、呪法のあとのような灰がのこる。現世の風が、秋の夜風が、熾《おき》を吹き散らし、朝がくる。そして、森の境目の樹々のあいだには、界隈の人々が、ゴミクズや木片や、プラスチックの廃品まで！持ちこんで、捨てにくる。はじめは少しずつこっそりと。人をとがめない、垣根をつくらない森の家だと知ると、われもわれもと夜の間に、捨てにくるのである。

そしてまったく、巷塵のちまたの昼に、森はひしひしととりかこまれてしまう。彼女の灰はそのようにして吹き散ってしまう。スモッグの空が、やがてゆっくり世田谷の上にもやってくる。

十月二十六日

畠田真一氏へ口述の手紙書くよう頼まれる。

「全集編集をベッドの上でやってのけ――」という表現について。

「編集をベッドの上でやってのける、という表現では、散文的な感じがするのです。やってのける、という語感はどうも散文的だ。僕はそういう気持とはちょっと違うのです。編集は、全集は、それはやったがよい。やらねばならない。実際それは進行しています。しかしなるほど僕は一日に三十ぺんも目を洗いながら校正をして――形なき彼女と対話を交しながら、まったくあの時期は――、しかしやってのける、という気持とはちがうな。やれなくともいいのですよ。彼女だって、恐らくそうでしょう。たしかに志は立てていたが、一生懸命やってもいたが、やれなくともいいのです。わかりますか、やってのけるといえば、散文的でわびしくなるのです。

あのような時期に、東京では渋谷定輔さんが、熊本では畠田さんが、全く無私な形で、僕があわれな状態の中で、虫のようになって、飯というものは食わねばならんのですからね。虫のようになっているから飯を食いに行かねばならぬ。そのようにして、全く世間と断って、半年間、誰とも口をきかぬ。今までは彼女と話していました。そのようにしてひとりで彼女の仕事をたどり、その心を思い出し、やっていたのですよ。そんな時に、僕のことを思い出して、畠田さんが手紙を下さるのです。

遠い熊本に僕のようなものに心を寄せてくれる人がいる。有難いことでした。しかし、有難いというのは、僕ひとりで思うことで、畠田さんに云うべきではないのです。僕は友人を持ちません。自分で遮断して来たのですから。僕がひとりで思うことです」


「なぜ、『火の国の女の日記』としたのかですって――。あれは彼女が自分でつけたんですよ。ただ、この題名についてはちょっとしたいきさつがありました。小宮山さんは『火の国の女』としませんか、というのです。こうした、出版社がわからの題名いじりの慣行！　なるほど、彼女の著書といえども、商品にはちがいありません。それはまぬがれぬ。僕はその時、故人がつけた題を誰もこれを変更する資格はありません、といったのです。（資格はないでしょうと返事）天来の声でなくちゃいかん……。

全集とは何でしょうね。全集をどう規定するか。選集という形もあるでしょう。ある基準でいえば、彼女の全集はこの二倍でも足りないくらいです。全集を出す意味について僕は彼女と対話するのです。

つまり彼女のみていた真理、この真理でもって、彼女は孤絶したこの家の外の世間に貢献したといいえばいえる。それに到達するまでの、彼女にいわせれば紙クズ。彼女によって否定されたものを全集にとりあげることは、彼女をはずかしめ、僕もはずかしめを受ける。これは僕の法治主義です」

K氏は、ケヤキ、榎、クヌギ、杉、銀杏の巨木のことをよく話題にされる。私はといえば、なんとまた、実によく樹の話ばかり持ち出すことだろう。

「ケヤキやエノキ、あれが巨木になったら実にいい。あいつは葉を落してしまってから、いや、冬になってから生きてくるのです。あいつは秩序整然と枝を出して、あの細かい枝の先々まで、冬の空を支えて、生命感にみちて、孤独で、屈しない姿をしている。ぼくはあの樹の姿と生命が好きだ」

とある日、先生のお伴をして大榎を見にゆく。彼女と、東京とのゆかりを、そのようにしてたしかめにゆく。千歳郵便局に用事もある。

おそらく武蔵野最後の神木にちがいない大榎に逢う。

「東京府荏原郡世田谷村経堂在家――、」墨痕の格調高い表札をかかげた大地主長島家の続きに、いかにも超俗的な巨大さで、その神木群は立っていた。びっしり張られた枝の間から見上げれば、一瞬、高く高く東京の夕空が澄む。

Ｋ氏は榎のまわりをまわり出される。遠くから張りつめてくる冬の軌道に、はじめて乗るように、巨きな根元のまわりを、私もまわり出す。

裸樹の枝だけを宙天に張って暮れる、大地と空の、たそがれの荘重さというものが、世田谷界隈には残っていた。

とりわけ濃い時間が降りてきて、そのように、あるときわれわれをつつみこむ。

「招婿婚の発見を、かりに、東大教授の誰かがやったとすれば、われもわれもと発見して招婿婚を富ますに違いない。現代の、学問の体制はおおむねそのようになっておる。しかし、そのようなことはどうでもよろしいのです。

歴史の中には、たとえば、深い地層の金鉱の表面に、何気なくころりと小さな金塊がひとつころがっているように、小さな事実の破片がころがっていることがある。それを一箇の金塊とみるか、金鉱としてみるかは、その歴史家の資質による――。源麗子は藤原師実と形影相伴う婚姻生活をいとなんだが、その墓は別墓となっていて、これを不思議がって言及した歴史学者はいたのです。その事実が招婿婚原理の一端を示しているとは、男性史家の容易に気づくところではなかった。

これと反対の場合だってある。たとえば平安期の文学や生活記録に花々しく見えている三日餅・露顕《ところあらわし》の婿取儀式ついて疑問をもち、あえて、その根底たる婚制の問題に格別の注意をよせたものがあろうか。ただ判で押したように男は始め女家に婿入りして、適宜――一年十年の後には必ず妻子を連れて男家に帰ると証明もなく片づけているが、男は結婚したが最後終生実家に戻らないのが彼女の実証によって明らかにされたのだった。あの不可思議な想像を絶する皇室婚でも同じことがいえます」

凍てゆく湖水のような闇がひろがる。K氏の声は明澄に、私たちの軌道を外れない。急に沈黙がやってきて、大榎の探訪が終る。

このような沈黙を抱えて夜があけるころ私はひとつの愉快を思いだす。明け方の愉快はスタニスラフスキイが「桜の園」について語った文章のなかのチェーホフの言葉だ。

「ねえきみ、私は彼女にいうんです、私の右足の指が一本はみだしたよ。左足におはきなさい、と彼女は云いますよ――」

O・L・チューホヴァ・クニッペルよ、彼女の光栄はこの一語につきる。

私たちの観音さまはといえば、日課の終りに必ず「米磨ぎ」をやり納めるのである。おもいをこめるあまりに、彼女の家事はままごとめいて、実務にかけるうらみがあった。K氏は彼女の「主婦の志」を敬し、卑弥呼につかえる如くこれを〝佐治〟し続けたのである。

十一月二日

夕食後、別巻の話が出る。

「彼女はむずかしいなあ。うっかり書くと自分の概念で規定してしまう結果になる。僕など足元にもおよびません。頭っからかなわない。あれは原始人でもあり、未来人でもあり、したがって現代人であるわけだが。

だからぼくおよびふつうの人間が、あれを書こうとすると自分の概念の範囲でしか書けない。僕はやはりね、大正人だなあ。大正という時代は、何かしらもう思想らしいものが生活の中にはいってきていましたよ。明治の欧化一辺倒がやっとしずまって、すべてがまだ態をなさぬが、じゅくする前の、何といったらよいか、ルツボのような時代でした。

彼女自身も、時代そのものを受けて生れました。しかし、彼女の出生は、単に時代としての大正を受けて生れたとは云えないような気がする。彼女自身ルツボであった。

彼女の雑文は沢山あるのです。しかしあれはクズだ。彼女の基本的、初歩的思想はあるのですが。しかしまだよくみれば何かまだあるかも知れない。僕は彼女の中から（残したものの中から）一番よい彼女の成長をよりすぐって、これが彼女だととり出しうる自信はあるのです。今の段階では、それがほぼ正確に出来るのは僕ひとりです。あとはあなたなり、次の人びとが更に彼女をひき出して下さるでしょう。

彼女に来ている手紙がまだ沢山あります。あの中にも、無名の人びとの手紙の中に、彼女を語るに足るものがあるに違いない。くにに帰って、じっくり時間をかけて、(二年位)別巻を創ることを考えなくちゃならん。全集は再版されますから、二年位あとでは。その時に別巻を考えておかなくちゃならん。

しかし、むずかしいなあ。僕の世界はどうも、チェーホフに似ています。匂い、いや、臭み、が僕は好きでない。水のようになって、彼女を書きたいのですよ。もう最後ですから――」

午後、水道屋さんくる。隣家徳永さんからこのところ貰い水で不自由であった。水道なおり、先生、柿六コほどちぎって徳永さんに進呈。

「ああ、お茶！　お茶を沸かしてはいただけませんか。お茶がほしくてたまらなかった」

とおっしゃる。

水道屋さんお縁にまわっていただきお茶にする。薩摩琵琶のたしなみある由で背すじの美しい六十七歳。この人、テレビのおハナはんの筋書を要領よく先生に教授する。先生しきりにナールホドを連発して和やかなお顔。喋りついでに、六十七歳氏、越路吹雪の旦那の内藤某氏のおふくろさんと琵琶仲間で、水道、風呂工事のとくい先であることもひろうに及ぶ。

越路吹雪は旦那よりも金をとり、内藤旦那はくそまじめな作曲家で、出世はしないが、二人はしっくりいっている。おふくろさんも工事の払いを、せんには分割払いにしていたが、越路という嫁さんが来てからは、一ぺんに、きれいに払うようになったと。六十七歳氏帰ったあとにK先生、「コシジなんとかいう女性はなにをする女性ですか」とおっしゃり、しばらく返答にきゅうした。

ボーヴァワールの来日と高群逸枝

一九六六年秋、枯木も山のにぎわいめく〝明治百年〟を論議中の日本の進歩的ジャーナリズムにとって、サルトルとボーヴァワールの来日はちょっとした季題のようなものだった。二人が背負っている筈の、近代フランスの知性の頽廃や苦悩や、恥部さえも、洗練されてみえた。今日フランス革命について語り、ロシア革命を文学史的に論じ、明治維新について考察し、つまり進歩について発言することはなんと好個のサロン的テーマであることだろう。

『婦人公論』一九六六年十二月号の〈ボーヴァワール女史を囲む独占座談会〉「第二の性はいかに生きるか」もいささかこの範疇に入る。冒頭にボーヴァワール女史の発言がある。要約すると、

このあいだ門司に参り、女沖仲仕の働いているところをみました。ああいう重労働を女性がやっているのを見たのははじめてでしたし賃金の関係もたいへん男性とのあいだに差があると聞いて私は非常にびっくりしました。印象深かったのは齢とった婦人たちが激しい労働をやっていることでした。その一人は六十三歳といっていました。道路で働いている女性は相当に多く大部分がしかも年輩の人でした。

平林（たい子）　道路で働いている女性というのは失業対策事業に従事している人たちだと思います。これは男も女も同じ賃金で、失業者に与えられた仕事でとくにむずかしい労働をし

ているのではないのです。

ボ女史　フランスの働く女性、女性工員、女性労働者の場合、反抗のような姿勢を感じさせられるが、日本の働く女性たちは遠慮深いというか恥かしがるようにはっきりとは話さないように思え、悪い労働条件に強い反発、反抗心が感じられないのです。

平林　重労働ということからいえば、九州方面より東北のほうがずっと重労働です。寒くて工場の仕事が少なく、道路工事とか仲仕とかみんな女がやっています。しかし法律では女の重労働は禁じられています。

大浜（英子）　失業対策の場合男女の区別はしないんですね。道路工事の場合重労働を女の人がやっているのを見ていると、男の人が力仕事を引きうけて女は少し楽な仕事、たとえば砂利を運んだりお昼になるとお茶をわかしたり、法律的たて前というんじゃなくおたがいがそうしあっているんですね。

ボ女史　偶然だったのか私が見た女性の労働者は男性と同じように砂を運んだりシャベルを使って作業をしていました。

平林　東北なんかは女性は仕事をした上家に帰っては家庭の仕事、母親の仕事がある。その二重性はたいへんなものですね。

朝吹（登水子）　私こんどの旅行にはずっとご一緒したんですがそういうことは門司でもうかがいました。一日働いて家に帰ってお料理育児を全部やらなければならないというお話をきいたわけです。

法律で女の重労働を禁じているにしても、九州と東北の対比において重労働の差を言うにしても、わが社会派女流たちの発言はいささかみやびやかにすぎはしまいか。座談会というものが片言隻語でしか語れない質のものであり、フランス語と日本語の不自由があるにしても、失対労務婦人に象徴され棄民化しつつあるわが農山漁村・産炭地および大都市実態不明の底辺婦人階層群の心情と実態には、これはあまりにもうとく、内発性に乏しいのんきな談話におもわれる。

同座談会はまたカトリックの力によって人工中絶の許されぬフランスの悲劇と、人工中絶が合法化され弊害が起きている日本をくらべ、日本の場合——義務教育が徹底し読書によって実用知識をうる習慣もあり、性知識も普及しているかにみえるが産児調節とは堕ろす、というふうに普及してしまった。これは人口問題から中絶が合法化されたからでもあるが、戦後家庭から開放され社会にも進出したかにみえるが妻たちは社会的経済的に束縛され、離婚の問題をとってみても子供をかかえたりしていて理想的な愛を営むのはむずかしい。サルトルとボーヴァワールの愛の形は好もしいが、赤ちゃんを産まぬことを前提とする愛とはいかなる愛なのか、日本の女達はなかなかそうはできない——とここではわが女流たちもすくなからず身につまされた口ぶりである。

この座談会が行なわれた頃、女あるじ亡きあと（一九六四年六月七日没）の研究室の二階では、『高群逸枝全集』第六巻・日本婚姻史・恋愛論がK氏によってひっそりと編纂されつつあった。『日本婚姻史』は彼女の学問の書としては絶筆のものであった。

冬がやって来つつあり、もうろうたる景色の中に、ルドンの花のような寒椿がひらいた。玄関にはまだ女あるじの、「面会お断り」のちいさな札がかけられてあった。めだたない書体の、ちいさなこの「お札」の存在は、彼女の在世時代はもちろんのこと、その没後においても、人びとは十分これを、どのようにでも誤解することが出来たのである。この時代の人びとの日常性には、まぎれもなく、それは異質な「呪符」であったから。

おもうに彼女にとっては護符であり、彼女が結んだ印字であり、またはままごとでもあったろうから、そのような形をとりえたからこそ、このちいさなお札は、どこかもう彼女を離れて独立し、人格的な（ひとびとはそれを超人的な、ともいう）権威さえ持ちえていたのであったろう。アラビヤ魔法めいた扉をこじあけて、神域、あるいは行宮、に入りえたものはいなかった。むしろ今となっては、童話めいた奇蹟となって風化する。

遠く重く潮のとどろくような音の中にあけくれる大東京の片隅の森。未知の課題をずっしりと抱えていた一つの時代が、ごうごうたる都市化の波の下に沈む。

へし折れた森は、夜になると、武さし野の風が吹く。すると私の耳には無数な樹々の枝のさけめの中から、遠いあの、樹々たちの祖の言霊、古代木琴や、木の太鼓や、木管楽器類の単調に澄んだ韻が、さまざまに、いっせいに立ちのぼるのがききとれた。

まぎれもない古代霊能者の質と、それゆえに純化されて貫徹した論理的理知（それは女たちに冠せられた没論理白痴性を包括して荷っていた）をもって完成した『母系制の研究』、『招婿婚の研究』は、高群逸枝みずからが祭祀者となった民族叙事詩の世界でもある。みる目なく、きく耳もたねば情念の廃墟、体系学の瓦礫の山、の見本ともなろう。

だからこそ、研究生活に入ったあとの彼女の語り口の極端なまでの平明さには、無限の忍耐心と慈悲心とが付与されているのであろう。

昭和二十九年、婦人少年局が労働科学研究所との協力で調査したところによると、ある共稼ぎの家庭では、主婦は起床が三時半、夫と子供に食事をさせ、掃除をすまして勤めに出る。週末か半月後にめぐってくる休日には亭主は酒呑みや魚釣りにゆっくりするが、彼女は睡眠時間だけ平日より一時間多くとれる位で、だから彼女と子供たちの健康状態は統計的に非常にわるい。

「家庭に帰れ」という声もあるが、帰れるのは少数で大多数は帰れず、既婚婦人の就職率はますます圧倒的に増大しつつある。都会では女の労働が必至的であるのに、家庭が古いまだと女のエネルギーには限度があるので、職場と家庭の二重労働には女は爆発寸前にあるといってよい。これはもう旧家庭がドタン場にきている証拠だろう。農村での嫁ききんも、都市での「家庭に帰れ」の声も社会の一種の断末魔的けいれんであり、それは一つには農村と都市の区別のない社会への、または婚姻史からいえば母子保護や家事の社会化への、つまり完全に保障された寄合婚への方向を示唆するアドバルーンとして理解すべきであろう。

欧米の家庭は幸福だろうか。それは日本の比でなく、ある程度母子も保障され、夫婦の同権も確立している。しかし欧米――とくにアメリカでは、男性がその家庭を、妻を、子を嫌悪している一面がないだろうか。あるとすればその社会での同権家庭の桎梏化《しっこくか》を意味するものではないだろうか。家庭の桎梏化はかつて家庭の王者だった父や夫にそれがすでに重荷となりかけたことで証明されよう。父や夫の子や妻に対する扶養の義務は、かつて強大な権利を行使するための最低限の必要であったが、いまは文字どおり義務のための義務となってしまいむしろ権利の主体は子や妻の側に移行した。

「七年目の浮気」という映画をみると、夏になって都会の駅は避暑地にでかける母と子でいっぱいだ。「お父さんは行かないの」と子がいう。お父さんには稼いでもらわねばと母がこたえる。そんな夫がおおぜい見送りに来ている。夫たちは妻子を送り出しやれやれと浮気の虫にとりつかれるがそれも妻子への気兼ねで踏みとどまる。

妻子への気兼ねというよりそれが離婚条件となり、離婚後は彼の賃金から扶養費が天引きされるからだろうと批評者はいう。アメリカの法律はこうして家庭を極度に庇っている。そうしなければ日本の現状のように夫はいつでも妻子をすてるからで、アメリカの妻たちもかつてはそのような受難者であった。そうかといって今日のアメリカのように個人の責任と義務においてのみ追求すると法の完全さと比例して人間性の自由がしばられるのではないか。

それなら妻は幸福かというにそうでもない。一九五七・一・二一の『ライフ』婦人特集号によると、アメリカの妻たちにはなにかやりきれない説明のつかない不満感が、伝染病のように襲いかかっているという。けっきょく真の寄合婚は、こうした袋小路を突破した段階でしか花咲くまい。

先の座談会に対してこの『日本婚姻史』の結びの章ははなはだ示唆的である。すでに『日本婚姻史』は一九六三年、至文堂の日本歴史新書の一冊として刊行をみていた。

また彼女はこうも言う。〈家〉という漢字をみると、家（ブタ）の上に屋根がかぶせてある。つまりブタ小屋の意味である。ブタは古代中国で最初に私有化された家畜でその私有制を表示したのがブタ小屋すなわち家であった。こういうブタ小屋を最初にもったのは氏族の指揮者たちで、「力」にものをいわせて、氏族共有のブタや共同で他氏族から掠奪したブタを分けとり屋根をかぶせて私有物としたのである。その世話や番をさせるため男女の奴隷——あるいは奴隷化した同族の男女が同居させられ、女奴隷は主人の常用性具とされて子供を生みその子も奴隷とされた（アメリカの奴隷主が黒奴に生ませた子を奴隷としたように）。これらのブタ、奴隷、子供らを総称して家族といいそれは完全に一人の主人の持物だった。ファミリアの語源も奴隷団体を意味するという。これが古代家父長制や家の起源である。この私有財産と父系家族を内容とする家が社会の経済的法制的単位となり氏族共同体を破壊し家父長制の家を基礎とした国家ができあがる。女性は家に封鎖され、性や家事の奴隷となる。労働は複雑ではげしく社会的には評価されない。奴隷労働がなくなった今日経済学者らを悩ませている唯一の無評価無定義の家事労働のみが存在するのは古代家父長制の神秘的痕跡ではあるまいか。女の本分は家庭にあるという声をよそに資本主義制はどしどし女を家庭から引き出す。世界史的には数千年の歴史が流れ極小の単婚家庭が普遍化したがこの家庭も私有財産の城郭である点で出発点の大家族と同じ孤立的原理に貫ぬかれ、大厦高楼暖衣飽食家庭の隣に貧軒陋屋寒衣飢食の家があるのはやむをえない。家父長制家庭では私有財産に制約されて性生活にあらゆる作為が加えられる。産めと言ったり堕ろせと言ったり、女性の性は不感性型の妻と商売型の娼婦のそれとに分化し女性の愛は自主性も原始性も喪失し現代の家庭の性生活の内容は百鬼夜行の惨状である。

一九六九年次元で、身近な私の地域と友人の話をしてみよう。

Mさん、某化粧品メーカーのセールスマン。LPガス集金、および和裁内職、病院の看護人その他なんでも。ひとり暮らし五十四歳である。彼女は終戦時アメリカの飛行機の銃撃で愛児を殺され、狂気の状態で離婚した。

「趣味は浪費、踊り、それとケンカ。ただし浪費しようにも金はなく、踊りしようには、骨がしなわんし、ケンカしても負けてばかりよ。くやしいねえ」

彼女の踊り仲間たちは正統に振り付けた花柳流はようおぼえず、即興的安来節や、思いつきの貫一お宮のたぐいの寸劇を濃厚な土着語でホン案し、演じ、踊りのおさらい日をしばしば台なしにしてしまう。お師匠さんはといえば、うるしのような髪をばっさり男風にして、ジーパンをはいているきっぷのひとだから、いっそ連中の上をゆく抱腹絶倒のどじょうすくいなどやってのけ、結構底ぬけにたのしんでしまう。

この仲間、ほとんど後家さんであるか、未婚のままであるか、ご亭主がいても亭主代わりになった女たち。四十代から五十代「みんな、おなごを廃業してしもうたよなおなごばっかり」である。とはいえ彼女らは「出陣」にあたっては、南国の紫外線に直射させた五十膚に熱心に商売用の化粧をほどこす。

そのような仲間ではもっとも内気なSさん。はけなかった化粧品ケースをずっしり下げての仕事帰り、はるか前方に、うらさびしげなご亭主の帰宅姿に会う。とある企業の定年前の工員である。彼女は一瞬立ちどまり、連れのMさんにほとほととかぼそい声で言ったものだ。

「アレ、あの人じゃ、ンまァーがっかりした。きょうぐらい、交通事故で、死んでくれとらんかと思い思い、歩いてたのよ。ああ、がっかりした。まだ生きとらす」

ご亭主には零号さんがおり、そちらへはもとより、奥さんに対するにも、ご亭主は財布のひもを握りしめているというのである。

化粧品セールスのみならず、たかだか人口三万の小さな私の町でちょっとした食べ物屋や飲み屋やバーの類をのぞいてみても、いわゆる一般家庭の主婦たちが、パートのホステス群となってひき出されているのを見れば、中小や零細企業の最底辺に、規定不明の日かせぎ主婦労働が、かつてないほどの統計的地位を占めめつつ流動しているのではなかろうか。「女は家庭に帰れ論」に帰るすべもなく、どんどん家庭からひき出されてゆく彼女たちは、いやおうなく夫以外の男たちと社会的対面をする。彼女らが切実素朴に求めている人間的な原連帯はそこではおおむね得られない。男と女の間になお深くなってゆくばかりの階級差の実感のみである。

さて化粧品セールスの彼女たちの過去は多様をきわめるが、ここらあたりに多いのは二・三反の田畑持ちの女房たちである。三ちゃん農業のじいちゃんばあちゃんを葬り、かあちゃん農業もとっくにゆきづまった。過疎地帯の肥薩県境だから土地ブームとは無縁である。隣へ行くのにオートバイで一山越えねばならない山間へき地といえども、化粧品の需要は行き渡っているから、彼女らは田畑を質においてオートバイも買うし、自家用車を買い、それに乗るにふさわしい服などもパッと買う。

化粧品は一町村単位にある支店から現金買い切り制度である。幾セットか買い切ると、売れた分は十分の一以下の月賦でサービスする。回収不能の敷き金はどんどんふえてついに家屋敷と取り替えになる。五十前後の女たちがこうして蒸発する話がいくつもある。残っている女たちは心情的には第一次蒸発、第二次蒸発を終えたいわば蒸発後衛軍でもある。特殊例でもなんでもない話である。

このような表層現象の底には逸枝が予告したように、完膚なきまでに爆発しつつある「家庭」

があり、女たちの息せき切ったような流動状態には、どこか爆発万ざいを踊っているようなおもむきがあり、あのおかげまいりや、ええじゃないかに相通う熱狂さえみえるのである。社会経済史的にも婚姻史的にも、すでに「核家族」さえ崩壊のきざしがみえ、三界に家なき時代が今度は男たちにもやって来つつある。マイホームは不安の裏返しとして登場する。老人問題やなかんずく性革命が、背後の重い婚制や家族制度から浮上して、茶の間に飛びこんでくる。出稼ぎ過疎農村では、嫁たちの恋愛沙汰が老人たちをなやまし、有閑化する都市主婦のよろめきは、その移行型を示す。

爆発寸前なのは「家」のみでなく、経済学的法制学的制度も、これを規定し、収拾するいとまは恐らくない。無名大衆女性たちの動きは、一種の霊能による歴史の先どりかもしれない。

女性廃業とは、自己交代、まるごとの自己誕生への願望にほかならない。あるべき時代、あるべき歴史の坩堝《るつぼ》がいま、自己放棄した女たちの内部にある。

ボーヴァワールの「第二の性」にはいちはやく興味を示しても、高群逸枝の仕事には無関心であったこの国の近代的知性が、埋もれた自身の民族の伝統を、しばしば埋もれいる度合いが深いほど、表層的には、〈無〉の形にならされているゆえに、これをみずから発掘してゆくまなこをもたなかった。根無し草であるところの欧化文明へ、いまだにひたすら、わが女性たちの大半が隷ぞくしているのではあるまいか。

そのことは、〝進歩的階層〟の、上へゆけばゆくほど、言葉のうえの奇妙な進歩という、あいまいもこの形をとりながら、じつは、貫徹性のきわだってくる、男権支配思想の圏内に二重にすっぽりととらわれていることをも意味している。男たちにとっては、もとより一度手に入れたこの支配圏こそは、ちっとやそっとでは自ら解放にいたるなど、思いもよらぬ歴史的安逸圏であるし、まして、この支配圏への隷ぞく下にある女性たちが、これを脱けだしてみずからの発想をもつには、さきにふれた状況の歴然たるのとはまた別に、未知の道をまだまだ、歩かねばならないのであろう。

ボーヴァワール騒ぎに離れてこれと対等、もしくはそれ以上の見識を維持していたのに、筑豊に住む詩人、森崎和江がいた。そのことはまたのちに項をもうけてふれることにする。明治百年の尺度をもって昭和以降を探ることとそれは有益にはちがいないが、高群逸枝とわれわれの女性史――このかえりみられざる原史――は近代百年からは、たちまちはみだしてしまうのである。

二十世紀の「母達」はどこにいるのか。寂しい所、歩いたもののない歩かれぬ道はどこにあるか。現代の基本的テーマが発酵し、発芽する暗く温かい深部はどこであろうか。……根へ、根へ、花咲かぬ処へ、暗黒のみちる所へ、そこに万有の母がある……

（谷川雁　詩集『大地の商人』一九五四年）

これはこの国の男権思想がいみじくも吐いた本音であり絶望だった。花咲かぬ処・暗黒のみちる所とは現代の無限地獄・反世界・終末世界への願望であろう。

私たち――母たち――のエロスが汎抽象となって久しい今日、『大地の商人』の、この男の側の最後の思想と、私たちとの相関関係を追いつめれば先祖がえりする感想が湧く。母とは最初にして最後の性、つまり永遠の性にほかならぬから。

高群逸枝がその主著、『招婿婚の研究』から類推している人類雑交起源説とその進化発展の到達点とみている自然律の高次的回復としての雑交、もしくは天才的一夫一婦（一夫一婦の絶対化）説は、喪われた性を考えてみるときいちじるしく実証的である。彼女はみずからの母系原理を無辺に追い放ってこうもうたう。

極大の世界に関する認識とともに極微の世界の認識も原子力にまで到達した。たとえば太陽をみよう。太陽はものすごいエネルギーの浪費者だ。地球が受けている熱量だけでも一億キロカロリーの一千万倍をこえる。これは一億トンの石炭をぱっと燃やしたときの熱量である。すなわち太陽の中では四個の水素の原子核がくっつき一個のヘリウムをつくりあげる反応がひじょうにゆっくり行なわれ、これは水爆原理の核融合反応であるが水爆のように爆発的ではなく一つの反応が終るのに数百万年かかるというのんびりした反応である。

水素を燃やして光っている太陽――われわれの地球をその胎内から生み出したという太陽

——宇宙時代の宗教はふたたびこの母なる太陽崇拝へとかえるのではなかろうか。かつて原始日本人がしたように宇宙時代の大衆もまた峠のホコラから母なる太陽を遙拝し、宇宙の神秘に徹するひとときをもつことになるのではなかろうか——

（全集版『女性の歴史二』）

一億トンの石炭をぱっと燃やすなどという荘大なロマンチシズムを私たちは持ったことがあるであろうか。このくだりはもっとも好きな逸枝像である。

汝洪水の上に座す
神エホバ
吾日月の上に座す
詩人逸枝

このくだりはある種の詩人たちの揶揄の対象となったが、逸枝にはふしぎにも終生、終末観のかげりはない。彼女は、それを、あるべき世界としてみていた。

この稿を草する日、水俣に移った彼女の書架をまた私は訪れた。『招婿婚の研究』に対応する柳田国男の「聟入考」を再閲するために。それに伴い、彼女の研究の主資料をなにげなくみひらいた。すると、台記（藤原頼長日記）別記巻二久安三年四月一日の頁からまだその色をとどめて、露草、桃、水引草、雑草の花などの押花が出て来た。黄変した和紙をひろげるとのびのびしたペン字がにじみ、

――押花、戦地慰問のあまりをここに入れておくものなり。すべてわが庭に咲けるものなり。押花の寿命われより長からん　逸枝――とあった。

十一月九日　くもり

郵便で「婚姻史」の校正くる。

先生の御体に、異変生じてから、それまで慎んでいた郵便取りを、替って取りにゆくようになる。先生にとって、それは、朝の神事ともいうべきものであったから。

それは、聖域と俗域とのはざまの逍遙でもあり、チェーホフ好きの先生には、武蔵野の散策の朝でもあった。乾いてゆく湖の底の、うすいうすい水の面を、だまって見あっているような日々が過ぎる。遠い水脈の流れを枕の下にききながらねむる夜も、もはやここにはありえない。

感性だけがいつまでも老いないということは、ある種の不幸でもあった。だから、先生は、ご自分の感受性までも、「法治主義」で律しようとなさっていた。法治主義でしばってもあふれ出てしまう分の始末に困ると、先生は高くほがらかな声で、よく笑い出されてしまう。溢れ出た感性をまた法治主義でつないで、全集の編纂が出来あがる。男の感性は、水に似たところがある、

とわたくしは観察したりする。対象を、そのようにしておのれの鏡に写す。火を写す。火はたぶん、女性である。写す、という行為を、たぶん論理化する、というのであろう、とおもったりする。水のような匂いのする先生だなあ、と。

〈女性史学研究室〉から、ほぼ三、四十メートル、郵便受けにいたる樹下道を、わたくしは靄のようにまといつくせつなさをかきわけていつも歩くのであった。去ってゆく世界の香りと、やってくる日々の不透明さが、陽の光りの中で溶解しあうさまをみつめながら歩く。かすかな寒気が、重みをおびて森をおおう。

この森にいくらか距離をおいている街の気配と、水のような先生の気配のために、わたくしはあの、ほとんど無我に近いような、とめどない放意の中に、いつもいるのだった。そのようなわたくしの魂のあり方を形づくっているのは、たぶん、存在のかなしみ、とでもいうものであったろう。

たくさんの系を引きずって、この森にやってきたのでもあったから。たくさんの系とは云っても、ひとつの母系にそれはつながれていた。みえない彼女はいつも、わたくしのそばにそのようにして、いるのだった。自分の肌のあたたかさを、腕を、かこってみて、彼女だなという風にわたくしはおもっているのである。

新しい新聞の匂いや、秋の朝の通り雨にぬれている印刷物の、しずくの匂いをわたくしは愛した。

勉強しよう！　とひとつのせんりつに貫かれながらわたくしはおもう。勉強というものを、晴れてやったことのなかったわたくしにとって、森は、うつつにみる必然である。わたくしは、きっと、はためには突然変異を起し、世紀の大脱走を企て、まぼろしの森に逃げこんだのにちがいない。

いや、森が宿したのが、まぼろしであるかもしれないのである。その関係性こそ不思議なことであった。余命いくばくもない森が宿している関係性のたまごに対して、わたくしはふかい興味をもつ。

樹下道のかたわらの深い藪の中に、春のままかと思われるつわ蕗の茎が、生毛にくるまれていたりする。ま近にせまっている解体の時間の中に、毛布にくるまった赤子のような、つわ蕗の芽があった。すると、そのつわ蕗の一本のようにちいさな灰色の尻尾がぴくぴくと動いて、藪こうじを顔中にくっつけながら、昨夜この森に宿っていた捨犬の仔が這い出てくる。つまり、わたくしの見る関係性とは、このムク犬の仔みたいなものだ。

彼女の心をひたしていた無限の認識は、生命律が、どうしても伴っているかなしみを、たぶん、開放してやりたいためにあったのだな、とわたくしは、仔犬のふるえている背中を撫でながらおもう。仔犬と、わたくしと、森との出あいは、多分、不幸である。森は解体し、近く、わたくしは、さらにここを脱出しなければならぬから。家においてきた息子のことをわたくしはおもう。たぶんわたくしは、息子の脱出する分も、先取りしているにちがいない。

わたくし達のひきずっている母系という系は、くもの巣のようなものでもあるのだろう。人生という個体史が意識しあっているのはたぶん、たしかに、生命が発しているかなしみである。たぶんそれこそが愛である。それをくるんでゆくために、女たちは破れた母系をひきずって歩む。泣きそうになってわたくしは仔犬に云う。

「大きくおなり！」

大きなハトロン封筒の手ざわりは可憐だった。自分がそこにかかわっていて、いまはまだ生きている、その社会機構から吐き出されてきて、早くも反古の運命を持ちはじめている紙たちをいとおしみ、わたくしは、先生のお部屋をノックする。

「ごきげんいかがですか。

『婚姻史』の校正がまいりました」

という。

先生は、

「フーム、あなたは、えらいごきげんですねえ。なにか、よいことでもありましたか」

「落葉が散りしく、と申しますけれど、ほんとうに、音をたてて散りしくのに打たれておりました」

「フーム……………

さびしいかぎりだなあ。

それで、はしゃいでいるのですか。

どれどれ、藤井さんは仕事が早いなあ、見せて下さい。僕はまた昨夜もねむれずに、眼がおかしいのです。ちょっとタオルを冷くして下さい、体を拭きます」

「もう出血は、お止まりになったのですか」

「ええ、大丈夫です。心配いりません。僕は、いつも自己療法で、やってきたのです。

こういう場合は逆療法にかぎる」

先生は冷水まさつをしてベッドにおはいりになり、校正をはじめられる。わたくしは熱いコーヒーをつくる。

「ふむ、藤井さんは、じつに校正者としては有要だなあ。この人はですね、人柄が絶品ですからねえ。

嫁取方法、フム、彼女は、こんな風には云わない、とおもって読んでみると、やはり、方式、と書いている。これは理論社のミスだな………。方法と、方式とでは、そこにあらわれてくる歴史の質がまるでちがうなあ。彼女の、そのことにかけた作業の質がまるでちがう。こういうところは、僕にしかわからない。僕は自分では表現しえないけれど、彼女の云っていたことは、理解できます。選択できる。

……学問一般が進歩しないと、高群の学問は理解されない。

別巻について、また考えているのですけれどね、いまのところは未確認であるが、初期のものもありますけれど、肯定、否定、肯定、否定、と考えています。別巻を出すからには、やはり、現代に、何か寄与するものでなくてはならない。ここに、ひとつの種が播かれた、播かれている、という意味がなければ。死んだひとを顕彰する、慕う、おもい出す、ただ追慕するだけの意味になら、というだけなら、僕には意味がありません。見苦しい。

たとえば、桑原さんにとっていただいた写真をならべてみて、二年位ながめ、足りないところはまたとっていただいて、払川や、遠景の、それも非常に遠景の墓所や、未発表の原稿や、手紙の中からよりすぐり、写真を見開き一頁、その次に密度の高い、そうだ、最高の、いや、もっとも彼女をあらわしている文章をみつけ出してきて、僕が一世かぎりの、控えめな、逸脱しない解説を書いて入れて、この頁は文章、写真の頁は写真が独立している、という風にする。

文章と強いて関係がなくともよろしい。

そこには未来へ引きつぐものを、あなたの文章も入れて、それは入れられるような文章でなければ、そのつもりでいて下さい。静子にも書かせる。アイツは凄い文章を書くんだから。子守りしながらヒョイヒョイあんな葉書を書いてよこすのですからね。

そして最高のものを創りましょう。それをやって、彼女の墓に入りたいな。それまでは生きていてよろしい。小宮山先生に、充分、僕の案が熟したら話します。二年位したら、全集は再版されます。それまでには充分、案ができる。まだ熟さない。だんだんできるでしょう。小宮山先生がつくらぬ、といえば、その時は僕がつくる。

僕が何から何まで創ってしまう！

彼女の印税は、全部使ってでも、気の済むまで、念を入れてつくる。それを見る人は、決して古本屋などには売れないような、愛着が湧いてしようがないとおもうような、控え目だが、捨てられない本を創る。

はじめ、彼女ゆかりの、生前お世話になった人達にあげようと考えていたが、このごろ考えが変ってきた。考えてみたら、これは彼女のやり方に合わない。彼女は自分の著書を、ひとに押しつけたり、安売りしたり、決して彼女はしなかった。

それで、この別巻を、相手の気持や理解の度を無視して送りつける、配りつける、ということは、行き過ぎだ。それでね、やはりネダンをつけて、欲しい、と云って来た人にだけ、売るのです。出した、という報告だけはする。

そこで、一冊も売れなくてよろしい。積みあげて、どこかの図書館に一括して寄贈しておく。ユカイだな。

どうですか、僕の案は、すばらしいでしょう！」

わたくしに異論のあろう筈はなかった。

「フフフ、するとね、あと、二、三年になってから、研究者が、嗅ぎつけてきて、研究者にとっては、こんな本は欲しくてたまらない本ですからね。欲しがりますよ。それでね、うんと金をかけて創っておいて、少し損して、定価をつけておいて、売る本にします。

国会図書館、あそこは、本を創ったら、登録というか、一本あそこへ入れなきゃならない規則だそうですね。何に書いてあったっけな、」

先生はベッドから降りてしまわれ、しきりにそのまわりを歩きまわられるので、わたくしもおもい出したことがあって、探してさしあげる。最近読まれたものは、『読書人』、『熊本風土記』（雑誌）『日本談義』（同）である。それを申しあげると、次々にひろげ、

「あったあった、これが、宇野さんが書いている、宇野さん、いいこと書くな。近頃の人は書き方がうまくなった。ちょいとこんなことを書いてしまうのだな」

わたくしに読ませようとして、「空と海のあいだに」の想を練っていることに気づかれ、

「いや、わかりました。この話、おわり。チェックしておきますからね」

『日本談義』に、赤ペンでチェックを入れられ、はずかしそうに汗を拭かれた。

十一月十日

全集専ぞく校正者、理論社の藤井氏、五時ごろおみえになり、しばらくお打合わせ。

「婚姻史」（六巻）六五頁の中、G・ベルトランの探検のくだりに、「〈彼女が〉と入れる」とおっしゃる。

「ああ、こういうところをやっていると、彼女の試みがいたましくなるのですよ。

三日餅（六五頁）のこと、その由来について、彼女はながいあいだ考えていました。彼女はな

るほど、表面は基礎文献だけ当っているようにみえていました。
三日餅が、奈良ごろの庶民の間から起り、それが貴族層にひきつがれたという類推、これには、実例はみつからない。しかし、背後の歴史、風俗、文学、文献における三日餅の初見以後の推移などから考察すれば、これを確信せざるを得なかったのでしょう。これは、彼女としては、ひとつの決断をつけて書いたのです。
皇室婚についても、歯に衣きせず誰が彼女ほどのことを書きましたか。彼女にしたがえば、このころ、父系は、明確に皇室の父系は、抽象としてしか存在していなかったのです。

「律令法とわが実俗との間でとくに衝突したのは、彼は父系的に貫徹した中国家族法を母法としたものであったのに対して我は未熟な過渡的父系制の段階にあったことだろう。わが父系制は、抽象的な系観念や、中国継受の蔭位や継嗣法（それも嫡妻や嫡子が不明なためけっきょく氏族制的な総括的な世襲法となったが）には及びえたが、家族の実態にまでは貫徹しえない段階にあった。家族の実態は、いぜん母系型で、母系婚（婿取式）をつづけ、子は母家に生まれ、母族の扶育に委ねられていた。だから、父系の近親観念が発達せず、父系の近親婚が容易におこなわれた。これが中国法とするどく衝突した。」

十一月十四日

夜明けから強い風、雨まじり。朝、窓をあけると妙に暖かい空気である。

午後二時頃、平凡社時代、「ふかつ（賦活）」企画の頃のことをおききしていたとき、階下で訪う声あり、世田谷区役所の人びとである。

「あなたは降りていらっしゃらなくともよろしい、勉強していて下さい」

このような感じの人の気配や話声が階上にのぼってくるのは、はなはだ珍らしい。このごろひさしくそこから離れて暮している、世俗のひびきのある話し声である。

一時間半ほどして先生は頬を紅潮させて上って来られ、（これはきわめて不健康なしるしである）

「いよいよきまりましたよ道子さん。

印かんをつかねばなりません。誰が見えたとおもいますか。世田谷区役所公園課長とね、用地課長氏なんだそうです。なんと異色の顔ぶれでしょう」

そのようにおっしゃると、タンスの上の紙箱から、インカンを出され、降りてゆかれた。

時々、先生の笑い声。このような声の質のときは正常ではない。どこか失調性の感じがする。

四時頃、人びと帰り、おそるおそる降りてゆくと、先生は「ああ」とふり仰がれた。

「ああ、もういよいよ、この家もなくなります。十二月十五日に引きあげです。（そして立って、コタツのまわりをぐるぐるまわりながら、彼女の遺影にむかって、）きみ、われわれの家ももう、なくなってしまうことになりましたよ。うん。

いっしょにかえりましょうね。

（コタツの上の、角びんの、ほんのわずかに形だけ口をつけられた気配の、球磨焼酎のびん、コップひとつ、湯のみ四つ、煙草の吸いがらをみて）ああ、いやだいやだ、こんなもの、早くこんなもの片づけましょう。にんたいがいりましたよ。早く神聖な二階にゆきましょう！」

そしてさっさと二階に上ってしまわれた。

夕食は、彼女をしのび椎茸ごはんつくる。ジャガイモとにんじんのミルク煮。藪の中の白い菊と初咲きの寒椿一輪を、この夕の彼女への供花とする。

「さあ道子先生、あなたも本当に、この家の最後に立ちあったことになってしまいましたね。おぼえていて下さい。

ぼくはやっぱり昂奮してくる。イヤダな。

ああ（と彼女の遺影をみあげ）あなた。

まったく観音さまの引きあわせだ。

全部すっかり、向うまかせで、きまってしまった。……何もかも、すんだ……。

『火の国の女の日記』を書きあげてから、書きあげたと思ったら全集の話が出て、全集発行の途中で家の話がでて、しかも児童遊園地になるという話をむこうから持ってこられて、全集完了と同時にここを引きあげることになる。

そしてあなたにも立ちあってもらえて、まったく彼女のみちびきにちがいない。

おまけに、墓の設計まで、ここで出来たではありませんか」

秋から冬に入ってゆく空の重さを心に抱いて、わたくしたちは馬事公苑へゆく。東京農大の中庭を通り、灰色の景色の中のあのかすかな樹灯りの中に。舗道を縁どり公苑を縁どっているアカシアの樹の灯りの中に、はいってゆく。

頽れてゆく時代の匂いの中に、いつもわたくしたちはいた。そして樹と苔と土の湿りの中に。

「うふん、ここの馬糞をねえ、石油カンを持ってね、拾いに来たんですよ、戦争中――。いやあれで、命を保つことができたんですねえ、われわれ二人は。たったあれだけの菜園で、やりすごしたんだなあ、闇買いをしなかったから。いや、ここはなつかしい。うーん、いまは、どうするのかしら、ここの馬糞。農大の連中が持ってゆくのでしょうかねえ」

「歩いて取りにいらっしゃいましたのですか」

「そうです」

「石油カンは手にお下げになりまして？」

「いいえ、肩に担ぐのです」

「肩に？　天秤棒で、振分けに？」

「いや、肩に乗っけて、片手をこうあげて、頭よりも高く、石油カンを乗っけて。あの、仲仕さんや人足氏たちがやるようにです、あはは」

「まあ！　彼女は？」

「観音さまはとてもそんなこと、ダメでしたよ、とてもそんなことさせられやしない。あのひとは……風にもえ耐えぬたおやかな風情のひとだと、誰かが云っていたっけなあ……。まぁ、そんな人でしたからね、自分では、労働者だと云ってみたり坑夫といったり、マッチ売りをしましょうなんて云ってましたけれどね、出来る筈はないです、あんなひとに……」

霧の晴れてゆく故郷の朝の仙道の石くれや草の中にあった馬糞にも、美しい朝露がこんもりと朝日にむかっていつも光っていた。村のひとびとは、そのようなものをも大切にとり扱い、鍬の先につっかけたり、箒の先で掃き寄せたりして負籠や女籠《めご》に入れて田畑に出かけていた。わたくしの母などは、女籠の片っ方に赤んぼのわたくしを入れ、片っ方の女籠の中に道々落ちている馬糞を拾い入れ、両方の籠の平均がとれるように拾い入れると、ぎっし、ぎっしと天秤棒をしなわせて、町を通り、村を通り、川を渡り、山の段々畑に連れて登ったものだった。若い母は、女籠の紐につかまって町の様子に目をみはっている赤んぼに、

「よかったねえ、ミッチンミッチン。お籠にゆられて、お姫さんのごたるねえ、ほい、ほい」

と拍子をとって女籠を揺すった。

山の畑に置かれ、藁のこまかく繊くほぐれたその繊維質は、土というものにしっくりとまざりあい、常にふくふくと野面の畠をもほぐし、育てていた。土や自然の匂いというものは、そのようなものである。

いま、片輪な都市の舗道の上に落とされて、使いみちも忘れられた馬糞は、そのような都会の

景色にも、そこに住むひとびとの気分にもそぐわず、同化すべき大地を奪われて、アカシアの樹灯りの下のそこここのコンクリート道の上に、黄色い頽れた液汁を滲み出させていた。

彼女やわたしの故郷の山野にはもう、馬も牛も、そのようなものたちと共に居た人間もめったに居なくなり、頽れてゆく都会の中にとり残され追いつめられ、馬たちはもう野性を抜きとられて囲われているらしい。

白い小柄な馬が一頭うなだれて、わたくしたちの前をゆっくりとまわっていた。

黒い皮のジャンパーを着て、乗馬ズボンをはいた調教師が、長い皮の鞭《むち》で、形よく垂れている馬の尻っ尾を絶ち切るようにするどくピシッ、ピシッと大地をたたくのだった。

白い馬は、うなじを低く沈めて歩いていたが、鞭がうなる度に、名状しがたい苦悶の表情を、その伏せた長い睫《まつげ》毛の奥に浮かべ、いかにももろそうな前脚のひずめを立て、大地をかきむしりながらあえぐのだった。

たぶん調教師は、このか細く艶の失せ果てた白い馬を、疾《はし》らせようと試みているのにちがいなかった。

けれども白い馬は、なにか非常にふかい憂悶に閉ざされながら歩いていて、皮の鞭が、するどくビシッとうなるたびに、かすかに自分の義務を、心ではなくて前脚がそれを思い出し、割れかけているひずめを立て、まぼろしの坂をあえぎ登るように、大地をかきむしるのである。

鞭を持った男はそのような馬の様子に苛立《いらだ》つのか、びゅっ、びゅっと鞭を打つ速度を速め、白い馬は、あえいでいる歯の間から、しろい泡を糸のようにひきながら、歩いてゆくのだった。広く、丸い巨きな調教場の真ん中には、見えないいっぽんの棒が立ち、白い馬と棒の間には、見えない永遠の軛《くびき》がつながれていて、白い馬はうなだれながら、何時間も何時間も、自分の足跡の上をそのようにしてまわっていた。

先生とわたくしは白い馬につながれて、その生々しく深い足跡の軌道の少し外側に副い、ずる、ずる、と移動した。

調教師が、これほどまでに苛立つのは、そこに運悪く来合わせてしまったわたくしたちのせいかもしれなかった。わたくしたちはどんなに控え目にそこに居ろうとしたことだったろう。けれどもこの世には、避けることのできない互いの災難というものが、降って湧くこともあるにちがいないのだ。たぶん互いに見も知らぬわたくしたちがそこに来合わせたというただそれだけで、充分、調教師のプライドを傷つけてしまうのに価いする。

それは、わたくしたちの不運でもあり、調教師の不運であり、（たぶん彼とてろくでもない毎日を送っているのにちがいなかった）なかんずく、白い馬にとっては、余分な不運に見舞われたにちがいなかった。

右の耳にも左の耳にも、前からも後からもうなりつづける鞭の音と、それに苛なまされながら静かに歩く白い馬との間にはさまれて、わたくしたちは目をふさぐことも耳をふさぐこともできずに、ただののっぺらぼうの人間となってそこに立っている。

あの、永劫の景色の中に、わたくしたちはそのとき閉じこめられていた。手のない長いガウンを着てただ寄り添っているだけの、ただの路傍の人間というものになって。

いや、かすかに、けんめいに、馬の軌道から身をもぎ放そうとし、あとにすざろうとし、心は赤はだかにむけてしまって、白い馬にひきずられて歩いていた。

極度な苦悩から脱出するために、われわれはこのようなときにあの、絵画というものに化身する。

牧歌にさえも化身する。

なんとそのようなものになったとき、白い馬とわれわれは無そのものになり、神にさえも近く一体化することだろう。

そのような絵画世界の中の空がさえざえと青くなり、彼方に沈もうとしている林が見え、煙のような林の中ほどがぱっくりと割れたように思えたが、うつむいた白い馬は、そのとき林の割れ目のなかに一瞬の間に消え去った。

わたくしたちは深い吐息をつき、しばらくたたずんでいたが、夢の続きの中にはいってゆくように、白い馬の消え去った目前の林の方にむけて歩いて行った。

するとそこにはまるであの、〈森の家〉の続きのような武蔵野の疎林が展開し、見たことのある懐かしい景色の中にはいってゆくよと思ったら、赤紫のちいさなつぶらな木の実にかこまれていて、それは故郷でサセッポの実と称んでいて秋になると、小鳥たちと稚いわたくしたちとがついばんで食べていた丈の低い木々の紅葉の中にいるのだった。けれどもその紅葉の彩はどこか頼りなく、そのような繊い灌木林の中に、放置されて育ったような松が、よくみると、幹の割れ目の模様の中にまで、固疾のような排気ガスの膜をまとい、死にかけて立ち並んでいるのである。

けれども、林の中の道はまだコンクリートの舗装をまぬがれていたから、そのような樹間に這いそめている黄昏《たそがれ》の底の、朽葉《くちば》の匂いにまじり、あの腐葉土を醸す茸菌のかすかな匂いが嗅ぎとられるのだった。

わたくしは急に元気になり、繊毛のような棘々のある蔓いちごの太い幹をまたいだり、野ぶどうの実がまさか垂れてはいまいな、などとおもいながら、そのような灌木類の葉が淡く重なりながら、蜘蛛たちが夕べの巣を営みはじめている儚《はか》ない武蔵野の残片の中を、白い馬の幻を追って逍遙した。

林がつきるところにくると、その背後は丈の低い崖となっていて、もうそこからは截然《せつぜん》たる異界にぞくしていた。

そこに見える土は、たったいままでここに在った林の肉質をしていて、それは埴土ともいうべき赤い土の色をしていたけれど、むざんに荒ら荒らしく掘りくり返されていた。

ちいさな、残された林はすでにその肩の部分を食いちぎられているのだった。あの宅地造成企業家たちのために。いや、文明と名乗るものの本性のために。

そのような有様が見えてしまう崖の端に立っていると、またもやあの靄がしのびよってきて、わたくしはひとりになっていたので前にも後にもゆきなずみ、林の中ほどへまた後退し、ぱっとかがみこんであの、胸にまつわりついてくる気配をやり過ごしていた。秋草の中に散り重なっている足もとの松葉をみつめながら。

するとその松葉の下に、馬のひずめの跡がついているではないか。

草をわけながら追ってゆくほどに、ひずめの跡は林の終るところに続き、埴土の低い崖をすべり降りたところに、深く抉《えぐ》れた条痕を残していた。そしてその条痕の中に、赤い可憐なサセッポの実をつけた枝葉や羊歯の葉をくわえこんでいた。

崖のむこうのあの、食いあらされた樹々や土の残骸の中にその条痕は消え、それより先へはわたしはもうゆかなかった。

遠い樹間から、みちこさぁん、みちこさぁんとお呼びになる御声がきこえ、わたくしは蜘蛛の巣を全身にまといながら林の中を脱けいだす。

広い調教場の彼方の空に、落ちついたにびいろの夕陽がぽっかりと嵌めこまれ、栗毛の馬が二頭、傾いた木柵にそって、やわらかな風のように並んで音もなくはしる。

残照に浮き立つ光の波のように、たてがみをうねらせながら。

そのような馬たちの廻走する黄昏の中をよぎって、ひとりの少年がこちらの方へやってくる。稚《わか》くしなやかな髪をうなじの後背まで垂らし、紺色のシャツと紺色のズボンを、野の精のような細い足にぴったりとつけて。

白い馬はもうどこからもあらわれず、すれちがうとき眸をあげた少年の長い睫毛の間から、海の底に沈んでいる炎のようなものが、みえた。

わたくしたちは元きた道を探し出し、そのときあの苔むした四角い岩屋をみたのだった。


一週間ばかり経った朝、先生はかすかに微笑されておっしゃった。

「あなたはまだ、十分現世にぞくしていらっしゃるお方だし、墓なんてものには、興味はないのだろうなぁー」

彼女のお墓のことだったから、

「いいえ、興味がないというわけではありませんけれど」

自分自身が主体者になって考えれば、心はいつもこの世にそぐわず、一歩森の家を出たらたちまち身のおきどころさえもないのにと雑念がはいって、

「でも、無縁仏の石ころなどには、いつも心ひかれておりますけれど………」

そう申しあげ、墓とは人間にとっていったいなにかと思い口ごもる。

先生は再び微笑され、

「いやいや、あなたにはまだまだわからない、若いもの。虚無思想だって若さのしるしなんだからなあ、あははぁ。

しかしねえ、なんといいあらわしたらいいでしょう、ぼくの義務のようなものがありますからねえ、墓については。とり残されちゃったからなぁ。

こりゃもうじつにむずかしいなぁ。つらいし、なぁ。……ぼくもいっしょに這入るんですけれど……。ほんとにもう、死ぬまぎわというものは、じつにわからないものだ、じっさい。なにを感じていたんだろうなぁ、全生涯が終るのですからね、あのひとは、そのときどんな気持ちだったのか。

人間なんてものは情けないもんだまったく。あれほど片時も離れまいと思っていっしょにいたのに、肝心のとき、いっしょにいなかった。共にいることが出来なかった。失敗した——。完全看護制などということがわかっていれば、入院などさせなかったのです。ここで、彼女が求め続けていた森の家でのいとなみを終わることができたのに、僕がうかつにも気付かなかったから、彼女のいとなみを絶ってしまった……。この家で僕がついていてやれば何でもしてやれたのに、彼女のために何でも……彼女の世界を、それがどんなに深い世界だったかその時すら知らなかった」

若いとき、たのしげな詩のあとに彼女はさりげなく死をうたっていた。「美想曲」のなかで、慈光のような別れのうたを。

もしもあなたがおじいさんになり

私がおばあさんになったなら
水のほとりに家建てて
岸を眺めて暮らしましょう

その岸には毎日鳥がきて
おじいさんお早よう
おばあさんお早ようと申します
軒には桃が咲いて散ります

お先に私が死ぬならば
おじいさんさようならと
私はいって微笑んで
そこでお別れいたします

「おじいさんさようならだなんて書きおって、ほんとうになってしまったなあ……。しかし、現実には、そんな挨拶はしなかった。とてもおばあさんだなんてひとではなかったなあ。終生、乙女のようなひとだった……。むしろ年月と共にわかわかしくさえなってゆくような、まったく不思議きわまるひとでしたよ。ああしかし、ぼくよりほかに、そのことを知っているものはない。

なんということでしょう、これを伝えるすべがない……。ぼくには感じる能力だけは、たしかに少しはあるのですけれど、彼女のように表現する能力がない。

ぼくはねえ、やっぱり稀有の魂を見たんだと思うんですよ。多分、彼女の著書はそれをさし示してはいると思うのですけれど、やっぱりあれは天才だったというべきで、そんなひとが全感覚では、知覚していたかもしれない生涯の終りのときを、いっしょにいたならば、ぼくは多分、感受できたかもしれなかったが、それが凝縮される唯一のときに、共にいることができなかったとは、残念だなあ……」

「……人間というものは、まったく仕方のないものですねえ」

「ああ、まったくそうだ」

まったく仕方のない会話しかできないものだ。けれども、いまはまだ生きているから、間というものをつながねばならないではないか。人間と人間との間にある闇のごときものをいつもこのようにしてわたくしたちはつなごうとする。いかにそれが徒労であろうとも。いのちが愛《かな》しいとはそれ故いうにちがいない。

「ほんとに、いみじき詩だな。彼女、あんな気持で、最後の前の晩、手を握って下さいと、云ったのかもしれないなあ」

あのとき、彼女はひとりでどのように感じていたのかしらと、よくひとりごとをおっしゃるようになる。彼女の残したテーマ、生と死のテーマの不思議に心を傾けていられるおもむきで。たぶんそれは、残された者への死者の愛撫のごときものにちがいない。

一九六四年　六月七日

――

〈病院の廊下で付添いさんにあい、午前〉八時入室。逸枝の寝顔の〈あまりの〉美しさに、さめるまで〈立ったまま〉みとれ〈てい〉た。また呼吸のやすらかさ。

彼女は神だ。

私の病院日記にはこのように、その朝の逸枝の神聖な寝姿がうつされてある。かっこ内は家の日記に転写のとき書き加えたものである。家の日記には〈病院のきょうの一日はいちばん幸福な日だった。いちばん悲しい日だった〉とも書いてある。

私は霊感と祈りにみちた心とをおさえ、十数分彼女のそばに立ってみつめていた。すると、とうとう眠りからさめた彼女は、すぐ目で私をとらえて、

「あなたきていたのね」

といってにっこりわらった。

それから、早朝吐き気がして胃液をもどしたが、いま声に力が出て自分でもおどろいてい

るといい、けさの目ざめどきには声が出ず、不自由を感じたといった。そして、

「あなたがいると、たいへん心も体も自由な気がする」

といい、また重ねて、

「あなたが来たから、とてもきもちが自由になった」

という。


「病院のごはんは（Kは病院の食堂でたべることが多かった）おいしいか」とたずね、それから「夜はどうしているか」ときく。

「みんなあなたの『留守日記』を手本にしてやっています。お茶も二人分のんでいます。……『火の国の女の日記』を毎晩、四、五枚ずつ浄書してから、あなたに祈念をおくって、二人のベッドに入ります。……『火の国の女の日記』の浄書があるので、どんなにさびしさをまぎらしているかわからない」

というと「ん」と真面目にうなずいて、

「むりをしないでね、からだに気をつけて下さいね」

という。

私は立ったり、椅子にかけたりして、一日彼女と接近して看護した。胸から頸部にかけて鈍痛。ときどき後頭部と額の鈍痛。手はふとんのそとに出しているので冷たいが、足はあた

たかい。私がいれば尿意も便意も自然になるという。なんべんも取りかえた。頭がさわやかになるというのでヘアトニックを髪にふりかけてブラシですいてやると、目をつぶってよろこんだ。また頭部から手や足をさすってやると、とても気もちがよいという。それから手を握っていて下さいともいう。

彼女は静かに話しているが、午後になって何か気になるものがあるので、私は当人にはいわないで彼女の言葉をノートする。

さらに手を握らせて、

「きょうはうれしかった」

という。

けさから断続してもどしている（たべものや唾液など）らしく、

「自分の昔からのやり方で吐いてしまえばそのあとはらくになる」

といい、もどしをあとで付添いさんに説明しておいてくれという。そして「あしたうちのグルガリン（含嗽水剤）をもってきて下さい――あれでうがいをすると――口の中がすずしくなるから……」という。

彼女――

「私がいかにあなたを好きだったか、いつでもあなたが出てくると、私は何もかもすべてを打っちゃって、すっ飛んでいった。私とあなたの愛が火の国（自叙伝）でこそよくわかるだろう。火の国はもうあなたにあとを委せてよいと思う。もう筋道はできているのだし、あなたは私の何もかもをよく知っているのだから、しまいまで書いて置いてください。ほんとうに私たちは一体になりました」

私——

「私はあなたによって救われてここまできました。無にひとしい私をよく愛してくれました。感謝します」

彼女——

「われわれはほんとうにしあわせでしたね」

私——

「われわれはほんとうにしあわせでした」

力をいれてこたえ、さらに顔を近づけて私が、

「………」

というと、彼女ははっきりうなずいて、

「そうです」

といった。

彼女は心からそれをゆるし、そしてよろこんでいるのだった。いまこそわれわれは一心になったのだ。四時三〇分しるす。

七時十分に付添いさんが帰室したのちも九時までいたが、いよいよ帰りのあいさつのとき、逸枝はかたく私の手をにぎり、

「あしたはきっときてください」

とつよいことばでいった。

これまでにない異様なショックを受けた。しかし、とどまることがゆるされない。Mさんに心づけをわたして、今夜の看護を、とくにていねいにたのみ置き、私は、祈り祈り帰家。


――

（『火の国の女の日記』第六部）


「あのようなときのことを後で云えば、虫の知らせとでもいうのでしょうけれど、でも、ぼくたちは、晩年にはとくに、この種の会話を、しばしば交わしていたのですよ。それだもんで、非常にはっきりと、直前に迫っている死の予感を前にしてとり交わしている会話とは、互いに自覚しなかったようにもおもえるなあ」

幽明の間とやらに境があるならば、たぶんうつつとうつつの間をも異にする境というものがあるにちがいない。

だから、ひとは相逢えぬ異なる境の中にいて、常に願望の中やまぼろしの中に住みたがる。おのがつくりあげた願望の中に更なる願望を重ね入れ、おのがつくりあげたまぼろしの中に、更な

るまぼろしをえがいてその中に住む。

花々が咲いて、鳥が啼いて、春の忘れ雪がきて、たそがれの里に灯がうるみ、神秘的な眸をしたうつくしい自称〈おばあさん〉が亡くなってお通夜に集まったひとびとは観音さまのお祀りをするようなお通夜をして、それから幾年も幾年も経って、お墓のほとりに紅い梅の花が蕾む頃、苔むしたそのお墓をおおって、また春の名残りの雪が降る。なにごとにつけ、決して間にあったことのないひとりの女詩人が雪の中にいて、茫々としているばかりの心耳に、彼女の絶唱を聴き澄ます。

糸操り機をたぐりながら空の雲に見とれ、ふうわ、ふうわと羽毛を飛ばし、うっとりしている少女のようなのど元をして、彼女は、このような詩作をあそぶのだ。

かなたに
月日は美なりしかな
丘に
小径に
菜の花に　　　逸枝

ああお墓などというものは、たぶんこのような景色のものではあるまいかと、万事間にあわないわたくしはいまさらに思うのだ。

さびしかったしるしに、お墓というものを建てるのだろうと。

死者も生者もさびしかったしるしに。

うつつとうつつの異なる境の、とりとめもなくひろびろとしたところに、死者と、自分とのえにしのしるしを、いじらしくも立てようとするのだとわたくしは先生の後背をちらと見る。ましてや幽明のさかいとなれば無限の行方は定かならず、あわれもすぎる。死者に託してたぶん自分をとむらうために、墓なるものをといなむにちがいない。死者への自分の追慕をもとむらうために。

さびしいのは人間ばかりではあるまいに。あのようなものをいとなむとはなおさらに耐えがたかろうに。そして、虫のお墓などというものはあるのかしらんとわたくしは考え出す。草葉の蔭のあかるさに、虫のいとなむ墓などというものがあればよかろうに。そしたらなんといのちというものは、しずかで平安な世界の中にあるもんだと。

そこで耐えかねてわたくしはいう。

「あの、馬事公苑は、とてもさびしゅうございましたね……。

あの、白い馬」

「ああ……

そうだ、そうでした、さびしい姿をしておりました」

「あそこの記念碑は、砂漠の中の岩屋のようで」

「そうでした。むなしい岩屋だったなあ」

「あわれなことをするものですね、にんげん」

「うん、こと志にいつも反するからなあ、わびしいかぎりのことをする。醜悪にみえることだってやってのけるなあ」

わたくしはまた、急に自分の墓について自己転位し、うわの空の会話をしていることに気づく。生きていることの度したがい重さがこのようなときさえしずかにやってくる。その上、自分の墓だなんて。

森の家がなくなったらどこにゆこうかしら。

「白い馬の消えたあたりの岩屋はすっかり苔むしておったなあ」

「はい痕跡めいて」

われわれが生きているとすれば、たぶん、痕跡の中にしか生きられない。だから、故郷の俗語にこうもいうのだ。

「足の跡は残らんが、手の型は残った」

死者の手作りの品のくさぐさが目について悲しい時、放れ去った魂にむけて聞かせるようにひとびとはそのようにいう。

途切れる会話の中にわたくしも出没する。

「子どもたちや鳥たちがきて遊びますかしら、あのような岩の上……」

「ああ、悪童どもは間違いなくそうするな。あれは、ほどよい大きさだった」

黄昏がふかくなって、闇の色が横縞のように地表にたなびいていた。

「あの岩屋の屋根が、非常にひくく見えたなあ」

「埋もれてゆくようで」

「あれはいい感じだった……」

現実には、彼女の墓はこのような、とりとめもない会話から生まれてしまう。

生者が死者に相逢うということはない。

われわれはひとりずつ、おくれて死者のうしろをゆくのみである。

相まみえたい願望のみが現身から抜け出そうとして、仮死をいとなむ眠りの中にのみ解脱する。

あわれな意識下の夢の中に復活しようともするけれど、それからもどってこんどは醒めている筈の生きた身がまた自他のいのちを恋いやまず、すでに早やばやと鎮魂のための生を生きようとする。詩歌などというものは、そのようなものでもあろうかしら。

そのような嘆きの深さに自他のべつはない。彼女の詩の世界のかなしい無辺さのようなものは、自他の生への深い想いがとどいているからにちがいない。

本居宣長が平安女流文学を解説して云った「もののあわれ」と、彼女が同じく平安女流たちのおちいっていた「知的寂蓼」を解析して云った〈母性我〉的もののあわれとは、たぶん歴史を越えて合体するせつなを持っている。

前世も現世も後世もたぶん幸いうすいものたちと共にありながら、現実にはそのようなものたちとも常にひき裂かれ、みずからを、「放浪者の詩」のなかで「世紀末的破綻者」と名づけ、幸福論の権化のようでもあった彼女でもあったから、彼女のうちなる「もののあわれ」も尋常のことではなかった。

「最後の一人が死ぬときこの書を墓場にともない、すべてを土に帰そう、という例の誓いがあるものですからね。しょうがないんだなぁ……

ああしかし、心を形に残すことは、不可能に近い……」

第二章　残像

豪徳寺の鐘が鳴っている。外はまだ暗い。

いまのは夢だったのか。

さびしさというのは肩のところからやってくるのですよ、逸っぺ。あの鐘がこんなにいんいんと真近に鳴るときは、外気がなんだか厚くなっているときだ。朝の勤行が、あかときの闇にむかって、はっしと打ちこまれるような、鐘の音だ。

ぼくは目がさめたらしい。

なんという生々しい夢を見たことだろう。あなたの感触は、ぼくの肩と舌の上に、のこっています。

逸っぺ、あなたよ。なんて、やわらかい舌をしているのでしょう。ぼくはほとんど、身ぶるいが出ました。とても甘美でした。たったいま、生きているときのまんまだった。

ぼくはひとりで途方にくれていますよ。ええ、あなたはぼくの心を吸いとるような微笑の気配をした。指先が軽やかに右の肩にかかった。左の肩の下から頬ずりしてくるように、いつものように身を寄せて来て。

あなたを入院させてしまって、こんなに広いベッドになっちゃいましたよ。蛍のように飛んできてくれないかなあ、とおもわずにはいられません。するとあなたはとてもあたたかくなってきて、うなじから背中のあたりから、ふくいくたる薫りをさせてくる。

やっぱりあなただなあ、よくきてくれました。ぼくはいつもながら讃嘆せずにはいられない。世の中にこのように繊細なものがほかにもあろうか。森はもう、あなたが知ってのとおり、変なものになってきましたよ。いやぼくより先に、あなたに殉じつつあるのですねきっと。ぼくは死面に変貌しつつある森と共にいるのです。いみじき名前だったなあ「女性史学研究所」だなんて。あなたと二人でこの森と家がせめてうつくしく燃えあがるのを見たかったのに。声のない返事を、ん、とたしかにあなたはした。闇の中で、ぼくとあなたは、一対の静かな虫のようになって、あなたのベッドは微光を放っていた。そのようなとき、あなたの生命活動は、きれいな血のようにめぐりつづけて、この森をさえ、よみがえらせることができる。静子がいつも云っている。森の樹々の葉っぱさえ、お義姉《ねえ》さんがいて下されば、いちまいいちまい、うるうるしていましたのにねえって。不思議ですねえ、お義姉さんが亡くなると、まず森の樹々がいっせいに、いのちをうしなってゆくみたいですねえ。

あなたがいないと、ぼくの残された仕事は、像を結ばないのではないか。ぼくはやはり不安ですよ……。ああまた、豪徳寺の鐘が鳴る。あれは夢の中から鳴っていたものだった。夢の中にあなたが来て、それが醒めかけたいま、あなたは去りかけているのですか。ぼくはほんとうに淋しいんだけれどなあ。あなたの残してくれた仕事の残片、いやほんとうにこれは残片のたぐいですよ。これほどの質の仕事とはいえ、生ま身のあなたが持っていた豊醇な世界からすれば、部分的な残影にしかすぎない。

どうやってそれを形成できますか。なるほどぼくはあなたの著作の編集、編纂者ではある。それはぼくのひそかな操持でした。ぼくはいちばん割の悪いことを、とうとうひきうけることになっちゃったな。遺稿集をひとりで編纂しなきゃならないんですからね。

ぼくは最善をつくして、あなたがそばにいると仮定して、ムリなこと、強引なこと、ゆがんだりしないように、あなたのいとなみを正しくそこに置いて、ぼくとあなたのやり方にのっとって、最善をつくしてやっているのだけれど、じつのところ、逸っぺ、最高の遺稿集が編めたとしても、よろこびがないんですよ。だって、豪徳寺の鐘の音を、こんな風にきこうとは思っていませんでしたよ。

いやほんとうに、ぼくはあなたと共に、歴史というものは、死者たちの間をさかのぼらねばならないので、そこへゆくためにも門戸を閉ざして、いやしつらえて、ながい間、死者たち、この国の皇室から、乞食、遊女、泥棒、芸術家、革命家、工女たちの、つまりは死者たちの婚姻を生ある姿にひとたびは再現して、そのような人びとと相まじわって、暮らして来た。現実の世の中とまじわるために更にそのような超現実をも抱えこんで暮らして来た。生々はつらつたるいとなみでした。生命世界の表とも裏ともまじわって、これを裏返せば、無常の一切世界を抱え込んで暮らして来ました。だけども、この、あかときの豪徳寺の鐘のひびきには、ぼくはかないませんよ。

あなたと共にそれがあったときは、この世の無常というものさえ甘美だった。

ぼくは生き残って、あなたと共に暮らしていた頃とはちがう感覚世界を味わうことになりましたよ。ぼくたちのベッドが、いかに広々としているか。いかにそこが冷たいか。ぼくの体も寒くて寒くて、あなたが見たら、さぞかし気の毒がると思いますけれど、非常に厚着をして、汚れきって、たぶん、匂いを放っているのではないか。

木綿のシャツを三枚も着て、ネルの寝衣を着て毛糸のチョッキを着てカーデガンを着て、その上に着物を着て、目が痛いからタオルさえ首に巻いています。壮観というべきです。

そういう厚着の内懐から、ぼく自身の匂いが匂う。あなたが留守日記に書いてくれたぼくの匂い。あなたは、肉の匂いと云っている。それが、こうやってひとり寝をしていると匂います。起きて仕事をせねばならないが、ぼくは自分自身の匂いについてさえ、さまざまの感想にとらわれざるをえない。たぶん、あなたと共にいた頃のぼくとは、いまは匂いさえもうちがっているのではないか。単性の匂いをうっすらとひきずって動いています。夫婦が放つ体臭、あなたは非常に薫っていたから、ぼくもおかげをこうむって、香りの園の中にいることが出来た。なんと侘びしいではありませんか。下の茶の間と書斎と、二階のこの部屋と、もはや素枯れてしまった庭の間にたたずんだりします。今年もまたしかし柿が実りました。鳥たちが来てついばむにまかせています。栗もあおきも実りました。自然薯のつるの間になんだか栗のイガを見たようにおもう。くるみもMさんがみつけたと云っていた。寒椿も咲きました。ぼくはこの樹林の中で、あなたとの暮らしの形見の数々を自分の手で燃やさねばならない。ちいさな裁縫具とか茶棚とか食器の類とか。マンドリンも、椅子もあなたのみどり色のカーディガンもパンフレット類も。じつに、美しく、燃えた。火というものはじつに、はげしいものだとぼくは思いました。

鳥たちにくらべたら、あのいとなみにくらべたら、この森に対してはぼくは交流を失ないました。

森はあの盛りのときの形骸をのこして、みかけだけの樹林を形成してはいる。そのかすかな息づかいをぼくだってきくことはまだ出来ています。くぬぎ、ぎんなん、くるみ、欅のおおきい方も小さい方もまだ立ってはいる。馬酔木も杏もポポーも青桐も。森の家にとっては親衛隊長のようであった杉の大木も松の大木もまだ立ってはいます。そして彼らは遠からず伐られる運命にある。森の入口の大欅が伐られたときより、もっと無意味に、持ってゆかれてしまうでしょう。

あなたを媒体にしているとき、ぼくも、森の中のこがね草とか野ぶどうとかギボウシにさえ、あなたがそこにたたずめば、ヤブカラシや水引草にさえ、あなたを通じて、たしかにつながりを持っていた。あなたがいる風景、そこに生じる諸関係というものは、そこにはつねに価値と意味が生じていた。

自然界に対してひとりになったぼくなりの関わり方が、あなたの残してくれた関わり方を合わせて、ないではありません。けれども森もぼくも互いにもう沈思しているまんまです。ひとくちに云ってぼくはつまらない。つまらないなあと口に出してぼくはいいます。柿をついばみに来るヒヨドリや、尾長の番いやそのヒナ鳥たちをぼくは感懐なしには眺められません。ぼくはその柿をなんだか空しくてならないがとって来てあなたに捧げ、お隣に六個ほどさしあげたが、何しろ間をつながねばなりませんからね。あなたがいた間は、人間というものも自然界の一部を成していた。あなたならば、ことさら意識せずとも、その中に交わり、つまり、あなたの世界を成していた。そこでは互いの生命活動が、じつにさわやかに行なわれていた。小さなエゴイズムを与えられているばかりに、ぼくたち近代人は、(ぼくはいささかならず近代にぞくしているので)自然から独立したかのように、振舞って来て、結果的にこうして互いに、衰微しあっている。互いをつなぐ細胞のごときもの、細胞を賦活させる根源の生命がそこにあらわれないと、自然と人間との関係はもはやよみがえらない。あなたはそういう関係をよみがえらせる存在者でした。あなたは太陽が好きだった。自身日の光のようなものだった。

太陽はものすごいエネルギーの浪費者だ。地球が受けている熱量だけでも一億キロカロリーの一千万倍をこえる。これは、一億トンの石炭をぱっと燃やしたときの熱量である。

などというとき頬にぽおっと紅がさして来て、瞳の奥が形容を絶して燃えていた。そのようなことを勉強しあうとき、あなたはしんからおどろきに満ち、それから長いあいだ思い出してはうっとりしていた。エネルギーを湛えたロマンを持っていた。ロマンチシズムではなくて、あなたはロマンそのものでした。その人格の光背のごときものの照射を受けて、ぼくは夢のように暮らしたことになる。いや有頂天で暮らしたといった方がよい。男冥加というにつきるといっていいのです。ぼくのようなものがなぜか相手に選ばれた。

あれは、あの鐘は、何回くらい鳴らされるのだったか。鐘のひびきとひびきの間に、野分きが吹き出した。やがて夜が白むでしょう。外気が厚いようにおもわれるのは、ひょっとして、雹を含んでいるのかも知れません。

「朝の霜どけ道を出かけてゆくのを思っても見て下さいよ」

とぼくが平凡社をやめるときあなたに云ったことがある。あなたはそれで、なにもかも了解した。ほら、この二階の窓まで来ている櫟《くぬぎ》の葉ずれの音。からからと窓を打っているでしょう。非常に乾いた軽やかな音でしょう。たしかにあなたと共に聞き、聞きなれた音でもある。人生というものに伴って来て、秋から冬のはじめに鳴る音です。それは予告のたぐい、悲哀にぞくする音階である。深度において、空しさにおいて、ぼくひとりいまこれを味わわねばなりません。

大方はもう、櫟も銀杏も柿の葉も楓も落ちたのです。いやあなたの方がそれをよく知っている。いましがたここに来たんですもの。あなたが好んで掃き寄せてつくっていた木の葉の道。木の葉を道の両側に掃き退けてつくる道ではなくて、道の中ほどにふわふわと盛り平《な》らしてつくっていた木の葉の道を、森じゅうの落葉が、この風ではおおうでしょう。

いま思えば、霜どけの道というものさえ、人生に着いている道でした。ぼくはもちろんあのとき、暗喩としてそのように云ったのでしたが、暗喩もまたあの頃からすれば画然と質を異にする。しかしこんな風に人生がきわめられつつあるとは思えないのです。

ぼくもなんだか目のせいか、このごろ指の骨がやせてきたようにおもいます。世にいう老人斑らしきものが指のあわいに見えたりするとおもえば、目の中の黒い飛びものであったりします。煙よりもしなやかで、軽かったあなたの髪が、この指からこぼれ落ちる日々があった。ぼくはそれをくしけずってあげて、世にもやさしい気持にさせてもらっていました。漢学の素読を三つ児の頃から教えるような家の、庭訓。庭のおしえとでもいうべきものに育てられていたあなただったから、不可抗力に逢っている童女のように、全身をぱちくりさせて、おとなしく羞《はに》かんでいた。かすかな風が吹くと、その風の吹く方角に添って、体がかすかに流れているような風情をしていた。ぼくはそのようなあなたをちょっとつかまえておいて、よくお河童に切ってあげました。

そしてあなたの、流れているようなやわらかいうなじは、ふいにがっくりと折れてしまった。ぼくが病院になどやってしまったもんだから。そこを考えると、少し冷静を欠いてきます。のこりくまなく、看取りたかった。

ぼくの指は、たしかに、生から死へのあなたのいとなみをたどってゆく作業をしています。ぼくの肩の横に、あなたの髪の残像が落ちこぼれています。あるいは、死から生をたどってゆく作業です。

どちらにしろ、終りというものをいとなんでいるわけです。ながいながい終りというものが始まった。

ぼくはあなたがこの世に残したものを通じて、それをもっともあなたらしい形にしておいて、いささか現世への義務を、いな、あなたへの帰依を完うしたいと思っています。ぼくはなるべく寡黙に、森の家の掟を守って、最少の仕事を、僕の主観を入れないで、いや、そこらあたりがじつはむずかしくて、あなたが納得する形にして残しておかねばならないが、万巻の書を編むよりは、あなたひとりの書を編むことの方がぼくには意味があるから、一生を注いでも恐らく注ぎ足りない大事業の残務を、今朝のようにして始めねばならぬ。

『高群逸枝全集』、これはもうすぐ終ります。ぼくは、編纂者としてのぼくは、寡黙に寡黙にと心がけていても、多角的になりました。幾分饒舌に語らざるをえない。いやこれはあなたに語らせるわけですけれど、ずばりとは語れないのです。三十三面観音像というのが出来あがったについては、現実にありうる人格像のモデルがあった。あったというか推察されていた。この全集によって、たとえばそのようなものの祖型のひとつが示されうるのか、心もとないのです。人間にはたぶん、よい「終りどき」というのがあるにちがいありませんが、誰でもがこの「よい終りどき」にめぐまれるとは限らない。あなたがそれを教えてくれないかなとぼくは思うのですよ。

あなたの感受性は年々脱皮して瑞々しくなるばかりで、年輪を増す木蓮が、瑤々とした花を全開させるように、花咲いていた。それでぼくも、おじいさん、というものに、なりそこねてしまった。これは少々見かけが気の毒なような気もします。ぼくはあかるい白い花あかりのようなところにいて、ぼくはやはり闊達な精神ではいるのです。ひとりの人間が亡くなって、なおかつ世の中が動いていることの不思議。

あなたは、『火の国の女の日記』を書きあげたら、最後に、新しい時代にむけてのユートピア小説、または詩劇を書こうと思っていた。科学と人間が分化しない世界にむけて、そのゆえに、あなた流には科学を踏まえた文学を、書きたいものだと思っていた。それはやっぱり、文学の形がいいなと云っていた。科学は、学問一般を含めて、人間に即していえば、二十世紀は、その本来性、本然性を失っている。科学は今、変態的な発達をしているんだという認識をもっていました。

だから、このような時代に育てられた頭脳をもってしては、なかなかもう恢復できない。人工衛星のように宇宙空間に飛び出す。浮游してしまう、と思っていた。そして人間のところに帰ることはできないのではないかと。

あなたはやはり、地球を自分の衛星だと、おもっていた。人類とともにここにいるという実感いた。ぼくは、だから、あなたの志に対して志を察していたから、ほんとうにいささか、家庭破壊になにがしかの協力をした。せずにはおれなかった。せめてもの贖罪、男性が女性になしうる贖罪のほんのひとつを、それで心がけていた。日本の家庭は爆破しなければならないと、あなたに無言のうちに教えられて、ぼくは考えました。ぼくは、女たちにその点では加担します。あなたがこれほどに打ちこんで、そのゆえんを解明しようとしていたのですもの。

あなたは安らかさをよそおっていたが、樹々にも石にも苦闘があると感じていた。あなたが、サービス過剰なくせに、極端な人みしり屋で、ねずみだか、野性の猫の仔だか鶏の子のように、人が来るともう二階にかけあがって隠れてしまうのは、感受する能力のバランスがこわれて、ひとたび人間にあうと、ほとんど死にひんするからだった。それを再び復活させるのに、どれくらいのエネルギーを消耗しなければならなかったことか。

人と逢うのはほとんど拷問だった。和やかな顔して応待して、上べはやってのける。丸はだかの感受性で。そのような過剰すぎる受感能力を調整するのには、詩人になったり哲学者になったり学者になったりして、生な対象との距離をおき、まったくそろそろと、自分をびっくりさせないように用心しながら、対面せねばならぬ。あなたはまったく、ぜいたくな、油断のならぬひとでしたよ。ひん死の状態にいつもおちこんでしまう。そういう状態とかけっこをするように詩作に熱中し、あのぼう大な歴史書を読み、あれはあなたの自己保身術でもあった。まったく、けなげなものだった。憩むいとまがないのだもの。なんといじらしい姿だったことか。

だけれども、そのかけっこが軌道に乗り、一種の雄大な無重力状態になると、あなたはたのしげで、結構あそぶことが出来た。現世は、それなりのエネルギーを持ってうねっているから、その上にあなたが、ひとつの均衡をつくり出して座っていると、やはり、「吾日月の上に座す、詩人逸枝」とうたったのは、ひとつの直感だとぼくはおもう。直感の安定をあなたは願っていました。

歴史が人間の歴史であり、男と女の結びつきの上に人類社会は発展するものなのに、これまで、結婚や性の歴史を学問としてまじめにとりあげることを、日本の歴史家、ぼくら男性の史家はなしえなかった。モルガンの『古代社会』やエンゲルスの『家族・私有財産および国家の起源』を必読書としている筈の進歩的学者たちさえ、ということは、進歩的なはずの男性の歴史も男性であることをまぬがれないので、現行の家族制度の範疇に止まって、学界では、これに開拓的な目をむけることをなしえない。つまり自己解体をなしえない。

男性の思想からはまったく無垢な女性であるあなたによって、日本婚姻史の発祥の全貌があきらかになった。日本の歴史は、婚姻史をくぐりなおして再検討してみる必要があるのではないかという問題を提出した。あなたは自分の研究によって、日本文化のよって来た特質を、きわめて創造的に展開してみせた。

いままだそのことに留意し、目をとめて、あなたの問題提起を本気でさかのぼってみようとする男性史家、いや男性たちが、どのくらいいるか。あなたは、そのことに、深い絶望を感じていました。あなたは同性たちに、希望を託していた。ぼくがあなたに加担しないことがあろうか。ぼくはただひとりとなっても、あなたを顕彰したい。あなたへの思慕がいよいよつのるのみです。残されたぼくの寂寥もそこから来ます。あなたは道をつけた。まだその道を通るものはない。

たとえば近頃明治百年ということが論ぜられています。明治維新の変革があたえる今日的意義、といったものです。明治の絶対主義が体制と反体制の両側に、どのような形で生きのこり、きたるべき変革の中でどういう力関係になるか、といった類いのものです。もっとさかのぼってあなたは日本史の発祥の地点から点検しようとしていました。更にあなたの視角は、人類の全史をみようとしていた。庶民のエネルギーの方向というものを、あなたは、全人類の全歴史を点検する中で考えようとしていた。日本の婚姻をテーマにすえたことは、ここにその始源的なひとつの典型をすえてみたかったのでしょう。

ただ、始源的なテーマを掘り出す、などということは、日本の歴史学者——男性の学者——は、その方法論を大体において外国のお手本に学ぶ伝統をもっているので、あなたのように、全然なにもないところ、無から出発する、といっても、素材そのものは日本史だけれども、学閥も国家からあたえられる研究室も持たない、在野の立場から、ひとりでこれを体系づけてゆくには、必然的に、人為的局部的に変遷する権力や権威主義は相手にならなかった。

新憲法前までは、家族制度は、男の支配のもとに女が従属して結婚生活をするという制度は、日本史のはじまりとともにあったものだと考えられていて、家族制度は、国の基だとされて、この制度について批判したり学問研究の対象にしたりすることは国家的反逆だとされていた。もしこの家族制度が古今不変のものだとしたら日本女性の運命は決定されていて、その解放などはのぞめないではないか。

肉体はたしかに僕も、終りの方にむいて歩いています。たぶん残された未知の新しい道を僕は歩いています。

あるなつかしい感懐が僕を助けています。僕の孤独、僕らの孤独と言ったところで、人類の個体史をなぞっているにすぎないのですから。僕は自分の孤独でしか、人間へつながることができないのだとつくづく思います。特に、あなたの方へは。しかし遠い距離になったなあとあらためておもわずにはいられない。

それにしても、僕はなんと、あなた亡きあと、ながく生きしたことでしょう。僕の余生、あなた亡きあとの余生に、なにか意味があったのか、それはいま僕には正直のところわかりません。生命というものは、生物一般からいえば、それ自体が意味を付与されることはできますから、植物の終りを終るようには生きていることになります。

僕の残りのいのちは、僕の感覚は、いや感覚だけが、あなたの残した生命律、あの静かにめぐりゆく日の光りを追っている植物の生命のように、まだ日々を営んでいます。

とざしたカーテンのむこうに朝の日がさすと、僕のいのちの根元が、朝のいとなみを起すのを僕は知覚します。それを単なる生物の生理と呼んでもよいのですが。僕にはわからない何かが、巨きな生命世界の法則の一端につながれて、たぶん僕は生きているのです。たぶん僕の個体の意志もそこにつながれているのです。

伝説でも神話でも奇跡でもなく、たぶん僕たちは、より牽引しあっている夫婦だったかもしれません。引きあう、ということについて、正直だったかもしれません。僕はいま、僕たちの時代までは選択することができた森の家を出て、かなり普遍的な世俗の中に生きています。そして正直にいえば、すくなからず、とまどいなしには暮らしてゆけません。

それは予想された違和、あるいは、あなた在世中から引きつがれている違和ではあるのです。僕は水俣にひきうつってからの、小さな、もうほんとうに極微の生活の中に森の家をひきずって来たのだな、と、自分の、反応する生理で知らされるのです。僕がまだ、なにがしかの志を持って生きていることに対して起る、存在証明のいろいろを、ほんの少しばかりの興味さえ持って眺めます。僕と僕の、外側とでひき起こす小さな諸関係を。それらは遠のいてゆく残響のように、少しずつ、ひびきあって波長をつくりながら、微かなものになって退いてゆきつつあります。

僕の法治主義、僕の規範は、あなたあってのみ、成立していたのだ、ということがいまにしてわかります。

僕の原理は、いま相手を失ったのです。僕はそれをいまも持っているにもかかわらず、自分の鏡（自分の気に入っている鏡）を見ることができなくなりました。自分の実存の証しである鏡を。僕の法治主義は、まわりの縁の方から無原則に蝕まれはじめて、自分のいる場所をだんだん失ってゆくようです。ひょっとすれば、僕はなおいっそう純化しつつあるのかもしれません。あなたにむかって。あなたの世界の中に、こんどこそはいりかけているのかもしれません。余分なものはだから、蝕ばまれてよいのだと思っています。

あなたの死とともに、僕は情けなくも、物理的には距離や磁力がなくなったので、僕はちょっとずっこけた軌道をまわっていました。けれどもいままたたどりついて、完ぺきな月蝕のように、あけ方の太陽の中に全く没してしまう月のようにあなたに重なりかかっている。

空というものの青さ、広さというものには宇宙を統べる力があるのだ、ということが僕にはわかる。空が青いということには生命界のエネルギィの神秘が無限にかくされているのだと。あなたを失ってからそれがわかる。

あなたの生命律になおみちびかれているのですね。こういう僕の在り方もまた、かなり平俗な意味での庶民夫婦の歴史の一典型にも近づいているのではないか、と僕には思えます。あなたのいちばん好きだった平和の典型の中に。

老いて妻に先立たれた夫が、子どもたちに向ってよくたしなめるように（僕たちは現実には子どもを育てなかったけれども）、

「お母さんが生きていたら、なんというかなあ」

というたぐいの、倫理、母性我の倫理が、ひとつの軌道となって敷かれていて、僕はそれによっ

て動いている自分をこのごろまた客観的にみることが出来るようになりました。

学問というものは、厳密に言えばどうしたって抽象の域のもので、（「この書を共に生活し」とあなたが未知の読者にむけて念を押して言っているにもかかわらずです。）僕らは、とくにあなたは、生な生活者の痕跡をそれに付与しようとつとめていましたけれども、いや、僕はあなたにとって唯一、生活をもっとも具体的にいとなむ相手でもあったから、俗世への手がかりをもそこにみて、あなたはそれで安心して、抽象世界にいつでも自分の実践をもってはいってゆくのでした。

そのような日々の暮らしの形態は、もう、なめらかにおこなわれていた。まるで〈自然〉のようにおこなわれていた。

けれども僕は時々、自分の孤塁の中で思います。僕の孤塁の意味が理解されないと、あなたというものも理解されないのだと。あなたは、非常に用心しいしい万全の体制を敷いたあと、書いている。


さて、私は、ねがわくは読者の協力によって、この書をたのしく進めていきたい。ともにこの書を生活し、味わい、そしておおらかな気持で、この書をつくりあげていきたいという切なる望みを、ここでうったえたいとおもう。そうでなければ、これからのこの書の進行は、おそらくはひとびとの反撥心をそそるたぐいのことが、あまりにもおおすぎるであろうために、とても順調にはいくまいと気づかわれるから。

こんなくだりを読むと、僕は見かけの上で異端の姿をとらざるをえなかったあなたの姿（僕が天上性と名づけた姿）、破調している姿が、何によって補われていたか、あらためて痛いほどよくかります。ほとほと、もっともっと気が利いていればよかった、してあげることがあったと思わずにはいられません。そういう意味では僕たちの、形の上でとらざるを得なかったこの世への異端、実質はあなたが書いたような生活、思索するという生活、より積極的に、それをあなたは実践、書斎的実践というふうに名づけましたけれども。やっぱり忍耐と持続が、ここに行われていた日々のあのいとなみを、ふり返らずにはいられません。そのように名づけざるをえぬ情況をあなたは、乗り切るすべをも絶妙に出来るひとだったから、通常ならば「象牙の塔」に立てこもると呼ばれなくもないところを、実践と呼び替えたことにすら、あなたの創造の世界が展けた瞬間のことを思うのです。なんと張りつめて心たのしい日々だったことかと。

そのような忍耐の外面、たとえば、日の当る窓辺に坐って勉強していたあなたの着物の肩のそのあたりが、日の光りによって脱色したとか、坐っていた畳が、そこだけ腐れたとかいうことをも、たちまち新奇な俗説修身の忍耐の見本に見たててしまうこの国の、進歩思想の感性の厚さを思って僕は苦笑を禁じえない。そんな風に、コチコチに手軽に理解されてはかなわない。しかし、お手あげだなあという思いをどうしても禁じえません。

僕はいまだに、毎日毎日新しい発見をして、自分の感性がそんな風に働くのにびっくりしていて、あなたを聖なる何びとかだと日々に思い、どう考えてもこれは稀有の天才者だったとひとこと言いかけるとたんに、もう間違いなく舌足らずにおちいり、困ってしまいます。そして、瞬間的に殺到してくるであろうあの類型的な論難のスタイルのさまざまについて、即座にまた僕も反応し、熟知している灰神楽をくり返すのです。そのような火の粉舞台から、あなたを避難させたいという傾向は、いまだに身についていて、むかしむかしから生得のものでさえあったように働きます。おかしいでしょう。

あなたのように、すべてを受容するなんて、とても出来ません。あの、深くながい間かかって、彫りこんだ能面のように、満を持しながら沈潜し、かつ平面の極において、笑みたたえている、などということは、とても僕にできません。

肉体はたしかに老いてゆくのに、感性だけはあなたにみちびかれ、不思議に若くなってゆくようです。これは考えようによっては、ある種の無惨でもあるのですよ。主観的には僕はそれでいいのです。

僕たちはたぶん、ちょっとした例外的な夫婦でした。あなたのいのちの力が、あなたがほとんど無意志のようにいてさえ、僕のような、欠落した人間、この世からずり落ちている人間にとどいていました。そのような力が、よしんばほかの男性にむけられたにしても、たぶん僕のように、あるいは僕によりもなお深く、影響をあたえずにはいなかったでしょう。

しかし、このような僕、あのような世界を持ちえていたあなたと、その影響下にあった僕とのひとつの生き方（それは知れなくともよいのです。僕を主体として知れることは）だとて、理解されないかぎり、あなたの在り方も理解されないでしょう。これは僕の反語だ。

僕がうかつに語れないのは、あなたを卑小にしはすまいか、僕の卑小さによって、あなたを卑小にするのではないかという危惧を拭い難いからです。なんて不自由なことではありませんか。僕ひとりでは、いやふたりあわせてもこれは難解な問題です。一歩、森の家から外に出ると、平易なこと、普遍的なことが、難解になるしくみになっているのですから。

えたいの知れない慙愧のおもいから、あなたが形に残してすでに歴史の運命に任せたものを語りたい衝動にかられますが、欲ばりなことだと苦笑せずにはおれません。

「あたたかいところへ行って、しあわせに暮らしましょう。そこで最後の詩篇を書きましょう」などとあなたが言っていたものだから、悟らない哲学青年のように、つい、上気してしまった。僕たちは単に、好きあっていた、いや僕はそうだったと言えば足りるのですが。

日本の田舎や、都会の下町では普遍的な好ましい夫婦がいました。あなたの『招婿婚の研究』、『母系制の研究』の中にも、今昔物語を基礎資料にした『日本婚姻史』の中にも。

しかし、これが僕らの「森の家」となると、森の家と、世間との関係があって、僕たちは、稀有の、とか、運命的なとか、伝説的なとかの冠詞を頂戴せねばならない。

僕らと世間とは依然としてそういう関係にあります。だから、この世が仮のすまいであるごとく、森の家も仮のすまいだった。僕はちょっとした「いたずら」をひとつしたなあ、というほどの気持があります。

　あなたは、研究など、どうでもよかった。あなたが僕にとって全である、という意味は、あなたは全開する可能性をいろいろ持っていて、それは、生命というものが持っている本来的な意味を全的に語ろうとして、語り出す瞬間の身ぶるいの出るような神秘な力を放っていたから、僕はそのような時の女性の力に立ちあったのでした。

　あなたには資質の可能性がすべての弱者たちと共に平等にあって、それを既成の価値観の上におこうとしなかった。乞食にもなれたし、おかみさんにも女王にも革命家にもなれた。乞食になれたでしょうきっと。夢みる乞食に。あなたこそは悲惨そのものにもなれたひとでした。世のかなしみを深い瞳にあつめた女王が出来あがったにちがいありません。そばにいる人間がのぞめば何にでもあなたはなりました。最善を尽してなったでしょう。

　ぼくは木こりで、経営者で、断案者でもある。ぼくは浮浪者にはなれない。ぼくは法治主義で、男ですから。男の体面主義はすてたが、法治そのものがぼくにある。ぼくは、無から、なにかをとってくる、みつけてくることはできない。なにかそこに、芽を、手がかりを、対象をみていないと、自分が照応しません。

　あなたは無から有になる。

　僕にとって、最大のドラマです。僕は照応する人間で、あなたは深く包まれてはいたが、光源のようなものでした。紡ぐんですね。紡ぐしぐさをすると、布が出来るんです。しぐさだけで。

はためにはアホらしいほど無価値にみえるものにでもすぐに価値をみつけることができました。いつもしんからおどろいていて、退屈することを知らずに、全く充足したまま、七十年も乙女のような気持でいたなんて、それが僕にうつらないことがありましょうか。

こういうことを言うとき、僕は、とある羞恥感にとらわれざるをえません。僕だとて、世間の規範というものを知っているのですから。従来の男の論理なるものに、僕は羞恥を感じるのです。反語を構築していかめしく構えていなければ自分の感性を守ることが出来ないわが同ハイ達を、僕はいとわしくさえ、このごろ感じるのです。僕はどうやら、あなたに同化しつつあります。眺めていると、いとしさがこみあげて僕は、心ひそかに、まるで宝物だと、思わずにはいられませんでしたよ。僕ひとりがそれをみていていいのかしらと。

僕はあなたの門外不出宣言に、内心嬉々として組みました。多妻主義よりも、あなたひとりの方が僕の男心をひきつけてやまなかった。僕は門番をつとめた。書生も、あるじもつとめた。論争の相手も。あなたは男の本性にえもいえず揺曳していてはなれませんでした。僕はそれを表現したくてならないが至難のわざです。バカのように、僕はあの人と暮らしたんだなあ、とぼうぜんとしているだけです。

僕は、存在者として、あなたの解説者になることになった。まれなる詩人、まれなる学者の専従の編集者になった。しかし、それは当をえたことだったかと思うと、僕はいま、じくじたるおもいにとらわれる。もっとあなたを理解できる、もっと本質的なあなたを紹介できる男性がいたのかもしれないと。

最後の、もっとも未知な課題を与えられているのに。女と男について、それを身をもって語っていたひとといっしょにいたのに、情けないおもいをしています。あなたは、男の垢を消化し、浄化してしまうものを、持っていました。女性というものは、男性というものに対してそのような存在者として本来在るのだろうと、あなたを通じて僕は知ります。しかもあなたは洗濯がとても下手で、僕の方がずっと上手でした。一生懸命しぼったつもりで、ボトボトに濡れているのを、ひきずって行ってあなたは干そうとするのですからねえ。あの森の中の小径を曳きずって。落っことしたりしながら、まったくこのたぐいのことに一念発起してみたりするときのあなたと言ったらアホらしいの一言につきる。

あなたが世俗の慣習に従おうとして、やり出すことといったら、することなすことアホらしいからとうとう目が放せなくなった。いやこと洗濯のことではない。マッチ売りをして暮らしましょうだなんて、大真面目に考えて言っていた。放浪は出来ても商売など出来る筈はない。マッチを配って歩くことなら大いに出来た。僕はいくらか、近代主義に規制された実務家の面があるから、はじめ、あなたの一見おろかなほどの、対人関係における優柔不断さ、あいまい模糊さ、無節操なほどの無限のサービス振りを見ていて、不思議な、無私のものをみる気がしていた。不思議なものに逢っていると思っていました。

ある種のひとたちをのぞいて、田舎の老人とか、子供や捨て猫や鶏の性を持った、つまり世俗の規範の外にあるたぐいのものたちにも心をむけていたがあなたは、生ま身一般の人間とはうまくつきあえる人ではなかった。世の弱者、それも最低の弱者となら、対等の関係にはいれた。僕はたぶん弱者のたぐいではないけれども、かなりのアウトローだから、つきあってもらえたにちがいありません。背中や魂に、げじげじのようなものの幻影に侵入されて、おびえているものたちといっしょの仲間だったので。


「ぼくは、ひとの知らない彼女の美質を知っていたなあ」

あのね、とちらりとまたたいて氏はおっしゃるのだ。

「あのね、そのう、彼女はね、目千両、といわれていましたが、あの、ことにね」

そして氏は上気してひたいの汗に掌を当てがいながらおっしゃるのだ。

「彼女の舌の色が、非常にうつくしくあかく、それは、この世のものともおもえず、やわらかでした」

　七十を越えた夫に、七十で死去した年上妻のことを、このような表現で言わしめる夫婦の間のことというものは、狭く生きているわたくしには、日本的通常の夫婦には見ききしない例に思われる。

　極度の自己愛が、極度の悲惨に裏うちされているように、彼女の形而下の世界は、仏教にいう、大悲の世界のごときものの底にふかく、うち沈んでいたのではあるまいか。

そこから浮上してくる彼女が、夢幻的、天上的にみえるのは、たぶん彼女が生得的に抱いていた、闇の深さによっていたのではあるまいか。ひたすら下層へ下層へとくだってゆく意識のバランスが、あるときはこわれて、(自己解放のために)浮上するとき、魂はたしかに、天上的無意志となりうるのである。にもかかわらず、その魂は、地上にむかって醒めてもいるので、どこやら徹底しない自己陶酔の姿をとる。逸枝のナルシズムは、どこやら破れていて、そのような彼女の姿に出遭うとき、わたしは、自分の素裸を見たような羞恥感にとらえられるのである。彼女は、あまりにもまともに愛を語ったが、それは並みひととおりの愛ではなかった。それは、孤絶者たちの無限の呻吟がうつろいさまよっている世界であることがわかる。ここをのぞき見ている彼女自身、尋常ならざる愛の資質者で、自他のそのような世界を負いかねている呻吟者でもある。生まれついての心のなよやかさからつくられてしまう精神の裂け目をいやすものは、その裂け目の中に、たぶん無限開放の世界へゆくため、あの自己幻想を開花させるしかなかったろう。

彼女は、その詩句の中で、

ちょいと
おまえさん

などと、現実には口にも出したことのないだろう言いまわしなどを、数々もてあそんでみたりする。自分に哀憐をかけ、可愛らしくするために。そのように自分を扱ってみることは、たぶん一種のままごとでもあったろう。男はままごとをするのだろうか。古めかしくいえば、始源的な呪術の原型を、彼女は生きていた。「風にも耐ええない風情のひと」だと、見られていたとは、極端な気立ての擬態と擬態の間をたまたま見られたときのことをいうのかもしれない。

たぶんぼくは、あなたの呪術にかかり、そのようなあなたの世界の中に解きはなたれて、まったくいまにしておもえばその中にあってこそ男の理性というものをめざめさせられて、極端にいえば日々いそいそとして、自在に放言を放ったり、(それを最大限に許されて) 暮らしていました。なんという不思議なことだったのでしょう。おもえばあなたはぼくの「自由」なのでした。このように云えば、世間は、ひとりの男が、生涯をひとりの女性にかけて、その男がつくった自由の鋳型の中から、そのようないわば男の好みの女性が誕生すると、受けとられでもしかねないのですが、ぼくの方が日々、覚醒させられていたのですからしかたがありません。

にもかかわらず、いまにしておもえばやはりあなたはひょっとして難解なる存在ではあるまいかと思わずにはいられません。ぼくはがくぜんとして、女性とはいったいなにか、と思いかえさずにはいられません。あなたの現身の胸の鼓動(生も死も)を聞き、あなたの香ぐわしい心身にふれ、ぼくはかなり深くあなたに近づき、あなたの生命のいとなみに、自分を合わせて生きたと思っていました。あなたは自分の生を生き切って終りました。

そのようにあなたに近づくことが出来た人間であるにもかかわらず、とり残されてみると、ぼくは、自分の生きる天地が昏れたことに気づかずにはいられません。日暮れが来たのに気づかずに、遊びほほけていた餓鬼大将が日没に気がついて、瞬間的に帰るべき家を度忘れしたような、陽の光のない日没とはどういうことか意味がわからないようなとまどいにとらわれたまま、とりのこされているような日々が続いています。たぶん、妻にとり残された夫というものは大なり小なりこのような感想をもつものなのでしょう。妻とまったく別の世界をいとなむ男というものも、ぼくなりに多少は知ってもいるのですが、──

ぼくの場合はいますこし異なり、いまのぼくのような状態をあなたに云わせてみると、たいへんおもしろく、あなた独特の直観と分析で、ぼくの置かれている状態を、男性の歴史からみて、記述してみせるのでしょうけれど、ぼくはまだ完璧に男の論理の洗い直しをほかの日本の男たちと同様に、理論づけが出来ていませんから、困る次第ですが、思い出せるかぎりのあなたの直観力にたより、やってみることにいたしましょう。そしてぼくはつい苦笑してしまいます。

あなたのやっていた毎日の生活、詩作や学問のみならず、この世にある思惟の体系、生活の体系を日々の全生活をとおして、みてゆく、そういう日々のいとなみは、ほとんどぼく自身ともなっていて、それをたしかにふたりでいとなんでいた生活でしたが、いまぼくにあるのは、あなたがいないという空白こそ、唯一の実証になってしまったなあと思いあたるのです。ぼくは昔の、若年の頃の虚無思想に──真の虚無を、あなたはより深く知っていましたから──やっとほんとうにたどりついて、見知り始めた頃のあなたの世界に近づいてゆくような気もしています。

あなたとぼくの間におかれている最後の媒体である死、いのちある万物との合体を通じて、あなたの中に深く沈んでいた虚無の中にぼくも降りてゆく、この未知なるおののきに逢うことは、しあわせといいわねばなりません。

最後の行宮所である墓、世俗の墓とおもむきがことなりますが、これは森の家の最後のたたずまいに立ちあった、あなたにもその文章を通してほほえみをもって知っていたMさんがおとずれた折、馬事公苑のいしぶみをみて、とあるインスピレーションにとらえられ、すぐさまきめたのでしたが、水俣川の川口にほど近い小丘の、雑木林の中に埋もれる感じにたててあります。この墓から見下せば、すぐ眼下に、水俣市役所や図書館や警察署や水俣第一小学校があり、もちろん、あなたが生きていて下されば、ともに老後の平安をわかちあう筈であったぼくの姉と妹の店と母家を、その一点に含めた水俣市内が一望にみえるのです。

川にそって下りながら不知火海にむかってひらかれる景観は、ことに春の景色が、南画のようなやわらかなおもむきで、あなたの最後の詩篇の想を練るところとしては美しいところだったのでしょうけれども。もっとも、ここはMさんゆかりの水俣病発生の地となってしまったので、あなたが存命であれば、とても平安などというわけにもゆかなかったでしょう。

この墓所で、あなたに傅《かしず》いて暮すことはぼくのよろこびです。あなたの虚無は、自分自身には深甚なものであったにもかかわらず、形を成している世界にはまた、あなたというひとは、なんとか敬意をあらわせずにはいられなかったひとですから、そこでまたぼくとしてはぼくの法治主義で、一種の無私の表現として、あのようなちょっと世間の通念とはかかわりない墓をつくったのでした。没通念的とここでぼくがいうには、あなたがもう察しているように、たまたまここをおとずれるひとびとの控えめな反応がみられてのことなのですが、この墓のつくりはじめのときからそれはもう、例のごとくにはじまっていたので、それはあくまで外側の目で、ぼくはかまわないのです。

ぼくはこれでも深甚のおもいをささげているのです。ですからあなたが、失笑でも、いや失笑というのは、ぼくの露骨な表現で、あなたがちょっと困って、それでも困った顔をすればぼくに気の毒なので、あるかなきかのほほえみがあなたに見えれば、ぼくはもう、有頂天になってしまうのですけれどもね。

思うにあなたのままごと、ないしはまつりごとは、いつのまにかぼくにも感応して、ぼくはいま、ぼくの法治主義なるものの正体がわかりかけたようで、苦笑せずにはおれません。男とは不自由なもので、あそびのときも、法治などという意識の所作事をやらねば、本音をのべえないのだなあと、びっくりするのです。

「なんて不自由なんだろうな、男なんてものは」

ぼくは感嘆して口にいってみて、笑ってしまうのです。

ぼくと、あなたのよき妹である静子、その静子がついこのあいだもいうのですよ。

「お兄さん、男というものはですね、脛やなんか眺めてもですね、女とくらべたら、ほら、ざらざらしていて、なんだかほら、きたならしいでしょう？　ねえ、男というものはですねえ、なんだかきたならしいですよ、なんだか」

そういうのです。亡くなった英雄氏をとても大切にしていた静子にして、例の直線的な口調でいうでしょう。ぼくは思わず笑い出しました。

「いやあ、ほんとうだ！　男というものはきたならしいなあ」

ぼくは答えてそういったのです。

男という存在は、その論理の組み立て方、構築のしかたがおおかた欺瞞的暴力的で、ある場合にはそれはもう、まるまる自己顕示欲そのものにほかならぬ。そっくり反ってみなければ、身がもてないようなところがある。ぼくはなにより自分の体験でよくわかる。いやそれよりもっと以前に、生理的ないとなみそのものにおいて、脛やなんかに特徴的にみられるように、なにかしら、まるまるそのままではひとの前には出せないものを持っている、というような意味だろうとぼくは受けとって、おおいに笑ったのでした。

あなたがこれをきいたら、もちろんさんせいして、同時に、男性である英雄さんやぼくを気の毒がることでしょう。脛はもちろん男の性をもあらわしていて、これを霊長類の一族である人間の雄の特徴として眺めれば、あなたが恋愛論の中でのべているあの、精子の本能にさかのぼる遠因を持っているのでしょうが、あなたの本のもっともよき読者である静子の云い方がまた、その間の両性のありようの無邪気さをあらわしていて、ぼくはおかしかった。

静止して選択する卵子の本能というものもあるのですからねえ。卵子の知恵、あるいはかなしみ、ともいうべきものを、たとえば静子の言葉からぼくも感じるのです。そしてたちまち、あなたがそのようなかなしみとして存在していたことに、今にして深く思いおよぶのです。いまなおどんなにぼくはあなたによって浄化されつつあることでしょう。

薄暮のようなぼくの日常にも、思いがけないささいな、たのしい出来事が、右のようにおとずれたりもいたします。それらはすべて、ぼく自身を検証しなおしたりする機縁になり、なおかつそのように自分をいとなんでいると、あなたの介助を受けるのですから。森の家の日常生活はそのような意味ではここに持ち越されているといえるでしょう。

世田谷の森の家は、あなたの死とともに、物理的に消滅しました。水俣のいまの家、階下をぼくらの姉妹の、日用食品のおろしをあきなう店の、倉庫に提供して、二階の半分だけをぼくの占有にさせてもらっている。あの森をぼくは手放して、そのかわりにこの建物をつくったのです。

四角いコンクリートの建物のなかの部屋、ここに森の家のなごりに、あのわれわれの古典的なベッドを、バラバラにして持ち帰りました。それはもう畳まれて、この部屋の入り口にたてかけてあり、あの古典的な半円型の、つねにわれわれの枕元にあったあのがっしりしたベッドレールが、ふとみると、埃をかむったままに黒ずんだ光沢を沈めているのを見たりします。ぼくだけの想念から、指先でそれを撫でていたりします。

生物の持っている触知感というものは、とても不思議なものだなあと思うのです。ぼくは、夢の中でも、さめているうつつの中ででも、あなたをときどき感じることがあるものですから。あなたの手が、ぼくのうすくなった肩に来たり、胸の上に来たり、唇にさえ来たりするのですから。そういうときぼくはおののいて、あの陶酔におちいり、続けよかしとおもうのだけれども、あなたは行ってしまうもの。

それでぼくはおもうのですけれども、あなたというひとは、あらゆる外界の事象を、ほんとうはあの万巻の書からでなくて、いや書物からさえも、ほとんど官能的とさえいえる触知感であなたがとらえ、それに反応していたことに思い当たるのです。

ここはもう、なんといったらよいのでしょうねえ。研究室でもなく、家でもなく、しいていえばあなたへの再度の旅の、中継所ともいうべく、ほんとうに、夜やすむばかりのところです。なんだか永生きしてしまって、ぼくはネルボンなる近代ねむり薬などのお世話になってねむる始末です。なにしろ意外にも七十七にもなってしまったのですから。

東京の森の家とくらべたら、寝るだけの部屋の、卒然たるリアリズムなんですよ。地上からこの二階に通じる露台というか、階段が建物の外にあります。階段の手すりに接して、母屋の庭の大きな柿の木が枝をのべ、ぼくはひとつの習慣で、階段の上り下りにその葉先に触れてみたりいたします。枝の間ののびのびとひろやかな、この果実の樹の間から、更に大きなワシントンヤシの樹などが、母屋とぼくのいる建物の間の庭を形どっています。森の家の樹木群には及ぶべくもありませんが、あの森の樹々のたたずまいをいたく恋いしたっている静子が、それを再現すべく願望して、心をくだいていて、松や梅や槙の間に、もちの木、いすの木、百日紅《さるすべり》、楓、寒椿、八つ手、ゆすらうめ、南天、すすき、すずらん、バラ、彼岸花などが育っています。まだ上背もしゃんとして、その外階段を登り降りいたします。まだ手すりに掌をかけて登り降りするわけではありません。つまり、ぼくが森の家から身につけて来た生活のリズムをそのような上背にみる、とMさんは観察している由です。

まあそれで、いまのぼくの寝所は、あなたへの旅、紀行におもむくその中継所になりました。ぼくはそのような紀行を、じつはもう、幾度もこころみてはいるのです。あの熊本の益城の原の鎮守さまの森のあたりの、凍える夜の野中の道をゆく提灯の灯りなどがともる頃おいまで。にわかに寒い夜だと気づきます。あなたの生まれた夜も。

ぼくは例の厚着で、夜具をひっかぶり、益城平野の真冬の夜中に目をさましています。するとあの、不知火海沿岸一帯の、武蔵野にくらべればおだやかな、冬の風土、あなたを生んだ風土の息づかいが、よみがえってくるのです。そしていまほど、日本の風土というものにぼくが近づいたことはありません。観念だけではなくて、ぼくの生理がそれを要求し、ぼくの生理の中には、チェーホフが持っていたような風土、しょせん観念かもしれませんが、それがぼくの傾向なものでしかたがありませんが、なにかもっと本来的な、あなたが感じていたような風土にふれてみたいような気持ちになっているのです。ぼくは球磨の川べりの山中からあの堅い安山岩の岩肌の谿にそった道を歩いて下って、那良口の駅にゆく。

バスケットを下げて手拭いなんかを首に巻いたりしている村の乗客の、二・三人しかいない駅から、ちいさな汽車に乗る……。ちいさな駅の駅員氏と乗客は、ひとなつこい日常のあいさつを交わしあっていました。ぼくはしかし若年の病いから、心は村の内側にではなく、外へ、あの深い谿谷地帯から、青雲の天地へ抜けることを夢みてうずき、そのような駅のある村のたたずまいにはむしろ、厭悪の情さえ抱いて、ほとばしりながら音を立てて流れ下だる日本三大急流のひとつ、球磨川の生命力とその轟々たるひびきを感じていました。その球磨川の下流の八代の駅、この駅で九州を縦断する鹿児島本線につながり門司に出れば本州につながるのです。遠離のおもいと精神の飢餓だけが、ぼくを動かしていました。昏れながら燃えている日輪が見えていました。いまも、遠ざかる朱色の、あのとろとろとしたちいさな日輪の力が、ぼくを導きます。

ぼくは星を、生活の暦として見る習慣がないのですが、あなたの生まれた朝のこと……その朝にたどりつこうとして、南国の冬にしてはめずらしく寒のきびしい夜が不知火海の上にもその渚につづく田園一帯にもはりつめていて。

そのとき、宵の明星はどの方角にあったろうか。月は出ていたろうか。一月の中旬もすぎだから、旧暦の月ならば、もう細いあるかなきかの月になっている。たぶん金環の片側の細い細いへリのような月であったろう。雁回山の方角だったかしら、釈迦院の方角であったろうか。七月の八朔頃にはあの不知火が出現する沖の上にあったのであろうか。

肥後の国でも米どころ益城平野はまだアゼの区切りの隅々に去年の藁束の山を小積みあげそれがもう年を越えて、しんなりと、毎夜の霜に打たれ降りてくる寒さの中に沈みこんでいる。土橋の下の小川が、ちょうちんの灯りをともし出す。道の上の小石もなんだか凍っているので、そのような音のする土橋を渡るとき、寒ブナが、おどろいて、ポチャンとはねるのでした。

「寒さのきつか晩でござりますなあ。ああた方も、ねむかときばっかりのしょうばいじゃあんなはるばってん、ごくろうでござります」

使いの衆は、ちょうちんの灯にむけて息を吐きかけるようにいいます。

産婆さんは百姓かたわらでもあるので、お産用の油紙などをごわごわとひっくるんだ大きな風呂敷と自分を交互に歩かせながら、たたき起されてまだおさまらぬあくびを全部夜空に吐き出すように、袖で涙を拭き拭き、

「なんのああた、およろこび事でござりますけん。ねむかとは、じきおさまります。

そして産病人さんは、だいぶ、おいたみのもようでございましたろか」

「さあ、うちのやつが、はよもう、ひっ背負《かろ》うておつれ申せち云いまして、お湯のなんの、沸かす風でござりましたけん、だいぶもう、潮時の近かっじゃありますすめぇか」

「はいはい急がずばなりまっせばってん、どういうもんじゃろ、この、お産ばっかりは潮どきのもんで、時の来にゃ出て来なはらんもん。ねむけども、さましさましゆきまっしょ。ほんにこ

りゃ、さめすぎた、とくべつの寒のごたる。わたしの都合のよかときばっかりに、生れてくだはるちゅうわけにも、ゆきませんもん。これから世の中に出て来なはる人で、あんなはるけん」

「そぎゃんでござります」

「校長先生の奥さまであんなはりますとちな。何度も生れはしなはったげなばってん、まだほんとには」

「はい、まだ校長先生ちゅうても若うあんなはります。

初産じゃあんなはらんげなで、もやすうござりまっしょ。めぐまれんお方で、こんどこそはちゅうことで、夫婦づれ、願かけまで、しなはりましたげなでござりますげな」

「ははあ、こればっかりは欲しかところにゃ出来んだったりいたします。せっかく世の中に顔みせても、いのちに縁のうすうございますと、目もあけんにゃ、もどってはってたりしますけんなあ」

「こんだどま、ご縁のあんなはればようございますが」

「そういうわけなら、やりそくなんごつ、念いれてご介抱申上げませずばなあ」

はりつめた霜の下からまぐさ小屋の匂いが這って出て、牛のねむっている気配の横を通り抜けてゆくと、黒々した木群のむこうに、起きているあかりがみえて、そこだけ霜の気がゆるみ、磯田小学校長高群勝太郎登代子夫妻の校長住宅を包んで、お湯を沸かす煙がやわらかくまろくたちのぼっていました。

第三章　霊の恋

五位鷺の啼く声が、寒氣を貫いて大野川のあたりからきこえました。俳諧の例会から含んできた微醺《びくん》はすっかりさめたのに、高群勝太郎は、骨のうちまでぬくもった血がとくとくと動き出したような感じがしていました。

袴をとった長着の裾をそろえ、正座した膝を中腰にして、囲炉裏の自在鉤の鉄びんをずらします。潮の匂いをきこうとしているのです。

沸騰しすぎ、入れすぎたお湯が、しゅしゅしゅっと、燠の上にこぼれ、灰かぐらを立てました。土間の竈の前から、綿入れちゃんちゃんこの上に長い前かけをお角力のまわしみたいにしめて、かがんだ姿のまま林田家のお内儀さんが、薪の火であぶられた顔で振り返ります。

「あら、校長先生、あぶのうございます。いっぱい入れとりますけん」

「いや、あんまり燠のでけすぎまして、ちょっと、かき出そうと思いまして」

「あ、はいはい、じゃ、そっちの手あぶりに移しまっしゅ」

「わたしがやりまっしゅ、こぎゃんた、おなごの仕事でござります」

お内儀が竈から立って来て、手あぶり火鉢をひきよせました。それから、息づかいがせわしくなって来た産病人の方を見やります。

「先生は、産病人さんの方にどうぞ」

「こっちの釜の方も、わんわん沸《たぎ》りよります。二人でん、三人でん、お生まれなはってようございます」

米村さんのお内儀さんが大声で、漬物の小鉢を抱えたまんま土間からそう云うので、おだやかな勝太郎も、陣痛のさ中にある登代子も、つい笑ってしまいました。

「あはは、なんしろ、無事に生まれてくれさえすりゃようございますが」

「無事お生まれなはりますとも」

ふたりのお内儀さんたちは確信をこめてそううなずきあいました。

「よか息づかいでございますばい、なあた」

「はあ、ほんなこつ。もうそろそろ、潮ものぼってくる頃じゃぁありますみゃあか」

産室といっても土間から見渡せて、産婦の枕元に屏風がまわしてあるきりの八畳に六畳の二間きり、それに台所がついて、こういう非常のときには、女たちが立ち働きやすいようにふすまなどもなるべく閉めたてないようにするのがここらあたりのやり方なのです。

寒気を割って、つよい潮の香が大野川をのぼってくるのがわかります。潮は、密生している大野川の葦の根元を音もなく満たして上り、田んぼの水口《みなくち》水口のあたりまで張りつめて来て、こうこうと暖気を吐いているこの草葺き屋根の息づかいと合流しながら、あたりいちめんの田の上に、香気の流れをつくっているのでした。

「ほんなこつ、こういう寒の夜更けにまで、お世話をかけることになりまして」

「なんばおっしゃられますか。こういうときこそ、遠慮のうお使い下はりまっせんば、わたしどま、役なしでございますが」

林田のお内儀さんは、さっき自宅の句会の座でのとり持ちとおなじ手つきで、たかな漬をはさんでさし出しながらいいました。この家での句会から帰ると陣痛が始まっているのでまた使者を立て、お内儀さんは米村家のお内儀さんをともなってかけつけてくれたのでした。米村家はこの村に着任のとき滞留させてもらった家で、この両家はすっかり、勝太郎夫妻の世話係をもって任じているらしく、お内儀さんたちは、つねのときよりも、なんだか声音さえ生々と艶めいて、甲斐々々しく立ち働いていました。

おなごというものは不思議なものだ、と勝太郎はおもうのです。こういうたぐいの、冠婚とか、出生とか、葬祭とか、つまり、部落の非常のときには、なぜ、働きぶりが、華やかにさえなるのだろう。

前任地の御所あたりは山間の村で、たしかに村の人々も篤実で情愛もことに深かったのに、ここ益城平野もずっと海つきの豊川の人びとは、さらにもっとくだけて、うらうらとしているところがある。不知火の波に洗われて、開明的なところがある。

勝太郎は、ひょっとして、今度の子は、無事に、育つのではあるまいか、と、湯気の立つ中で、土間を掃ききよめたり、あいまに、産婦の手を握りにあがったりしてくれているお内儀さんたちの姿をみているうちに思いました。不思議な、安らぎの予感が、そのときしたのです。

ここのくだりの嶋泉日記には、そのような落書きが感ぜられるのです。

明治二十七年一月十七日　晴

当夜ハ林田為八方へ膝廻リノ開点ニ付赴キ十時三十分頃帰家シタレバ静江少々産気付キシニ付、直ニ米村和三郎方へ到リ人ヲ雇ウコトヲ依頼シテ帰家ス。依テ同人方ヨリ二人ヲ雇イ来リシヲ以テ、松橋町産婆方へ遣ワシ、跡ニハ和三郎妻及ビ林田ノ妻等来タリテ種々手伝ウタリ。

然ルニ、産婆来リテ一時間許ヲ過ギレバ、安々ト分娩、女子出生セリ。依テ仮ニ名ヲ重尾ト命ジ、各産飯ヲ含ンデ後、産婆ハ前二人ニ連レラレ帰散ス。余等ハ林田妻、和三郎妻等ト枕ニ就ク。時ニ午前三時頃ナリキ。

「静江少々産気付キシニ付——」などと自分がつけてやった雅号で妻を記しているところは、

いかにも峋泉日記らしい。

すでに男児三人を死産させたり、出産したあと、まもなく死なせてしまっている妻登代子は、日記の上では「静江」という雅号でお産にのぞみ、赤んぼを産むことになる。現実の暮らしから、一生、ほんのすこしばかりのいじらしい遊行を試みつづける性癖から、峋泉日記は成り立っています。峋泉とは勝太郎の雅号なのです。

肥後藩武道師範家や、熊本の大寺延寿寺を統べる学僧や、郷士層の血を混入しているような家系に、正統的に伝わっていた漢学の素養を持ち続けた血統が、明治変革の洗礼をうけ、さまざまの階層分化を萌芽しながら近代庶民となってゆく過程が、この日記の性質と文体にはあらわれています。このような、家の日記を残さしめる家系から、高群逸枝が産み落とされるのです。典型的な、夢みる近代的遊行者として。彼女の好きな言葉でいえば、真の意味の放浪者が。むべなる生誕というべきでしょう。

ひとつのながい家系が、時代の養分を吸収しながら自己淘汰をくり返しつつ、ある時期、結実にむかうことがある。形にあらわれよう、あらわれようとする系と、消滅にむかいたがる系とがあざないあってゆく生命系の不思議のひとつに感嘆して、わたくしはこの日記の短いくだりを読みます。血の鼓動の不思議ともいうべきものを、彼女の文章のみならず、その父の日記にすでにしてきくのです。

妻のお産の場面を記すにさえ、静江なる雅号をもってするとは、ふつうの意味の庶民の表現ではすでになく、表現そのものがそなえている自意識が芽生えていて、この両親から生まれ落ちる逸枝には、まれなる表現者としての結晶度となって受け継がれ、父母の志は逸枝によって完璧に果されました。

真宗異安心史上の巨僧月感を中興の祖としている延寿寺、その弟子から西本願寺派の講学（学長）を出したりして、学問に縁の深い大寺の学僧の娘であった逸枝の母登代子。その父、すなわち祖父大津山自蹊は、宗学のほかに老荘にくわしく、系譜学や国文学にも造詣ふかく、「大書庫をもっていて教莚をひらいていた」と逸枝は記しています。

登代子は、時代のならいで、意識的には二人の兄たちのように正規の学問こそ、父からさずけられませんでしたが、兄たちとならんで、結構、漢書など読みならい、そのような雰囲気の中で育てられ、嫁してからは、これまた学問好きの夫勝太郎からあらためて、字さしをもって「外史」「十八史略」「四書」「通鑑」などという類を教えられ、漢詩、和歌、俳諧の作法や洋算、四則雑題等を学ばせられたちまちこれを消化して、のちに夫のかわりに教鞭をとることも出来たというのですから、いまどきの、単なる知識さえ身につきえぬ、女子短大出などの比ではない、かなり高度な教養人の夫婦でした。

ほほえましいことにこの夫婦は、ふたり共著の漢詩集や和歌集までつくっていました。明治中期の片田舎に、こういう夫婦がいたとは自分を離れて考えてみても驚嘆に価するが、それが、なにげない日常の暮らしの日々であったと、逸枝は、自分の家系のことを誇らかにうたっています。

昭和期に入って出生し、小学校に入るまで学問のがの字はおろか、文字というもののかけらすら見たことさえなかったわたくしなどの生い立ちとくらべると、雲泥の相違というべきで、ただただ瞠目のほかはありません。それがなんで彼女の評伝などにとり組む気になったのか、志向としては消滅型に向かっているわたくしの自覚がそうさせる、というよりほかはありません。

ともあれそのような夫婦が、観音さまに願かけして、初観音の縁日の正月十八日に逸枝は出生し、聖観音の申し子として待遇されて育ったといいますから、彼女は出生のはじめから、すでに知的意識界、認識の世界に自覚づけられて出生したことになりました。もっともふさわしい資質にめぐまれて。母の登代子はその愛子を美称して、みずから「かぐや姫」と称んだと逸枝はいいます。逸枝が終生、生命界への使命感と、深度の深いナルシズムから醒めなかったことは、出生のときから運命づけられていたというべきでしょう。

五官のすべてが、官能的極限まで、やわらかく生まれついた彼女のもうひとつの本性、度外れた虚無感などを救うには、使命感やナルシズムは、なによりも有効な、自己救済法でした。彼女は、自己救済の天才で……、自伝の書き出しには、

「私はこの世に歓迎せられて生まれて来た」

とあります。圧倒的なつつましさでそう書いています。この一読なにげない書き出しは、生命自体へのつつましさから発しているのでしょう。そしてまた、この世の秩序と、バランスをとりえたもののゆとりからも、発せられているように思われます。

そこで、著しく、この世の秩序とのバランスをとりそこなって失速止むことなき筆者は、彼女に関する下調べにかかる前からもう本能的な失墜におちいり、逆さのぞきをするような世界が現出して来て、おそらく通常の評伝など書けないことを告白せずにはいられません。この世にある無価値なものの原型に、よりひき寄せられつつあるわたくしが、価値あるものの典型のごとき彼女の世界を知ろうとするのは、バランスをとりたいのではなく、あるとき灯る、自分のまなこの色を、その色でうつし出されるこの世を、わずかばかり、みてみたいからにほかなりません。彼女のまなこの色で見たならばこの世はどう見えるのか。生命が試みる散策とやらを、せめてもの風流に試みてみたいだけにすぎません。

逸枝の幻視した時代はすでに終り、わたしたちの時代は、まぼろしをさえ見ること出来ぬ時代に突入しました。結実不可能な、ひびわれの深い愛を抱きあって、それを連帯と呼ぶしかない、儚ない生命の時代がやって来て、女の解放などいえば、もうとたんに男たちも父子家族などといわれてさまよう姿の、あわれな時代になりましたことか。彼女は、そのように認識せざるをえないわたくしたちが見た、最初にして最後の幻視そのものでもあるのです。逸枝ブームとやら起きて来て、われひとともに、女たちが脱ぎすてて往き来する感性の瓦礫のようなものを、むざんにおもいながら、生命との出遭い、文学との出遭い、思想などというものとの出遭い、人間との出遭いなどをあらためて眺めようとすれば、出遭の不幸さの面が、より気にかかります。人間史の闇のごときものが。

彼女は、そのようなものを、光の中にひき出して、なにかを、孵化させようと試みました。間にあうのでしょうか。より解体しながら沈む闇の時代に。

さて、その志にしたがって、また明治二十七年一月半ばすぎの肥後、益城平野の片隅の、寄田の森。その森の大銀杏から眺められる豊川村のあけ方にもどりましょう。

松橋町から連れて来られたお産婆さんは、なかなか睡気がさめない風でしたが、腕だけは、〝子添え〟の技を発揮してくれ、嵋泉日記は、

「――安々と女子を分娩す」

と記します。

死産であったり日立たなかったりであったものの、もう三児を産んだ経産婦でもあったので、さいわい、安産のはこびともなったのでしょう。けれどもこのお産婆さんは、会釈のない強のものだったとみえ、睡魔のあいだから、遠慮なく生あくびしたついでに、赤子を取りあげながら、

「あら、ビキの子のごたる」

といい放ってしまいました。

さすがおっとりした産婦の耳にもこれはききとられてしまいます。

ビキとはすなわち蛙の方言で、このとき事前に、切実な観音信仰を産婦が持っていなかったならば、待望久しい第四子の出生時に呟かれたこの言葉は、相当に奇異な言になる筈でした。まるで悪意というもののない登代子の性格から、一応びっくりはしたものの、なにかしらそのような

表現は、家系になじまぬ粗放な階層語として、聞き流しにされたと思われます。

「若い母をびっくりさせ、のちにそのことを母が笑って話してくれた」と彼女もさらりと書いてはいるものの、この親娘には、ある種の痕跡として、お産婆さんの言葉は残りました。

「ビキの子のごたる」

といわれた話は、のちに逸枝が、小学校にあがってから、「黒猫ちゃん」と級友たちにあだ名されている、いわば醜い女の子に出遭ったとき、複合した原体験として彼女の中に甦えります。彼女は、そのような級友たちの動向に対して荒れ狂っているその黒猫ちゃんに内心同調もして、なんとか、

「自分が観音の子であるが、またビキの子でもあることを、知らせようと思って努力するのだった」

けれども、この「最初の菩薩行」は水泡に帰し、黒猫ちゃんはますますひねくれて行ったと回想しています。このビキの女の子と黒猫ちゃんとの出遭いを土台として、後に彼女は、自己の恋愛過程の経験をもとにして、恋愛論の中に独特の「美醜論」を展開してみせました。

どのような一生といえども、ひとつの生命の出生が、この世の実相というものに、もう、まるまる出遭ってしまうことの、劇的一瞬を、わたくしたちは、「聖観音の申し子」とする両親の願望と、「ビキの子のごたる」とみる純客観的な、赤の他人のまなこの中に見ます。

そのように観念されている双方の世界を対応させることにより、彼女がその天才的逸脱を抑制

しようとしている形跡は著明で、天上的と夫憲三によって名づけられた資質に、彼女なりの錘鉛を、みずから下すことができえたのでしょう。

寒夜にやって来た農婦的お産婆さんの詞は、たぶん、地の使いの詞だったのです。

ともあれ、出生の夜は、あけようとしていました。勝太郎は外庭に出て、草葺き中二階の仮のわが家をふり仰ぎ、「明日は休暇届を出そう」と思います。明日は一日中、そばについていてやろう。

急に、前任地の御所で、この妻を雪の中に追い出した夜のことに思い当たり、胸がうずき出します。

さっき、産声をきいたあとしばらくして、産室に招かれて行ってみると、登代子はお内儀さんたちに拭いてもらって、ひときわ浄らかにしっとりなった額の下から、うるおったくろいまみで夫をみあげ、

「女の子でございましたよ」

とその眸で云った。

「ああ、産声でわかった。やっぱり声からして、違うもんですねえ」

勝太郎は、お内儀さんたちにいいかけるように答えました。

「こんだはお嬢さまであんなさるけん、きっと日立ちのようあんなさる」

お内儀さんたちは、さっきのお産婆さんの失言をとがめる意味をこめて、

「紅太郎人形のごたる、小愛《こや》らしか嬢さまじゃ」

とこもごも云います。紅太郎人形とは切り下げ髪の姫人形のことでした。

「ははあ、おなごの子というもんは、なりからして、ごげんも、こまかもんですかねえ」

「お産の、もやすうにあんなさったつが何より。親孝行さんであんなさる、なあ、嬢さま」

米村さんのお内儀さんは、もう赤子にむかって語りかけています。彼は、産室の隣に座って墨をすりはじめ、半紙をひろげて、たっぷり墨を含ませました。重尾、と書きあげ、

「どうだろう」

と、いまはふたりとなっているその足元の方から示してみせました。利発な妻はその意をさとり、

「よか名でございます」

あとは微笑で答えて、これも拭ききよめられたちいさなみどり児の上にまなざしをうつしました。重尾とは仮の名で、これまで、この世にえにしのうすかった子たちの代を終りにする、という意味の仮の命名。

明日届を出して休んで、あらためて、観音さまにあやかる名前をつけて届け出そう。なにか敬虔な愛が、湧いてくるのを勝太郎は覚えます。

「今日は初観音のご縁日でございますか」

「ほんなこつ、いま、そげん思いよった」

お内儀さんたちももれきいて、「縁起のよかお子であんなさいますなあ」と喜色の声をあげましたが、夫婦の胸にだけ通いあうおもいが湧いて来て、もう炎が消えかけて燠だけになったいろりから、それでも釜の音が、しゅんしゅんと快よいひびきを立てて来ます。妙なるその寝姿を眺めているとまたしてもあの雪の夜に、生まれてまもない第三子の義人を袖でかこって、雪の中に立ちつくしていた登代子の姿がもうひとり、遠くちいさく見えて来て、突然、神々しいものに出逢ったように、彼はぶるっと身ぶるいして、うつつの目の前にある登代子を見直しました。

お産婆さんと、そのつけびとを送り出しに外に出ると、かんかんとした月明が、不知火海のうえのはしにかたむき、玲瓏な寒夜でした。その夜空に、切り絵のようにはめこまれて、大野川の堤の、櫨の裸木が梢のあいに、大豆の粒のような実をひと塊ずつ光らせています。潮のひきはじめた河原の葦の間から、羽づくろいをする五位鷺の羽音がまたきこえました。

「明日は、だいぶ、霜のきつかかもしれん」

そう勝太郎はつぶやきました。

勝太郎このとき三十一歳、登代子三十歳。

まだひとびとが心の中に、それぞれの神仏を真摯に持っていて、神仏もまたその心をよみし給いあらわれていた時代でした。

とりわけ信仰心の淳なこの夫婦は、うち続いた吾子たちの悲運のあと、まず評判の高かった筑後山門郡の清水観音さまに、女児出産の祈願をかけました。間もなく懐妊のきざしをみたので、豊川村に下ってくる前に、ひきつづき、今度は阿蘇南郷谷の清水観音に無事出生の祈願旅行をしました。山深い矢部郷から北部熊本の尾根を伝うようにして大矢野越えをしてゆきました。妊婦の足では、筑後まては行けませんでしたから。

阿蘇といえば、いまでも、地域の人びとはつつしみ恐れていますから、神韻とまつわる地熱の間にそそりたつ火の山々の様相の深さは、この夫婦を、いっそう敬虔に祈らせたことでしょう。その観音さまの初縁日の日の女児出生ですから、漢文脈であらわされたぶっきらぼうな「岫泉日記」に、包みようもないほのぼのとした充足感があらわれているのはあたりまえでしょう。なんとこの父親は、丸々四日も、どこかそわそわとして学校を休み、母娘のそばについてやっているのです。

十八日　晴

届書ヲ出シ欠席ス。此日ハ数人見舞ニ来ル。又和三郎ノ妻ハ雇イ置キ薬取等ヘ遣ワシタリ。此日猶、名ヲ一恵ト改メタリ。当日義人ノ死亡届ヲ山東村役場（○いま植木町）ヘ仕出シタリ。

十九日　晴、霜

当日ハ一恵ノ神立ニ当ルヲ以テ欠席ス。午後二時頃産婆来リテ児ヲ洗ヒタリ。夫ヨリ五人の夫婦客来リ各々酒飯ヲ含ミテ暮刻散出シタリ。夜モ又近傍ノ媍来リテ乳付ヲナシタリ。

二十日　晴、霜

当日ハ土曜日ニ付習字ノ清書ヲナサシメ午前丈ケニテ退校シタリ。夜又隣家ノ嬶来リテ一恵ヘ乳ヲ与ヘタリ。

二十一日　晴、霜

当日ハ日曜日ニ付家居ス。此日当村役場ヘ出産届書ヲ出シタリ。御所ニテノ生徒一瀬武俊ヨリ書状着ス。

まだひとみもあけえず、乳首に吸いつくことが出来ぬらしいみどり児と、色のうすい、お乳ともいえないものが滲み出るばかりで、含ませ方もどこか板につきかねている登代子の様子と、乳のみ児を持っていて、ゆたかなお乳を持ちあまっていて、「乳付」をしにやって来てくれる近傍のお内儀さんたちの、賑やかで、ほがらかな祝福の様子が目に浮かびます。

「おお、おお、こりゃまた小愛《こや》らしかややさんであんなはる。ありゃまあ、まだ、おっぱい吸いみち、知んなはらんか。お母さんの方もまあ、いさぎゅう、出の悪うございますな、初児でも産みなはったごたるお乳して」

お内儀さんたちはなんの遠慮もありません。

「どりゃちょっと、この小母さんが」

云ったかと思うと、産婦とむきあって、赤子に添寝の形になったときはもう、胸くつろげていて、軽く指にはさみあげただけで、豊かなお乳が、しゅうっと弧線を描いて、赤子のひたいにふりかかりました。白い霧のようなものをふり注がれた赤児が、生毛の眉を一人前みたいにけげんそうに寄せ、首をうごかしたので、のぞきこんでいるお内儀さんたちは、やわらいだ声音で、いっせいに笑いました。

「あら、ほれ、口元はもややもや動かして」

「可愛さ、可愛さ、もう餓《ひ》だるか頃じゃろう」

いきなり抱き寄せられ、溢れこぼれるそのお乳を当てがわれて、赤子は含みきれずに、可愛ゆく、きゅっきゅっとむせてしまいました。お内儀さんたちはそれがまた嬉しくて声をあげ、幾度もむせてしまっては、ようやっと、赤子がお乳の含み方を覚えた風なのを見とどけると、満足げに帰ってゆくのでした。

村落や長屋によっては、このような女房たちによる「乳付け」は、筆者がおぼえているだけでも、ここ十年くらい前までは生きていた風習で、「乳付け」のできる女房にはこと欠かず、赤子を祝いに行って乳の出が悪いのを見れば、

「あのひとの乳がよかろ」と、おのずからなる選択が行われていて、そのような女房が、必ず連れて来られるのでした。

病気持ち、たとえば肺病とか、性病のたぐいの病気であれば本人も自覚があって、村にも知れていて、たとえば性病の場合なんぞは、男同志の共同体ではおおっぴらに打ちあけ合って、養生などにも打揃ってゆく仕組になっていて、みかけの健康そうな女房でも、男どもが大慌てで手を

振り、袖などをひくと、云わず語らず候補にはなりえません。

男どもとて、無垢なみどり児の前では、倫理的に、立ち直らざるをえないのでした。人工乳はいうにおよばず、母乳の中にさえも、えたいの知れぬ毒物が刻々と蓄積されている現代から考えれば、衆目のみとめる「若か、良か乳」が、乳の足りない子や、出生のときの祝福に選ばれていたこの頃は、しあわせだったというべきでしょう。

共同体の母たちは、そこに生い育つ子どもたちに対して、すべて、乳の母、であり得た時代なのでした。

このようにして出生のはじめに、乳をもらった逸枝が、故郷を出離したあとでも、心情的には終生、古き良き母系の共同体をつくらずには、この世との均衡を保ちえず、たとえ抽象界であったにしてもそれをつくり出しうる手だてが感性の中にあったのは、このような世界に出生したからなのでしょう。その父母、ことに母登代子は、農婦の出ではなかったにせよ、この頃の肥後一円、いや九州一円の下層庶民にみられるこのような大どかな気風の中にいて、観音信仰をも、その中にあってこそ、育てられていたとおもわれます。

逸枝によると、

——成長して物事を合理的に考えるようになり、観音経（哲学者釈迦の一つの思惟の体系としての）が読めるようになってからは、たとえば三十三身的な方法論などが、どんなに幼い私に影響し、私の性格をつくり上げていたかに思い当たることがすくなくない。観音の子なる観念が単なる迷信とならないで、このように生かされたのは、学者の娘であった母に負うところが多いと思う。といっても、母の教えなるものは、後にみるであろうが民話といった形のなかに、しかも母自身も意識せずに具体化されたようなものが多かったと思う。

小正月を過ぎた益城平野は、毎朝霜が降りて、日中になれば不知火海の高い照り返しがその霜をほぐし、またたきもしないような、じんわりとしたよい日和が、藁屋根のこの産屋を包んで過ぎました。

聖観音のあずかり児とは思っても、それよりは濃い人間的情愛が、昨日よりは今日、と湧いて来て、高群勝太郎は、赤子の、乳を含んでいるときの口元とか、ちいさな、握りしめている爪とかが目に浮かび、――当日ハ土曜日ニ付習字ノ清書ヲナサシメ午前丈ケニテ退校シタリ――などと日記に、毛筆で書きつけます。習字の清書というのは、作文や絵の授業と共に、教師が、ぼうとしているのにもっともよろしい授業課目で、彼の頭の中は、愛妻と、みどり児のことで、うわのそらだったにちがいありません。

出生前後のことを、彼女はみずから「お伽ばなし」と呼んでいます。

ここらあたり一帯は、まだ発掘されていない前方後円墳型の丘などを含め、さまざまの古墳群も分布されていて、形や、名をあらわして祀られる神や仏もさりながら、山には山の神、田には田の神、道には道祖神や地蔵さま、川には水神さまが、樹齢の古い樹にはその樹の神が、カマドにはカマドの神がまだ宿っていました。遠くたずねれば、古事記に出てくる神々の分《わか》されなのでしょうけれども、庶民の日常と共にある神々とは、もとは名前やら位やらを持っていたかもしれぬけれども、いまは自分たち同様、名なきものとなった土着神で、そのように同化してもらわねば、格が高すぎてはとてもいっしょには暮してゆけないのでした。

ひとびとは、道のぐるりや籔の中に好きな石などを見つけると持って来て、お神酒をあげ、田の神にしたり、念を入れたいときはお地蔵さまにしたりして、自分らのつくった神仏を大切にしていました。お伽ばなしというものもたぶんそのようにして生まれるものなのでしょう。自分たちの手で魂を入れたもうひとつの分身、その魂からけがれやら卑俗なものをとり払ってやり、神性や仏性を与えて伏し拜む。

人の性はやはり、善や美の方を仰いでいて、身近に常に具現するものとしてのちいさき神仏たちを感じていることなしには、生きてゆけなかったのでしょう。

——夜がふけて、遠い道の方から、ちりんしゃん、ちりんしゃんと、きれいな鈴の音がきこえて来る。なんだろう、と耳をすましていると、その鈴の音が、ふっと家の前あたりで止った。おや、と思っていると、戸口があいて、よっこらしょ、と誰かが荷物をおろして出て行ったけはいがした。おじいさんとおばあさんが、寝床の中から起き出して、ろうそくをとぼして、よくみると、もうびっくり。土間いっぱい、お餅やら、お米やら、蜜柑やら、着物やらお金やら、万引魚やら置いてあった。目をまんまるにしていると、また、遠くの方へ、ちりんしゃん、ちりんしゃん、ときれいな鈴の音が鳴ってゆきます。はあ、これば持って来てくれたひとは、あのお地蔵さんだったばいな。おじいさんと、おばあさんはそう思いました——。

こんな風に、いろりのそばで母が幼い娘に語ってきかせる民話があればこそ、聖観音の申し子であるというお伽ばなしも、生きたものになったのでしょう。

では、このような民俗や信仰が生きていた明治三十年前後頃の、ここらあたりの村々の生活とはどういうものだったのか。

ここに、熊本県立図書館の碩学、谷川憲介氏によって編まれた、「成人問答七十四章」というのがあります。この書によると、熊本県が明治三十五年に各郡市町村に命じて完成させた郡市町村是というものがあり、その主旨は、「凡ソ国ヲ治メ家ヲ理ス先ツ其経済ヲ洞観シ以テ其経営発達ノ施設ヲナス之レ実ニ緊要ノ事ニシテ其嚮ニ当ルモノ第一ニ此ノ点ニ着眼セサル可カラズ本県従来農ニ工ニ商ニ其他諸般ノ事ニ向テ着々改善発達ノ方針ヲ取リ之ヲ実行シツツアリト雖モ復タ之等ノ施設方針ヲシテ明瞭ニセザリシニアラズ——茲ニ既往現況ノ調査ヲ遂ケ将来ニ於テ——本県富強ノ途ヲ啓発セント欲ス之レ調査規程ヲ制定セシ所以ナリ」として規定第一条上に、経済上ニ関スル調査ヲ遂ケ将来ノ方針ヲ定ムルモノトス、としています。

現存するこの調査記録のうちから、幸いに逸枝の生まれた松橋町付近と、一歳で移り住んだ白石野の隣の、海東村の様子を知ることができます。彼女の故郷とは、彼女の時代のわが国農村の姿にほかならず、巡礼に登ったときの四国の様子も、ほぼ変らなかったと思われ、詩集『日月の上に』や『東京は熱病にかかっている』を産み出してゆく母胎ともなってゆくので、引用しておきたいと思います。松橋町が干拓をとり入れた水田地帯で不知火海に面して鉄道もひかれ、街道筋も賑わいめいてくるのに沿って――本町下級ノ人民ハ多ク傍ラ日雇日稼駄賃労働ヲナス右等ハ百五十戸余ニシテ就中其三分二即百戸内外ハ殊ニ貧窮ニシテ日々得ル処ノ賃金ヲ以テ僅カニ糊口ノ資ニ供シ微力ニ露命ヲ繋ケリ然レトモ彼等ハ浪費ノ癖アリ獲ル処少シク豊ナレハ忽チ放逸飲食シ去ルヲ以テ平常実ニ困窮ノ内ニ沈吟セリ。という風に、最下層にあった人びとも、どこか楽天的に生きているさまがおおざっぱに述べられているのにくらべ、海東村の記述は、綿密で、調査者の心情が伝わってくるような報告になっています。

海東村

本村民現今衣食住ノ程度状況ヲ観察シテ上中下ノ三階級ニ区別セハ左項ノ如シ

上等戸数　三十八戸　人口二百三十八人

但シ上等トハ資産ヲ有シ一家ノ生計ヲ営ムニ当リ幾分ノ余剰ヲ有シ年々資力ヲ増長シ得ルモノ乃至毫モ不足ヲ感セザルモノ衣類ハ平素綿布又ハ交セ織ヲ着シ冠婚葬祭他出旅行ノ際ハ絹布又ハ交織ヲ着用ス

食事ハ戸主及老幼ハ米一升ニ対シ麦粟二合乃至六合ヲ交ヘ食シ其他ノ家族ハ麦或ハ粟一升

ニ付米五合乃至一合ノ割ヲ以テ常食トナス又ハ甘藷里芋ヲ常食ニ加フルモノアリ副食物ハ漬物味噌汁塩魚菜類ヲ常トシ時々生魚又ハ肉類ヲ食ス

家屋ハ多ク食庫小屋廐ニ有シ凡テ農業ヲ以テ本業トナセリ

中等戸数　二百八十戸　人口千八百三十五人　但中等トハ相当ノ資産ヲ有シ職業ニ勉励、冠婚葬祭他シテ一家ノ生計ヲ支フルニ困難ナラザルモノ

衣類ハ平素綿布ヲ着シ冠婚葬祭他出旅行ノ際ハ多ク交織ヲ着スルヲ常トシ絹布ヲ纏フモノ甚タ稀ニシテ麦粟雑穀ヲ以テ常食トナス而シテ一日三食ノ中昼夕何レカ一食ハ必ス甘藷里芋又ハ麦粉ノ類ヲ常食ニ充ツル習慣ナリ副食ハ前項ト大差ナキモ魚類又ハ肉類ヲ食スルコト稀ナリ

家屋ハ多クハ萱藁葺ニシテ小屋廐等ヲ所有セサルモノナシ大部ハ農ヲ以テ本業トナシ商工業ヲ営ムモノ稀ナリ

下等　戸数二百七拾弐戸　人口千七百六十一人　但下等トハ僅少ノ財産ヲ有スルモ生計ヲ支フルニ足ラス又ハ全ク財産ヲ有セスシテ職業ニ奮励シ若クハ労働ノ報酬ニ依テ辛シテ生計ヲ営ムモノ

衣類ハ常ニ綿布ヲ纏ヒ冠婚葬祭他出旅行ノ際ハ交織ヲ以テ最上トシ絹布ヲ纏フモノ絶テナシ

食事ハ米食ヲ用ユルモノ絶テナク其他前項ト大差ナキモ極貧者ニアリテハ常ニ糧食欠乏シ

日々得ル処ノ労金ヲ以テ露命ヲ繋クニ吸々シ為メニ余事ヲ営ムニ暇ナシ屋根陥リ壁潰ヘ畳破レ冬ニ至ルモ衣ヲ重ヌルニ由ナク更ニ惘然タル悲憤ニ沈論セルモノ少カラス

家屋ハ凡テ萱藁葺ニシテ多クハ小屋庇ヲ有スト雖トモ極貧ノ労働者ニアリテハ全ク家屋ヲ有セサルモノアリ或ハ俗ニ掘立ト称シテ地ヲ掘リテ丸太又ハ竹ヲ植ヘ屋根ヲ葺キ壁ヲ塗リテ住居スルモノアリ

右ノ外全ク独立ノ生計ヲ営ムコト能ハス村民ノ救助ニヨリテ生活スルモノ四戸五人アリ

以上ノ如ク本村民衣食住ノ状況ハ未ダ以テ驕奢ト云フニ足ラス然レトモ其衣必シモ絹布ニアラス其食必シモ美酒佳肴ニアラズ其居必シモ壮麗ニアラストスルモ近来漸ク遊惰放逸濫飲過食ノ弊風増長セントスルモノノ如シ大ニ戒メサルヘカラス

豊川村磯田尋常小学校とその環境を高群勝太郎は気に入っていたようで、開明的、進取的なその気風から、村の良識者たちによくなじみ、自己の方針に従ってよき校風を作り出そうとしていました。待望の女児にもめぐまれ、この子の産み月近くなってから、その母終《つい》と姪の千代野も和やかさを加えて来た家に合流して家族となり、一恵（幼名）の「神立」祝いには、さっそく祖母となった終の采配で、祝いの膳が、祝福にやってくるひとびとにそなえられ、格式を持った赤子の祖母の応待ぶりとうつくしいたたずまいは、村のひとびとがこの一家に寄せ出していた親愛と畏敬を、更に深めたことでしょう。けれどもこの磯田小学校はほどなく豊川校と合併される運命にあり、「勝太郎は首座でなくなった自己の地位に窮屈を感じたらしく早くもその進退を迫られることになった」と逸枝はいいます。

そしていよいよ、彼女のものごころついた里である、ここより奥地の中山村（現中央村）白石野尋常小学校へ転任がきまり、一家は、もう年の暮もせまった時期だというのに、なにか胸をふさがれながら、重い足どりで馬車に乗ったり、萩の尾茶屋というところでさびしい夕食をとったりして新任地へ向ったようでした。

日暮れになって、ゆく手の山あいから氷雨まで吹きおろして来て、年老いた母と赤子のことを思いやりながら心沈んだであろうこの転任への道のりは、珍らしく感情をこめて峅泉日記に記されています。成長の過程で、逸枝は両親から折にふれて一歳のときの初旅のことをきかされていたに相違なく、のちに一家はこの白石野からさらに奥地の払川にゆくことになり、逆にそこからえんえんと瀬戸山越えをして、恋人とも両親とも別れ、山々の姿におじぎをして「出発」します。その恋人の憲三が、はじめて人吉から逸枝に逢いにゆくのも同じ道筋を通らねばならず、気のふれた人と道づれになったりして、瀬戸山越えの物語は、その頃の旅といえば汽車や馬車を使っても半分は徒歩でしたから、相当の難行で、逸枝にとっては重要な幼児体験の意識される直前のことではあり、ふたりの物語になってゆきました。

白石野へ向う途中では「実ニ坂路山深ク入リ行クヲ以テ一同意外ノ肝ヲツブシ」た一家も、着任してみると、「当地ハ山間ノ上村民ノ待遇不親切ナラント此朝迄思ヒ来リシモ当日ノ厚待遇ニテ尤モ田舎ハ何方モ同様ノ者ナラン」と翌々日には書きつけるほどでその着任式には六十有余名の父兄やら顔役氏たちやらが押しかけて来て杯責めにあい、一応解散したあと二次会にまでなって「満酌シテ退散セシハ夜九時頃ナリキ」とあります。勝太郎の人柄もあって、もう大晦日の夜まで、授業をさせられるほど夜学生たちまでなついて来て、今でいえば青年学級のはしりのようなことだったのでしょうか。さすがにくたびれて、本年は転校して日浅きを以て除夜の作も出来ざりけりとは、静江と共著の漢詩集のことなのでしょうか。

そして一句、

旅して移りて年を送りけり

雪がちの寒があけるあいだ、幾分騒がしくなってゆく身のまわりの気配の中で、逸枝は二歳になりました。

勝太郎だけでなく、登代子にも仕立物のお弟子さんがくるようになって、春がきました。夜になれば、この校長住宅はよろず相談所になり、文化的談論をかわしたくてやってくるひとびとの社交の場でもあり、青年たちといわず壮年老年と云わず、教育者というものは教室にのみあるものとは思っていない勝太郎であればなおのこと、村とちいさな学校とが密接につながっていた時代でしたから、おとなしく控えめな登代子とて、それがつとめと心得えて、仕立物教授のあいまに、酒のびんも抱えて立ち働いていたにちがいありません。ひょっとすると勝太郎は、三十になってようやく肥立ちそうな子を産んで、若妻ぶりが一段と初々しくなったような登代子のことが、自慢ではなかったのでしょうか。

釈迦院嶽の青い頂には雪が残っていても、校庭のぐるりをすべり降りるような土手に陽がさして、土手の下の脇にある泉から湯気が立っています。

「今日は日曜日だるけん、また昼すぎたら、お客さんの多かろう」

そう登代子はおもいながら、苔のついた大きな部厚い木の柄杓で水を汲み入れて雑布を絞ります。浅い泉だけれどどこんこんと湧いていて、学校中で使っても沽れるということがない。高地だけれども水の豊かなところでした。学校の外側をゆるやかに囲むようにして津留川が流れ、年禰村に入って、深い渓谷をつくりながら釈迦院川におちこみます。春は、谷の水に宿りながらやってくるようでした。

「ぬるぅなった」

そう思って、水を替えながら腰のあたりにうしろから来てまつわりつこうとしている一恵にむかい、

「水のぬるぅなりました、山の椿も咲きました、なあ、一恵どん」

とおどけて、祖母の口真似をしてみせました。

山をおろしてくる風はまだ冷たくて、指先にすびくその風よりも、泉の水に手を入れていた方が暖かいのでした。

すると、前にまわって来た一恵が、片手で母につかまりながら、自分の片足をさし出して、見

ろというのです。

つのんぼ草履がまだうまく履けなくて、かかとの方に、赤い布切れで、「あどかけ」を結んでもらって、なんのことはない、まだ歩きそめの足に赤い鼻緒のわらじをはかせてもらっている格好で、それがうれしくて家から出て来たのでしょう。

「一恵さん、お母さんに見てもらいなはったか」

終が土間からのぞいて声をかけ、

「頭も、ほめてもらいなはる」

というと、頭をかしげてみせて手をやりました。

「おおおお、可愛いかおたばこ盆の出来ましたなあ。洗い物しとる間に。まあ、そげんよか草《じょ》履《じょ》はいて、髪結うてもろて、一恵さんな、どけ、行きなはりますか」

おたばこ盆とは幼女の髪型である。

「のんのんしゃま」

「のんのんさまになあ。可愛いさよ。よかお子になりましたちゅうて、のんのんさまの、喜びなはる」

泉のほとりには、お休み時間となれば、いつも六、七人の生徒たちが走りまわっていて、水を呑みます。そのためのちいさな竹の柄杓も、泉を囲った石の縁に置いてあります。もう何でも母親のすることを真似したがるようになって来て、元結いがわりの、これも赤い絹布《もみ》の端布《はしぎれ》をのぞかせた髪と、角《つの》んぼ草履をほめてもらうと満足して、よちよちとその泉の縁に寄ってゆき、竹の柄杓に手をのばしました。

「ああ、ダメ、それはでけん。着物の濡るるけんそれはダメでございますばい、一恵さん」

ベソをかいた一恵が柄杓の柄をかかえたまま居すくんでいると、下駄をつっかけた勝太郎が出て来て柄杓ごと手をそえて抱きあげました。

「よしよし、水汲みば加勢するとだもんねえ一恵は。よーし、ほら、お父さんといっしょに、この柄杓に、いーっぱい、こうして、汲んで、加勢してあげまっしょ。ほーら、いっぱい。ほーら、これで二はい。よーいしょ、まあたいっぱい。ほうら、加勢のでけた。よかったねえ」

もう三つになって、一恵は踵《あど》かけをかけないで、つのんぼ草履がはけるようになっていました。幼女のために、とくべつに念を入れて叩きほぐしたやわらかい藁で、従姉妹の千代野さんが編んでくれる豆草履の出来あがったのを、陽のさす土の上に揃えて置くと、いかにも可愛らしい春がそこにやって来たようなと、登代子は縁側から娘をその草履の上に抱えおろしてやりながらおもうのでした。

午さがりになると、霜まがいの露も消えてしまう山里の草の道を、逸枝は、足袋を脱がせてもらったばかりの綺麗な素足につっかけます。ちいさなその爪の先にきゅっと血がさしてくるほどに、もう下し立ての藁の草履のごわごわにも馴れてきた足元をみせて遊びに出てゆくのでした。

部落の高台に当る学校住宅の縁側から、登代子がお針のお弟子さんたちと見い見いしていると、下の谷川店のお婆さんに声をかけられたりしながら、げんげ田の段などに這入りこんで、結構ひとりで野ままごとなどやっているのでした。坂道の向うの、麦畑の段から、親たちの畝あげについて来て遊んでいる同じ年頃の利一くんが、いつの間にかすべり下りて来てそのげんげ田に突っ立っています。

「あれあれ、あれは利一ちゃんじゃ、またわるさをしかけんばよかが」

桃割れのたぼの根をヘラで掻きながらお弟子のひとりが伸びあがっていい、三時のお茶は笑い盛りの年頃になり、そのような様子は二階の教室で授業をしている勝太郎にも、げんげ田の幼児たちをとおしてわかるのでした。

早春の風は、ほそくひき緊まった水の筋のように流れて来て、おたばこ盆の髪の地肌にも、煙のように繊い稚いほつれ髪のたゆたう下の、ことにふっくりとした耳朶にも触れて通ります。まだ黒々とはなってしまわない瞳の色を、ひとところに集めるようにして、そのような風の気配をこの子は聴いていていました。

身八つ口の袖の下が、なんだかひらりとして、摘もうとしたげんげの首が、微かに身じろぐようなとき、ななめのところに立っていて、下目使いになにやら途惑ってこちらをさしのぞいている腕白丸出しの利一くんの瞳を、ふとこの童女は不思議そうにみつめてしまったりするのでした。まるで悪いことでもしたように、利一くんが大急ぎで、ひき毟って集めたげんげの束をぷいと逸枝にさし出すのです。そのこぶしにも、筒袖の口にも、鼻汁がかぱかぱしています。

幼児の目がとらえ、耳がとらえる大自然の森羅万象は、世俗人事の世界にもまして、その稚い五官に感じとられていた筈でした。釈迦院を中にして連なる益城の連峰を大きくめぐりながら、風の次第ではあるときは、谷の間を逆さに吹きあげて来たりする霧雨や雪。彼女の嗅覚は山の子らしく、そのような霧にも連れられて、狸や野兎や狐の子たちと同じように、土の匂いをほそほそと嗅ぎながら、灌木林をすかしてくる陽と影の縞のあいだをくぐり抜けて、村の入口の大樟のもとの観音堂のところにまいります。すると、観音さまのお堂でからん、からん、と、ちいさな土鈴がころがっていて、お堂の前では小綬鶏が小首をかしげ、ちょっとその音をききすましては立ち止まり、立ち止まりして、木立ちの草むらの中へ歩いてゆく、という様子でした。五官のすべてが初咲きの野草の蕾のようにふっくりと天を向き、この童女は意識世界を全開させようとしていました。

明治中期の日本の山野というものが、ことに春や秋の気配というものが、今日の都会のひとびとにはもうほとんど想像もつかないであろうほどに、いかに艶冶に息づいてひとびとの暮らしとまじわりえていたことか、ほんらい的な意味での生活者の絶唱ともいうべき書きものの見本のひとつがあるので、若いひとたちのために逸枝の感受性を育てた風土と対比してみる意味もあって少しひいてみることにいたします。

明治三十二年北関東は栃木県足利郡吾妻村の、渡良瀬川河畔に住んでいた漁師、庭田源八老人が、足尾銅山から流出しつづける鉱毒被害のため、死に絶えてゆく自分たちの風土を眺めながら、田中正造翁に伴われて来た木下尚江に示した「紙きれ」の綴りものです。明治期に入ってからの文人たちの、詩歌の題材として切り取って来られる花鳥風月ではなくて、下層の、代表的生活者の魂に全的に生きていて、その生命の源泉であった風土とは左のようなものでした。

「春分二月の節に相成りまするると、渡良瀬川沿岸には柳が何れも芽もふきまして、其根の邊にあたり、小麥のやうな草が多く生えました。此草は茅《ち》がやと申まして、引ッ切りますと乳が出ました。其の根の邊にうたうた蚯蚓《みみず》が啼きました。頃は午後五時四五十分より日の入頃で、暮れ方、美くしい音が川水に響きました。柳の葉次第〳〵に緑あをあをとなりますると、其邊に葭や眞菰《まこも》が生えてありました。又た川の洲崎水際には、鶺鴒《セキレイ》が虫や蜘蛛などを餌にして遊びあるきました。……渡良瀬川沿岸、篠藪の中には鶯の巣が多くありました。一番子二番子ともはやしまして、雌が卵をあたためまするると、雄は餌を運びなど致して、其邊を離れず啼いて居りまして、宅地近所放し飼ひのやうな心地が致しました。又梅も咲きまして、實に春の來りました心地、気も心も養ふたものでござりました。又た春雨の後など、別段に草木は青く花が咲きまして、随って人氣も何となくおだやかなものでござりましたが、……

清明三月の節になりまするると、藪の中や林の縁りに、野菊や野芹《のぜり》や、蕗や、三ツ葉、うど抔が多くありました。川端などには、くこ抔と申ますが多くありました。三月の節句に草餅を舂《つ》きまするに、蓬が多くありまして摘みましたものでございますが、只今では被害地には蓬が少なき故、利根川堤や山の手へ参って、摘み來ります。又た近年は無據、蓬の代りに青粉と申まするものを買ひまして舂きまする。櫻の花の盛りを、マルタの最中として、梨の花の盛りを、サイのしゅんとして、渡良瀬川へ川幅一杯に網を張り通ほし、夕暮五時頃より翌朝六七時までに、百貫以上も取れました。其外鯉、鱒、鱸《すずき》など申まする魚も取れました。又た闇の夜などに川や沼に大高浪押し來り、小膽の人は大蛇かと驚きましたが、獺《かわうそ》が多く子を連れて游よぎ歩るくのでございました。……

　穀雨三月の節、最早圃や田畔抔には、色々草が生え立ちました。葉草、蚊屋釣、はこべ、八重もぐら、猿取ばら、草数百色餘もありましたが、其名詳かならず、書きしるすに及び難く候。数多の草が生立ちますから、馬の喰料や肥料に多く刈取りました。八十八夜にも相成りますと、苗代の水を上げます。一夜の中にも田面に田螺が多く出たものでございます。又た去年八月頃より、田面其他水ぎれになりまして、深き處狭き處に長々隠れて居りました鯰や、鮒や、鰌《どじょう》、鰻などが、今ま此の一夜の中に堰さしますと、何處となく一面水に相成りますものでございますから、何れも喜んで〳〵、午後六時四五十分頃より、沼や池、川筋に一面に游ぎ歩きました。……」

全生活をそこで生み養う風土であったからこそ、この生活者の魂によって、渡良瀬川河畔の生きていたときのありさまは、ここでは切ないかぎりをもって生き返ったのでしょう。

一般しもじもの生活者は、ふだんはそれほどみずから高らかに、細部に亘っては風景などを語るものではないのです。なぜかといえば、文学者や詩歌人を名乗らない下層民たちは、この場合、多く、百姓、漁師たちですが、自己と自然とを不即不離の一体世界と成して生きていて、一体化することによって、表現の全きを得て自足しているからなのです。

いまわたしたちが目前にまざまざとみせつけられているように、日本の辺境のかしこにある情けない山や川や海の姿を前にして、必ずや職業表現者ではないふつうの老人たちの口から、

「ここの山を見ておれば（または海を）気が晴れよった」

「ここは極楽じゃった。いのちじゃった」

というごとき、ごく控え目な痛憤をきくことができるでしょう。自然が、死なんとする自分の意志を托して、完璧に自己を語らせたいと思ったときには、かの渡良瀬川の詩のごとくに人を得て、心を抉る挽歌としてうたい出されうる場合があるのでしょう。このあたりのことについては、後年、彼女もその天才論の中でふれています。彼女を育てた風土のこころが、たぶん一生欠損することなく彼女自身の世界観をなしていたのでしょう。

真の生活者たちには、自然を部分的な表現形式として切り取ってくるあそびなどは思いもよらず、先に記した海東村のごとき――家屋ハ凡テ萱藁葺ニシテ多クハ小屋厩ヲ有スト雖トモ極貧ノ労働者ニアリテハ全ク家屋ヲ有セサルモノアリ或ハ俗ニ掘立ト称シテ地ヲ掘リテ丸太又ハ竹ヲ植

へ屋根ヲ葺キ壁ヲ塗リテ住居スルモノ――たちのような境涯に至ればなおさらに意味深く、このような極貧の村々にも春は春、秋は秋ぞとおとずれて、人びとの心にある叡智への喚起力をうながしていたとおもわれるのです。このような四季のめぐみが、大自然のいのちをそこなうことなくおとずれていたればこそ人びとは、そのいとなみに教えられて、じつにこまやかな他者への心配りや暮らし方や微妙な手わざなどを自得して暮していました。おもえば、コンクリートにとじこめられている現今の都市細民の側からは、むしろこの海東村の極貧の記録などは、羨望を禁じえない面もあるのではないでしょうか。ここに見るように「地ヲ掘リテ」とか「竹ヲ植へ屋根ヲ葺キ壁ヲ塗リテ」などという暮らしになればなおさらに、自然は、人の肌に直接よりそっていたわけで、客観世界ではありえないのでした。

この時代のひとびとにとっては、掘立小屋さえも最低限、もとの穴居生活の記憶につながる世界の一部であり、この自然からさえも追放されては、生命の意味ももはやなくなってしまうであろうことは、昨今の私どもがすでにひしひしと予感しつつあるとおりです。

逸枝は、あらゆる意味でわたしたちの時代の前の、まだ夢見てさえもいた時代の、いわば終りのときの揺籃として育てられたのでした。自然の心を受けもつ一員として、生かされていた頃の総意を体現しうる資質者として。ここらあたりはまたとくに、古代九州的山野がそっくりそのまま生きていた火の国の山系でもありました。二十代の半ばにはすでに全開してしまう彼女の、極限的官能に近いほどな詩人的禀性を育てるには、まったく選ばれた風土だったといえるのかもしれません。

　ある日、ひとりままごとの続きで、白石野の里をめぐって流れるせせらぎめいた津留川のほとりへ、赤い袖無しなどを着て行きました。川床の岩がさらさらとゆらぎながら透けてみえる浅い水底に、川にしの類や、山魚の群や、紅いろの可憐な沢蟹の親たちが、逸枝の手の親指の爪ぐらいの子どもたちをひき連れているのに逢いました。その蟹の子どもたちと云ったら、親の蟹がハサミで草の間のゴミのようなものをつまみとって、泡をしずかに吹いている口の中に入れると、もうほんとうにあるかなきかなのハサミを上下させて、子どもたちも、苔の実などをつまむしぐさをしながら、学校の生徒たちの数よりもたくさんぞろぞろと、畦のような土手を越えてゆくのです。連れられてすこしづつゆくとげんげ畑の縁に、たんぽぽやつくしんぼうずがぽこぽこと出ていて菜の花畑がぱあっとひろがり、あそこまで、あそこまでと、川伝いに誘われて気がつけば、ゆるやかな曲り角が青い渕をつくっています。

　さしのぞいてみればその底に、楓やどんぐりや、いちの樹の落葉がうず高く重なりあい、そこは無数のハヤ類の稚魚たちの遊び場になっているのでした。

　形のさまざまな水底の朽葉を見ていると、黒く変色した柏の葉がゆらりと浮きかかり、かなしい妖怪の子どものような、いもりの赤腹が這い出して来て、いきなり水の中で宙返りをしてみせました。するとこんどは、かがみこんでいる傍らの、野茨の茂みの下から音もなく、するすると湧き出した波の筋のように、くちなわの子が水面の上を渡って向う側の、水に濕っている樹の肌の、そのわかれめの中へはいって行ったりいたします。

紅の色が、はっと目の奥の時空をひらくように、水の面に落ち、ゆるゆると沈みます。花はひらいたままの姿で微かに水底にみじろいで、椿です。

人里と山気の合して漂うようなところにどうしていつも、まるで蔓科の植物のように根を張り出した大きな椿があるのでしょう。ここらの山地の椿は、海辺の椿よりは、枝の間がいくぶん軽やかで、風の光りをとりあつめたように、重なりあった葉がつやつやと輝いています。更に見あげればその上方には、まだ枝先に芽を含ませているような灌木類の続く疎林の上は山の稜線になり、枝の間の空は、まだ昏れもやらぬ瑠璃色に透きとおるばかりなのに、大きなお月さまが、もうすぐそこにいらっしゃるようにかかっています。お月さまはまだ沈み切ってしまわないのに。かなたこなたの梢から、山に宿るものたちの、無心な愛語のような声々が、さや鳴りはじめた夕風のあいまに幾重にもひびきあっています。そしてまたしじまが来て、お月さまはもう手にとれそうにそこにいらっしゃる。

原生の野に置かれた一箇の、未知の壺の精のように、この子は、茫然とひらかれている天地の間に魅せられていました。そして、帰ることをそのまま忘れました。

そのときもう一度、生まれに行ったのにちがいありません。日月のあいだにかかる径をのぼって。

大人ではくぐれない灌木の間でも幼女ですから、ほう、ほうと呼ばれる声にむかって登ってゆくのです。そしてまた、底光りする暗い川に逢いました。おおきな梨の木が川のほとりに立っていて、この世の幽婉を灯し出すように、青い白い花びらが、この子をつつんではらはら散るのでした。去年の蔓がまだ枯れ残っていて、そのやわらかいへくそかずらや葛の葉などを、狐の子のようにひこずって彼女は、山々がいとなむ春の酔いの中に誘なわれていました。しゃら、しゃら、といくつもの鈴がかすかに鳴りあうような音をきいたと思ったら、そこは、それはそれはほのかなみどりいろの、可憐な壺のような花をびっしり吊り下げて揺すっている馬酔木の林の中だったりいたしました。

言霊というのはもとはこのような世界からたぶん生まれていたにちがいありません。人事の世界にまみれてしまわぬうちに、このような「神隠し」にまず逢った逸枝は、やはり自分でもしばしば努力して覚醒せねばならなかったように根っからの幻想者でもあり、世俗苦に破綻しているわたくしどもへ、より語りかけてくるのは、じつは、彼女の幻想的気質によるからではないかと思うのです。はたまた彼女がまだ人間的自我ではなく、意識せざる野性的自然我の生命であった故に、大人には見えぬ秘境からの招待に誘なわれたのでもありましょう。

この世は壮大な神格をもった生命界から成っている、というおもいが彼女の意識を形成していました。彼女の場合、この認識は、人間である自己をちいさなもの、卑小なものにしませんでした。彼女は生命界そのものの一員でしたから。とはいえ彼女にそなわってくる人間的悲哀のごときものが、徐々に、彼女を「現在のこの世にはいられないような宿命をせおった孤独な」放浪者にするときも来るのですが、それはのちのことです。彼女とてまた、なによりも時代の子ではあったのですから。ものごころつきはじめたときにはもう、

「あたい観音さまの子よ」

と知覚していて、ことあるときには稚いながらそれを宣言もして、この世への使命を帯びたいのちとして出生したことを、彼女自身、『火の国の女の日記』の中において意味づけしています。ひとりの女性を形成した幼女期の、晴れやかなうとうととした典型、ほんらいの意味でおだやかにしあわせにあり得た典型を、微笑をさそわれながら彼女自身の手による自伝の語りはじめの部分を見ることができます。自分たちの時代の痛苦をしのばせて。彼女の時代、彼女の前の時代、そしてわたくしたちの時代にひきつがれて没し去り、没し来たったあの、出自を語ることさえもない伝不詳のものたちの魂とともに。

彼女が、当時の農村の支配階級でもなく、かといって純極貧の層でもなく、分散解消しつつあった細川藩の下級武士的小地主名家の流れであり、のちにこの高群家は消滅しますから、彼女は自分の出自を可能なかぎりあきらかにしてその意味づけをし、その系の最後を灯しておいたのだと思われます。それはまた、闇の中のものであった女性史をあきらかにする志とちがうものでもありませんでした。自分とともにある女性史を、いつくしみのかぎりをこめて書いていることがよくわかります。誰にも逢いたくない密室の中で。

「わたしはこの世に歓迎せられて生まれて来た」とは、ほんらいひとの生とは誰しもそうある

べきであり、そうであればこそ、普遍の意味を付与されて、普遍の中の一員である自己の出生への、慎ましやかなしかし積極的な肯定をえて、それを成さしめてくれたものたちへの感謝をそのような形で、彼女はまずのべずにはいられなかったとおもうのです。観音起請の、この「愛子」の「おとぎ話」を、ほのぼのと思いかえし、東京世田谷の軽部家では「お嬢さんと呼ばれ」る待遇を受けていたと書きつけてあるのを見れば、彼女の研究にも見え隠れしているあの無数の伝不詳のものたちの、意識化されることなく没し去った出自願望への、贈り歌なのかもしれません。

ご一新のあと、この国の権力の中枢部分は、かの鹿鳴館にみられるように、異様なまでの文明開化にとりつかれながら近代国家への道を模索していましたが、逸枝出生の年の日清戦争を勝利という形で体験したあと、世界史の渦にも巻きこまれて、はやくもこの国の資本主義はもう、運命的骨がらみになっていたのでした。とはいうものの、ご一新前からの封建的遺制は、複雑な姿を織り込みながら、村々の習俗の中にも残りつづけ、民俗学者たちや社会主義者らの関心をひきかけてもいました。

古代的九州の風土とはいえ、その襞々には、せめぎあう新時代と旧時代のはざまから生まれたひとびとのうごきがあり、特徴的にはこの地では神風連の変を経て、西南の役の舞台となったばかりで、ご一新の表舞台には乗りおくれた火の国熊本県にもやはりまだその気配は微妙に過熱していました。彼女の父勝太郎その人も、まだ少年の頃、自由民権派植木学校事件の戸長征伐の一揆に投じて村預けとなって畑の中の掘立小屋に入れられたり、西南の役に薩軍に応募したといいますから、かつての民権運動の分流の姿が、一教育者である彼女の父の後年の夜学好き、青年好きなどにもそれはあらわれていたと云ってよいでしょう。

水俣から出郷した徳富蘇峰が、熊本で創始した大江義塾を捨てて中央言論界にその居り場所を確保すべく活躍しだしたころ、やはり熊本荒尾の宮崎滔天らは根づくべき素地を見つけ出せなかったであろう心情主義的な民権論を抱いて、その魂はすでにこの国を分離しつつありました。着々と内実をととのえつつある富国強兵策とその権力の天皇制絶対化に対して、輸入された社会主義を強烈な土俗反骨的感性にとりいれて、反政府の論陣をかかげる人びとも出て来て、熊本評論による人びとは、政府の張った網にからめとられることとなり、のちに大逆事件関連者となってゆくのです。

いわば辺境での勝太郎のような進取開明的でいながらどこか醇乎として古典的な感性の持主である一教師の在り方をも可能にしていたのは、うつぼつたる村々の知識層の、新思潮のごときものであったと思います。

かつての京、大阪や、お伊勢や、お江戸の「みやこ」ぶりにはくらぶべくもない力で、新しい帝都東京が、新思潮の象徴として、とめどもない階層の分解をくり返しつつあるこの国の片田舎にもそのように近づいてきて、支配力を発揮しつつありました。

逸枝は、「神隠し」事件で母や村の人びとをびっくりさせたあとはやがて順調に、人里の雰囲気にもなれてゆきました。海東越えの坂道に立って、なにかを聞きすましている様子も、心なしかおしゃまになりました。あの、相手の袖の中に拳を突っこんで、商いのねだんをきめる目玉の動きの男が、頬っかぶりをしたりしてあらわれたりいたします。逸枝はこんな「ばくろう」をひと目みるや、金縛りになって動けなくなるので、勝太郎は、この種の人が通るときは気をつけていて、その呪縛から解いてやらねばなりませんでした。

端布を色どりよくつぎはぎした米袋を肩にして、お婆さんたちはお寺にゆきすがら、この「先生方のお嬢さん」の頭を撫で、米飴などを握らせたりするのでした。

控え目な、なつかしげな子だったので、子ども仲間たちが気にかけていて、遊びにも喧嘩にも、いつのまにかその一員の中にいる、という具合です。ここらあたりは、なかなか土俗的賑わいを持っていて、どぶ酒を仕込んでおいて部落ぐるみ酒官員に摘発され、村の小父さんたちが数珠つなぎでつれてゆかれてしまうというような景色は、この時代の村々毎のエピソードでもありました。彼女も遊び仲間と目を見はり、そのような景色をみたと書いています。

「——人びとが集まれば、かならず酒宴がひらかれた。酒宴は文化人や女房グループや親類のみでなく、来訪者のすべてをのがさないものだった。

酒のみがはじまると、子供部屋のない家なので、私はよくひとりでヒラキに上ったり、海東越えの坂道に行ったりした。夏は表が黒じゅすで、裏が赤布、背中がたすきがけとなっているその頃はやった「江戸胸かけ」というものをまるはだかの上にじかにくくりつけられた姿で、またその他の季節には例の袖無し姿で、しょんぼりと立っていただろう私のおもかげがいまも目に浮かぶ——子どもの私は酒の座のいとわしさや喧騒や、そこに露出される人間どもの悪鬼めいた姿などにしょっちゅうおびえていたが、いっぽうではまたそうした人間どもに同情もするといった複雑な人生観の芽ばえをも引き出していた——」

鹿児島本線はまだ貫通してはいませんでしたが、九州ただひとつのこの単線は、もう彼女出生の翌々年には、すでに松橋から八代までのびていました。村の文明開化はまずこの汽車に乗ってやって来たことでしょう。

そこらの百姓の娘たちとはくらぶべくもなく、文化的階層にほかならぬ地域の俳人たちや役職を持った知識人たちにかこまれ、時代を流れてゆく思潮にもこまやかな感応力をもっていた父母のもとで、彼女はまず、その地の選良として育ちつつありました。

家柄の伝統として受け継がれていた教養書である漢籍や平安文学などには幼時からふれていて、その母登代子が正規の学問は授けられなかったけれども、素質は十二分に持っていて、由緒ある大寺の学僧の娘であったことを、彼女は終生誇りにしていたほどでした。教師仲間でもひときわ進取的で知識欲にあふれた父の職務柄によっても、教育雑誌や書籍等にも触れる機会にめぐまれ、その幼時に披見した書籍を知るにつけてもおどろくのは、筆者自身の生い育ちとくらべてみた世界の違いです。時代は更に下って四十年後、ようやくデビュー時代に終止符を打って彼女が世田谷の森の家で念願の学究生活にはいりはじめた頃、偏見を持たぬ直感で感じとっていながらそこではふれあうことのできなかった階層が、彼女出郷後の同じ不知火海のほとりの襞々で呻吟していました。

上京前の巡礼行によって逸枝がちらりとかいま見たであろう世界がそこにはくりひろげられ、無頼漢たち淫売たち、土方、なぐれもの、逸枝がこわがったばくろうはもちろん、人間を売買するぼっしゅう人、犬殺し、ちょうえき人等の生身の世界が、筆者のいわば「書籍」にあたるもので、小学校に上るまで文字のひとかけらもなく、書物や教養や文化や、家庭的美的躾のかわりに怒声や、酒乱や刃傷沙汰や、火のついた薪や石つぶてが人をめがけて飛ぶことや、狂気や、女郎殺しに心中、だましあいは日常のことで、自他の心身を殺傷すること一片の紙きれより軽く、ゴーリキイやドストエフスキーがえがいて見せた世界が白日のもとに横たわっていたのです。そのような世界ももう衰えの時期に来て、わたしはそこにいまでも住んでいるわけで、思いつけばけっして平静ではいられませんが、いわば文化的知的向上心とは絶縁して来た人びとが棄民世界を成して渦巻いて、いまや衰死の時代にはいりつつあることを思えば、これらの世界の人びとは、自己の出自を有の形にするよりは、自己抹消へ、無化へ向う衝動が強く、いわば歴史の自己淘汰部分を、まっさきに荷う部分として存在していると思えるのです。

分に応じた自己表現を閉じるにあたって、時代の虚無を演ずるこのような世界の住人たちの、凄絶な華やぎにほかならぬ肉体的生き方は人類史の、溶解しつづけるエネルギーの坩堝部分ではあるまいかと思うのです。

新時代の表層にあらわれる思潮にも文化にも、文字であらわされる道徳や論理にもまるきり別世界にいて、わたしにとっては、小学校にいたあいだじゅう、小学国語読本が唯一のなにものかで、ここでおぼえた文字というものを使って自分の属している無頼世界、狂気世界を再表現できる予感はしても、もう魂はえたいの知れぬ彷徨に罹って、めまいすることなくこれを感じることはできなかったことを覚えています。階層の分解というものは、歴史の中に斑絞のように置かれて重なったり消えたりするのだな、と、彼女の立場と自分の居場所をながめておもうのです。時代を腑分けしようとするのは、なんだか変な、かなしい気持のものです。

そのようなわたしたちの時代の方へむかって歩いてくる彼女は、後年、整序された資料をもって記された『火の国の女の日記』もさりながら、詩集『日月の上に』の中に、よりその悩み深い魂をあらわしてくるのです。

残された文献資料や補足資料を見ることが限られている筆者としては、最初の予感どおり、詩人としての彼女に出遭うことの出来るまで、本稿をすすめることにいたします。

自分を閉ざして果て去る無名者たちの一生も、一生倦まずに努力して、自分を表現する意欲をうしなわなかった社会的知名人間も、その生命力にともなう光と影をあわせれば、ほぼ等価ではないでしょうか。その等しさを包み去る闇の深さもまた。わたしは自分の出自世界を経て、これまたまったく無名者たちの死にゆく世界である水俣病にかかわりながら、心ならずもひととき彼女を離れる時季なども持ち、あらためて植物を含めた、土と海と川と山と天のあるわたしたちの生命系を思いました。個々の生命にとって世界はひとしく深いものであるからこそ、なお人間存在というものは限りなく互いを呼びあってやまないのだとおもうのです。

協業者のその夫、憲三先生の、

「けれどもぼくはどうしても、やっぱり彼女に、天才であったことを冠したいなあ」ということばにいささかの疑義をもはさむ気持はありませんけれども、天才者の、その天才分だけある絶望、その業績の対極にある無のごときもの、その生に付随した天才の空虚は、昨今の逸枝ブームにもかかわらず、彼女の、たったひとりの世界である若き日の詩集にすでに、無対話者の豊饒となってひろがっているのではありませんか。

第四章　鏡としての死

とうとう乞食とまでもなって
国を出たことの面白かったこと

という一連が、「月漸く昇れり」の十章目にあります。この長篇詩は、『日月の上に』におさめられていて、全二十二章、二十六頁になるもので、〈国〉すなわち故郷は、彼女の他の長篇詩の中でも、のちの女性史の中でも、ふかい基盤となってゆくモチーフです。読者は、右の二行が、時代的には彼女よりやや先行する日本近代の詩人たち、この場合、男性詩人たちの中にあった故郷、たとえば石川啄木の、

石をもて追はるるごとく

ふるさとを出でしかなしみ
消ゆる時なし

と、どこかで通じていながら、微妙なちがいのあることにお気づきのことでしょう。またよく知られている室生犀星の作品。

ふるさとは遠きにありて思うもの
そして悲しくうたうもの
よしや
うらぶれて異土の乞食《かたゐ》となるとても
帰るところにあるまじや
ひとり都のゆふぐれに
ふるさとおもひ涙ぐむ
そのこころもて
遠きみやこにかへらばや
遠きみやこにかへらばや

この詩に象徴されるように、大部分の出郷者たちの心の奥にある故郷、あるいは家というものは、「よしや／うらぶれて異土の乞食となるとても／帰るところにあるまじや――」と若き日の犀星にうたわせたのですが、追われて故郷を出た望郷の心にさえも、さらに「石をもて追い」つづけました。今日に至るも都市流浪者たちの心象の中の故郷というものは、犀星が吐いたことばとおなじように、胸えぐる原風土として、ほぼ定着されて来たといえなくはないでしょうか。

近代化もようやく内実をととのえはじめた明治二十年後年からそのあと、そのような故郷という故郷の共同体は、今日いうところのみやこ東京、中央、を形成してしまうまでに、苛烈な解体に晒されていました。

逸枝も『女性の歴史』でこのあたりは精述してみせますけれども、とくに彼女の研究の中で浮上してくる〈古代的遺制の諸関係〉を複合した、封建的共同体が解体してゆく過程で、先進部分は欧化文明をとり入れてゆきます。けれども、日本資本主義の肉質でもある共同体が、おびただしい血反吐のように吐き出したものたちの姿が、『職工事情』や『女工哀史』となってくる事情は、読者の方がくわしく御存じでしょう。

新しいみやこ自身も、つかみどころのない細民群をぼう大に流動させつつあり、これらの情況からひき裂かれ、剥離してゆくものたちの意識を荷なわされた詩人たちが、表現者として出現せねばならぬとき、自らは体制の血肉ともなってゆく故郷が、彼らの中に芽生えざるを得なかった近代的自我と対立し、存在を許さなかったのも、その体質からしてひとつの法則でした。ですから、この国の近代詩人たちの、詩人としての出発はまず、大部分、故郷や家との絶縁を契機とし、それをくびきとして曳きずってゆく、という深い動向が見られます。

このような自我の出発は、今日いうところの、近代進歩主義、合理主義の萌芽をもすでに胚胎しながら、家とも故郷とも分裂・対立しますけれども、より多く自己の内部へとその亀裂を深めてゆき、島崎藤村や樋口一葉らに代表される生き方の屈折とその作品群となってあらわれ、もっとも象徴的には、北村透谷をはじめとする狂死に近い自殺者たちの絶望の系譜をも生み出してゆきました。逸枝もよほど心ひかれたとみえ、後年『女性の歴史』の中で、「近代恋愛の発生と挫折」の章をもうけて北村透谷を紹介し、その晩年の「雙蝶のわかれ」をひいて「あわれである」と結んでいます。透谷のいまひとつの作品「蝶のゆくへ」の一節をここにあげてみると、左のように、自分の中にひらいてゆく暗闇が、この世の暗闇とひとつになってゆくのを自覚しながら、自殺を覚悟している透谷の、凄絶な心象風景が浮かんできます。

花の野山に舞ひし身は、
　花なき野辺も元の宿。
前もなければ後もまた、
　「運命《かみ》」の外には「我」もなし。
ひらくと舞ひ行くは、

夢とまことの中間《なかば》なり。

透谷ならずともわたくしたちは、一篇の詩を書くこともなく、時代の波間に没した数知れぬ無名者たちの怨恨に、今もなおつながれ続けています。
さて、逸枝の、「月漸く昇れり」にかえりましょう。

土佐の入野というところで
乞食をしていた時
気立てのよい子供がいて
いうことには
爺《ちゃん》よ　ここはいいよ
草もどっさりあるよ

こういってその子供は
死んだ父親に挨拶して
それからうれしそうに
眠るのだった

美しいものには限りがある
人には限りがある
世界は海となって
私の地面がそこに浮かぶ

かの夢ふかく花羞かしいところは
流れて行ってしまって
それはもう恐らくあるまい

まるでこだわりのない無技巧の旋律と、濶達な内面への視点がここには広がっています。現代詩流の技法からいえば、彼女の長篇詩なるものは、行わけをせずに、散文詩風に書き流すのがよいのかもしれません。もっとも逸枝は、――私は「詩」という普通の概念を無視して、沙漠の檉柳の葉、あらい木綿糸、塵溜め、という具合に、ごっちゃにして、それをかきまぜておいた――と記しています。

「とうとう乞食とまでもなって／国を出たことの面白かったこと」とは、出郷者の解放感のようなものが、虚無の歓喜、虚無のひろがりをこめてここには表現されています。「石をもて追はるるごとくふるさとを出でしかなしみ消ゆる時なし」とならべ、さらに犀星の「異土の乞食となるとても／帰るところにあるまじや」とならべると、虚無の質がちがうのに気づきます。男性詩人たちの方が屈折度が深くて、逸枝の故郷観が楽天的かというとそうでもなく、たぶんこれは、はるかな世からの性のちがいから来るように思われます。

このちがいは、精子の宿命と、花粉のかなしみ、とでもいうべきなのでしょうか。透谷の「蝶のゆくへ」では、「ひらくと舞ひ行くは／夢とまことの中間《なかば》なり」と来たるべき生命《いのち》の寂滅のまぼろしを見ています。逸枝は「世界は海となって／私の地面がそこに浮かぶ」と、おなじ幻にしても、幻の中になにかおぼろげな実在感のようなものがはらまれてくる。これはたぶん、受胎本能にちがいありません。それは、文字通りの捨身、虚無の地平に身をゆだねてしまったところから浮上してくる、有形たらんとする幻ではないでしょうか。

男性詩人たちの資質は、精子的短命の宿命を持つ故に、この時代に逢着したすぐれた詩人たちほどその世界観をつきやぶろうとして、いっきょに自己の内部を燃焼、昇化させようとするかのごとく、一種の悲愴美、凄絶美へと、詩的世界を展開させてゆきました。

芸術にも、その資質に性が付与されているゆえにこそ深化するのだと、わたしは思うものです。

ハイディッガーは云います。

「人間の現存在はその根底に於て『詩人的』である。ところで詩とは我々の理解するところによれば神々並に事物の本質に建設的に名を賦与することである。詩人として住むとは神々の現在のうちに立ち事物の本質の近みによって迫られることである。現存在がその根底に於て『詩人的』であるとは、それは同時に現存在が建設せられたもの（根拠づけられたもの）として何らのいさをしではなく賜物であるの謂である。詩は現存在に随伴する単なる装飾ではなく、またその場限りの感激でも況んやただの熱中でも娯楽でもない。詩は歴史を担う根拠でありそれ故にまた単なる文化現象とかましてや『文化精神』の単なる『表現』などではない」。

そしてわたしたちの逸枝は、『東京は熱病にかかっている』の中でこんな風にいいます。

「たとえば大海中に浮かぶ一匹の蟻が、大海の真相を知ろうとし、大海の真理にそおうとして身をもがくとき、彼は苦悶するが、大海に一任したとき、彼は解放されるのである」と。

彼女の〈国〉、故郷との関係もこのようなものでした。彼女は、息切れするこまぎれの自我ではなく、天然そのものの生命律を持っていて、〈感情革命〉をとげたあとは、丸々無防禦で、この世に、自分を放ちやったと見られます。「大海に一任する」それがたぶん彼女の感情革命で、出発哲学でした。

逸枝において、その学問も、詩も論文も、中心テーマは愛、とくに恋愛、そのモラルでした。もっと切実には、一日一日の生き方の中に、あるべき愛を求めていて、そのためにこそ彼女の芸術も学問も発露してやまず、愛しあうことが出来るかという一点にしぼられて、全世界は彼女のほうへ向いていました。そのためにのみ、彼女はまれなる率直さをもってこの永遠のテーマとともにありました。彼女の著作のすべては、彼女独特の恋愛観に裏打ちされており、彼女自身の愛の遍歴は、全著作によってその姿を裏打ちされている、といえます。いやいや、彼女の出生、その存在自体こそが、なにものよりも深遠なテーマの本体なのでした。

たぶん彼女自身がそのことをかなり早くから知覚する機会があり、それを彼女は、益城の山野の中で「感情革命」が突然訪れたという風に云います。彼女自身が、このテーマの本体であるかぎり、その魂の発祥してくるあたりをうかがわせる詩篇のなかで、しばしば、わたしは天才だ、ということばが発露して来ようがそれはいたしかたのないことでした。天才問題については、しばしば彼女への悪意あるエピソードを招きよせていますが、みずからを天才だというときそれは、まだいいあらわせぬ願望として完璧、あるいは、直観として到達しうる全き表現、というほどの意味だったのでしょう。

彼女より、やや早く出生し、明治二十年代から三十年代には早くもくるしげな詩作活動をはじめていた前記の詩人たちがひきずっていた近代的自我や知性や、その内在的矛盾や自己亀裂やらを、もちろん逸枝とても要素のなかに持たない筈はないのですが、彼女自身はもうすこし、奥ゆきの広い感性を持っていました。けれども、出発したばかりの近代派知性の諸流には気づかれる筈もないままに、彼女は一種の野性的芳香を放ちながら自分を醸成させつつあったのです。山村暮鳥氏のごときは、彼女の『日月の上に』の題詩、

汝洪水の上に座す
神エホバ
吾日月の上に座す
詩人逸枝

これを諷して「吾日月を尻に敷く」などと――下卑たことを書いたりしたものだった――と彼女が書いているごとく、当時の詩壇は川路柳虹らをはじめとし、この詩を意識的――組織的に排除し、黙殺してゆるぎませんでした。

彼女のいうところの愛、本来それは神のごとき原始性の発露である筈だったのに、これを現代日本の風土性、つまりこの男性的風土性の中に通じさせるためには、左のように彼女は云わねばなりませんでした。

俗なことばに「共産党家に帰れば天皇制」というのがある。日本では共産党員でも、その性格のうえに停滞的な家父長制的な烙印がおされているのであって、そこには家父長制から「個人」へと発展し、きわめて男性的な知と愛の形而上的世界へといちどはのぼりつめ、そこでの矛盾と寂寥に陶冶されたのちに、近代へと下ってきたヨーロッパ人のヒューマニティとは格段にちがうものがある。もっとも、アジアの精神史には、ヨーロッパの知性の愛とは別な惰性の愛があり、これが行きづまったヨーロッパの主知主義を打開して、きたるべきあらたな主知情の平和世界へとみちびく基礎的イデオロギーを形づくるのかもしれない。

しかし、まがりなりにも、いちどはヨーロッパ的な近代的知性を経過せねばならないことは、かつてヨーロッパがアジアを経過し、また次の時代にも経過せねばならないかもしれないように、それは人類世界の将来の完全な合体への前提として、必至的に要請せられることなのであろう。この意味でいえば、歴史的特殊性というものはけっきょくは併存的なものではなく、あらゆる特殊が同時にげんみつにいえば共通史（世界史）なのである。

「日月の上に」は七十章からなっている長篇詩で、その題名は、最初、「詩」とされていたのを、生田長江氏によって、題詩の一節の中から命名されたものでした。最初、生田春月氏に送って「紹介の能力を持たない」と返送され、彼女に云わせると「気を折って焼却寸前」であった作品が日の目を見たわけで、その作品が、大正十年四月号の『新小説』にのせられると、新潮社の中根支配人が、人目につく二人引きの人力車で、彼女寄宿先の世田谷満中在家の軽部家へやって来ました。

二人引きの人力車——、これは当時、文壇憧憬者たちには、一種神話的な意味を持って語りつがれる典型的な情景で、大出版社の編集長が、二人引きの人力車でやって来た話は、林芙美子の登場時のエピソードとして文壇人のみならず、一般読者にも鮮明なおどろきをもって知られていたことでした。

――この詩が発表されると、新潮社の中根支配人が二人引きの人力車でみえ、「放浪者の詩」の出版着手が告げられ、叢文閣出版となった『日月の上に』と前後して本になったのだった。

私の昼の時間はジャーナリストや各種類の男女の訪問客のために奪われるようになった。訪問者のない日はほとんどなかった。旧世田谷代官屋敷の大場家の娘さんが画家をつれての訪問には、その支配の遺制がまだ気分の上でつづいていたらしい軽部家や部落の人たちをもおどろかしたようだった。

このとき逸枝二十七歳。母の登代子が、ついの別れとなってしまった娘の上京のとき、丈高い女郎花の花の中に立って、

「出世しなはりえ」

とはげましたとき、彼女も、

「出世します」

とつつしんでおじぎして答えたとあります。このやりとりは、父母の言葉でもなく、もちろん自分の言葉ではなく、村の言葉、世間の言葉であったろうと彼女はいいます。その世間に従えば、

東京のもっとも新興の、知的階層の中にはなやかな場所を得たともいえるのでした。この出京によって、「千の矢を放ってくる、汚辱の沼熊本」から一応故郷ばなれすることが出来たにちがいありません。

地平を這いながら、朝の陽をうけてひろがる霧のような疑問や衝動が、たえず彼女を包みこんでいました。阿蘇火山帯の深い谿谷から発して、釈迦院岳、矢山の嶺や白山や、それら日向や薩摩の山々にむけて連なる原始的な草原を、日によっては幾度となく包みこむ霧、そのようなものへの想いをひきずって、逸枝は東京にいました。

いなむしろ、そのような霧の本体こそは、彼女でもあったのです。彼女は、山のむこうの地平を襲いつつある遠い嵐や、百人もの、千人ものひとびとがあげる雑多な声々や、つまりは、この世の実相をそっくり宿しているらしい自分に呻吟していました。そのようなところから来て、どこもかしこもが人工的につくりあげられた東京の街の、「光の穴ぐら」に足を踏み外してしまうと、彼女は立ち迷ってうろたえる魔界の娘のように、神通力を失ってゆく自分を恐怖したりするのです。

出発哲学、というのは、彼女にとっては、かの草原の霊域で彼女みずからが会得した変身術でもあったのです。この変身術というのは、自分自身に対して使いわけがきく間は、ちょっとした面白味さえあったのですから。どこまでゆくかわからない自分の内界の奥と、外界のひろがりとをつなぐには、彼女自身が、そのような霧の中にくぐもっている、いのちの韻律であらねばなりません。

彼女の出発哲学、あるいは変身術は、生命の秘奥から発する一種の酔いから、印を結びはじめるのです。彼女は首をかしげてみて、そろりと、ちいさな一歩を踏みいだします。それからこんな風に、自己の内心にむけて語るのでした。

あれほど、わしは野を慕った。もっともそれは、野を明瞭《はっきり》と見て、慕ったわけではない。漠として慕った。しかも、病気になるまで慕った。その時分、わしが思うには、さぞ太陽は熱くて、香ばしいことだろう。鳥は緑の野から、宙をさして飛ぶことだろう。お酒のような香りが、空気にはあって、それが、私の窓につきあたる。窓ばかりか、口に、耳に、鼻に……。

芹摘みにでもお前、行ってごらん。うしろの道で、口笛が鳴るとする。すると、どんなものかね、お前は。

わしはだが、黙っていた。小半時もそこここで摘んで、笊の四分の一ぐらいの量にするまでも黙っていた。そして、短兵急に――そうだ――、振り返ってにっこりしたものさ。少年は赤くなり、嬉しそうにして、帰ってしまう。わしも帰りながら思うには、これは、本当でない。というのは、天のお日さまよりも寂しいからで、なに一つ私は恵まれて、いないからだと。

なぜにこうかしらと、うちに帰ってからも、わしは考えてみた。これは、ひょっとしたら、恵まれ過ぎているのかも知れない、とね。わしは望んでいる。天の一方を。

彼女は、ときどき鈴鉦をうちふるように、「自然自身が持っている叡智」と呟き、自身の声にきき入ります。……字でございますと？　それはまあけっこうなことでございますのね、お嬢さまの世界が、字ではじまるてえことを、私はあらためて申し上げたいほどでございますのよ……知識階級、それは、そんなにも魅力のある世界なのか。いな。そこでは一番いい地位も、一番ひどい地位と同じように悪い。すべて人生を知らないものは、書物によってそれを知る。そして、それが人生よりは、より確実なもののように思い込む……。

さまざまな人格を付与されて湧き出る思考の分身たちと自分のいとなみに気がつき、彼女は恥じ入ったりおどろいたりするのでした。わたしは、結局人間たちの言葉、現代悪に染めあげられてうちこぼれてくる言葉の破片でしか喋べれないのだわ、と気がつきます。ああでは、では、言葉はもっといっそう濫用しなくてはいけない。存在の深奥にゆきつくまで。このような世の中で、ちいさな虫たちよりも、うとんぜられている卑小な存在たちこそは、この世の実存の核心を漂うものたちである……。

そして、どこかしら人間並みではない自分、ととのわない自分、天のお日さまよりは寂しいそのような自分を、ときどき覚醒させねばならないと考えるのでした。このようにうつらうつらしているのは美的栄養が欠亡して来たのではないかしらと思ったり、なにかしら漠とした野原恋しさのような気分におそわれていて、それはもう、病気のしるしなのでした。とは云っても、母の登代子がみていたような目でよくよく彼女を観察していると、はためには無口でひっそりしている彼女の、尋常ならざる内心の熱病は、そんな風に続けられていて、じつはそのような状態こそは、彼女の感性が、正常に発動しているありさまでもありました。

関東大震災直前の、大正後期。明治の開化思想がそれなりに形を成そうとして、一種のルツボをなしていた時代の気分では、彼女のような感性は、時代の層のくるめきをそのまま心にうけて、乱反射せずにはおれません。それが彼女の自然でもあったのでしょう。

ひろい広野の片隅で、一陣のちいさなつむじ風が、草の根元にわだかまっているように、逸枝の、東京との出遭いはスムースにはゆかず、なにかしらふっきれぬような齟齬感を含んだエピソードをつくり続けていました。

彼女のたえずうわごとを口ばしっているような発熱度の高い青春前期は、上京前の、四国巡礼行によってその季節を終り、当然ながらこんどは、その形而下の世界をあらわしかけていました。

それには都心からはなれた武蔵野の、まだ充分に深い木立ちを持ちえていた林や森や、そこから見える富士山や、陽の光やが必要でした。なんでもかんでも感受してやまない本能が、大都会にひしめくあらゆる階層に対して働かないことがあるでしょうか。彼女はたちまち、自分があとにして来た田舎の持っている姿、田舎の持っているあらゆる意味を了解しました。その、なれの果ての都会の姿の意味をも。そこにある文明の質とその未来についても。

新しい文明社会の姿が、東京に集中し、定着しだして来た、大正も半ばすぎの文壇やら詩壇のサロン、社会主義者たちの集団、あるいは一般ジャーナリズムに、どのように彼女自身が対応していたことか。

短い、六篇からなる、あの「黒い女」という小説集を読めば身につまされて、彼女の変身術やら、そのやりそこないにはらはらしてしまうのです。

風変りな短歌や二冊の詩集やらに対して、大阪朝日新聞学芸部の柳沢健氏や生田長江氏の激賞があって、「入口からただちに舞台へ」登場したことが、一部ジャーナリズムと悩める青年たちの話題であったとしても、大正・昭和も含めて、彼女は詩人としては詩壇にその正当な場所をあたえられておらず、あたえられたとしても、彼女の資質からは避居したかもしれません。そのような、つくられた権威的な場所への、彼女の野性の本能そのものである異和感は、のちに、本格的な森の家の生活に入ってはじめて、いくらかそのいるべき場所に隔離され、庇護されてゆきますけれど、「不快な標準のものの見方」が取り巻いている、と感じる彼女の存在感、異和感は、その故郷熊本でよりもなおいっそう拡大され、東京に出て来て、確認されなおすことになりました。

東京に出て、労働をしながら勉強するつもりだったのが、最初の上京時から、いきなり詩人としてデビューしてしまったのも彼女の宿命だったのでしょう。

――私が入口から入って行ったとき、そこは、まるで、光の穴ぐらだった。光という光は、無数にあちこちの柱や、棒釘につりさがり、おびただしい頭が、その下に控え、遙れていた。けれど頭だけを見ていることは不可能であった。私はすぐに、それらの者の目つきや、口つきを見てとった。

「や、これは」

と、その目つきや口つきがいった。それもその筈、私の出現は、入口から、直ちに舞台へ、であったのだもの。私は舞台といった。たぶんそれは舞台だったろう。

その舞台へ行ったときに、私の脳に、なにか冷たいものがふれた。私は危く啜り泣こうとした。が、私は叫んだ

「!」

瞬間、私は煙であった。私は、煙の中から、立てつづけになにか叫んだ。――

「あ、しまった」私は思わず叫んで目を瞬った。

私の顔は烈しく青ざめた。口びるは、不快な予感を表示するかのように、びくびくと慄える。

見よ。私はなんという処にきてしまっているのだろう。

通りの上には、半分凍った水溜まりがあって、真っ暗な低い夜空には星一つなく、それが

ぐんぐん頭をおしつけて、いっそ窒息しちまえとあざわらっている。にもかかわらず、この夥しい人の群れ、ことに女の群れは、もう幸福そうに、あちらからこちらから、私の周囲を、そして私をじろりと見ながら、そのつど軽蔑して過ぎて行くのである。

「なんのお前を！　お前などに！」

と人はいうだろう。が、私はたしかに私の神経の正しい働きを知り、それを信じている。なるほど、意識して私を見、軽蔑して行くというほど、私に深い関係をも関心をも持ちはしないであろう。けれども、彼らの発散していくあらゆるもの、観念、雰囲気、それらのすべてが私という一人の見窶らしい女を嘲り、最も低く評価し、冷笑して行くことがないといわれようか？

私は憎悪と、烈しく目まいでもしそうな反抗に燃え立つ胸を、わざと手で制えて、女王のように進んで行く。しかももう、私の心にはなに一つ考えというもの、意識というもの、一口にいえばおちつきがない。私の目には、恐ろしくぴかぴかしている両側の光の穴ぐらや、時計とか、人の頭とか、そういう品々のもつ細かな処は目にも入らない。見たくもない。ただ私は懸命に歯をくいしばって、これらの厭うべきものと闘いつつ、悲惨な路を歩むのである。

ふと、私は考えた。私は何をしにきたのだろう。

「ああ私は夫を迎えにきた」

私は瞬間、熱い涙が頬を伝って流れ落ちたことを知った。私はまあ、なんというみじめな妻だろう。

朝、夫を送り出すと、もうその瞬間から、長い、苦い溜息をつく。私の悲しみや、恐怖心は、窓から、戸から、あらゆる隙間から洩れ出る。それは私が、夫を離れては、この上もなく「独り」であるから。

私は夫の留守中、ちょっとでも外に出ようとは望まない。なぜなら、そこには、あらゆる烈しい圧迫や、嘲り笑いや、「不快な標準の物の見方」が取り巻いているのだもの。かれらは夫を離れた「孤独の魂」に対して、より以上に意地がわるいのだった。

私はそれを防ぐために、「私には学問がある」という風に見せかけている。金と学問、この二つのものが、この社会では最上級のものであるから。

が、きょう隣のお上さんが、私の処にきていうには、

「あなたは学問があんなさるそうだけど、だが私や、ちゃんと聞きましたよ」

このお上さんは自分はただの貧乏人ではない、陸軍大佐の姪であるといって威張っている。こういう威張り方というものは、まるで地から生えたようなものだった。でも、でも、私は違う。私はどもりながらそのわけを話そうとする。けれどお上さんはますます私を嘲る。おしまいには近所近辺の者どもがひしめき合いながら、戸口から、窓から、覗き込む。

おお、私は遠い山脈の上の花やかな雲と、私をそのまま遠い国へつれて行くとたえずささ

やくかのようであった淑やかな谷の小流れを思う。

私は美しい娘であった。たぶんそうであったろう。私の空想はこまやかで、愛は滔のようであったもの。それに、私は岸辺などに腰うちかけて、山の芝生や岩や、そうしたもののすべてに、高らかに、まなざしをさまよわせる娘だった。高らかということは望ましいことだ。なぜなら、私どもの一家は、あまりにも低くあったから。私どもは、屈辱、飢え、病気、これらのあらゆる泥と裂け目とを踏んで生きているのだった。

ああ、あの静かな山々、神秘、驚異、それらの思念の中に、一切の、そして瞬間の、やすらいはある。誰が瞬間の休息なしに、この世を過ごすことができよう。

私は溜息をついて、それを長く引っ張った。私はいつの間にか、煌々としている街、悲しげに、しかし浮き浮きと、はしゃいでいる、それらのものの真ん中を歩いている私に気づいた。

私の不安な胸は氷った雪のような冷たさ、だがしかし、半ば気をとられた盲人のような意識をたたえていた。そして私の口びるは、冷笑ともつかない、微笑ともつかないものを浮かべているのだった。

「ぼくはねえ今朝がた、あるべき筈もない、じつに不思議な体験をしたんです。夢というべきか……。うつつのことのようでもあるんですが……。まだ不思議だなあ。彼女がじつは、今朝がた訪れたのですよ……。もう夜が明けかけていたと思うのですけれど。いやたしかに夜は明けていたんです。いまもまだ不思議な気分がするのですけれど。

あのねえ、それが、じつは、生前はけっしてあんな、あらわな姿を見せるようなひとではなかったのですけれどもね、あの、全裸でね、彼女がこのベッドの中に訪れたのです。こんな病人になってしまって、うごけなくなっているものですからね。訪れてくれたと思うのですけれど、このベッドの中に来て、寄り添ってくれているのですよ。じつにふくよかな、あたたかい肉体をしていましてね、ああ生きているときのまんまでした。

あんまりリアルにその、体の重みが感ぜられるものですからね。このぼくの寝ている左側の方に来て、ぴったり寄り添ってましてね、ぼくはもう何とも云えぬ神秘感に打たれて感動しているのですけれど……。こういう大切なときにさえ、またもやぼくの悪いくせで、その、例のとおり気が短いでしょう。

じっとして、彼女のなすがままに任せて、いつまでもそのままに待っていればよかったのですが、いつもの悪いくせが出て、ついその、空いているほうの右の手で、ほんとうに彼女が来ているのかどうか、たしかめて見たくなったんです。どっかに夢ではないかという不安もあるものですからね、現実かどうか、たしかめてみたくて、ついその、こっちの空いている右の手でね、こうして、彼女の躰にさわって、さわろうとしてしまったんです。

ああもうそしたらね、何という、しまったことをしたんでしょうね、今の今まで、ありありと感じていた彼女の躰が、一瞬の間に、もぬけの殻になってしまったんですよ……。

非常にがっかりしました……。ああほんとに何べん思い返しても惜しいことをしましたよ。がっかりした……。ぼくはもうほんとうにしようのない短気だなあ。彼女の生前にも、自分の考えついたことに固執して、断行してしまうくせがありましてね、よくしくじることがありましたけれど……。折角、彼女がありありと訪れてくれたのに、早まってしまった。惜しいことをしたなあ……。
とり残されてこういう経験をするとは思わなかった……」

K氏に残された生は、彼女が遺していった「死」の中へ、死の中からくる彼女にふたたび出遭いたいばかりの日常のように見えるのです。いわば形而上的日常世界がそこには営なまれているのでした。

もともとからそのような気質の持ち主のように見受けられるのですが、いよいよほんとうに仕上げの意味でのそういう世界にはいってしまうには、彼女の死がその媒《なかだ》ちとして、運命的に必要だったのではないかとさえおもわれるのでした。ある時代の中身をあらわす生のさまざまが、その形而上的世界の中には雲のゆき来のようにかげっていて、それは橋本憲三という人間の一生の中に回想されているというよりは、高群逸枝という宇宙の中を通して回想されているかのように見うけられます。

男性たちのあの、胎内復帰願望のごときものが、ここには抽象作業としてなし遂げられようとしていました。氏は、亡き彼女の内奥世界の中に、ふたたび解放されつつあるのではないかとおもわれるのでした。肉体はまだ生きていて、そのような世界に這入ってゆくためには、俗世と、そこを出離する境目のところに、ひとつの関門がしつらえられねばならないのはもちろんのことなのです。それを氏は、「ぼくの法治主義でやってのけねばならないのです。」とおっしゃる。そしてふたたび彼女とすごした昔のように、世間というものと遠ざかろうとなさっています。

彼女さえいれば、物語めいてしまうあの森の樹々の迷路の手前で、ひとびとはあるあやかしにかかり、いやそのようなあやかしにかかるいとまもなく通りすぎてゆきました。時もひとも、全部通りすぎてゆくものだと、ありし日の館のあるじは誰よりもよく知っていて、自分らのつつましい志に世間的な表現をもあたえようとして、「学問の森」などとひとめを避けている一画を自称していました。すぎこしはしかし、なんのまぼろしであったろう、と思いかけ、いやまぼろしではなかった、不思議な、たしかないとなみがあったのだと氏は思いかけます。『火の国の女の日記』の残りも書き継ぎ、彼女生前の言葉どおりにそれを理論社社長の小宮山量平氏に話し、ほぼ理想通りにそれの刊行を見た。そのよしみはさらに、彼女の全集を同社から生むことになり、その全十巻の構想者、編纂者、解題者としてたずさわった日々のことは、ひとりとり残されてしまったという思いのおそろしさとともに、確実におもい出せる。

豪徳寺の朝の勤行の鐘の音をきいてひとりでめざめ、ぬくもりのうすい広いベッドの上で、ひとりを実感し、あなたの残した仕事をいくらかでも、ととのえておいてあげるからねと、口に出して自分にも彼女にもいいきかせ、荼毘に付したあなたの遺骨は豪徳寺にはあずけずに、ベッドのある二階の寝室の、われわれの「行宮」に安置しておいたのでした。遺骨になったあなたを、可愛く、かなしくおもいながら。骨壺をベッドの上で抱きながら全集の仕事をやっていました。——生きて甲斐ないわたしたち——というあなたの詩の一節を呟きながら。足をさらわれるような、背中が空っぽになるような寂寥に襲われながら今日までやりすごして来た。人間のする仕事に完結ということは不可能だろうから、不可抗力による中断はやむをえないとしても、ここまではととのえておいてやりたい、ここまではなんとか、という気持が切実にあって、それをやることがまた、あなたとともにいることでもあった。

いま病臥のベッドのひとり寝におもえば、いのちのある間の現実というものを、ひとはまあなんと、一日一日、よく耐えて、乗り越えてゆけるものだと感嘆するおもいがある。ひとも自分も、いのちのあるものは……。ようやくこのごろ、あなたが感じていた、人類とか、愛だとかいうものの意味が、なんだかわかるような気さえします。こうまでさびしければ。こうまで、徒労のようなことをえいえいとやる生命というものの不思議をおもえば。ベッドを下りて窓をあければ、小さな田舎町の平凡な通りに面して、前は八百屋さん、左横はお味噌屋さん、左隣は旧郵便局。

形ばかりに散文的な空間を持つ洋間づくりの二階の部屋に、本棚とも物おきともつかぬスチール製の棚がしつらえられて、「生前処理」と「死後処理」に仕分けしたダンボールなどが置かれ、彼女の全集や、そのもとになった旧刊行物や、日記類や昭和初期の雑誌類、未整理なままの書簡類などがおいてあり、みかけはまったく、相逢う死の日のための事務室のように見受けられぬこともないのでした。ここにいかような精神の香気が立ちのぼっていようとも、氏は、自分という存在の客観的評価に対して、きれいさっぱり無欲なのでした。彼女に対する思慕としかいいようのない気持はいよいよ切実になるのに、彼女の一本化の理想については、現実の助力者、その夫としての自分の存在がどれほど実態をともなっていたのか、彼女の世界と、自分の世界はどのくらいへだたっていたのであろうかなどと、もう甲斐もないことを思い惑われて一日が暮れてしまうのでした。自分のような相手を彼女が伴侶としていたことさえ、不思議な気がして、ひとにむかってはいかなる場合にも、いや、ということをいえないタチのひとだったから、僕がほんとうに彼女に帰依したのを知って、彼女も、曲従をもってこたえたのではなかったか、とその惑乱ははてしもないようにみうけられます。ですから、ここに置くべき調度品や彼女の肉身のかわりに、氏は、目に見えないあの、「法治主義」とやらを、自らに課すしかないようにみえています。

擬似的な森の家、擬似的な面会謝絶が、病臥中のベッドの上でも、いとなまれはじめていました。愛鶏たちや、書物たちや、生きていたそのような共同体の行宮そのものであった彼女の肉体のあたたか味を、擬似森の家に感じたいと念じていることに気づいて御自分をあわれみ、しかしやっぱり夢でもいいから来てほしいなあと、妻に先立たれた人間の、余世の意味に思い当るほどに氏は、彼女の死に、しんからまみえたいように見うけられます。

彼女の死そのものにいまいちど、こんどこそ心してまみえたい。あのときは、うっかりしていたのだ。例のぼくの欠落性があのような大事のときにあらわれたのも、象徴的というか、悲劇的で、とり返しがつかなくなってしまった。こんどこそはちゃんと心用意が出来るのだ。心用意をして彼女の死にまみえることができる。もちろんそのようなふたたびのめぐりあいとは、御自身の死を意味してもいるのでした。

ところで氏には、自分でしつらえた法治主義、合理主義が、なかなか思うにまかせぬことも、よくわかっておられるのでした。氏は彼女との共同生活者として、森の家以後はおおいに実務家であり、断案者、実行者であったように見うけられます。けれどもその断案、実行のよってくるところは、観念の所産から出ているように見えなくもありません。世俗に適応する経営者のそれではなく、おおいに空想的、ロマンティックな実行者で、それでこそ、彼女との共同生活になくてはならぬ補佐役になりえていたのではないかと思われます。世俗の揶揄や非難を承知で、面会者を追っぱらう役をひきうけたのもその一例ですけれども、彼女が、夫なる人の、観念的存在者であることにふかい愛憐を寄せ、そこにまれなる時代の、透徹した孤立者、異質者であることを見とおしていたことをおもえば、唯一人の理解者に先立たれてしまった氏の、そのような形而上的仕上げの段階に入った晩年は、運命というよりほかはないのでしょう。

彼女が生きていたころは、世俗を断絶することによって、かえって、彼女の中に保存されていてよりふかく復元されうる故郷というものがあり、そこには一定のやわらかな距離をおいた人間がいて、社会があって、生きた世界が、見かけは静的なかかわりにおいていとなまれ、その彼女を軸にして、全的生活がそこにめぐっていました。そのような彼女を全として、共同生活がいとなめた、彼女をとおしてその中に人間がみえ、人類がみえ、故郷というものもみえていたというのに、彼女がいなくては、そんなものはもうみえないに等しい。みえてはいてももう、自分とは絶たれてしまった世界にしかすぎない、ということのように思われます。

このことは、平凡な、それゆえに普遍的な男女のあり方の典型ではあるまいかとさえ思われるのです。晩年になった夫婦の、しかもおしどり夫婦であればなおさらのこと、女房に先立たれて亭主がいかにうつろな余生に入ることか、古今東西を問わぬ例としておびただしいことでしょう。

とはいうものの、いわゆる愛妻物語というもののたぐいは、世の男性たちにとって、一般に評判が悪く、はなはだしきは軽侮さえ買いかねません。性の構造は思いのほかに深くて複雑らしいのに、男性は一般的にはそんなふうに偽悪的に自己表現をいたします。そして、古典的な鴛鴦のちぎりという言葉がまだ生きのびているのをみれば、そういう軽侮やいらだちのたぐいは逆に、男性たちの願望の表現でもあるのでしょう。彼らは、鴛鴦のちぎりをなしたいというような自己表現は、男性的つつしみもあって、表向きにはあんまりしないのではありますまいか。男には、女どもよりは世の中のわく組が見え、その内容の構成がみえ、いやみえずともそれらしきものを、いやがおうでもつくりあげることに甲斐性をおぼえ、その瞥見や創見のはやさを誇るのが類型のようで、それこそが男性的生き方として自らもって任じているかのようにみえます。

けれども女は、まず自然としての自分の内部から世の中を見てゆくのです。自分の声に自分の耳でおどろき、その発する声をたしかめたしかめ言葉と倫理にして、自分自身が、ものごとの内部、内奥であることの自覚から、外界というものとかかわりを持ってゆきます。逸枝はことにそのような感性の典型でしたから、このような女性にかしずいていた夫が、彼女の内奥を通して、世界を見るようになったとしても、ふしぎではないのでした。そのことはかなり完璧な性が、そこにいとなまれえていたといえるのかもしれないのでした。ですから彼女は、夫憲三がはじめて全的に実感しえた母性、永遠にひきつけてやまぬエロスの母でもあったのでしょう。

——ぼくは、故郷というものに対しては無色透明、なんにもないのです。どうしてでしょう。なんにもないんです、好悪の感情は。ぼくはいつもこの世にじかには見ず、透かして、ものを透かして見ていました。ええ、しいていえば、実在の故郷というものを、全面的に好きだとはいえないんです……。そんな風で、彼女を通じてしか、この世を見ようとはしなかったものですから。ぼくは近代主義、合理主義なんですよ。村の貧しさとか世の中の不幸は見て知ってはいるのですけれど、ことに彼女の補佐役にまわってからは、埒外においていました。自分には手のつけられない領域だと思っているのですね。それで自分を律して来たと思うのです。ぼくは彼女を通じてですね、はじめて人類を見たのです。人類というものの間にある愛というものの意味をはじめて知ったのですよ。彼女に遭わなければそれはわからなかったなあ……。

こういう微妙なところにさしかかると、氏は、すうっともう、言葉がなくなってしまった、というような顔をされるのでした。ぼくという人間は不思議でしょう、というふうに。男はふつう、かくも率直に禁欲的に、自己の世界観をのべないのではありますまいか。——最後にみた森の家のまわりの村落共同体、つまり御近所付き合いもですけれど、そこにはぬけがけや足のひっぱり合いをやる要素やが付随していて、ぼくたちのやる仕事とは接触できない、物理的に絶たれる面もありますので、ぼくのやり方を断行しなければなりませんでした、彼女を守るためには。

ぼくの性格の欠落や合理主義について考えれば、病い膏肓に入っていて、相当なものなんです。今おもえばもう少年の頃からそれは芽生えていて、ぼくがほら目を怪我しましたでしょう。高等一年生ぐらいだと思うのですけれど、モズやヒヨドリや山鳩のよく来る山でしたが、あの鳥をとるワナをですね、仕かけにゆきまして、ええそう、あのワナのことですが、椎の稚木の枝を曲げて先端を糸で結わえて、カラクリをするのです。そこに鳥の近づきやすい木の実などを置くのですね。それをまあ弟と二人で仕かけに行ったのはよかったのですが、手元がちょっとはずれて結わえそこなって、この左の目の黒目のちょうど真ん中をその、たわめていた枝の先の切口がはじいたのです。ほんとに、ほんのちょっと、剃刀で切ったように、かすっただけだったのですけれど、それがもとでまあ結局は、失明してしまったのですが、それであの、熊本の坪井川のほとりの行徳病院にですね、名医のほまれの高いところでしたから、そこに入院していまして、そのとき、学校をしばらく休みました。それで、帰って学校に行きましたとき、先生が、

「宗教心はいかにして起きるか」

と板書されたんです。ぼくはもうてっきり、ぼくの留守の間に同級生諸君はその、習って知っているのだとばかり思いこんでしまったんです。ぼくはその、頭はよかったので、つまり諸君が習ってしまったんで書けば書けるだけのことはもちろんそれなりに持っているのですが、つまり白紙を出してしまったんですよ。じつは同級生諸君も、習っておったのではなくて、はじめて出された問いだったことがあとでわかったのでしたが、ぼくにはそういうところがあるのがいろいろ思い出されます。「宗教心はいかにして起きるか」ということについては、もちろんぼくなりの考えは、幼いなりにあるのですけれども、それを素直に書く気にはなれない。ぼくの留守の間に、同級生諸君はみんな授業を受けて知っていて、つまり先生がきっと箇条書きに板書されていてぼくだけがそれを知らないのだと、自分自身の的はずれのものを書くのを資格がないと拒絶してしまったのです。どうにもこうにも、ぼくの法治主義とはこういうふうなゆうずうのきかないものなんですよ……。

しようがないという笑い声をあげて、氏はおっしゃるのでした。

このような晩年に至りつく少年が、九州南部山脈帯の渓谷のほとりに生い育ったことも、時代の不可思議でした。みなもとは霧島火山脈から発した日本三大急流のひとつ球磨川。球磨、人吉盆地は、薩摩を背面に負い、日向と肥後にかこまれて、御一新前までは、相良藩として独立し、なんといってもまわりを峻険な山梁にかこまれた国のことですから、互いに山伝いの間道を入り組ませながらも、表むきは幕藩体制下最大の魔境薩摩と封鎖しあっているという微妙な関係にありました。球磨川下流の、八代郡種山村の名石工岩永三五郎が、薩摩藩に招かれて、甲突川にかかる眼鏡橋を作り、その戦略的築城的な河川工事に貢献したことは有名な話で、彼は、仕事完了ののち暗殺されたともいい、いや、薩摩と相良の間で斬ったと見せかけて、薩摩の家老が石工の人物と技倆を惜しむあまりに、じつは非人をその身替りに斬って、相良との間道伝いに舟で球磨川を落としてやったのだとか、そういう伝承がこのかいわいには伝わっています。ですからこの山国からは、五箇庄や椎葉へ入る山路、日向へ入る山路と、峻険狭隘な間道がけもの道にまぎれて消え入り、平氏落人の部落というのが点在していることで知られています。

さて、日清戦争が終った翌明治二十九年、八代の在の太田郷というところから、家をたたんだ一農家が新天地を求めて、球磨川上りの屋形船に乗りうつり、上流の人吉にむかってさかのぼってゆきました。

球磨川の川下りというのは、観光用に変じて現今も存続し、有名なものですけれど、鹿児島本線もバス道路もなかった往時には、日本三大急流の流れをのぼり下りする川舟だけが、この渓谷一帯に住む人たちの唯一の交通機関なのでした。大きなのになると二十人も乗れる屋形船で、川底や岸壁の険しさをよけてゆくには、細いつくりの浅い舟底にして、下りは二人の船頭の棹のさばきだけが命の綱で、名だたる急流に乗って一気に流れ下るのですけれども、上りのときが難行で、空船であっても一人がへさきで棹をあやつり、一人は岸辺に下りて曳き綱を自分の体に巻きつけて肩にかけ、人数や荷の次第では、三人曳き、四人曳きに仕立てては岸の河原の岩礁の間を、一歩一歩と這い伝う力でさかのぼってゆかねばならぬのでした。

そのような上り舟の一艘に、K氏すなわち橋本憲三の若い両親が乗っていました。

父の橋本辰次は太田郷の、ここは古くから広大な庄園がひらかれていたところで、そのあたりの在の自作農の息子、母みき子は地主の娘でした。日清の役の戦後は、このような九州南部の渓谷のふもとの村々にも、時代の流動をうながしたものとみえて、この夫婦はかなりの田畑を整理して妹に家督をゆずり、上流の相良盆地にむかって、いわば新天地をもとめて舟に乗ったのでした。八代から人吉まで、今ならば急行で一時間のところですのに、船頭の棹と人の体に巻きつけた綱の力で急流の岸辺をえいえいと遡行させ、途中の一勝地までくると日が暮れますから、船の上で食事ごしらえをして、船の上で一晩泊ります。それからまた一日かけ、まるまる二日かからねば人吉まではゆきつけぬ船の旅でした。それも雨季には危険ですから、何月の出発だったことでしょう。どのような天地がひらけているのか、上流からの川風にゆられながら、父母に手をひかれて、そのような屋形船に乗せられた姉藤野の幼い記憶によると、みき子はそのとき妊っていて、おなかにいた子が憲三だったということです。

この、八代から人吉までのあいだの、川船の行程の、船泊りにあたる一勝地に、憲三がもの心ついた頃にはもうこの夫婦は、「橋本屋」という大きな船宿をひらいていましたから、最初、人吉に居を求めてはみたものの、結局一勝地が、この夫婦の終の栖となったには、たぶん最初の川上りのときの見聞が、いわば一種の開拓者的才魂に、よほどしっかりととらえられていたと思われます。

——ぼくの一家はそういう次第で人吉に一度は移り住んだのです。ぼくは、その翌年、青井神社のそばの家で生まれたということですが、もう、鹿児島本線がかかるという話は具体化していたとみえて、人吉で営みはじめた雑貨屋が思わしくゆかなかったらしいこともあって、一勝地に、鉄橋がかかるという噂を、つまり当てこんでですね、移って来たらしいのです。それでぼくは、松谷尋常小学校というのに入っていたのですが、全校生徒が八十人くらい、三学級ありました。その学校にゆくのをぼくはとてもしぶって、自分ではおぼえていないのですけれど、姉や静子のいうところによると、学校にゆく途中に、えらくケンカ好きの奉公人がいるという話で、しぶったらしいというのです。もうひとつぼくがおぼえていることは、当時のその学校では二人用の机に、男女の組み合せで、たぶんそんな情景を学校にあがる前に見聞していたんでしょうね、それで盛んにゆきたくないとダダをこねていた。

どんな幼時をすごしましたかって。

一勝地でのぼくの家はその、川船のもやいどころでもあったのです。球磨地方は木材、木炭、楮《こうぞ》などの産地ですから、木材は筏で流すのですけれども、まあそのような人吉からの物質を川船で流して八代で荷さばきをして、戻りの、上りの船が一勝地で一泊するわけですので、「橋本屋」という宿をひらきましてね、初代ではなくて、前にやっていた人のを買いとるかなにかして、はじめたらしいのですけれどね。そんな船泊りの港ですから、背面にはすぐに山を背負っているとはいえ、川の崖伝いにゆく村々へのちょっとした要路にもあたっていたわけで、橋本屋の別棟には車夫たちの、あの人力車が三台つめていましたから、そういう車夫たちのたまり場がありましたよ。

それでね、非常に印象にのこっているのですけれど、球磨地方は霧がふかくて寒いでしょう。車夫たちのその別棟には広い土間がありましてね、真ん中に、立ったままあたれる大きないろりが切ってありましてね、あの地方は、学校などもそうですけれど、そのいろりにはいつもひと抱えもある火種の樹がくべこんでありまして、その火にあたりながら、車夫たちが、船からあがる人たち目あてに客待ちをしているのです。

子ども心に興味をひかれたことは、いざお客が来て、人力車を出しますときにね、独特のくじ引きをするのですよ、その車夫たちが。それで順番をきめるのです。

土間の入口の壁に、コマの紐のような、麻でよった綱が三本ひっかけてあって、先の方は結んであるのです。子どものぼくにはもちろん充分にはその意味がわからないのですけれども、車夫のひとりがその三本の紐の先を更に結ぶとか穴あき銭を通して握って隠していてクジをひかせるのです。一種のあそびでもあったのでしょうが、その結び目の当て外れで一番ぐるま、二番ぐるまときまるわけですね。縁起をかつぐ意味もあるのでしょう、真剣な、いきいきした表情で車夫たちがそれをやっていました。

ぼくのその頃の仕事といえば、ランプみがきなんです。家の商売柄、ランプがたくさんありました。「かけランプ」とか、「すえランプ」とかいって、すえランプというのは、一米くらいの台つきの、古典的でしゃれたものでしたよ。毎日、そのランプのホヤを磨かされるのです。ランプのホヤは、大人の掌でははいりきれませんから、宿屋の子でなくとも、ランプのある家では、子どもが、ランプの磨き役をしていたと思いますよ。あなたの若い頃まで、水俣もランプでしたか、ほほう。

それでね、ぼくの家は二階屋で、下が三部屋、上が四部屋、これはみんなお客部屋なんです。広い中庭があって池をとり、そこにお客に朝夕出すための、鯉とか鮎とかをたくさん泳がせてありました。もちろん、人工養魚ではなくて、球磨川からとれたものばかりなんです。厨房はまた広い棟続きになっていて、塩をした大きな万びきだの、ブリだのが、しょっちゅうその厨房の、すすけた太い梁から、塩気をしたたらせながら鉤にかけられてぶらさがっていて、近在の、いわば丹那クラスの宴会などがあると、一夜のうちに、それらの大魚たちがなくなってしまって、魚のしっぽをくくっていた縄がほどけかかってぶら下がっていたものでした。

〈補〉「最後の人」覚え書

森の家日記

＊本稿は、「最後の人」執筆のもとになった、石牟礼道子が森の家に滞在した時の覚え書（取材メモ）である。「東京ノート」と題されたこのノートは近年渡辺京二氏によって発見された。重要かつ興味深い記述があるため、ここにそのまま収録する。（編集部）

わたしは　彼女を
なんと　たたえてよいか
言葉を選りすぐっているが
気に入った言葉がみつからないのに　罪悪感さえ感じる
わたしがどれほど深い愛を彼女に捧げているか
そのためわたしはいま病気である

わたしは彼女をみごもり
彼女はわたしをみごもり
つまりわたしは　母系の森の中の　産室にいるようなものだ
わたしが生もうとして　まだ産みえないでいるのは　人間世界である
調和や分離を人間存在の
そもそもの原理だと　この頃思うようになった

首をふる花、渋谷定輔（野良に叫ぶ）
くねをしてやらない　ぶんずが
春、
おんなよ

六月二十九日
昨日、橋本家へあいさつに行った。「うちのセンセイ」をつれて行ったのはひとまず進行したといえる。

いよいよ東京行き霧島に乗る。厳粛な気持ち。はじめて夜汽車に乗ることになった。瀬戸内海見えず。関門トンネルに気づかない。憲三氏とつい話しこんでしまったので。

一等車ということなり。浜松で弁当買い。どこぞでサンドイッチ。憲三氏をハラハラさせる。大丈夫のつもりである。

夜汽車というものはキツイものであった。お尻が固着したように痛い。それに寒くて。あるだけのスカーフなどとり出し、私も憲三氏もそれを着て仮眠する。

いよいよ東京、なんだか妙なところだ。建物だけバカでかく、無数の窓。見ようによってはこの雑然たるところが美観と見えなくもないのだろう。

森の家の正門
（『高群逸枝雑誌 32』終刊号より）

世田谷桜二丁目、そして森の研究所。不思議なことにわたしはこの景色をほぼ完全に想像しえていた。なつかしくてならない。すぐに庭にも研究室にもなじんでしまった。わたしの心情は水俣にいるときもここでも、彼女讃美や愛慕は新鮮で切実で涙もろくてきびしいものだ。

六月三十日
渋谷氏おいでの予定。

七月三日
昨夜、というより今暁（一時）憲三氏（以後K氏と書く）よりノートの御許し出る。今夜更に高群夫妻とそして自分とに、後半生について誓った。それは橋本静子氏に対する手紙の形で（つまり、静子氏を立会人として）あらわした。午前三時これを書きあげる。

橋本静子様
深い感謝の気持でこの手紙を書きます。このたびの上京について、私自身にとっては破天荒なことであり、はためにはずいぶんづかづかとしたお願いを、みなさまによっておききとどけ下さいましたことに、貴女さまの御配慮が全面的に動いて下さいましたことを、その経緯の積み重ねがありましたことを、私は肝にめいじているつもりでございます。

さっき憲三先生はおやすみにあがられました。その時お許しをえて、御二階から逸枝先生の世にもうつくしい目元の御写真をこの御茶の間におつれ申してきました。

まっすぐに私を見とおしておられる御写真の前で、今夜さらにここの御二方と何よりも私自身に対して誓ったことを思い返し、静子様にも御報告申し上げねばならぬのでそれを申しのべます。

世俗的なさまざまの意味で私の一生は、逸枝先生に御会いする（全集の前の『女性の歴史』直前にすべて終りました。そして、逸枝先生との出遭いによって私はのっぴきならぬ後半生へと復活させられたといえましょう。

うつし世に私を生み落した母はおりましても、天来の孤児を自覚しております私には実体であり認識である母、母たち、妣たちに遭うことが絶対に必要でした。それは閉鎖され続けてきた私の中の女——母性——永遠、愛の系譜にたどりつくことですから。つまり普遍を自分の実体として人類につながりたいという止みがたい願望に他なりません。

つまり私は自分の精神の系譜の族母、その天性至高さの故に永遠の無垢へと完成されて進化の原理をみごもって復活する女性を逸枝先生の中に見きわめ、彼女の血脈が、全く無知である者、または未知の者といってもよく、裏返せば無限大である私ゆえに、私の血脈にも流れ及んでいることを感じ、そのなつかしさ、親しさ、慕わしさに明け暮れているのです。そして私は静子様のおもかげに本能的に継承され、雄々しいあらわれ方をしている逸枝先生のおもかげを見ます。日本の無名の女性にこのような全身的かがやきを見るのは、その人がたとえば街を歩いてゆくだけで高らかな詩性を感じることには、深い慰藉をあたえられます。

私は日に幾度、せきあげて泣いてしまうことでしょう。逸枝先生への想いに連なる遺品や遺景に抱かれていると切なくてならないのです。（いや、人間そのものはなんと愛おしくも悲傷なものでしょうか。人間を想えば涙がこぼれます）。

生者が死者に対して悲傷ならざるをえないのは、生あるものはすべて怠慢でもあるので死者へ近づく抽象性が宗教化されねばならないのでしょう。

不思議に研究所の御門も道も樹々も草も、このたたずまいがほぼ適確に想像されていて、それは貴女様の私への丹念な御説明によるということが思い出されました。どんなになつかしい想いで御門に入らせていただいたかわかっていただけると思います。

つまり右のようなことが、ひどく散文的になりましたが、私の原理的な主題をひそめていると思います。先生との対話を深化させること、そこで私が高められて生きること、高められねば彼女を描くことは不可能である、ということです。そこでだけしか私の幸福感、人類観はありえない、ということです。一生懸命勉強いたします。御夫妻をけがすことにならぬように。先生の御霊に御守り下さいますようにお祈りして。

もう三日の午前三時です。帰りましたら石牟礼ともども御あいさつに伺います。なにとぞ皆様方に御礼申し上げて下さい。

かしこ

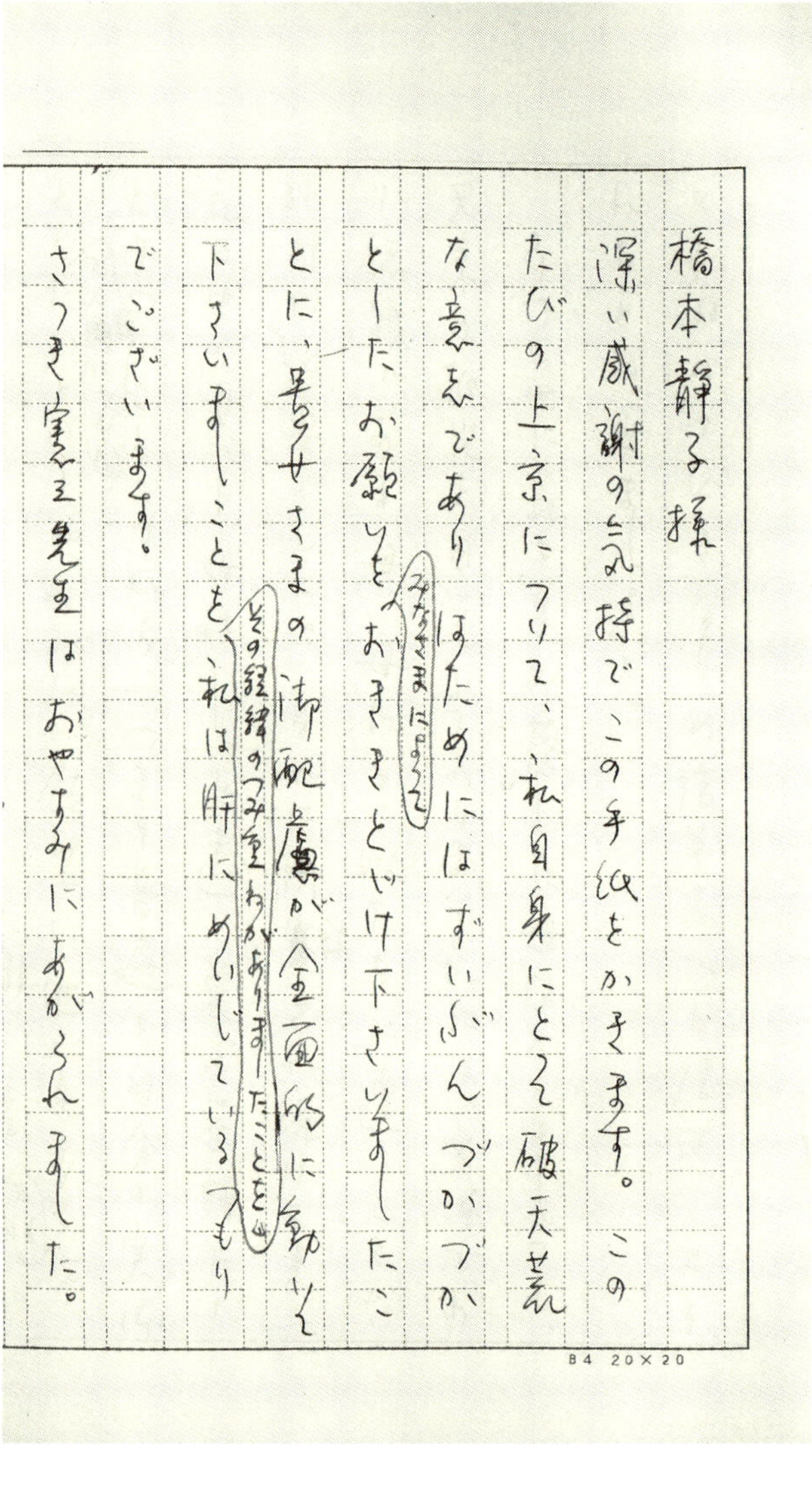

橋本静子様

深い感謝の気持でこの手紙をかきます。このたびの上京について、私自身にとって破天荒な意志であり はためにはずいぶんづかづかとした お願いを（みなさまにむかって）おききとどけ下さいましたことに、逸枝さまの御配慮が全面的に動いて下さいましたことを（その経緯のつみ重ねがありましたことを）私は肝にめいじているつもりでございます。

さつき憲三先生はおやすみにあがられました。

B4 20×20

石牟礼道子
〔原稿用紙三枚挟み込み——編集部注〕

※軽部家について（家賃四十円）

東京にはじめて来たとき『日月の上に』の印税で自分のものを買ったのは——軽部家は呉服屋、おなみさんが持って来て、青い着物、その他二、三着もっていた。心の平安をえてきれいにかしずかれて乗っかって。

おなみさん、お茶の小さな家元の娘。軽部家に里子に出された。両養子

おなみさんの母（浜松河岸の老舗に再婚、その人たちが震災の時やって来た）、こんな土百姓の娘になって、里子に出されねば、大家の娘風になって。

おなみさん、家つき娘でハイカラで活動家、ちょっと酒を呑み、歯がいたむ、重箱をもってお嬢さん（逸枝さんのこと）に甘いものを、と買って来た。

「肌割れ」と言って仲が悪かった。ときどき喧嘩していた。茶碗をポンポン割る話。年に三回養蚕、逸枝が夫婦の緩衝地帯になった。

産具でもなんでも、実家に持って帰って産むように。

四十年四月死亡。

○ある時、簿記帳（家計簿）を夫が買って来た。おなみさんが恐慌をおこし、逸枝にとりあげ方をたのんでとりあげた。

「あなたいいものを買って来られたそうですね。それは大変珍しくていいものですね。私にゆ

ずって下さいませんか。」

一坪十三万円

借地に仙太郎と千円出しあったこと。

※憲三先生の許可

借地買い上げの時、共同の卓上メモに逸枝は棄権（お姉さんが静子さんの名義にしてと申し出られた）

○家屋敷は憲三から静子に行く（逸枝は相続権辞退）。

なみさんははかりごと好き。

軽部夫妻は彼女が好き。

お風呂も別に洗面所を作ってあたえた（竹藪の中に）。逸枝は人見知りしたから。

彼女が洗面所に上り下りするときは草履をそろえて奉仕した。ナミさんの小間使いの体験。隣の家主の座敷を一度ものぞかない。

『婦人戦線』のころ

山崎今朝彌さんが解放社に五百円借りる。『婦人戦線』に賛成の意志表示。

はじめて印刷のハガキを出した直後、同時にオナミさんが（家を作って）いらっしゃいと言っていた。昭和六年一月（この年、『戦線』は気息奄々）

同時に『婦人戦線』同行。昭和五年三月

軽部家から家の材料を五百円でゆずると申し出あり。

○銀行は利子で立っている。

家を建てた年、五十円しかなかった。マッチ売りでもしましょうと逸枝いう。お金の計算の出来ない人だった。

全集発行について（一年で全集を出した）

○講談社『母系制の研究』『招婿婚の研究』の紙型を理論社に貸した。

憲三がいなければ全集発行はきっかけを失っていた。そのきっかけは『火の国の女の日記』発行。

　　生田長江の評。

数度

彌次海岸、（熊本県日奈久町のそば。若い頃、二人で行ったことがある）心の孤独をどうしようもない。

一種の不安
独占欲について。

「南の国へゆこう」

あなたが呼ぶならばすっとんで行った。

最後のとき。

一九六四年五月十二日入院。六月七日死国立東京第二病院　東京都目黒区大原町一二三四　西館四階一七号室
先生が迎えにいらして、廊下を引き返して途中までゆく。

はじめ　二四号特別室　二等　二人室　オ金、ギフトチャック、二倍つつんだ。（一人室にしてくれた）
○最後　一七号。観音様の日。（死す）。一等　一人室

七月四日
今朝K氏大演説（平凡社創業のころのこと）。
道子少しあっけにとられて聴いていて、つい居眠る（みつかる）。

七月五日　晴れ

玄関——東——近くに新東宝第二撮影所ができた。和光学園のあとにできた建物。エノキの下でロケーション。喜んで見ていた。

門——南

徳永家——西、自警会住宅、警視庁、消防庁職員住宅

風呂場——北

間口——一〇間

奥行——二〇間

軽部家に馬が一頭いた。三軒でもやい。

ベランダ——二坪

二階書斎の書「完遂」（書は東京朝日が歳末週間の名士短冊、書を頼まれて書いたのがはじまり）、奥村ひろしの絵。

カーペット——応接間にあった。家と同時

ベッド——上荻窪時代——銀座——格の高い古美術商、

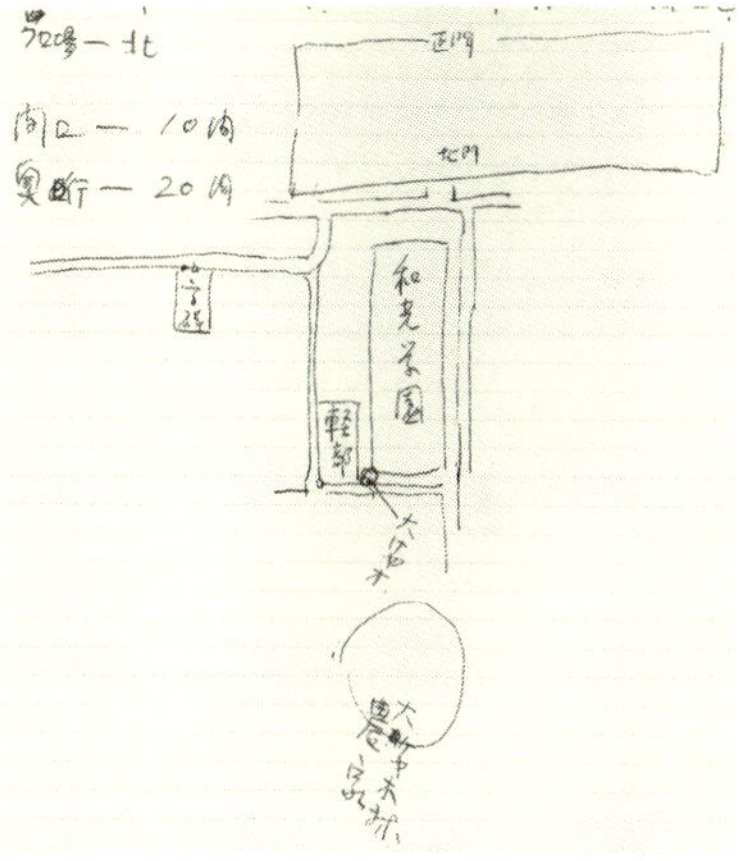

古い絵、調度類など

時計——ここにきて平凡社に勤めはじめの次のは、銀座天賞堂（宝石・美術商）

書を書くときK氏墨磨りすすめる。

朝日系からの注文が多かった。

ベッドの下に『キュリー夫人伝』みつける。それから書架に『ゴッホ伝』。

彼女の霊を感じる。

彼女の遺品——帽子とオーバー——着てみよとおっしゃる。そのとおりする。鏡をみてみる。

よく似ているとのこと。感動。

重要書籍

本から呑まれる人じゃなかった。

学問を語るとき、アッと声をあげるのは、心の中ではあげたに違いないが、静かに精神的には動いているに違いないが、あらわれなかった。そこに持続力がコントロールされていた。生涯投げない、いつかみつけ出す、息切れしない。

ものごとを「見た」とは言わず、「見られた（見ることができた？）」と客観性や諸関係を表わして表現していた。

論理が飛躍しなかった。

いくらつめこんでもはみださなかった。

歴史の転回点とすぐれた人物の出現と接点。

Ｋ氏は心から彼女を尊敬した（日常のワルクチはくらしのアクセントで飛び出したが）。学問、学説に対してだけはくささなかった。

投げない（優柔不断）、黒白をつけない。

二階書架
売った本、地理歴史、雑誌、五百冊。国学院雑誌、五百冊。↓三十五万円、元は三百。
招婿婚に必要な基本的な資料は昭和十四年頃から二十年頃には揃った。
日記が主資料、歴史一般資料

◎平塚らいてう氏
人名辞書が出たとき後援会ができた。出版社も後援会を通じた方がよい、文章を読んでゆく、こと。

母系制が出来たとき厚生閣
『婦人戦線』のとき訪問した。

歴史的意義づけを必ずした。

伝言した（らいてう）T十四、あなた（平塚らいてう）の伝記は自分（逸枝）でなければ書けないという手紙を書いた。

『恋愛創生』を出したとき送った。

書評をひとりで書いた。

（四一四）〇六二九　桑原史成（ふみあき）

七月六日　水　くもりなれど東京では晴れとのことと先生おっしゃる。おかし。

オトナリ桜二の七の六　徳永利雄
桑原史成さんと渋谷で会う。

靖国神社。東大都市工学衛生工学研究室宇井純さんを訪ねる。留守。東大の建築法。

神保町、古書店。皇居前広場、占領軍マッカーサー司令部跡（第一相互生命ビル）。朝日新聞社、毎日新聞社。有楽町、千代田区とのこと。いわゆる丸ノ内界隈。

どこかでお茶。写真家協会新人賞辞退せよとの小事件、桑原さん告白。逸枝先生写真集のこと道子話す。喜んで撮りたいとのこと。トヨミ（道子の伯母の娘）のところ、麻布十番を探す。マジメヤは小さな店であった。やっぱり田舎の小娘の形で店にいた。彼女をしばらく眺めて店に入る。夫妻ともいい人のようで安心。

やっぱり世田谷に帰りたくなった。小雨。十一時十分帰宅、九八〇円取られた。残念。先生の部屋ドンドン叩く。締め出されていた。大騒動して窓から侵入。ニクラシ。おとなり徳永夫妻起き出し御協力、先生オヤスミ、起きない。

七月七日　くもりのち雨

九時きっかり桑原さんみえる。六時彼と渋谷で落ち合い、東大技術史研究会。沛然たる雨、本郷三丁目ウイジュンサン。上町（玉電）まで先生送って来て、帰りにお医者さま（世田谷中央病院）にビタミン（B１）のお注射（疲れ取り）。国保、三割で二百五十円也であった由。

十一時帰宅。締め出しなし。

バクテリヤ培養の状態と、顕微鏡（一五〇倍）を見せてもらう。釣鐘虫と輪虫とアメーバを見る。近来の驚異。ワクワクする。いわばこれは共同体の世界であろう。限りない未知の世界。興奮を世田谷に持ち込む。

七月八日　風　六時　技術史シンポジウム、近藤、桑原、宇井、西口

風の音しきりにこころよき日なり。わが心も嵐。クヌギの枝、窓を強く打ち続ける。ことに十一時四十分頃から四時頃。

九時、桑原さんみえる。撮影開始。庭。階上（ベッド）と庭から見た階下書斎。

彼女の遺品、オーバーと帽子。ジロコ・タロコ（愛鶏）たちの両袖デスクの下の寝箱のあと。ベッドに腰かけた先生。デスクの上の「火の国の女たち」をやりあげたあと形づくられた寂しくも親しい簡易生活の跡。電気コンロ、インク壺（パイロット）、小さなハサミ。のり（ビニールチューブ青）、ネスコーヒーの空き瓶。こわれた（火事をやらかそうとした）ポット。つまり卓上自炊のあと。

※タヅネル――五〇〇ワットのライト照射。ベッドの由来についてきく。上荻窪時代に買われた。

オーバーはフランス帰りの三越の専属デザイナーが作った。帽子はオーバーに揃えてK氏が買い与えたもの（上沼袋時代の前、家出の直後）。

平凡社時代、K氏は一二〇円、彼女は二〇〇円。当時家賃三〇円。生活費・食費一〇〇円（世田谷に移ってからは三〇円にした）。

服装史について　大正の終わりごろ、には東京駅

七月九日　雨、後やむ。　八時前起床。

東大へ行くためにと出かけて、電話して帰る。※有機水銀の結晶体は白いザラメ状。帰りに古本を買って帰る。

桑原さん来ない。先生しばらくお昼寝。上って覗いてみる。

四時、オオクランド（四丁目停留所郵便局のところ）より成城学園行きバスにて平塚らいてう氏宅（世田谷区成城町五三〇）へ。一人暮らしのバタ臭くも閑雅な家。成城の垣根のどうだんの樹に、よいのが一本あった。

　らいてう氏はやはり飛びぬけた女性。うしろ姿に優雅さの衰えぬ人である。「ベトナムが、ああいうことになりまして」という御挨拶。水の流れの中に水があるように、すいと自分の使命感を前に押し出す、するとみんなも流れていくという風である。

　目黒国立第二病院へ。彼女終焉のところ。K氏お疲れの御様子で恐縮、仕方なし。

　道子の無表情の時は非常によい顔になるとのこと。

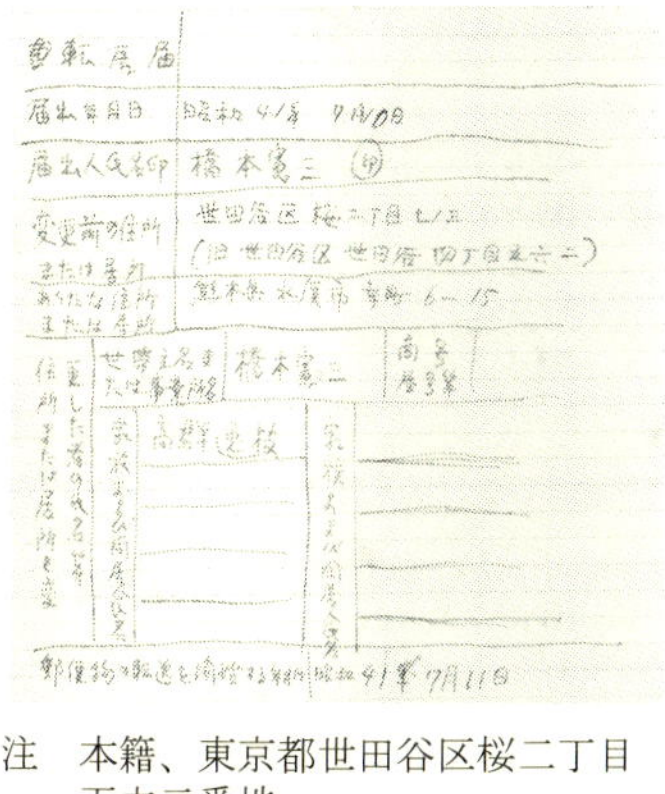
転居届
届出年月日　昭和41年7月10日
届出人氏名　橋本憲三
変更前の住所または居所　世田谷区桜二丁目562
新たな住所または居所　熊本県水俣市
世帯主氏名又は事業所名　橋本憲三

注　本籍、東京都世田谷区桜二丁目五六二番地

綴り方雑誌について
平凡社が潰れたあと一年間
発案と企画——経営は別
三十二ページ、編集は二人で
清藤幸七郎（熊本の人）——支那浪人。北一輝と一緒にやっていた。下中彌三郎とつながり、清藤の新式漢和辞典を出版した。画引と音引と訓引で引くという形で作るのが当時の定形となっていた。その上にそれを最初の書き出しの画や点をもって引く、ということを考えた。最初一万か二万の初版。新式は破産して平凡社の客員となった。その次僕は鑑賞文選（高等師範学校の先生方を訪ねて、児童の文章を載せて指導理論を）を考え出した。最初菊判千頁で出版した。
全紙一枚の紙を三十二頁に折ったのが菊判（A５判）という。——全集
一枚の紙を六十四頁に折ったのが四六判（B６判）という。——愛と孤独　女性の歴史

——○——○——


当時綴り方は文部省の指導要項はあったが、高等師範の先生や自分の受け持ちの作品掲載を通じて指導理念を発生させ、概念としてとらえ、よりどころが出てきた。

文園社を作った（平凡社の別動隊、個人）。

尋常一年から六年までを対象にして、六種　定価五銭　頁　三二頁　嗜好や要望に応えた。二十万部売れた。

県人でもあって清藤との出会いは漢和辞典を通して間接的には知っていた。

———○———○———


大震災が来た。

表面上平凡社は潰れた。

平凡社は大阪で復活した。東京編集所を清藤氏の家に置き、新式漢和辞典（二十人）。

震災で潰れた。

先生は神祇辞典の編集校正（広義の意味では企画・集める・会議・まとめる、狭義には文字の誤りや形を整える）を始めた。

新式辞典が潰れたので（方法論の上で行きづまり）、中等国語辞典をやり出した。

帰水後の事務
※飯尾さん
　手紙を二通作って、
弁護士（親類の人があればやすくすむ）
畑を作らせておけば借地権が占有権が成立する。
※市役所へ赤崎覚さんに電話を入れること。
桑原さん、写真集のことをきく

整理をすませていない。

七月十日　日　晴れ　祝祭のごとき日。朝、お風呂を頂く。

先生おやすみ。桑原さん来る。書斎にて彼に説明。桑原さん撮影大車輪（九時半頃から）。まず化粧部屋から、階段、避暑室、階下、書斎。庭で先生。ボヤーッとお写りになったらよろしいと思いますと進言。

彼を囲んで昼食の用意。お寿司、カキフライ、きゅうり、ビールなど。揚げとしいたけのおつゆ。先生楽しそう。桑原さんの笑う目が美しいとおっしゃる。

桑原さん、率直で真摯な態度で「彼女は学者としても非常にすばらしい方だということはもちろんですけれど、女性としても、何といいますか、すばらしく魅力的なお方ではなかったか、ということを感じますが。」と質問。先生、「それは世にもすばらしい女性でした。七十歳になって病気になるまで、彼女の魂も女体も少女のようにつつましくて清らかで完璧でした。我々はそういう交わりをいたしました。とても幸福でした。僕でなくてもほかの男性であっても、彼女は相手にそのような至福を与えずにはやまないものを無限に持っていた女性でした。」

桑原史成と橋本憲三という世代の違う優れた男性の出会いは非常に印象的なものを呼び起こす。我々がたわやすい言葉として使いすぎるコミュニケーションとはこの二人の対話のごときものであろう。

明日、帰水の予定。なれば滞京予定を終了したものとし、二階で休養。深く熱い充足感。電報と電話かけにゆかねばならないが億劫でならず。古書の解説、考証などにふける。

渋谷定輔氏（農民詩人）みえる。四時か？『社会新報』の書評を持って。ウィスキー小瓶、ビール小一本、鶏もつ、桃などを買う。いよいよ祝祭の気分。

渋谷さんのプレゼント、開けてみようということでリボンをとる。美しい寒暖計。思わず歓声を上げる。うれしかった。それで桃をふるまうのをケロリと忘れる。また後悔のたね。渋谷氏八時頃帰宅される。

逸枝評憲三評、渋谷氏から熱っぽく出ると、やはり実体に迫っている感じがしてくる。厳粛な夜。聖なる夜であるとも――。

七月十一日　月

六時目覚め。

木立の中の深い霧。

私の感情も霧の中に包まれてしまう。しかしそれは激烈で沈潜の極にあるものだ。

沐浴。

今朝の私は非常に美しい、貴女は聖女だ、鏡を見よと先生おっしゃる。悲母観音の顔になったと見とれる。

どうか私を尊敬して下さい、と道子言う。私は高い心を持っているから。尊敬を受くべき操持を持っているから。

貴女は人類の中から選ばれた女です、と先生。人類の中から選ばれた女とは、人類の中から生まれた平凡な無名の女の総称である意味で正しい。

九時半、逸枝先生にお別れつげる。彼女は私の内部に帰る。切ない。

玄関を出る。

トヨミを迎えて東京駅へ。


七月十二日　火　　車中、雨。熊本平野に入って晴。

壮大な空。炎のような風。

肥後平野は早苗とイ草と濃い森となだらかな山ひだとで地なる生命を覆って揺れ動いている。

益城の雨よ、と彼女は言った。

森蔭に点在する家々のつつましさ。

ここに住み継ぎ生き替り生き替りしてきた人々よ。

なつかしい人間の歴史。

〔編集部注――「最後の人」下書き〕

最後の人

一九六六年八月、私はK氏と世田谷の森を後にした。玄関の扉に鍵を入れる前、私はこの館のひさしをちょっと仰ぎみた。それから扉の横にある小さな白い貼り札に目を移した。

「面会お断り」とそれは書いてあるのだった。

それから木の間の影の青くさしているK氏の胸元を見て、それからお顔をじっと見上げた。私はK氏を、先生、と称んでいた。先生、と口に出さずに言った。

先生は軽く瞑目して、呟くように、

「逸っぺごろ、また水俣にゆきますよ。」と言われた。そして頷きながら扉の把手を軽く持ち上げて、カチャリと鍵を差し込まれた。小暗い「樹の下道」を、それはまったく樹々の朽ち葉を踏みためた音もない、やわらかなしっとりとした道であったが——その道をひっそりとくぐり抜けて、つまり世田谷四丁目の森の研究所をくぐり抜けて、私たちは白いアスファルトの世田谷、桜、二の七の三、の道に出たのだった。森の外にはうっすらと晴れた八月のはじめの朝の、東京の空が広がっていた。

K氏はアスファルトに一歩踏み出そうとして、ふとまた振り返り、こわれかけた低いあの門柱の——この門柱は、何の樹だったか、根元から三尺ほど残して切り取っただけの、門というよりしるし、というほどの二本の立ち木であったが、それはK氏が手造りされたものだった——その門柱にかけた手作りの苔むした板の郵便受を外して、門柱の根元の草むらの中に寝かすように置かれたのである。郵便受には小さな墨字がかすかにまだ消えずに読みとれた。※きくこと（何の木か?)

橋本憲三

高群逸枝

と二人の名前が並べて書いてあるのであった。

∞　∞

K氏の言葉はコーランのように荘重で正確で、まことの韻律を持っていた。それは生き続けている野の古典と言ってもよかった。

〔編集部注――「最後の人」下書きここまで〕

十月一日

原初の叡智をもって呼びかける一大叙事詩「日月の上に」。

詩人逸枝のことばをかりて語られるのはまさに地の声であり天の声であり、現代が生みえた〝創世記〟と言わねばならない。

現代詩が初発の詩心を喪失した今、彼女の資性の巨いなる素朴さこそ真の象徴性への復活であろう。

十月二日　日曜、雨(東京に来て初めての雨)、寒い。

朝、玉山崩るという漢詩について御講義。先生の描写力、その言葉の洗練度にきき耳を立てる。にもかかわらず道子またうろおぼえ。二八日夜の学習の補足なり。今昔物語の婚姻例抄出のくだりの説明。彼女との生活の想い出。夫婦の間の対話の結晶度について。たとえば花のつぼみがさあーっとひらく時、などという表現の象徴性、無限世界の存在の発祥について実感しえた。——元から無限へ普遍へ——。放散と収縮の法則から統合へ、あるいは原理の発祥のごときを愛というが、愛を自分の実質として生きえた女性は彼女をはじめとするが、道子にも納得された。内なる人類を抱いている女にめぐりあえた男性こそ偉大な存在である。創世記のこころなり。本のことで巌南堂二人みえる。先生とお話、道子二階化粧室に退避。落ちつかぬ気持。原稿うわの空、本をトラックで持ってゆくといった由。先生キツイとおっしゃる。道子もめいる。

十月三日

朝起き辛し、夜ふかしの祟りなり。肩こり。アリナミンいただく。カボチャのおつゆ。カツブシ出汁。牛乳のむ。

午後、東大に電話通ぜず（桜通り公衆電話）ユキミちゃん元気、逢いたしという。

ハミガキ（デンターライオン）、カボチャ二〇円、ヘヤピン、焼き豆腐三〇円。

門を入ろうとすると、銀杏樹の下で五、六才の男の子二人遊んでい、中ひとりが、「オバチャンち、ここ?」という。「そうよ」と振り返ると、「オバチャンとこ、こわいね」という。「あら、こわいの、どうして、ちっともこわいことないのよ」というと、「こわいよ、晩にここ通るととってもこわいよ」と、門から研究室へ続く道をのぞきこみ、ややへっぴり腰で真剣な表情をしている。その様子がとてもかわいらしい。さっそく報告、東京収穫のひとつだね、メモしておきなさいよとおっしゃる。

午前中、はじめて経堂ゆき（岩波の『科学』を買いに）。氏より地図書いていただく。

西口さんよりハガキ。

農大北門――和光学園――まっすぐ行って坂を下りるところ、学生アパートらしき建物つづく。柘植の垣根の家などここら一帯（桜・経堂）あたりは風致地区。和光学園横の赤電話より東大西口さんへ電話。落ちついた青年である。十月七日シンポジウム打合せ。

軽部家を目で探すと和光学園の間から「森」の梢がみえる。ここらあたりはまだいたる所に武蔵野のおもかげ残っている感じである。

本屋二軒とも『科学』なし、自然科学概論もなし（K氏、読書人で見つけて下さった）。

経堂駅は地下駅である。踏切り。小田急線。はと号通る。経堂ストア横の何とかストアで先生におみやげ。

○マスカットぶどう一五〇円、大福四個一個一八円、栗蒸しようかん（桜通りより物価高、大根一本五六円、梨五個一〇〇円、キュウリ五本一〇〇円）。

○原稿用紙一〇〇枚、大学ノート二冊、スケッチブック。
帰途、生汗たらたら、すこぶる不快。左の肩こり、ハイヒールとコルセットつけたせいか。やはり睡眠不足。先生の御健康の心配で眠れない夜が続く。

二時、わが家へ。化粧部屋で着替え。先生も私もお昼を抜いたことになる。それでお茶。栗蒸しようかん、美味。マスカット皮ばなれ悪いがあっさりした味。先生はよほど果物通。うっかりしている間にお茶入れて下さる。「どうか、僕のお茶の入れかた上手でしょうが」。本当においしいですねと言うと、「ちっと牛乳の匂いのするばってん」。というのは今朝の牛乳カップを私が洗い忘れていたのだった。
※全集最終巻の解題下書、先生書き上がり。読んで下さいとのこと。短文であるがその言葉の深さ（彼女への愛）、格調、その心の高さに胸打たる。急に悲しくなる。さびしそうな先生。くもり空の窓をみる。時間とは何であるか。樹々が漂いのぼる感じ。
夜、先生ニンニク食べられ下書清書（御苦心の様子）。道子の構想（水俣病）緒についた感じ。よろこんで下さる。

髪について御批評。東京風になったと。ふき出す。よい感じであるから切らぬがよいと。

今夜の献立、里芋、栗カボチャ、豚肉、煮込み、海苔、梅干。ぶどう、大福（大福は彼女の大好物のものであった由）。先生、果実酒ちょっぴり。

道子、美想曲読む。先生も道子も静かに切々と仕事進む。端正な姿勢で書いていらっしゃる先生。左の目に左手をあてて。この人は内なる炎を燃やして世俗を近づけなかった稀有なひとだ。背後に憲平ちゃん、高群両親、橋本両親、そして彼女とまだ若かった「夫妻」の写真、松橋からおくられた時計（ノートルダム寺院の鐘の音を出す）がある。先生の姿のあまりの〝刻みの深さ〟に『火の国』執筆当時のこと思いうかべ、厳粛な感動につつまれる。ペンと時計の音だけ、深い夜だ。

十月三日　晴れ

昨夜、道子執筆にかかろうとすると、先生二階より道子さあんと呼ばれ上がってみると、また嘔吐感とおっしゃる。びっくりする。心配ただならず。結局吐かれず（塩水つくってさしあげたが――）。

一日おやすみ摂生を願う。またお粥（朝）。梅干。学習おやすみ。

昼、栗蒸しようかん、先生、大福、道子。

静子さんに手紙（ゆうべから）書く、心配なので。

十月四日　火曜、晴れ

朝八時頃、桑原さんのさわやかなお早うございますという声にびっくり。道子お洗濯の最中。森英恵と『週刊朝日』の仕事で島根へゆき水俣にも行ってくる由。十日ぐらいの予定、静子さんにも逢ってくると。

十月五日　晴れ

先生お医者さま、あんまりおそく門に出てみる。ちょうどおかえり、大へん御気分よろしく、彼女ゆかりの自動車隊あと、農大図書館あとに案内しようとおっしゃる。道子素顔のざんばら髪、つぎの当ったスラックス。先生の庭下駄つっかけている。そのままでよいとおっしゃる。御自分はお医者さまゆきの御めかしで（茶色スポーツウェア、合背広）

オオクラランドまだ未完成。ここで彼女と東京発声映画時代のロケーションを眺められた話、勤皇の志士が祇園小唄で出てきてもやい船に乗るところ、捕方がかこむ場面となり、二・三十ぺんやったとのこと。プール（船を浮かべる池）があった。郵便局教えてもらう。『週刊朝日』（足尾鉱害号）本屋になし。門を入り、『樹間の月』の場面を教えていただく。古内家デビ夫人の話題（隣家凝った家）。

畠田氏からおたより。

午後三時頃、庭にたおれている桧を鋸を持ち出しきりひらき、先生出てきて加勢して下さる。チリ焼き場を作るため。栗をみつけ歓声、栗拾い。生き返るおもい。夜、茹でて彼女に捧げ、自分もたべる。

十月六日

解題について遠慮なく感想をのべるようにと申されるのでその通りに申しあげる。(昨夕)それで九時頃(夜)また少し文章ととのったとおっしゃる。九・八分位出来上りかと思う。道子の意見、半分採用? 研究室(二階)に彼女が古事記一冊をおいて出発したころのことお書き入れ。比類のない愛の書になった。(廃屋、老残という言葉ありしも、道子反対ならず。)両人しばらく沈思感動こみあげ言葉なし。このあとの(廃屋以後の)ことは道子が心にきざんで書きとどめねばならぬ。

こみあげる気持ちで、学習。恋愛論をおもう。

〔編集部注――京王鈴蘭ストアー広告の裏紙　一枚挟み込み〕

これは石牟礼さんに筆記してもらいました。

口述

水俣の風邪がたたってまだお医者さん通いをしています。例のビタミン+カルシウムの注射と時々の胃腸薬ですから心配してはいません。二・三日前、近年はじめて吐き気をもよおし、吐いてみましたが、中身はなく、酸っぱい液体だけでした。早速翌日から胃腸薬をもらいました。編集の仕事をつめてしたからでしょう。

石牟礼さんと勉強のしくらべをした訳でしたが、わたしはさっそく敗北したわけです。

今朝、桑原氏がみえられました。大へん記念になるよい写真を撮ってもらいました。週刊朝日の仕事で島根に行かれ、それがすんだら二日ほど水俣に旅してくると申しておられました。お立ち寄り下さるよう申しておきましたから、見えられたらよろしくお願いします。

あの時撮ってもいただいておらねば、今となっては不可能だったでしょう。
○区役所はあれきり。
○石牟礼さんが手伝うと言って下さるので、この際蔵書の持ち返り分をちゃんとしておこうと思います。古本屋からしきりに、処分を懇請してくるので整理しておきさえすれば、本の方はその日でも処分ができます。
区役所の方も多分遠からず具体的な話があるだろうと思っています。

とにかくどちらも年内には片がつくことになるだろうと思っています。石牟礼さんは南船北馬です。東京留学を百パーセント生かさねばと。幸福だろうと思います。私はいろいろ迷惑かけています。

〔編集部注――口述　ここまで〕

〔編集部注――原稿用紙一枚半挟み込み〕

御元気でしょうか。

また御厄介になっております。〝美想曲〟についてお話お交わしする間もなくて、突如として上京いたしましたが、東京駅付近で今度は迷子になりました。経堂ゆきバスの停留所がどうしても見当たらず、（人にも何べんもきいたのですが）あれはまぼろしのバス停であったかと夕ぐれの東京でベソをかいていましたら、親切なタクシーの運転手さんがここまで連れて来てくれ、タクシー代は六八〇円でした。

こみあげるようななつかしさで夕闇濃い御門を入ろうとして、あっと息を呑みました。しばらく茫然といたしました。

台風で、御門から入って玄関へ曲がる手前の右側の大桧二本が、木の下道をふさいで庭の方へ倒れこみ、その梢の先にはじかれてタロコ達の小屋がひっくり返っているのがみえました。（この樹は徳永さんが切って道をあけて下さいました。）森全体がまさに（ほかの樹々の枝という枝も）ざんばらになった感じでした。私はふり仰いでこの家を押し包んでいる運命と静かに対面し、そしてうなづき、それからお玄関に立ったのでした。無常世界に入りゆくごとくしてお玄関に立ったのでした。

それからの日々というものは、どの一瞬たりとも哲学的ならざるはありません。過酷な時間が過ぎてゆきますが、せいいっぱいに生きています。先生をみていると涙がこぼれます。

昨夜は先生もここにおりて来られ、全集終刊に付せられる「解題」の御文章を仕上げられました。拝読の栄に浴したのですが、それは実に感動的な文章で、逸枝さまに対する愛の偉大さ

（偉大さという言葉が当ると思います）、愛の高さがあらわされて、短いのですが、静子さまと御一緒に拝読したいものだと心ひそかにおもいました。文章を推敲していられる先生を、お茶をさしあげようとおもってそのお姿をふとみると、片手を左の目と頬にあてて、ひじをつき背中をしんと伸ばされて、その御表情とお姿全体は、実に孤高なきびしいお姿で、深い沈思の中におられて、先生のうしろには逸枝先生の写真、その上に橋本家写真、そして庭の中の今より若いころのよりそった写真があり、心の中でそのお姿を描写しながら脳裡に刻みつけられました。

〔編集部注――原稿用紙一枚半挟み込み　ここまで〕

十月六日〔つづき〕晴れ

道子入浴にゆく。東京の女たちのかぼそさ。そのかぼそさ白さは画一的である。きっと美容食献立を実行しているのにちがいない。念の入った洗い方。こういう女たちの間では道子異彩を放ち、生命力にあふれた体つきをしている。

〝その色の黒さ！〟である。南方系、タヒチ系であることを客観す。よくぞ天草生れ水俣で育った。

髪やっぱり鏡をみて、えいっとばかりにジョキジョキ切る。我ながら荒っぽい。が、この方が手入れが早くて合理的である。それに少し若くなった。

十月七日　晴れ　　技術史研究会シンポジウム

彼女忌日、少し早起き。庭に下り花探し、水引き草。赤い実。何かの赤い小さな花。ギボウシを摘みコーヒーカップに入れてあげる。お茶あげる。

朝、またじょきじょき髪揃え。（先生御批評、夜になり何かに似ているとしきりに思いながらいつも途中で消えていたが、思い出した、それはあなたが清水崑の女カッパにそっくりであることだ、と。なるほどとおもうところもあるが――）

彼女に捧げた花と栗とお茶みて、先生、「逸っぺごろ、お花もろうて、お茶もあげてもろうて、よかったね、ンーん、今はいい顔しているね、ヨシヨシ」とおっしゃる。わたしは泪ぐむ。お化粧。世界一の美人になったと先生に褒められ（黒のセーターが学者らしくてよい、と先生、逸枝もそうだったと。）うれしい気持ちで東京へ。シンポジウムへ。その途中、東急ビルイングリッシュセンターへ雁氏に逢いに。ここにいることの報告、雁氏複雑な表情。例のごとく疲れてみえた。

東大前の本屋で『科学』『自然科学概論』（先生にたのまれた）『婦人公論』（ボーヴァワール）『週刊朝日』（足尾銅山九〇年）有斐閣支店で買う。自動エレベーターが苦手。五階までヨイショヨイショとのぼる。東大、岩倉研へ。西口さん、ものすごい道具の中で実験中。

上野公園の不忍池の横を歩き、山手線（国電）上野駅――田町までゆく筈が大森へのりこし、ひき返す。

西口さん、大学者になる素質あり。かぼそい体をヨレヨレのワイシャツにつつみ、ブカブカの靴。幻想的な微笑をいつもうかべ、真理や法則で彼の頭はいっぱいらしい。それと訛りのみじんもぬけていない鹿児島弁。

シンポジウム。

少し考えこむ。福島氏報告について。

☆自然薯、ヤブガラシ、クヮクヮラ茨、水俣弁ではクヮクヮランハという。団子の座布団にする。野ぶどう、あおき、もも（水蜜）①、さかき③、もち①、なし①、ぶどう②、金木犀①、かえで①、くちなし③、数珠玉（ギボウシ）、くぬぎ①、ぎんなん②、くるみ②、くり②、柿③、けやき中①、小③、馬酔木③、あんず①、寒椿②、ポポー②、青桐①、桐⑤、姫椿①、かし①、庭梅①、いちじく〇断、びわ、杉特大六〇尺、切って四〇尺①、小③、ひのき特大六〇尺（軽部家先々代）③、中⑩、八ツ手無数、しゅろ⑧、さんしょう大①、中②、ほか無数　森の家の林の中にあった木々なり。武蔵野のおもかげを残す木々他にたくさん。

十月十一日　火曜　晴れのち曇
暮れ方、道子炊事はじめに藤井良さん（全集専属の校正者、理論社員）見ゆ。第九巻献本五巻持参、あとの原稿はどうなっていますかきいてこいとの小宮山量平社長さんのことづけあり、それでK氏最終回（第七巻）原稿（編者のことばだけをのこして）を渡される、ああこれですみましたよ、とその一瞬、K氏なにか哀愁ただならぬ眸の色をされた。K氏その時〝彼女〟の大きなカーデガンを寝巻の上に羽織り、首にタオルを巻いていられた。それからハトロン封筒にK氏の編集になった彼女の原稿をぎっしりつめこんだものを手に持って階段を下りてゆかれた。

藤井氏とかなりの談話がつづいていた（茶の間）。小宮山氏、ソ連作家同盟の招きで（翻訳者、作家、出版者の代表として）十月十九日出発、十一月十三日帰着の予定と。

十月十三日　憲三氏のことば

わたしはいつもの夜のように東京日記に書きこみを入れたり、三島沼津コンビナート反対運動資料に目をとおしたりしている。すると、ベッドの上から、「しかし強靭な魂と言わにゃならん」。

このところ氏の健康がいちじるしく変調を来たしているので目をはなせず、わたくしは氏のベッドのそばに小さな彼女の机（それは、ひき出しつき、幅一尺五寸、長さ二尺五寸位、軽部家（下宿賃四〇円）を出て上落合の新世帯をはじめる時、憲三氏が新宿（はまだ田舎町だった）から買ったもの。小さな机と鼠いらず、本箱と本立て、火鉢、七輪（土製）、この道具類、軽部仙太郎氏が大八車に積んで移転。平凡社一律に震災直前五〇円）を持ち出してすわり、仕事を続けているのであった。

上落合は、ここから京王線、豪徳寺、松原―新宿―中央線東中野でおり十五分のところ――平凡社、西大保にあった。※平凡社は震災後、神祇辞典の校正刷りを憲三氏が持っていたのでそれを大阪の本屋（平凡社に資本を入れていた）へもってゆき出版、平凡社を復興する。

清藤幸七郎

北一輝　二・二六事件

（北）今、どうしていますか

（清）はい今、平凡社の漢和辞典をやってどうかこうか食っています。

（北）ほう、そうですか

この時全集第九巻が出来上がった直後であり、氏は胸の上に彼女の第九巻、小説、随筆、日記をのせてひろげていられたが、いいですか、道子さん、詩を読みたいのですが、星、星について、彼女が自分の星について書いているのですよ（第九巻、三〇二頁、一九四七・六・六作）、と大きな声で言われる。私はペンをとめ、はい、おきかせねがいます、と答える。そして先生の方をみる。先生はちょうどむかしの小学校の生徒が立って朗読するような大きな声でくぎりをつけながら彼女の詩を読み出されるのだった。

先生のおつむは長く黒く、ひたいは白く広く、まるくて非常に清潔だった。逸枝は「火の国」にはじめての出あいのことを書いて、ふりあおぐと仲々の好男子にみえたと書いているが、その感じは今でも顔にのこっていた。章のくぎりがくると先生は、ふふ、逸っぺめ、くそまじめにこんなことを書きおってなあ、といって、次の章を読みつがれるのであった。

朝は起きぬけに例の先生の大演説からはじまるのであった。道子さん、これからの学問は、歴史学はね、分業化してゆくのですよ。そしてそれは共同研究という形で進むでしょう。たとえば東大の史学科の学者たちが充分な予算と、いながらにして全国からおのずと寄せられてくる厖大な資料をあたえられて、集大成の形で共同研究をする、そういう形でやらないとこれからの研究はもう進められない所に進んできている。逸枝もそうだったけれど、あなたはなおさら彼女のようなやり方では絶対時間が足らん、貧乏だし。そこで逸枝のように個人で、まったく、僕のとぼしい金で資料をひとつひとつ買いためて、研究に専念させるためには外界と遮断してやって、そのことが彼女の学問のためには幸いしたかどうか僕にはわかりませんが、僕にはそう感ぜられたから、あんな草にでも石にでも死にかかった猫にでも愛着を持って溺れこんでしまうようなひとには、まして人間との関係では溺れこんで死ぬような思いをして、仲々回復しない、そんな彼女をみているのが僕にはたまらなかったものですから――そして一度学問にむかえばやはりそんな風な、つまり原始の魂をもって史学をみるのです。しかしそこでは彼女は非常な理性をもって、持続する方にむくのですよ。そんな風な学問のやり方はつまり初発の心のごときはもう現代のメカニックなやり方の中では通用しないのかもしれないけれども、人間の回復をねがって――ただ彼女は一番基本文献を彼女の知恵が、あなたと同じように彼女は貧乏人で、貧乏人の心を持っていて、つまり人類の大部分、人類の母の側に属して、あなたが水俣病をたとえば科学の方からでなくて、社会科学の方からでなくて、人間そのものの魂の中からみて、知恵をひらいて資料集めをやり出したり、人の時間を搾取、いや搾取でない、つまりその事で相手に反対給付を、つまりよろこびをあたえて、そこから文献をひき出して水俣病をとりかこんで人間の原存在の意味を問う形で公害にとり組んでゆくように、全く彼女も、自分一人の知恵でその一番基本的資料をよくも探しあてて、あのような推理をやってのけていったのですから、招婿婚を探し出してきて、そして日本の史学に土管をあけたのですよ。大きな土管を。まだ誰も知らないが。全くあのひとは、あのひとの心は人類と共にいつもあって、僕はそれをおもうと……彼女は天才ですよ。彼女を意義づけるのは、僕はその点でなければ――彼女は自分の学説を仮説として出発する、といったのですから、これが諸君に通じない――僕は信じているのです。彼女の天才の意味を。

今朝は牛乳にしましょう。そうしましょう。そして、二度食《じき》でよい。僕はあまり食べたくありません。あなた風邪はなおりましたか。なおったの。そりゃよかったなあ――

そこで私は、とんとんと二階をおりて、非常に簡単で充分に栄養的な二度食《じき》のための食事をつくりにゆくのである。

朝食、味噌汁（豚肉、カボチャ、油揚げ、葱、ラーメンスープ入り）、先生　牛乳、麦飯、ウニ、白菜漬け、フクミ（先生名付ける）昆布、梅干。先生、牛乳。夜、バタ卵とじ（人参、葱）、麦飯、牛乳、蜜柑二個ずつ、ウニ、昆布。

朝食は（彼女の忌日、七日から）まず彼女にお茶をあげることから始まるのであった。私が今日はとてもいいお茶の色ですと言ってお湯のみを持って立ちあがると、先生は彼女の写真をみあげうなづき、うん、今朝はとてもいい顔してるよ、逸っぺ、といわれるのである。

先生にくるみの木を教えてもらい、庭に下りると水引草が美しくてならないので刈りあつめて今日はいっぱい彼女に捧げる。あの赤い実も。彼女の写真の前豪華になった。水引草の枝ぶりよろし、くりも山盛り。

夕方催促され、叱られ（鮮度が落ちると）道子牛乳のむ。私は牛乳のみをいつもぽかりと忘れてしまうのだった。「水俣病」八回できあがり。

十月十六日　晴れ　　経堂へ豪徳寺、八幡宮（日本堂）。

スペア切れたので経堂へ。大学ノート三、封筒。先生をお誘いしてみる。ひどくお天気がいいので。それに御気分もよろしくみえたので。思いがけなく快諾された。先生、道子より警戒心薄し。野放図に放意の姿でお歩きになる。危なくて、つい腕をとって庇って歩く。今日は経堂が近く感ぜられた。経堂から豪徳寺へ。井伊家の菩提寺。直弼の墓探せど歴代夫人たちの墓多し。ほぼそれらしきもの見当つけしのみ。（苔むしていい感じであったが、実に俗化されつつありイヤな感じがした。）招福と書いたお堂、猫堂あり。招福猫、水商売の女たちがくるとか。朝だというのにもう濃いあずき色のあづま菊がそなえてあった。小さな招き猫。塗りがはげているのを三匹、K氏のソソノカシにより、というより期せずしてその気おこり、イタダくことにしてハンドバッグへ。お賽銭入れとかぬと忽ちにして仏罰をこうむるぞよといわれ、あわてて一〇円入れ鈴ふりたてて退散す。この寺付近はむかしK氏の散歩道であった。K氏散歩道のころ（平凡社のころ）は、「雲水たちが山門の内を（竹箒で）掃いていたり、二、三十人ばかりの若い僧雲水たちが、草鞋をつけて今しも托鉢に出かけようとするのに出逢ったこともあったなあ。山門からばらばらっと八方に散り下ってゆくのです。あれたちは実にいい顔してますよ。目つきがいい！　きびきびして、野性的で、狐、うん、野狐のような精悍な面がまえしとるなあ。（左手に錫杖をもって、右手に網代笠をもって）墨染の衣を裾みじかに朝の山風になびかせて。あぎゃんしたことは今はもう見らんなあ。その頃は人が三人でも抱えまわされんような大杉やけやきが山内にあってうっそうとしていたものでしたよ。」

八幡宮境内で道子くたばる。階段に座りこみ水おいし。K氏不思議にのほほんとしていらっしゃり、道子けげんなり。十二時帰家、先生は日曜でお医者さま素帰り。

古賀書店に先生お電話。巖南堂へお電話。

〔欄外〕井伊家の飛地？　豪徳寺、（世田谷、）→その前は吉良？氏

朝の探訪でおなかへり、お豆腐買ってきてご飯炊き昼食。豆腐道子のこす。おこわのようなかたいご飯のせいである。残した豆腐についてひと談義。K氏の合理主義によれば……。

巖南堂（一八七万）と古賀書店（二〇〇万）、一誠堂（一七一万）についてK氏の講義あれど

道子例によって数字のこと耳を素通り。

夕方、東京の空は白い空。庭の木の葉その空に固定してひろがる。午前中のK氏の歩き方を考えればこの木の葉のごとし。

しばしば自動車をとめてならべられる由。（武蔵野は小丘陵が波をうっている。豪徳寺は小高い形。）

夜、ゆきみちゃん、突然たずねてくる。びっくり。六時半——九時半まで。

この家の原則を道子の不注意から乱したことになり、苦し。忘れていた。自己嫌悪。

学習。

一五日夕、水俣病発送。

十月十七日　くもり　古賀書店氏来訪。

今日から本の整理。『近世日本国民史』。道子、体と心、力なし。昨夜のなやみ尾をひいている。本、『クロポトキン全集』。『世界童話全集』（これは持ち帰り分）。古賀氏のかけひききこゆ。

彼女の労働着、緑色カーデガン、ラシャのズボン、お借りする。カーデガンの由来について奈良口の話。

ものすごい埃。先生タオルでぱっぱっと払って下さる。茶の間のたたきに、少女の気持で直立不動で立っていた。

早目に夕食。ジャガイモ・ニンジン（バタ醤油）、レバー（バタアゲ）。

急にさむく。早めにねてしまう。八時？

古賀書店の話きまり。

中村きい子さんの『女と刀』光文社から出る。

十月十八日　晴れ、朝青空
大車輪でやりましょうとK氏おっしゃり、本の整理。『中央公論』、『改造』昭和二年号など。つきあげてくるうらみのごときもの。道子生まれた家にはついに小学校にあがるまで文字というもの、活字というものが目にふれることがなかった。

昭和二年三月すなわち道子生年の『改造』に龍之介の「河童」あり。その他福本和夫。

昼、コーヒー、みかん。

皇室婚について雑感。柳原氏についての道子の記憶。皇室に家庭なし、と彼女は書いている。

昼、本の競り市の話、ギリシャの奴隷市と彼女を想う。彼女の書きこみのある雑誌、人類のいる所、彼女の魂はとどいていた。彼女の孤独、わたしの孤独。K氏。（何かひらめく！がまた言語にならぬ。）

『新撰姓氏録』を見せられ、一氏多祖について。息長《おきなが》氏について。

牛乳を持って上ってゆくと、起きぬけのK氏の口から飛び出した話題はルナアルの日記についてであった。古びた『ルナアル日記』岸田国士訳、を手に持ってK氏はベッドから大またに下りて来られる。「『○才能というやつは量の問題だ』や、彼女が○を引いていますよ。○をつけている所は気に入ったというしるし。ふむ、彼女の気に入りそうな言葉だ。これはどうですか道子さん。」彼女はゲーテの言葉にも線を引いている。『大作をするな』というのですね。」「そうです、そうです。」しかしどういうことであるか。「量は質に転化する、ということでしょうか。」「うん、そうですね……量は質に転変化する、マルクスだったか、たしか彼であったか少しうろ覚えではあるが……そこで僕の解釈では、大海の中に油があってものみこまれてしまう、たとえばそういう量と質の問題として考えるならばわかる気がしますね。」

○　○

自然科学と人文科学、社会科学、すべての学問を統合総括するもうひとつ上の学問、たとえば人類学、とでも名づけうる学問が今後生まれねばならぬ。アカデミーの共同研究がそこまで行くであろうか。

〔欄外〕お風呂、日記、カキ、

十月十七日
平安文学、枕、古語

十月十九日
女性史を体系づけることをすすめた契機。漢韓史籍にあらわれたる、日韓古代史資料（魏志倭人伝）、太田亮、佐治、補佐。
彼女を全、および宇宙として暮らしているうちに彼女の本質に対してこれを佐治する能力を発達させて
『改造』大正十三年十月号、昭和二年四月特別号
『中央公論』大正十三年五月号

十月二十三日　本の整理。
桑原さん、『朝日カメラ』の原稿のことでみえる。二十二日、この原稿のことで道子なやむ。表現とはなにか。

十月二十四日　晴れ　◎本送り出し、大蔵ランド（さんぽ、世田谷局のあたりまで。）
本の整理終り。古賀書店。

先生庭に、雑本焼き（新聞など）。わびしげであった。

唐突にさんぽに行きましょうとおっしゃる。

夜中、苦し、ねむれぬ、とおっしゃりおきて来られる。それからおせんべ、食べられる！

昼間の森の中の火と煙と先生の後姿一生忘れがたし。本を積んだトラックが角をまがって行ったとき先生を見たら、先生は古賀さんの後姿にていねいにおじぎをされていた。道子門にかけこみ、泪湧く。大型トラック一ぱいの本。競りに出されるとか。

先生、貴女がいて下さって助かりました、とおっしゃる。握手。おいたわし。しかし、今日はことのほか、きっぱりとしていらっしゃった。

夜、御気分いかがですかとたずねると、反対にいたわられた。コントールのんで安眠をねがう。しかし三十有年かけた彼女との生活が終ったことであるし、ねむれぬ気配であった。

今夜はカレーライス。

十月二十五日　晴れ
宇井さん出迎え、マンドリン火の中へ、石牟礼よりお金
朝電話かけ、二回桑原さんへ、留守。洗濯、シーツ、シャツ。
朝、桑原さん（十時半）。道子桑原さんを逆インタビュー。水俣病写真集についてなり。一時まで。

先生二階へ。

髪洗い、大特急で仕度、先生、「かけてかけて、かけて行きなさい」とおっしゃる。落葉のふわふわした道をぴょんぴょんかけて舗道に出る。先生玄関横の桧と八ツ手のところからお見送り。横浜へ。

三菱銀行前で桑原さんと落ちあう。横浜港の感じは悪くなかった。

宇井夫人、カアイイムスメチャン。夫人令母。増賀、近藤さん先着。宇井さん少しつかれみえる。親子対面のシーン、感動する。宇井さんの人間的な面みる。こんな所は好もしい。

クリームソーダなるもの御馳走になった。増賀さん、学校へ。近藤、桑原さんと渋谷紀伊国屋書店へ。『火山灰地』みつからず。エレベーターエスカレーターはイヤな感じ。(のりそこなった、三度目に成功)。チェーホフ。『どん底』買う。それから御馳走(トンカツ)になる。少し創作論、近藤さんのバタリー式鶏舎式アパートの話と、タイヤを作る男の話はおもしろかった。


十月二十五日　あけ方、雨。　梨をふた口位ご馳走になる。

夜、先生、コントールのんでおやすみでちょうどおめざめの時帰家。おみやげ、おすし。食欲ありません、とおっしゃる。胃のくすり(お医者さん)探してさしあげる。

夜中(二時)大へん苦しくさびしい、死んでしまったがよいなどおっしゃり、びっくりする。(これは二十四日のまちがい?)本の整理のことがよほどにこたえていらっしゃるのである。道子も言葉なく悲しくなる。しょげていると先生、道子を慰めて下さりヘンな具合になり、それからおせんべたべたい、とおっしゃったのであった。これにも二度びっくり。食欲旺盛。安心して、道子も三枚ほどいただく。おかし。ふくざつ。やっぱり先生、おさびしいのである。どうもヘンだ。(二十四日前後、訂正)

横浜の報告、近藤、桑原さんの報告をする。先生少しもの憂そうにおききになる。マンドリンとトランクを焼いた、とおっしゃる。

木蓮の花（1988.3.23　飯尾都子・画）

十月二十六日　深夜より雨。手紙かき、畠田さん、飯尾さん、細川先生、一度就寝。十時頃起きて日記つけ、梨をむいてさしあげる。芳醇な香り。なにか大切なことを言いに下りて来たが忘れたとおっしゃる。彼女との生活について一番大事なことであるそうな。畠田さんへの手紙の中で、先生に対する認識不足の点あり。

先生の性格は生理化して無垢、純潔だ。感動する。こんなに自分に謙虚、積極的潔癖の姿をとりながら能動的モラルの実践の筋を通す人があろうか。上の表現、氏を語るに未熟。要、書き替え。

先生びっしょり冷や汗をかかれ、身体拭き。肌着替えられる。彼女について語ろうとして御自分の表現が未熟であったり、彼女より夫憲三の評価をそれにふさわしい者として人から評価されるとき、氏はいつも汗びっしょりになられるのだった。道子今日もびっくり。

二階で勉強してよろしい、とおっしゃったがやはり下に降りてこれを書いている。雨、時計の音。

「編集をベッドの上でやってのけられた、という表現では、散文的な感じがするのです。やってのける、という語感はどうも散文的だ。僕はそういう気持とはちょっと違うのです。編集は、全集はそれはやったがよい、やらねばならない、実際それは進行しています。しかし、なるほど僕は一日に三十ぺんも目を洗いながら校正をして——形なき彼女と対話を交わしながら、まったくあの時期は——しかしやってのける、という気持とは違うな、やれなくともいいのですよ。彼女だって、恐らくそうでしょう。たしかに志は立てていたが、一生懸命やってもいたが、やれなくともいいのです。わかりますか、やってのけるといってしまえば散文的でわびしくなるのですよ。あのような時期に東京では渋谷さんが、熊本では畠田さんが、全く無私な形で、僕があわれな状態の中で虫のようになって、メシは食わねばならんのですからね。虫のようになっていてもメシ食いに行かねばならぬ。そんな風にして、全く世間を断って、半年、誰とも口をきかぬ、今までは彼女と話していました。それがそんな風にして、ひとりで彼女の仕事をたどり、その心を想い出し、やっていたのです。そんな時に畠田さんが僕のことを思い出して手紙を下さるのです。

僕に心を寄せていてくれる人が遠い熊本にいる、ということは有難いことでした。しかし、有難いというのは僕ひとりで想うことで、有難いと思っているとは、畠田さんに言うべきではないのです。僕は友人を持ちません。自分で遮断して来たのですから。僕がひとりで想うことです。」

十月二十七日　小雨

道子起床、十時。起きあがれぬほどだるく、ものすごい違和、先生も。過日の本の整理などが今こたえたかとおもう。おやすみをいただき布団ひき少しねむる。丸一日やすみ。アリナミン服用、先生、お医者さまより風邪薬もらっていらっしゃり、どうかいつでも風邪をおひき下さい、とおっしゃる。

夕食簡単に。ホウレン草マヨネーズかけ、ノリ、ウニ、熱いごはん。

軽い学習。――日本の肥料工業――（近藤さんのもの）書き出し、ぴしりと定まっていて、名文という訳ではないが、分析力におどろく。いい友人を持った。

十月二十八日　くもり　区役所の人々見ゆ。

今日もくたびれている。肩こり。先生、神経痛（全身）とおっしゃる。朝、アリナミン。

道子午前中、弘へ手紙。郵便局の前のオークラランドで特売のトンカツ、サラダ、お茶を買う。

帰家、しばらくして杉本氏ら区役所の人計四人見える。土地のことで。坪十二万は高いという話、十一万五千かも知れぬということ。道子小さくなってお茶の仕度。先生の御心中辛いであろうとおもう。彼女の写真の前の花立ひっくり返りびっくりする。

――〇――〇――

「うーん、『火の国の女の日記』か――。僕はしばしばはずかしめを受けるのですよ。自分にはずかしいのです。小宮山さんが何と言って来たと思いますか。火の国の女、としませんか、といって来たのです（手紙で）。この売らんかなの精神！ いや、なるほど彼女の著書といえども、商品にはちがいない。それはまぬがれぬ。僕はその時、彼女がつけた題を誰もこれを変更する資格はありません！と言ったのです（資格はないでしょうと返事）。天来の声でなくちゃいかん。」

夜、地震、おどろく。「生と死、彼女の死」について話していられた時。樹間の月。この程度のものはしょっちゅうある由。

「全集とは何でしょうね。全集をどう規定するか。選集という形もあるでしょう。ある基準で言えば、彼女の全集はこの二倍でも足りない位です。

全集を出すについて、その意味について僕は彼女と対話するのです。つまり彼女の見ていた真理、この真理でもって彼女は孤絶したこの家の外の世間にむかって貢献したといえばいえる。それに到達するまでの、彼女に言わせれば紙クズ、いわば彼女によって否定されたものを全集にとりあげることは、彼女をはずかしめ、僕もはずかしめを受けることになるのです。これは僕の法治主義です。」

彼女は到達点からいつも出発していた。後をふり返らなかった。彼女にしろK氏にしろ、自分自身のまなこを常に一枚ずつはいでゆくようにして、世の中なり学問なりをみていた。これは言葉、文筆、その他およそ創造者という名前をもって生きる者たちの考えねばならぬことではあるまいか。

全集などというものが出されるときの編者の姿勢の中には往々ガラクタを集めるゲテモノ資料趣味があり、そのことが作者を物語る側面的資料とかん違いしているが、一人の作者と、読者との出遭いによる成長、より高度な成長の創造についてこれを考える人は少ない。

十月二十九日　藤井さん（六時頃）みえる。電気、水道切れる。文学世界（飢え）、※出版著作年譜をつくること。

快晴、朝、新聞をよみながら、中国革命について考えるうちに思いたち馬事公苑ゆき。（中国核ミサイル誘導、実験成功）。馬事公苑の白馬はなんとあわれな姿をしていたことか。馬事公苑の石垣碑の前のK氏の後姿、上体あくまでしゃんとして、「枯木寒巌に倚る」の背筋をしていられた。氏はケヤキ、クヌギ、銀杏の巨木のことをよく話題にされる。私たちは実によく樹の話をする。「ケヤキ、あれが巨木になったら実にいい。葉を落してしまってから、いや、冬になってからあいつは生きてくるのです。あいつは、秩序整然と枝を出して、枝の細かい先々まで冬の空を支えて生命感にみちて、孤独で、屈しない姿をしている。僕はあの樹の姿と生命が好きだ。」

馬事公苑の白い馬。

十月三十日

招婿婚の発見をかりに東大教授の誰かがやったとすれば、われもわれもと発見して招婿婚を富ますに違いない。歴史の中には、たとえば深い地層の金鉱の表面に何気なくころりと小さな金塊がひとつころがっているように、小さな事実の破片がころがっていることがある。それを一個の金塊として見るか、金鉱としてみるかはその歴史家の資質による。源麗子は藤原師実と婚姻生活を（生涯同居）したが、その墓は別墓となっていて、これに言及した歴史学者はいたのである。（氏名□□□□）

（源氏の勢力と分布を調べた学者）

共食共婚は連帯性の基礎――「婚姻史」一三頁――おなじ女をわけあえば兄弟分になれるという後代の俗。

岩宿《いわむろ》　※考える

◎夜明造巣の鳥、寒苦鳥、インドの雪山に棲む鳥。

森田草平――ナメクジのような男。

「あなたはまたどうして！あんななめくじのような男の全集を出そうなどと思いついたんです！

小宮山くんが顔をまっかにしましてねえ、それから僕の顔をみないでね、あの人はいつもそっぽをむいて話すのですよ。照れ屋らしい。一丁ブチましたよ。」

十月三十一日　経堂に本を頼みにゆく（『近世日本漁村史』、『谷中村事件』）。おこわ、いなりをおみやげに買う。帰途ふいに胸さわぎする。道生にか弘にか、先生にか何かありはせぬか。何事もないように祈って帰る。

先生はとてつもなく暗い時間に起きたりなさるのである。

「もしもし、失礼ですが道子さん、僕もう起きました！」私は下の茶の間にねむっている。いやまだねむったばかりだが、先生の言葉はねむい頭にはっきりきこえる。

「いや実にあっぱれなものです、あなたの寝相というものは！　仕方がないです、ここのガラス戸からみえます。大へん原始的なながめです。すみません、僕、コーヒーが欲しいのです。そしてお話しましょう。」「丸善書店に洋書が五冊はいるとします。日本の学者はね、それを買いしめて、一冊は自分が所有し、他を焼きすてるという伝説が」

私は非常にきまり悪いおもいをするが、自分でも両手を上にふりあげて、つまりウルトラ大の字にならないとねむれぬのを承知しているので、見られたか！とおもうが、大へんゆかいな気持になってエイッとばかりに飛びおきるのである。

今夜の愉快はスタニスラフスキイが「桜の園」について語った文章のなかのチェーホフの言葉だ。

「――ねえきみ、私は彼女に言うんです、私の右足の指が一本はみだしたよ。左足におはきなさい、と彼女は言いますよ――」

O・L・チェーホヴァ・クニッペルよ、彼女の栄光はこの一言につきる。

十一月一日

静かな憂愁がやってきた。朝の霧はこのごろ樹々の下に沈んでどこまでも這う。それからやがてにぶい陽が樹々の梢にさす。（昨夜はじめてゴーリキイの『どん底』を読んでねむれなかった。）

現世的なものたちとの決別がやってこようとしている。いつでも終ることのできる対話を私はくり返す。それがせめてものこの世の秩序に対する私の奉仕だった。私のながい間の、もうすっかり忘れかけてさえいる憂愁は、この世にある境界、塀のたぐいだった。なんと人々はその中にとらわれて生きていることだろう！　塀も、その中にいる人々でさえ、私には顔にかかるくもの巣のようなものだった。原始はもはやどこにもない。

しかしまだ私には歩くことができるのだった。街を歩く。狭められた小さな畦道を歩く。ふいに汽車に遭う。私はこの汽笛がきらいではない。あの音は何かを断ち切る。船を見る。電車にひかれそうになる。しかしそんな事はわすれてしまう。歩くとき、塀も人々も境界もなくなってしまう。つまり私だけが原始そのものになって歩くのである。するとあの太古の精霊たちがかえってくるのだった。光や闇や靄や、樹々や、露や、横たわっている石たちが、遠ざかってゆく太陽と地面の下の深い地層の中からかえってくるのだ。私はどこにも腰かけないで歩いてゆく。

十一月一日

森の家は彼女がしつらえた幻の家であった。つまり擬制の共同体でもあった。擬制。このことに限っていえば、彼女はほとんど生涯――自分との諸関係を擬制の中にしつらえてしまった。ここに彼女の孤独はもっともきわまる。

ただ、彼女の同伴者「K」氏はうすうす彼女の孤独の本質を探りあてていた。森の家といえども家であるかぎり「家」「イヘ」、家父長婚の単細胞の形をまぬがれえない。この二人の共同生活は、あきらかに幻の共同体であり、晩年に至るにつけ、二人とも言葉に出して「われわれは今がいちばんしあわせですね」とたびたび確認しあっていた。

六時ごろおふろやさんへ。ゾロリと汚れがおちた。（十日目?）先生へおみやげ、牛乳、金つば。金つば大好きの由でよかった。きれいなタオルをさしあげる。例によって冷水摩擦。おつむが大分汚れていられるが、申上げにくい。
　道生に逢いたいこと切なり。

十一月二日　　飯尾さんに電報（三時三十分）。六時三十分には返電くる。びっくり。水道屋さん来らず。

　昨夜まんじりともせず、朝モーレツな頭痛と睡気。お休みいただき一時ごろまでねむる。がばと起きて電報をうちにゆく。（世田谷四丁目郵便局）

　オタヨリナクシンパイ、オゲンキデスカ　ヘンマツ　ミチコ。

　水がないことを予測して、パン食の買物。水道屋さん（中島風呂工事所）に電話、今夜来るとの御あいさつ。ほんとならいいが。タオル類汚れてしまいすこぶる不愉快。

　買物、アンパン（一個一四円）五、食パン、明治バタ、蜜柑（二キロ九〇円）、玉子（六個八六円）、トンカツ（一個五〇円）、サラダ（一〇〇グラム一五円）、菓子（九〇円）、オークランドスーパー。

　食後、別巻のお話。

「こんどは僕が書かねばならないでしょう、想いの深い文章をそえて。彼女はむずかしいなあ。うっかり書くと規定してしまう結果になってしまうのですよ。あのこはほんとに天才でしたよ。僕など足元にもおよびませんよ。頭っからかなわない。あれは原始人でもあり、未来人でもあり、したがって現代人であるわけだが。だから僕およびふつうの人間があれを書こうとすると、自分の概念の範囲でしか書けない。僕はやはりね、大正人だなあ。大正という時代は、何かしらもう思想らしいものが、生活の中に這入ってきていました。明治の欧化一辺倒がやっとしずまって、すべてがまだ体をなさぬが熟する前の、何といったらよいか、坩堝のような時代でしたよ。彼女自身も時代そのものを受けて生れました。しかし、彼女の出生は単に時代としての大正を受けて生れたとは言えないような気がする。彼女自身坩堝であったが。彼女の雑文は沢山あるのです。しかしあれはクズだ。彼女の基本的初歩的思想はあるのだが。あんなものを今更出すと彼女も僕もはずかしめをうけます。しかしまだよくみれば何かまだあるかもしれない。僕は彼女の中から（残したものの中から）一番よい彼女の成長をよりすぐって、これが彼女だととり出しうる自信はあるのです。今の段階ではそれがほぼ正確に出来るのは僕ひとりです。僕がやったあとはあなたなり、次の人々が更に彼女をひき出して下さるでしょう。彼女に来ている手紙がまだ沢山あります。あの中にも、無名の人々の手紙の中に彼女を語るに足るものがあるに違いない。くにに帰ってゆっくりじっくり（二年間位）時間をかけて、別巻を作ることを考えなくちゃならん。全集は再版されますから。二年位あとでは。その時に別巻を考えておかなくちゃならん。しかしむずかしいなあ。僕の世界はどうもチェーホフに似ています。匂い、いや、臭みが僕は好きでない。水のようになって彼女を書きたいのですよ。もう最後ですから。」

返電、ゴシンパイカケスマヌ　サクヤ　フミダシタ　ウラミフカク　マダゲンキ　イイオ

十一月三日　晴れ　　水道屋さん。杉本さん、高橋政見という自民党議員氏と見える。水道屋さんくる。徳永さんから水いただき（先生、柿を六個ほどちぎって進呈）、水道なおり、先生、ああお茶！　お茶を湧かして下さい。お茶がほしくてたまらなかった、とおっしゃる。水道屋さんお縁にまわりお茶。六十七歳だという。薩摩琵琶のたしなみある由。道理で背筋のしゃんとした人だとおもった。この人、おはなはんの筋書を要領よく話してきかせる。先生、ナールホドと時々発してひきこまれていらっしゃる様子。

越路吹雪の旦那の内藤某氏のお袋さんと琵琶仲間で水道風呂工事の得意先であるという。越路は旦那より金をとり内藤旦那はクソマジメな作曲家で出世はしないが二人はしっくり行っている。お袋さんも工事の払いをせんには分割払いにしていたが、越路という嫁さんが来てからは一ぺんにきれいに払うようになったという。

十一月四日　金　　経堂ゆき。K氏も行って下さる。細川さんへの贈物みに。クッキーにきめる。人参を買う。

うなぎ丼をおごって下さる。湯どうふとも二五〇円。すばらしく美味。タレに柚子が入れてあるもよう。

先生、夜、脂が吹きだしたとおっしゃり冷水摩擦。その後色つやがよいお顔できげんよくお話。ウナギの効果？

十一月五日　土　晴れ

東大　職員　二五六〇――三八・一現在

生徒	法学部	一、二二〇
	文学	五八〇
	経済	六〇〇
	教育	一四〇
	理学	三〇〇
	工学	一、一八〇
	医学	四八〇
	薬学	一二〇
	農学	三三〇
	教養学	五、二五〇
		一二、二〇〇

▲飯尾さん宛
　両親に東京留学の報告。
カタシ油売りの天草のオバサン、
大矢野村　田中なつ子さん、東京に娘さんがいた。
千歳郵便局、▲飯尾さんに現金封筒。▲小荷物、細川先生へ。

十一月六日　日　晴れ　　弘より手紙、ガックリ。内容空疎。先生、御健康つづく。吉川さんから一度お帰り。
また朝寝、昨夜夜ふかし。（仕事すすまぬ）
彼女に花をあげようとおもってさがす。先生八ツ手の花をみつけておいでになる。午前中、戸棚などどんどん燃やしてしまわれる。燃えている姿をみて下さいとおっしゃる。
朝、「無知の深渕」という言葉とび出す。熊本の文化界を形づくっている基調の分析の結果、無知の深渕といわねばならん、という結論であった。たとえば高群と荒木精之、森本忠。

十一月七日　月　晴れ　　彼女月祭、小さな茶碗でお茶あげる。▲静子さんにハガキ。お洗濯沢山、先生のシャツ、ズボン下。

枕乾く、彼女の枕つくり。腕カバーつくり。先生の布団カバー乾き、カバーかけ。手伝って下さる。先生の方が手早い。私は針で指をぬいかけた。

午前中の洗濯と午後の裁縫でえらく肩がこってヘトヘト、不思議なつかれ方。

湯豆腐、はじめてうまい、とおっしゃる。

十一月八日　火　晴れ　　◎先生、大異常。▲飯尾さんから手紙。　マッサージならう。

おつゆ（はじめての豆腐味噌汁）がおいしいとおっしゃり、朝食後、先生、口述をして下さいませんかといって、腰のまわりに手をあてて、コタツのまわりをぐるぐる歩きまわられる。何かただならぬ感じではっとして口述を筆記する。道子青くなり動悸がしたが、耐えて続けた。便所に入り血漿を確認。はじめての経験であるという。色々形見わけもらう。湯のみ、軽部家からもらった菓子皿、茶卓。

朝は、石原慎太郎と枕草子（清少のこと）をトンチンカンに比較したりして学習がはずんだのに。今朝のお茶、玉露の匂。彼女のままごとのようなお茶碗で。道子朝食の支度終りがけに先生厠から出ておいでになり、配りのこしていたおつゆ碗を御自分でかかえてきて、さあさあごはんにしましょうとコタツに座られた。
夜食、先生の注文で人参短冊、バタ、卵とじ。ノリ、ウニ、カブ、人参酢漬け。
夜先生は、荒木、畠田さんへ現金封筒のお手紙。
▲道子、下のバアチャン、道生に手紙。
▲渡辺、畠田さんへ連名の手紙。
○先生の寝巻洗濯。

十一月九日　水　くもり　　郵便で婚姻史の校正くる。　経堂へ――『近世日本漁村史の研究』(荒井英次著)、谷中村――は絶版、『日本技術史概説』は版元不明。○鯛焼き、ベーコン、シイタケ、リンゴ買って帰る。
別巻についてはまだ未確認であるが、初期のものもあるが、肯定、否定、肯定、否定と考えているが、やはり現代に何か教えるものでなくてはならない。

姓氏録の話から、姓《かばね》の存在、天智天皇　姓とは株　首、主、造、部、公、君、連など氏姓制度・氏族制度のちがいは何か。氏族制度が本質と高群説はいう。

――――○――――

学問一般が進歩しないと高群の学問は理解されない。

嫁取方法――彼女はこんな風には言わないとおもって読んでみると、やはり方式と書いている。理論社ミス。

◎少しこのごろ先生に甘えすぎ、生活がたるんでいるのではないか。もう場所を替えて、猛勉強をはじめるべきではないか、と思うが、先生の直腸出血は何が原因かわからない。それが不安で、まだ厄介になっている。

十一月十日　木　　藤井さん、五時頃おいで。

婚姻史校正（六巻、六五頁）。G・ベルトランの探検のくだりに「彼女が――」と入れるとおっしゃる。

「女は、僕は顕彰したくなるのですよ。」※最後の人（八）のためにきく。

「三日餅（同頁）は何を意味するのか、その由来について彼女はながいあいだ考えていました。

彼女はなるほど、表面、基礎文献だけに当っていました。三日餅が奈良ごろの庶民の間から起り、それが貴族層にひきつがれたという類推、これには実録はない。しかし、彼女は背後の歴史、風俗、文学などに絶えず気をくばっていましたから。今昔などからもそれがうかがえるのです。これは彼女としてはひとつの決断をつけて書いたのです。こういう箇所を読んでいると僕は激情にかられる。皇室婚についてもこれほど明快に誰が彼女ほどのことを書きましたか。このころ父系は明確に皇室の父系は抽象としてしか存在していなかったのです。」
※父系は抽象である。

お風呂にゆく。東京のお風呂の当世風俗について先生に報告、先生ビックリ。

十一月十一日　金　晴れ　技術史研
先生にお食事つくって（ほうれん草、はんぺん、ベーコンの卵とじ）、二時三十分、田町へ。途中でまごまごして、五時三十分専売ビル着。田町駅付近でシュークリーム見つけ、先生におみやげに買う。

十一月十二日　土　くもり　もう冬の気配。▲渡辺さんから手紙（感謝）、生活の基本方針について。

重苦しくあける東京の空。まだ音にならない大東京のまさに動きはじめようとする混然たる朝の気配が、いんいんと曇った空にたちこめている。こんな風にしてある朝どっと冬が、降りて来るのかもしれぬ。

先生の出血はじめて止まったとのこと。ひとまず安心。しかし油断はならない。

昼ごろ、また別巻の話（写真集）。

「ここにひとつの種子が播かれた。播かれているという意味がなければ、死んだひとを顕彰する、慕う、おもい出す、というだけでは、ただ追慕だけの意味なら、僕には意味がありません。見苦しい。桑原さんの写真をならべてみて、二年位ながめ、足りないところはまたとっていただいて、払川や遠景のそれも非常に遠景の墓所や、未発表の原稿や、手紙の中から、写真を見開き一頁、その次に、非常に密度の高い、そうだ最高の、いいやもっとも彼女をあらわしている文章をみつけ出して、僕が一世かぎりの控えめな逸脱しない解説を書いて次の頁に入れて、この頁は文章、写真の頁は写真が独立している。文章と強いて関係がなくともよろしい。そしてそこには未来へ引きつぐものを、あなたの文章も入れて、それは入れられるような文章でなければ、そのつもりでいて下さい。静子にも書かせる。アイツは凄い文を書くんだから。子守りしながらヒョイヒョイあんな葉書でも書いてよこすんですから。そして最高のものを創りましょう！　それをやって彼女の墓に入りたいな。それまでは生きていてよろしい。

いいい小宮山坊に充分僕の案が熟したら話します。二年位したら全集は再版されます。それまでには充分案ができる。まだ熟さない。だんだんできるでしょう。小宮山坊がつくらぬといえば、その時は僕がつくる。僕が何から何まで創ってしまう！　彼女の印税は全部使ってでも、気の済むまで念を入れてつくる。それをみる人は決して古本屋などには売れないような、愛着が湧いて仕様がないとおもうような、控え目だが捨てられない本を創る。そしてね、五〇〇位つくるんですよ。はじめ、彼女ゆかりの、生前お世話になった人達にあげようと考えていたが、このごろ考えが変わってきた。考えてみたら、これは彼女のやり方に合わない。彼女は誇り高かったのですから。自分の著書をひとに押しつけたり、安売りしたり決して彼女はしなかった。それで、この別巻を相手の気持や理解度を無視して送りつける、配りつけるということは行き過ぎだ。それでね、やはり値段をつけて、欲しいと言って来た人にだけ、売るのです。考えてみるとこれをもらってもらいたい人はあなたひとりぐらいだ。決して宣伝も広告もしない。出したという報告だけする。そこで一冊も売れなくてよろしい。積みあげてどこかの図書館に一括して寄贈しておく。愉快だな。どうですか、僕の案は、すばらしいでしょう！　フフフ、するとね、あとーになってから、研究者が嗅ぎつけてきて、研究者にとってはこんな本は欲しくてたまらない本ですからね。欲しがりますよ。それでね。うんと金をかけて創っておいて、少し損して定価をつけておいて売る本にします。

国会図書館、あそこは、本を創ったら登録というか、一本あそこに入れなきゃならない規則だそうですね。何に書いてあったっけかな。」

しきりにベッドのまわりを歩きまわられる。道子想い出して探してさしあげる。最近読まれたものは『読書人』、『風土記』、『日本談義』である。それを申しあげると、次々にひろげ、あったあったこれだ宇野さんが書いている、宇野さんいいこと書くな、近頃の人は書き方がうまくなったな、ちょいとこんなこと書いてしまうのだな、とぶつぶついいながら、道子に読ませようとして——水俣病の想を練っていることに気づかれ——いや、わかりました、この話おわり、チェックしておきますからね、と『日本談義』に赤ペンでチェックされた。

暮れ方、中村あいさん来訪。※（『風土記』を送ること）中村さんおみやげ、海苔巻き、いなり、大福、金つば、栗饅、チョコ饅。

夕食、湯豆腐、甲州しめじ、蒟蒻。

十一月十三日　日　午後雨（二時ごろぱらぱら）、やや寒し。
▲道生から速達、成長した手紙。
●朝、先生、寒椿一輪、お写真に。

先生午後から荷作りはじめらる、荷箱つくりのとき、「やっぱり静子でないとこんなことはダメなんですよ。アイツがいると何もかもピシャッとゆく。」二階の書簡、弔電類など。（赤い煎餅の箱にナイロン紐かけ）
ツツシンデオクサマノゴセイキョヲオイタミモウシアゲマス
ゴセイゼンノゴギョウセキニタイシココロカラケイイヲヒョウシマス　ミカサノミヤ
　クナイチョウ　五、二一、二〇（至急）
セタガヤ四ノ五六二　ハシモトケンゾウ殿

十一月十四日　月▲畠田さんから手紙（道子）。夜明けから（一時）強い風、雨まじり。朝窓をあけると妙に暖かい空気。先生熟睡できたとおっしゃる。（出血止まった由、よかった。）

◎森の家、先生、世田谷区役所に譲渡仮契約に調印のこと。いよいよこれで最後。午後二時頃、平凡社、ふかつ企画の頃のことをおききしていたとき下で訪う声あり、世田谷区役所の人々である。（あなたは降りていらっしゃらなくともよろしい。）世田谷区役所公園課長、用地課長、公園課員、桜町会長　杉本哲次（軽部家分家、杉本造園株式会社の社長）。

時々、例の先生の高い笑い声、こんな声の時はあまり正常ではない、失調症のようにきこえる。いよいよ定まりましたよ、道子さん、印鑑をつかねばなりません。そう言ってタンスの上の紙箱から印鑑を出された。四時頃人々帰り、下りてゆくと、ああ、もういよいよこの家もなくなります。十二月十五日に引きあげですよ。そして立って炬燵のまわりをぐるぐる歩きながら、（彼女の遺影にむかって）きみ、われわれの家はもうなくなってしまうことになりましたよ。（うん、）いっしょにかえろうね。

コタツの上の角瓶の（ほんのわずかに口をつけただけとおもわれる）球磨焼酎、コップ一、湯のみ四、たばこの吸殻をみて、ああいやだいやだ、こんなもの、早くこんなもの片づけましょう、けがらわしいです。早く神聖な二階へゆきましょう！　そしてさっさと行ってしまわれた。（その前にお茶をわかしてさしあげた。）わたしはだまってそれらのものを片づけお茶をわかす。

窓からみえる森、黄色のかずら。

明日の買物、お茶、カツオブシ、菓子。

立木全部無償で譲り渡し。十二月十五日まで引きあげるべきであること、坪一一、五〇〇〇円できまったとのこと。家のこわし賃を二〇万払わねばならぬとのこと。税金などのこと、教わったがよくのみこめなかった。およそ二千万円で売れて、税金に半分とられて千万円（半分）のことのこと。この森が一千万の値打ちとは安い気がする。


――〇――〇――


夕食、彼女をしのび椎茸御飯（人参、カツオブシ）。ジャガイモのミルク煮。

彼女への供花、菊の花（白・黄）、寒椿がとても美しい。

「さあ道子さん、あなたも本当にこの家の最後に立ちあったことになってしまいましたね。おぼえていて下さい。僕はやっぱり昂奮してくる。イヤだな。ああ（と彼女の遺影をみあげ）きみ。まったく観音さま（彼女への私たちの尊称）の引きあわせだ。全部すっかり向うまかせできまってしまった。……何もかもすんだ。……『火の国の女の日記』を書きあげてから、書きあげたと思ったら全集の話が出て、全集発行の途中で家の話が出て、しかも児童遊園地になるという話を向うが持って来て、全集完了とほとんど同時にここを引きあげることになる。そしてあなたにも立ちあってもらえて、まったく彼女のみちびきにちがいない。おまけに墓の設計までここでできたではありませんか。」

午前中、柿を食べている尾長四羽、先生によばれて窓の近くにみる。雛鳥らしいのがヨチヨチと枝を渡って首をかしげて食べるのがいわんかたなくかわいらし。

○　○

十一月十四日　墓の話

ヒント、馬事公苑（渋谷、三軒茶屋、桜、成城より中間、あそこに井上立、農大の斜め前の所）

記念碑より

「三メートルは大きいかな、物々しいかな、しかし小さければ中途半端なものになる。」

「石積の上には子供たちが来て乗って足をぶらぶらさせて遊ぶことでしょう。望郷子守唄の碑よりもこの方がずっと彼女にふさわしいとおもいます。そして石積みは三メートル四方になっても自然の山に入ればそれほど大きくもないと思います。この立方体を石の壁と考えて屋根をおいた形を考えると、つまり石の小屋、お二人と憲平ちゃんの永久のお住まい小屋と考えると、決して大きくなどありません。」

「そうですね！　いやそれはすばらしい。石の小屋と考えると実にいいな、そうきめました。」

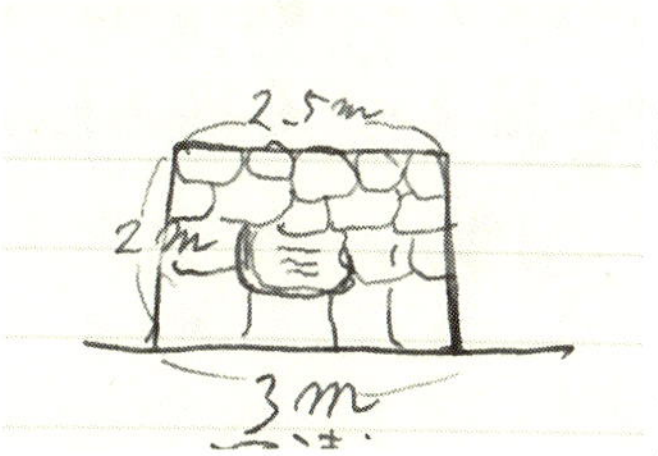

先生書きもの、二階でお茶さしあげる。寒椿の話（不思議なほどに美しく咲いたとおっしゃる）、林檎と蜜柑買いにゆく、林檎食べる。おいしい林檎。
今日は激動的な日だった。
畠田さんの御手紙から昼、いろいろのこと考えていた。

十一月十四日　月
われわれは、いやすくなくとも私は、男性（男権）世界とはもう対語をもたない。
男をみただけで、たくさん、とおもい辟易、あるいは恐縮してしまう。男権支配の遺語をいかなる進歩的男性であろうともその発想の土台にひきずっている。彼らは心情のかけらを空発したあげく、倦怠という麻袋にくるんで、投げ出しているにちがいない。男の人たちの悲劇は自己の閉鎖性の中に世界がすっぽりとはいってしまうことだろう。
夜半、窓をうつ風にめざめる。

十一月十五日　火　東京にはめずらしく晴れ、冷えこむ。
寝汗をかいて風の中のめざめ。牛乳を熱くしてのむ。遠くものがなしげにゴーッと武蔵野の空を鳴りながらやってきて、窓を打つ風の音をきいている。心がふるえる。武蔵野特有の木枯しであるという。冬は大半こんな風の日であるという。

十時、先生病院へ、お送りして門まで出ると、櫟《くぬぎ》、桧と銀杏の落葉、道に散りしく。お帰り十一時（やっぱり痔には座薬を用いる方がよい、とおっしゃったとのこと）。

胡桃探し。三個、うち二個、道子。寒椿の実、五粒。ドングリ十個、ヌカゴ、数珠玉採集。

▲道生へ手紙、よく考えて書く。婚約したという。道生十八歳。昔なら二十歳か。大学卒業したら結婚するという。いやはやしかし、びっくりした。彼の純情をほめて激励の手紙。

――○――○――

彼女は神だ、とおっしゃる橋本憲三という人の生涯。（憲三氏を）いまだ書かれざる男性論としてみる場合、この人の懺悔僧あるいは布教者、いや彼女への帰依ぶりは徹底している。逸枝の下僕《しもべ》という言葉がいちばんぴったりする。いまだ描かれざる宗教画が私の中に組立てられる。彼女は神だ、といい、まさに神を仰ぎみている男性の顔は苦悶の極でもあり、神に近い。

夕方三時頃、西の方の空（特に東北は濃い青）はれ、農大本館の上空あたりに富士を見ようとしたが（二階の窓から櫟と桧の木の間をすかして）ついにみえず、先生椅子を持ち出して窓の上方に立たれたがみることかなわず。

十一月十六日　水　小雨、冷えこむ。

めざめの耳に豪徳寺の鐘鳴る。櫟の梢のさや鳴りにつれてしろく寒い朝が明ける。どっと無常感。枕の上に冷たくなっているざんばらの髪をふり立てるような気持で起床する。しばらく座っている。私が東京へ来ている意味は何だろう。星くずのように遠くで何もかも消滅する。頭が凍るようだ。けさもべとべと寝汗をかいていた。「ハッキリ」を牛乳にまぜてのむ。

先生は熱心に新聞を読んでいらっしゃる。亀井勝一郎氏が死んだ由。それから突然、道子さんがかわいそうだとおっしゃる。時々先生の顔はキリストのようにみえる時がある。人間は全部カワイソウですね、と申し上げる。

道生にどうしても逢いたし。泣けてくる。

十一月十七日　木曜日　空の厚いくもり、とても暗い。四時半にはもう日が暮れた。

くもりの涯に底なしの静寂がある。たぶんこの静寂を宇宙というのだろう。子どもたちの声。雨だれの音。どこからか、蛍の光一節きこえ、かき消すように消える。午後三時半これを書いている。今日はとても暗いですねと先生電気をつけて下さる。一時まで、彼女死去直前直後の、市川房枝、平塚らいてう、竹内茂代、高良眞木、浜田糸衛女史らの話をきく。諸関係の中での人間の孤独、彼女の孤独。異次元の世界。限界状況に至ればさけられない種々相について考え道子少し目まい。入院前後のこと、面会謝絶の事。二万円を返してほしいと通夜の席で言われた事、葬儀屋のこと、三万円返した事、解剖の話、私の面目は丸つぶれになりましたという発言（市川）、個室のこと、療養費のこと。

○静子さんの市川女史への手紙の写し（昭和三十二年当用日記帳（雑記帳）記載。）

拝啓

故高群逸枝こと、国立東京第二病院入院につきましてはご高配をたまわりましてまことにありがとうございました。

そのせつ金参万円也と記入されたご封筒を手わたされお見舞いと思いちがいをいたしました。そのとき療養費についておたずねにあずかり、当座用にはとりあえず五十万円、その他充分の用意があることをお答えいたしました。

死亡いたしまして霊安室での通夜の席においてみなさまの前であの金は返してほしい旨を申し入れられ恐縮いたしました。葬儀を完了いたしまして、整理に取りかかりましたので、本日書留郵便をもってご返金申し上げます。お受取り下さい。故人は参万円のことについてはなにも知りませんでした。旧来からの御厚情深くお礼を申し上げます。

昭和三十九年六月十七日　橋本憲三

市川房枝様

※二万円をおもいちがへて三万円返したとのこと。受取りの返事なし。

紙型（『母系制の研究』、『招婿婚の研究』、『女性の歴史』）、講談社から理論社へ譲り渡しの話。貸与契約になったいきさつ。手塚哲二さんが仲介。読書新聞で渋谷、松永氏など紹介で出版界の文化交流の美事としてとりあげかけたが、なぜか企画おろしになった由。

――○――○――

先生、福田令寿氏へ十二月十五日付、離京のご挨拶状書き。一行に敬語を七つ入れたという御手紙。日本語の大へんさ、とおっしゃる。

道生の手紙また読む。

十一月十八日　金　晴れ　　道子荷づくり（夕方から）。

朝めまい（ひどい頭痛、ハッキリ）、少しやすむ。「病気になったら一大事だ。薬をのまなくちゃいけません」と、色々のまされる。ポポンSにカゼ薬のアメ玉、牛乳、最中、豚肉、シューマイを買って来て下さり、とうとう先生がお買い物。

勉強すこし（『思想の科学』田中正造特集）。

勉強中、下に測量の人来る。

先生も違和はげしとおっしゃる。測量人のせいなるべし。

寝ていて田中正造伝、はげしい感動。

道生どうしているかしら。

十一月十九日　土　晴れ　豪徳寺ゆき。先生の眼鏡買いに（豪徳寺駅前白樺堂）。世田谷代官屋敷へまわって帰る。山下駅待合室夕暮れ寒く、コートを着た男女多し。ムッチャンと飯尾さんにスカーフ。先生と夕食、親子丼たべる（三時三十分）。

午前中、全集専属校正者藤井さんの話。

「あの人は、国体戦線とは国民体育の雑誌のことなりしやと、麗々しく校正のところに書いて来たりする。あの人は常識かなにか、たしか欠落しているんじゃないかしらと僕は思いますよ。ウフフ。おもしろいな。だって国体戦線といえば、国体といえば国体護持というようなときの国体ってことが誰だってピンと来そうなものだ。一体どういうことかしら。あの人の時代感覚、どうなってるのかな、のんきだな。」

▲静子さんから名文のハガキ。帰郷を二十四日ときめる。

コントールのむ。御一人になられる先生が気づかわれてならぬ。

夜また別巻の話。「これは非常にむずかしいな。しかしやりたいものです。僕はやっぱり最後まで充実して生きたいのです。」とおっしゃる。

道生に逢いたし。

十一月二十日　日　晴れ

▲渋谷定輔氏から手紙。人間とは何だろう。▲渡辺さんに電報（二十四日出発のこと）。▲飯尾さんにハガキ。▲先生も静子さんにハガキ。

上町から東京丸の内南口へ（切符買い）。上町のバス停にたっているとしばらく人も車も途絶え、銀杏の葉降るように音たてて肩にも足元にも散りしきる。銀杏の葉の道。にわかに東京を離るる実感。わびしさやる方なし。

東京駅は迷路をきわめ、気息奄々の態になりやっと切符売場みつかる。（駅のつくり非人間的、駅員氏達そっけなし。）大丸デパートに入ってみる。孤独。虚無感。人は何のために生きているか。そこはアクセサリ売り場。ムッチャンに何か買わねばとおもうなり。東京の女性たちに何の美感もわかぬ。しきりに森の中に一人おられる先生を想う。寂寥きわまる。突然（※）人間世界から遮断された感じ。宇井氏に電話と思えどやめる。

――〇――〇――

道生に逢いたし。東京に受験に来るのかしら。

ねむれず。早朝より学習。

「彼女は最後に新しい時代にむけてのユートピア小説（または詩劇）を書こうと思っていた。科学と人間が分化しない世界にむけて、その故に彼女流に科学を踏まえた文学を（それはやっぱり文学の形がいいなと言っていた）書きたいものだと思っていた。
科学は（学問一般を含めて）人間に即していえば、二十世紀とは、その本来性、本然性を失っている。科学は今変態的発達をしているんだという認識をもっていました。だからこのような時代に育てられた頭脳をもってしてはなかなかもう回復できない。人工衛星のように宇宙空間に飛び出す。彼女はやはり地球を自分の衛星だと思っていました。人類と共にここにいるという実感を持っていました。人類の復権を希っていました。

僕は家庭破壊になにがしかの協力をしたという訳です。そこから人類との接点を僕なりにみようともしていた。日本の家庭は爆破しなければならないと僕は思っていますよ。」

※アラゴンがエルザをうたった詩とくらべてみる。

十一月二十一日　月曜日　晴れ　　荷物送り、眼鏡買い　▲渋谷定輔氏から御手紙。
先生吉川ゆき、道子荷物作り。

一時頃車で経堂ゆき、荷物を一時預かりにしてもらい新宿にゆき切符買い。新宿駅前大通り松田眼鏡宝石店で検眼して眼鏡(紫外線よけ、一、二五、一)あつらえ(先生のプレゼント)。食事、中村屋カレーライス一二〇円、美味(四時二〇分)。経堂駅に引き返し荷物発送の手続き終わる。帰着、六時。新宿はからっ風。もうしばらくするとネオンがとても美しいのですよと先生おっしゃる。

閉店した伊勢丹の前あたりにジャン・ジュネ脚本の「マドモワゼル」のスチール写真あり。吹きさらしの風の中を気忙わしく人々が通りすぎる夕暮れの舗道に一人立ち止まられ先生、首をかしげて近づき大まじめな後姿で一枚一枚ご覧になり、最後の一枚に来ておどろいた！という風に突然首をあげてふり返られ、困ったようにポケットに両手を入れて背中をまげ、横っとびに歩いてこられた。ああおどろいた。僕はベトナムの写真かなにかと思ってしげしげとみていたんですよ。そしたら——と言ってはずかしそうな顔をされた。近ごろはやりの映画風潮などに御縁のない先生がスチール写真の前に立ち止まられた時から、私にはこのことが予想され、気の毒でもあったが、少なからぬ興味と期待をもって一部始終を見守っていたわけで、先生の少年のようなはにかみ方に愛情すら覚えておむかえしたのである。

農大通り（上り坂）上弦の月。

十一月二十二日　火　くもり、からっ風　先生のマフラ買い　新宿、三越。▲渋谷さんにお手紙。

今日は心が安定してよかったですね、ということを話題にする。

吉川へいらっしゃるのにはじめてコート（静子さんお見立て）を着られる。コートにくらべ衿巻があまりにくたびれてうすく寒そうにみえるので、マフラを買われることになった。新しいズボンをはかれ、新宿（三越）へお伴することになった。コートもズボンも、折角の静子さんお見立ての英国の生地仕立てというのに、しまい方よろしくなく後ろからみるとたたみじわあり。おめかしのおつもりであるが、それがいかにも先生らしい。

パリジャンヌのようだ、とよく先生はおっしゃる。

ウインドのビロードの黒い生地などに目をとめられ、シックだなあ、黒い服などを着ると、彼女はとてもシックでパリジャンヌのようでした。今日のあなたもまるでパリジャンヌのようです。眼鏡がよく似合います。と大まじめにほめられる。いささか気がひけるが、そこで私もあわててパリジャンヌの気分にならざるをえないのである。

十一月二十三日　水　くもり、冷えこみ　オオクラランド、▲先生に校正、朝の速達。

先生また汗が出るようになったとおっしゃる。道子出発まで二回目おやすみ。

道子獅子奮迅の働き、おそうじ。彼女書斎、便所、階段、茶の間。それから下着洗濯。

オオクラランド、第一ホテルの中国菓子、パイ風のもの大三つ、クッキー風のもの三つ、渡辺、橋本家へのおみやげ。先生にシュークリーム二つ。人参、かき揚げ、サラダ、刺身（マグロ）。

畠田さんに上等のとろろ昆布を買って行って下さいと頼まれる。

形見のお写真いただく。裏にはなむけの毛筆の（前代未聞とのこと）お言葉。胸せまる。

明朝、お見送り辞退申上げる。


特別晩餐、食前酒、散らし寿司（マグロ、シイタケ、金糸卵、人参、生姜）お吸物（春菊、卵、チリメンジャコ）

十一月二十四日　木　神秘な美日
彼女流にととのえられた箒目の立った落葉の道（桧、銀杏、くぬぎなどの葉を真中に平らに寄せて両側に箒目を立て落葉を踏んで歩く道）を踏み御門を出る。（門の表札消えかかって、橋本憲三、括弧して下方に高群とある。旧地名、世田谷四ノ五六二の表札。）ヒヨドリや尾長達に提供され食べるにまかせて残った柿の実ひとつ。清澄な空にビワの花びっしり。寒椿。青樹の実色づこうとしている。多分先生は御二階の窓からお見送りして下さっている。この家はあと二週間で樹木の若干をのこして消失。児童遊園地になる。
○彼女が奈良口の姑さんからもらった五十銭銀貨三四枚、黄色の袋（宮地嶽神社（四国八十八箇所をあつめた所）御祈念品、開運福袋）一七円（水俣栄町帰省当時）。金の貴重な当時であったが、彼女は神棚に捧げてこれを使わなかった。

——○——○——

先生御玄関からお見送り、（その前お茶を——おしまいのお茶——立てて下さる、八時）ていねいにおじぎをする。落葉の道を歩き出す。玄関をしめる音。立ち止まる、二階に上っていらっしゃる音、やがて窓にお顔が出る。しばらく御存知ない。舗道に出、古内家の手前にじっと立って振り返る。神秘な青い空。桧の高い梢が音もなく研究室の方へそよいでいる。二階の窓は樹々の蔭になってもうみえない。

音のない時間がどっと私のめぐりを流れ出す。さようなら、森の家よ。寂滅（□□）の言葉はゆうべたしかめあった。先生さようなら。角を曲る。オークラランドの方へ。オークラランド前から車に乗る。八重洲口へ。畠田さんに先生からことづかったお土産（とろろ昆布）を買う。八重洲口名店街で。その他渡辺さん達に。霧島乗りこみ、十二時。

一時半ごろ先生と、渡辺さんに電報（平塚の手前）。先生にハガキ通信（『最後の人』のためのハガキメモ、『最後の人』は逸枝評伝の序章として道子の森の家日記を通して憲三氏をえがく）。通信①②を書く。

沼津、富士ではじめて目前に富士をみる。まさに秀峰という言葉の他なし。まぼろしの山。

※電報、汽車の中、熊本着、水俣着、――メガネをかけて
※静子さんへのことづけ、痔の話、御出京、首を長くしてお待ちになっていること。

十一月二十五日　金　折尾で雨（長府で夜明け）。　▲通信③
玉名のあたりの山の紅葉の美しさ。三池あたりの海岸線の好もしさ。いつかこんな田舎の海岸線をひとりで歩いた気がする。たびたびこんな小さな美しい山や丘にわけ入ったことだった。それはわたしがまだ少女のころである。少女の魂に魅入った山川の霊はまだ私をはなれない。童話のような桑畑の丘。

十一月三十日　荒々しい冬の晩、下弦の月大橋の上。　▲通信⑨
秀島さん来訪。キャベツの絵二、白菜の絵一。絵をもって橋本静子さんをたずねる（七時四十分頃）。

白菜の絵をほしいとおっしゃる。

ゴッホの墓の話、静子さんの全身に漂う詩情。彼女の目美し。

帰途、大橋のふきんあたりで冬の月ひときわ清澄。雲と風と波の音荒々し、壮大な冬。

十二月一日　木　秀島さん朝帰る。▲⑩

また例の大衆と芸術についての彼のなやみ。このエリート意識はどうしたものか。心のふるえるような出逢いがほしいとのこと、むべなるかな。

わたしはもっぱら生命そのものの神秘に情熱を燃やしていると発表する。わたしのためにお金をかせぐ由、聞き流す。

十二月三日　▲⑪

憲三氏に手紙書き。速達で出す。それから水光社。夕方より飯尾さん。

十一月二十九日　夜

「彼女を語るときはどうしても多角的にならざるをえない。饒舌に語らざるをえない。ずばりとは語れないのです。

あなたにも高群にもほとんど片鱗にふれたという形でしか人びとはふれていない。まだ出てこない、そのような意味の真の批評家は。批評家が出て来なければ。」

二月二十六日　高群逸枝雑誌⑦

一九六三年に『日本婚姻史』によって逸枝が紹介した（『ライフ』誌の）一九五七年ごろのアメリカの妻たちのやりきれない説明のつかない不満感の伝染病を現代日本にひきくらべたらどう

であろうか。

⑧はもっと自分のことを書くこと
○『大地の商人』考察
谷川雁のいう、花咲かぬ処、暗黒のみちる所とは現代の無限地獄、既成値価に対する反モラル、終末世界への願望であったろうけれども、そのことはしばらくおくとして、逸枝は恋愛論の中で男性思想家たちの寂寥

恍惚
礎石

「最後の人」第九回のために、
1、テープ、スタンド
2、電源装置、電池
3、講談社手紙、渡辺論文、
日録、①、——8、14

～1、25（詩、木樵り）

ダーヴィン——種の起源、アミーバ起源説、

日録②　三月十七日

○わが耳のねむれる貝に春の潮
○潮のみちくる海底へゆくねむりかな
○この春にあうや虫らも花の闇
○日輪も椿も曼陀羅野はまろし

虫のいとなみというを惟う、
わが生はいちづなる虫の生に似たり

外平市営住宅十九の三　松岡日出夫
定E、三八五四八〇—三八五四九七　（五〇—）一八枚
世田谷四丁目郵便局——四一、一〇、二四
——猿郷——氏名

「最後の人」覚え書——橋本憲三氏の死

たぶんこのような一文を草せねばならぬ日が確実におとずれるのを予感しながら、あの「森の家」の一室で、ノートの標題を「最後の人」と名づけたのだった。

「最後の人としたのですか。なるほど、うん。よい題だなあ」

終りの日はゆっくりと確実にやってくる。その日をまぶしみながら待つように、氏はおだやかに、なつかしそうに微笑された。

「うーん」

顔を拭いたタオルを首に巻きつけたまま、高群逸枝の夫、というように、まず妻の名を冠せられてよばれることが慣わしになっている橋本憲三氏は、自分で立てた朝のコーヒーを啜られる。コーヒーと、ややくたびれた首巻きのタオルは、この森の家ではそぐわないこともないのだった。

それは一九六六年、十月も末のある朝だった。

武蔵野の冬の空が、いんいんととどろきながら明けそめようとしていた。その深く拡大なとどろきの音は、武蔵野というよりは、夜っぴて渦巻いている大東京が、暁闇の営みにうつり始める音というべきかもしれなかった。高群逸枝もその夫憲三も、自分たちの森を、武蔵野の一角という風によぶのを好んでいた。

遠い故郷、熊本の益城平野や球磨盆地の空と、この森は辛うじて呼吸しあっている。武蔵野のこの一角は、彼女らにとって、安らぎの異郷だった。

彼女は晩年近くには、「望郷の詩人」だとその故郷から敬まわれていた。故郷への思いが、詩にも学問的著作の中にも深くにじみ出ていて、彼女が故郷をおろそかに考えていたわけではないのだが、故郷の巷を歩けば「千の矢が飛んでくる」とも感じていたのである。大正九年二十六歳で出郷以来、その間三たびほど帰省しているが、昭和十五年、父母の墓参に帰った以後は七十歳で没するまで、彼女はその故郷に帰ることがなかった。どのように森の家の生活を気に入っていたかは、最後の帰郷の模様を平静に記したあとに、森の家にふたたび戻りついた夜のことを、ひときわ感動を押さえかねて書きつけているのでもわかる。

——バスを下りて森が見えるところにくると二階の書斎に灯がついているように疑われた。よく見れば、樹間に団々たる月がかかっているのだった。この美しい月と森の家がたしかめ得られたとき、私の旅の愁いは消えて、私は完全な自分にかえった。この瞬間、二人の団結のよろこびが胸にあふれて歩行の自由が奪われた。Kも感動をかくさず、私たちは体と心を寄せあい、しばらく立ちどまって、それを眺めた。

われらが研究所——

われらが純愛の家——

その後私たちは、いつもこのときの、美しい光景と感動とを思い出しては、それを楽しい語り草にしたのだった。——

「望郷の詩人といわれるのに偽りはないでしょうけれども、ある意味では、そういわれることは、彼女がまとっている保護色を見ていうのではなかったかと思うのですけれど」

「うふん」

と氏は眸をあげてきげんのよいお声を出される。

「そりゃそうですとも。まったく彼女はカメレオンの如く変化して、たちまち保護色をまとうのですから。みんな、その時その時の姿をみてだまされるわけですよ、彼女の善意にですね」

故郷の深い内実や実存を抱え持っている詩人の姿勢をとることは、東京的文化、東京的思潮、そして東京を源とするジャーナリズムと必要な均衡を保ち、必要な距離をおく結果にもなっていた。二人はそれを「計画的排他的に外部と接しょくを絶った」としている。そこにはどれほどの深い配慮がはりめぐらされ、隠されたいとなみが着実に持続されていたことであったろう。望郷の詩人という通称は、あるくすぐったいやすらぎを彼女にあたえていたにちがいない。

武蔵野のこの一隅は、彼女が、熊本の益城平野の山奥の払川を後に上京して以来、あの熱病にかかっていると表現せしめたグロテスクな都市的欲望の渦まいている巷からややはなれていた。あるときは香ぐわしく、あるときは沈潜して広がる林と森のたたずまい。この夫婦が尊敬した国木田独歩や故郷出身の徳冨蘆花をはじめとする、わが近代文学や近代思想を根ぶかく養って来た風土でもあったから、故郷熊本との遠い距離と、都心とのほどよい距離をとった世田谷満中在家の林間の中は、彼女の心に必要なバランスと、とくべつの持続力を養うに充分だった。

夫憲三は、彼女によれば「もの凄いエゴイストで、自分の興味のない事柄や人物には冷淡」とあるとおり、故郷熊本に対してはもちろん当時の思潮の中にあっても異邦人だった。彼女の父親が松橋町の寄田小学校に勤務していた頃、不知火海にそそぐ大野川の川原や、田んぼの中のちいさな小学校の校庭に、夜になると山窩の群たちが瀬降りにやって来ていて、幼女期に彼女は山窩の娘などを遊び相手に持ったことがある。父親が村民のタブーを無視して山窩たちに、校庭やひどい雨風の夜などには教室を提供したりするのを見ていて、後年彼女は山窩たちのことを「彼らは馴れない民であった」と書いているが、その夫憲三もまた、馴れない人であったように思われる。この異質性については、同じ男性の側の理解者を待ってはじめて解明されるだろうけれど、橋本憲三の生き方は近代進歩主義が生み出したきわめて先駆的で特異な一ケースではなかったか。

「僕のくらしは、もちろんリアリズムそのもので成り立っているのですけれど、僕の表現は、味もそっけもない観念になってしまうのですよ、彼女はしかしちがったなあ……。そのリアリズムも、なんとふくいくたるものだったでしょう、いうべからざる世界でしたよ、あのひとは」

ああ、と吐息をついて、氏のおもいはどこかへ、彼女と在った世界の中へ漂っていられるようであった。それからふと気がついたように、顔をあげて微笑される。

「僕には表現力がないなあ……。彼女の世界を感じることは、たぶん人一倍、知ることも出来るのですが、残念なことには、表現する力がないのです、彼女のようには」

そしてタオルで唇のはしのコーヒーのしずくを、どこか稚いような繊い指先のしぐさで拭かれるのであった。そのようなとき氏は、仕事を始める前の、洗練された異国の深山の、哲学上の木樵りのように見えた。この人からはあの、冬空を抱えてそびえ立っている欅の香りのごときものがするなあ、とわたしはいつも思っていた。そのようなたたずまいであるのは氏が、南部九州脊梁山系の谿谷の育ちであることのあらわれかもしれなかった。それゆえにまた、この森の家のあかときのコーヒーは、それはインスタントのネス・コーヒーだったけれども、このひとの近代主義と、その寂寥とをあらわしていた。

「その、僕が生きている間に、書きあげて、読ませて下さると、ありがたいのですがねえ」

わたしはちょっと返事にとまどっていた。この人の妻の伝記を書くなど、どうして思いたってしまったのだろう。これはいったいわたしにとってどういう出来ごとなのであろうか。

「うん」

といいながら、氏はコーヒーカップの温かみを逃さないように掌にかこまれる。そしてひとりごとをおっしゃる。

「読みたいという願望はやみがたいなあ」

たぶんそれは不可能ではあるまいかと、わたしはひそかに思っていた。この夫妻に関して、これまでわたしが知っていることといえば、昭和二十九年に講談社から出されていた『女性の歴史』上巻（それはわが上古の婚姻系態をあらわしたもので、もちろん主著たる母系制、招婿婚の研究が下敷となっている）と、全集に組まれる前の『火の国の女の日記』の初稿ゲラ刷を読んでいるだけである。気の遠くなるような勉強が前途に待っている。しかも勉強出来る条件といえば最悪といわなければならない。この師のご存命中にはとても間に合うまい……。

森は遠からず伐られる筈であった。武蔵野の原野のままに残っていた和光学園と軽部家のあたりの大欅群（軽部家というのは、彼女がはじめて上京して寄遇した家で、当時はまだここらあたりは、東京府荏原郡世田谷村満中在家と呼ばれていた）を背景にして、六十尺余もある神木のような大檜群や大杉や、櫟や栗、胡桃、銀杏、あんず、青桐、ポポー、樫、いちじく、山椒、馬酔木、寒椿、榊、あおき、野ぶどうなどが、この森を形どっていた。ちいさな灌木類や蔓性植物にいたっては幾百種あるのか数しれなかった。

この森に入ることを許されて氏に連れられ、渋谷駅から玉電というのに乗り、上町というところを降りると代官屋敷なるところがあって、東京も下町風の家並の間から、もうこの森の梢がのぞまれるのだった。経堂駅から上り坂になってくる東京農大の方角からも、成城の平塚らいてう家へ出る通りの旧大船撮影所跡からも、和光学園の方角からも、豪徳寺寄りの大きなお宮からも、国士舘大学の方角からも、森の所在はきわだって見えていた。

このような樹々にすっぽりと保護されるように囲まれて、もとは瀟洒であったろう和洋折衷式の二階建ての森の家。さきの大戦中研究生活を守るために、思いついて名称をかかげた、つまりは夫婦二人きりのこの「女性史研究所」も、森といっしょに解体されるのである。

二階書斎の、氷の解けてくるようなあかときの空気の様相も、女あるじ亡きあと、すでに異なったものとなっているのにちがいなかったが、人しれぬ意味を保って息づいていた森の空気は、残りのひとりである彼女の夫がここをひきあげたあと、どこへ消えてしまうのだろう。

現実の出遭いの時間は、神秘的だった。まだあけやらぬ闇につつまれて、森のいわれに思いをめぐらしていることが不思議なようでもあり、ありうべき日が経めぐって来てこのようにして明けそめ、そして暮れてゆくのだという思いもしていたのである。東洋的感懐に託していえば、このような日々をこそ、昨日から続いて明日に暮れ入る無常の日々というべきであったろう。ものみなすべての死を、氏もわたくしも、ここの女あるじも、おだやかな陽のうつろいの中で感じているのだったから。来るべきそれぞれの死を思うについても、陽の光と森の闇はふさわしかった。

このような日々の風の音や、落葉の上を渡る小動物の気配などを、この師亡きあと、それを書くべき日まで、どのように記憶しているのであろう。

「生きている間に、読ませていただけるとありがたいんだがなあ」

おだやかで微かな含羞の匂うそのまなざしに、わたしも微笑を返す。ほとんど宿命的にかかえこんでしまった故郷水俣の出来ごとについても、直観的に把握しておられた。突如としてこの森にかけこみをした盲目的衝動をも、たぶん理解されていたのだったろう。静と動との極点を、わたしはゆきつもどりつせねばならなかった。

「南船北馬ですねえ、仕方がありませんよ、彼女が『婦人戦線』から森の家にうつるときもそうでした」

と氏はおっしゃり、森の家の一室をあたえられて、わたしは『苦海浄土』の〝海石〟の一節を執筆しつつあった。出来上がったものを読んでいただき、批評をうかがったのち、世田谷桜四丁目の郵便局から、『熊本風土記』の編集者に送っていたのである。

その頃の気持を、あとから読んだ彼女の文献に照らして思えば、わたしはたぶん一九二四年に発掘されたというベチュアナランドの、アウストラロピテクス、という女児のねむりのごとき気持だったのだろう。

すでに抱えこんでしまった難事業のことがあって、三十六歳になるまで、ついぞのぞいてみたこともなかった淇水文庫（徳富蘇峰の寄贈になる水俣の図書館）通いをしなければならなくなっていた。わたしの探していたのは郷土資料に関する古文献で、今は亡き館長の中野晋氏に、一から十まで御教示にあずかっていたのである。その御好意で特殊資料室を自由に閲覧させていただけるようになり、閉館後のしばらくを中野館長にむかってじつに初歩的な質問をくり返し、氏は書物とか文献とかにはまるで素人の一主婦にむかって、噛んで含めるように御説明下さっていた。

それまでの家庭生活にくらべてあまりに世界がちがうのに圧倒され、特殊資料室の大書架に誘われてたたずむうちに、ふと夕光の射している一隅の、古びた、さして厚味のない本の背表紙を見たのである。

「女性の歴史・上巻・高群逸枝」

とある。われながら説明のつかぬ不可思議な経験というよりほかはないが、夏の黄昏のこの大書架の一隅の、背表紙の文字をひと目見ただけで、書物の内容については何の予備知識もないのに、その書物がそのとき光輪を帯びたように感じられた。つよい電流のようなものが身内をつらぬいたのを覚えている。そのために、しばらくその書物を手にとることがためらわれた。ややあって、なにかに操られるような気持でそれを手にとるとかすかな埃が立った。

「あの、この方はどんなお方でしょうか」

わたしの退館を気永に待っていて下さる気配の中野館長にそうおたずねした。何ごとにつけても篤実慇懃な方であったけれども、このとき館長はひときわ恭しい物腰になられた。

「ああ、このお方はあまり一般には知られていらっしゃらない方ですけれども、松橋のご出身で、じつに真摯な女流の学者で、日本に二人とはいらっしゃらないお方でございます。本来は、詩人でいらっしゃるのでしょうと思われます」

「読ませていただいてもよろしいのでしょうか」

「よろしいどころではございません。読んで下さる方がいなくて、さびしい思いをいたしておりました」

この書物のためにさびしい思いをしていたと中野館長は言われるのであった。そのような出遭いが、水俣病問題とほぼ同じ時期におとずれて、わたしは、自分自身で名状しがたい何ものかに、突然変異を遂げつつあるのではないかという予感がして、内心異様な戦慄に襲われ続けていたのである。必然の時期が訪れたのだと言えなくもないのだった。同じ時期、高群逸枝ご夫妻は、熊本市の『詩と真実』という同人雑誌にはじめて書いて「石の花」と題してのせた、まるでなっていない戯曲のつもりのものを読まれて、話題にしていられたということだった。その雑誌はわたしがお送りしたものではなく、たぶんその雑誌の発行者が同郷の先人を敬して、森の家に定期的に送っていたものだった。

二階の書斎に登ってゆく階段の手すりの、木膚の光とその手ざわりに心ひかれて聞いてみると、この家を建てるときに大部分の木材を提供した軽部家が、鹿鳴館の解体したものを払下げてもらっていたもので、それを使いきれずにまわしてくれて、手すりは檜なのでしょうと氏はおっしゃるのであった。

そこを上って書斎を抜けると、富士の方角にひらいた窓に、黄金色をした櫟《くぬぎ》の梢の葉がくっきりと、夕ぐれの陽に照り映えていることがあった。黄金色の櫟の葉を浮かべて、東京の空は異郷めいてうつくしかった。

「ほら、あちらの方角に富士が」

氏はたそがれごろになるとこの窓に倚るのを好まれた。

「農大の方角なんです。陸軍自動車学校との間なんだけどなあ。ここに来たころ、彼女はこの窓が気に入っていましたよ。秋晴れの日には、富士がよく見えていたんです。今日は、どうも見えないなあ」

森の家にいる間じゅう、ついに富士は見えなかった。夜更けになると、その櫟の厚い葉がかさかさと窓を打ち続ける。

「関東のからっ風とはこんなものなんです。風については、彼女はことに哲学的な思惟を示していました。彼女は、自然との関係においてだけ、異和を示さなかった」

櫟はそのようにして毎夜窓を打ち続け、この家が、舞い散る木の葉の奥で灯をともし出す頃になると、やがて森は寒椿や榊や杉、檜、あおき、八つ手などをのこして、裸木となってゆくのだった。

カラスや椋鳥たちのために、大きな熟柿が二、三十残されていて、鳥たちは枝から枝へと渡りながら、任意に食べ歩きを試みているようだった。

「ほらね、番《つが》いが多いのです。寄りそっているでしょう」

それらは青い羽根をした番いの鳥たちだった。

「昼間の勉強はこれで終り」

そう言って窓をしめられる。

「この窓で、ある昂揚した生活が、たしかに営まれていたのです。僕はこの目で、それを見ていたのですから」

それからふいに無口になって、とんとんとんと、少しも崩れない足音を立てて降りてゆかれるのであった。階段を上り降りされるのに、水俣に移られてからもそうだったが、手すりに手をかけられるということは一度もなかった。背中を端正にしゃんとのばして、ほっそりした後姿なのに、昂然とした若さがあふれていた。

ある朝は豪徳寺の朝の勤行《ごんぎょう》の鐘の音が、明けやらぬ闇の中から澄んで鳴りひびく。彼女が目黒の国立第二病院で死んだあかときも、氏はこの部屋のベッドの上でめざめておられた。彼女が入院してはじめて、七十歳になりかけてなお匂やかに暮していたこの夫婦は、その寝所からひきさかれた。寝所は〝賢所《かしこどころ》〟と名づけられていた。

「朝は起き抜けにね、彼女は質問ぜめにするのですよ」

がっしりした真鋳製の、円い支柱で飾られたベッド・ボードのあるイギリス中世風のダブルベッドは、氏が起きてしまわれて腰をかけられると、広すぎて寥々としてくる。

「僕は鉢巻をしめてね、耳をふさいで、この吸血鬼め、というんです。ひとのねむい時間を搾取するのですかと言ってね」

上荻窪時代に、銀座の、古い絵や諸外国の家具調度類をならべていた古美術店から買いこまれたこのベッドは、年輪の深い光を放っていて、夫妻の好みとその生涯をよくあらわしていた。

「すると彼女はしばらくおとなしくしているんですけれどね、やはりその質問癖をやめません」

あいあいとまとわりつく彼女のあたたかい体温のごときを、コーヒー碗を片手に持っていらっしゃる氏のまわりに感じる。

「どのようなことがもっとも話題になりましたでしょう」

「それはじつに多岐にわたっていました。彼女は博覧強記で……。上は天皇制のことから、乞食遊女のこと、草花のこと、野良猫のことにいたるまで……」

この森の家が建てられて、研究生活がはじまる日のことについては彼女みずからが書いている。

それによると、その夫がこう言った。


「……もう私たちも三十歳をいくつか越した。ここらで性根をすえてかからねばならない。……私はあなたのもっともよい後援者になろうと思うのだ。

あなたの才能は非凡だ。稀有のものだ。それはむしろ天来のものだ。私はそれをこの眼でみてきた。才能のみでなく、性格の底知れぬ純粋さをも。それは私が八代駅の出合いでみた最初のあなたの印象とすこしも変わりがないものだ。

……社会運動はロマンチシズムではいけないと思う。また、各人にはそれぞれ長所がある。その長所をもって貢献すべきだと思う。あなたの長所と使命は、長い年月、あなたのなかに蓄積せられてきた女性史の体系化だ。生活は私が保証する」

それに対して彼女はこう答えた。

「でも私には長所なんてものはないの。だから長所をもって貢献するという自信もないの。ただ私の希望を率直にいうなら、それは私が将来有名学者になることではなく、生涯無名の一坑夫に終わることなの。これはもちろん一種のエゴイズムでしょう。……世間的にいえば私の前途はひどく暗いものでしょう。名声も収入もなく……それは、こんな私をただ一人で保護してくださるあなたをまでもたぶんまきこんでしまうことになるでしょう」

「いいよ、二人でやろう」

この物すごいエゴイストは興味のない事柄や人物には冷淡だが、決意したことにはさりげない誓いのうちにも、私を心のずいから信頼させるものを持っていた。……それからの二人の言葉にも尽せない予想さえしていなかった辛酸と努力との、つまり「与えられた道」が、ある晴れた日の右のような対話を起点として、こともなげに展開されていったのだった。

「ある晴れた日の、賢所で、僕は誓ったのです。とてもいじらしくおもいました。彼女の家出事件で、僕にも魂が入りました」

残りの一口を啜ってそういわれると、ベッドのそばの大きな彼女の仕事机にコーヒー碗を持ってゆかれる。それから後手を組み、ゆっくりと、寝室兼書斎になっているこの部屋の中を、まわりはじめられるのであった。

理論社の小宮山量平氏と話のついた『高群逸枝全集』の編纂はもちろん唯一人の共同研究者である夫橋本憲三の手によって彼女遺愛のこの机上で進められていたが、それもようやく峠を越えかけ、全十巻のうち、主著たる『母系制の研究』『招婿婚の研究（一・二）』『女性の歴史（一・二）』『日本婚姻史恋愛論』はその編纂をほぼ終えて、残りは『評論集・恋愛論』全詩集『日月の上に』『小説、随筆、日記』となり、当初彼女の遺志によって理論社から出された自伝、小宮山氏の命名による『火の国の女の日記』は、あらためて全集の十巻目に収録されることになっていた。

この時期すでに別巻をつくる構想を、ときおり洩らされることがあったが、のちにこの構想は氏の健康上のことも加わって挫折することになり、水俣に帰られることになってのち、季刊『高群逸枝雑誌』をもってわずかにその一端に替えられたにとどまった。

氏が早朝手を組んでこの書斎の中を歩きまわられると、〝朝の大演舌〟が始まるのをわたしは予感するのだった。

そのような演舌が時折続いたある朝、森の家に入る直前の彼女を主宰者に立てて、柱となる論文を書くようにすすめ、そのじつは憲三氏が企画発行していた『婦人戦線』についての話題になった。

『婦人戦線』は昭和五年一月に平塚らいてう等によびかけて無産婦人芸術連盟なるものを結成するに伴いその機関紙として出されたもので、三月から発刊し、翌昭和六年六月号をもって終刊したが、発刊直前の同じ昭和五年元旦には、その後の長い研究生活に入ることを予告するように、彼女は年始状で婦人論三部作（婦人論、恋愛論、日本女性史）の計画を発表した。のちにこの計画を発表したことは非常手段の形を表現したものだと書いている。

「——『婦人戦線』はくるりと表紙をめくれば『婦人解放』となるしかけなんですよ。『婦人解放』をまたあたらしく『婦人戦線』のあとに並べられるんです。つまり二度本屋にならべられるんです。これは山崎今朝弥さんが考え出した商法で。そのうちの四、五十部は、表紙をつけて著者にも献本されるんです。あたかも交換された本のごとくに。著者はぜんぜん気がつかずに、僕でさえも胡麻化されて、この本は、そういう表紙で最初から売られたもんだと思っていたんです。全く意表をつくことをあの人は考え出す人でした。山崎今朝弥という人はアメリカ伯爵なんて名刺をつくって自分を茶化していた人で、位階のない国の位階をつくって自分をアメリカ伯爵に擬していたんですね。幸徳秋水の流れを汲んだ人とみえて、そこのところは研究家に待たにゃならんですけれども、ボルよりアナの方にひいきなんですよ、商法についてはこの人に負うところが多かった。

けれどもその頃になるともう、『婦人解放』ぐらいにしておかないと危なかったですから。戦線なんてつけると危ないんです。発禁になったりしますから。『黒色戦線』なんてのがあったりして。

本が出ると、あれは五千部作っていたから、その五千部が店に出る。しかし売れないのをいつまでもさらしておくわけに行かないから、本というものは新陳代謝する、それで次の新しいのの下積みになってしまう。それで自分らの本が表面にいつも出ているように、みんなで手分けして本屋に行って表面に出す。本が出て、一週間か二週間、次の新刊が出るまでは権利が発生するので、そこで山崎さんの商法というものが考え出されたんです。『婦人戦線』が何食わぬ顔で『婦人解放』に化けて、二度並ぶわけですね。そういうぐあいにして可能なかぎり当時の制度と闘って裏街道をゆく、一種の、なんというのでしょうか、ああいうのを、ゾッキ本屋とか、主義くずれとか……。

そんな風でやっていて『婦人戦線』も最初の間、半分くらい売れていたんですよ。それがだんだん売れなくなって、それを広告でカバーして」

「広告とりも先生がなさっていらっしゃいましたか」

「いいえ、それが『婦人戦線』の若手の連中の特技の戦場でしてね、たとえば平凡社なんかに行って広告をくれと云ってねばるんですね」

「らいてうさんは別格でしょうけれど、どなたが一番お上手でしたか」

「それがみんな上手なんです。一頁二十五円くらいで、住井すゑさんとか、城夏子さんとか、いらっしゃいますけれども、とってくる人がいるんです」

「二十五円というのは当時としてはずいぶん高い広告料」

「そりゃもう土台もう話にゃならんほど高いのです。それで僕は、広告一頁とって来たら、半分とって来た人にあげようという案を出したんです。若いアナキストはそれで一カ月メシが食えるでしょう、広告一頁とるとですね」

「当時、すべての主義というものが、一応出来あがって、それがくずれざるを得なかったそういう時期に、彼女を表に立てて主宰者にして、そういうことをなさろうとされたのは、女性の未知の能力みたいなもので、既成の男性的な主義、概念から無垢なところにいる彼女を……」

「ええ、ええ、そうです、そうです」

「彼女を中心にして代表にして、退潮してゆく運動をよみがえらせてみたいと、アマテラスみたいな役割を」

「ええ、ええ、幼稚にもそう考えていました」

「やり始めるととたんに、彼女はそういう表層のうすい部分に泡のように浮き上がる存在ではなく、もっと本質的なものを抱きかかえた全的存在だとお気づきになられました、彼女がかわいそうだと」

「ああほんとうに当時の彼女をおもえば気の毒で、僕はつらいですよ。粗っぽい、あられもない論文を書きなぐっていたのでしたから」

「けれども一応そういう経過も形にしてみておわかりになったのですね」

「ええ、ええ、まったくその通りです。ほんとうに形にしてみなければわかりません、僕は幼稚で、そこで僕はほんとうに形というものを形をですね、それがこの森の家ですね。僕はあのとき、家というものが、それは従来の日本の家ではないのですけれども、家というものが大きな意味を持ってくると考えたんです。ぜんぜん財産を持たない人間のいとなみとしての家という意味では、従前の家の痕跡をとどめますけれども、僕は形をつくろうと思ったんですよ。形をつくれば、持てば、なにかが生きてくる、それが生きてくるということを、僕は信じていましたよ」

「平凡社の創業に参画されて、『婦人戦線』を経て、彼女をごらんになっていて、決定的に把握なさったのですね」

「はい、アナキズムなども、たとえば、アナキスト本部とか、形を作らねば結集しないですよ。それで僕は、女性史研究所という非常に新鮮な、もう熟しておる、しかし誰も手をつけていない、誰も影も形もつけていないものに、影を与えようとしたのですね、それがたまたまうまく行ったということではないでしょうか。とても僕の地位を持ってしては、当時の情勢をもってしては、そこに森の家というものが現実にあらわれようとは誰も考えられない、可能性がないんです。

ところが土地は、無償で、あるとき払いでということで使わせてくれるし、赤坂の虎の門会館として有名な、なんですかねあのゲイシャガールの代名詞は、うん、そう、あの鹿鳴館、それが移り替って売り物に出されていたんですよ。それもひとりでは買えないというんで、門だけとか、窓だけとか、厨房とかトイレットとか分割して、売り物に出したんですね。いい材料だもんで一山だけでもというわけで、軽部家でも一山買っていたんですよ。燦然たる光の三州瓦、日本一の三州三河瓦、紋章入りの凄いものですよ。

それがね、いかにすばらしい材料であったかは、僕のところの玄関からほら、ぐるーっと湯殿の方までの廊下、玄関の敷台、壁面、いい材質でしょう。檜の広い一枚板の厚い材料ですから、それをまた更に何枚にも分《わ》いて、あんなに厚いんですよ、階段の手すりなどにも使われました。これをすっかり、あるとき払いにしてくれて提供してくれたんです。彼女は、軽部家に気に入られていましたから。

そのときに、つまり不可能なことを可能なことに転じたというのが、一生の運ですね、俗運ですね」

「そのようなご運も意力が満ちてないと訪ずれないのではないでしょうか」

「うん、そうだなあ、うん、つまり意力にみちていたんですね。大意力がみちていたんです。彼女はソローを愛読していて、森の生活に憧れていましたから、武蔵野のままの林間に、こうして森の家の形は出来上がりました。それを待っていたごとく『婦人戦線』は廃刊の時期を迎えました。売れないし、もちろん金も続かない。僕は意企的に廃刊をはかりましたから。それは時代の動向でもあったのです。十六号で廃刊しました。この号は城夏子さんがやって下さったんです。十七号を出す余裕はありませんでした。これを廃刊したことで、彼女は比較的乱れずに、森の家に入り、そして持続的にやりとおすことが出来ました。

彼女は十一面観世音のようなものでしたから、アナキズムの司祭者にもなることができたんですよ」

「彼女の資質、丸ごとの資質を、どの位置においたらばその資質が全開するであろうか、先生の作品としての彼女と、素材としての彼女自身が熟してゆくには、『婦人戦線』時代も必然の推移だったのでしょうね」

「はい、全く思想的なその、運動の方針も身につけていない、エートスもない、研究運動団体のはしりだったのです。そのようなものに、にがりをいれて、とにかく雑誌の形に持ってゆこうと僕は思っていたんです。それすらも、形もつきかねていたような状態のものでした。

どうしても僕の思考は共同体的なものの核心にゆくのですね。ところが、表現としては『婦人戦線』というような、外の方にむく。うむ、その、ほんとうは内に向けて、内に向くようにあの、僕自身を持ってゆきたいんですよ」

「内側に向くというのは本来、人間にはあると思うんですけれど、そこからあたうかぎり遠い距離をとって目盛りをきざんで外側をみてみるというようにはなりにくいのですね、男の人はとくに。外へ外へと出てゆきますね、男の人は内側の方を疎外されているのでしょうか。とてもそれは意味が深いように思いますけれども」

「その自己疎外を自ら粗暴にやってのけるんです。でもまあ僕は内へ自分をゆかせたい希求はつよいんですけれども、まだ内核そのものが煮つまっていないんですね、彼女自身にしても。ですからどうしても動から静へというコースになりますね。具体的にはこのさい、やはり研究団体よりも研究室を作りたいんです。これは一人の人間が自分の意志で自分の世界を築いてゆく、なってくれるとよいのですけれど、彼女はほうっておけば、まるで奴隷のようにまわりにサービスをして、自分をなくしてしまうような人ですから、これが彼女の矛盾撞着のもとなもんだから、僕は彼女を佐治しようと、倭人伝の中にあるでしょう、男弟これを佐治すとあるでしょう。介添をですね、しようと思い立ったのです。

彼女にしてみれば、知的レベルにおいて、資質そのものにおいて、あらゆる意味において、僕はよほど幼稚にうつって見えるでしょうからね。ただ僕の云うことすることが、どんなことがあっても彼女を裏切るということがない。いうなれば僕への信用ひとつで、彼女はうごいたようなもんです。

それをあえてしたのは、それがどうしても必要だったからです。必要だったからです。そうするとやはり、そこに一箇の生き物が出来た形になって、彼女はその生きものを自分流に、なんと云ったって自分流に仕上げてゆくんですよ」

人と人との出遭いは、不自由かつユーモラスである。

森の家が建てられる前の、二人の「病んでいた」姿について、逸枝は左のように書いている。関東大震災のあとの家出決行直前の回想である。

東中野にうつる直前のころからKは何をおもったのか『万人文芸』という小さな雑誌を自分の負担で発行した。それは表面、私をかつぐようなかたちのものだったが、私にはこの雑誌の性格がわからなかった。しかし私は曲従し、そして「汝何をいうか」という欄を持たされた。これは一知半解の知識でやたらに誰彼を批判するものだったが、いま思いやっても穴があればはいりたいぐらいはずかしく、違和感を伴ったものだった。この雑誌が出はじめると、大ぜいの食いつめ者たちがわんさと押しかけてきた。平凡社は完全に立ち直って東京に本社をもち、Kは自宅編集をやめて通勤するようになっていたので、私はいつも一人で応接するのにいそがしかった。その中には地方出の純真な若者たちもいた。彼らは常に飢えていて、飯とたくわんをせびって、がつがつたべた。その一味のなかにはいまでもいわゆる一椀の恩を忘れないといってたよりをよこしてくれている人もいる。強いていえば、アナキストの亜流めいた人びとだったろう。

Kの地位は安定したようだった。この期を逸してはならないと私は決心した。

「汝、何をいうか」とは吹き出さずにはおれないが、時代の潮流にうながされて一派の工作者たらんとしていた若き日の氏の傾向性をよくあらわしている標題ではある。逸枝が胸中けげんながらも、舌足らずの文章で、向うみずな挑戦状のつもりのものを書きはじめたであろうことは、彼女の小説にある「黒い女」の一節によく符合していてほほえましい。

　嫃も嫃だよ
　糸くりやめて

彼女はこれだけしか知らない。それは彼女の夫が知らないからであった。彼女は夫がおぼえてきて歌うあらゆる歌を世界のどんな歌よりも早くおぼえてそれを歌うのだった。

世俗に対して無邪気とおもえるほど、異質的な夫婦の若き原像が、ここにはもう定着している。逸枝は自分の中の内圧の目盛りで、俗世のそれを計ろうとして、自分でびっくりしてしまう女であったろう。たぶんしかし、彼女は自分の発するこの世へのメッセージが片道通信であると知っていただろう。似たような資質は憲三にもあって、後年さまざまな伝説が増幅されて伝えられるもとを、この夫婦はみずからつくり出してもいるのであった。「汝、何をいうか」とはもちろん若気の表現だけれども、生涯徹してこれを貫きうれば、男子の志というものではあるまいか。その後、時流の表面にあえて自己表白をしなかった一編集者の、その後の胸底をも語っているように思われる。

『高群逸枝全集』十巻の編纂とは、職業的編集者の、著者とのたんなる原稿の受け渡しというようなしろものではない。前人未踏、本邦最初の女性史学事始めが、ここに形というものを持たねばならなかった。その最初の企画者は憲三であり、もちろんその企画を体現しうるものは逸枝その人でなければならず、逸枝をすえてこそこの大事業は成り立つものである。創業期平凡社の経験があるとはいえ、憲三もまた未知の能力を秘めた編集者であった。その編集者のインスピレーションを湧き立たせてやまぬウル・イメージの本源を、つまりいまだ形をそなえぬ一個の天才を、ほかならぬわが妻に見出したとき、書誌学的世界の情熱の中に生まれ出たような不思議なこの男性は、一生かけても燃えつくせぬほどの活力をえたのであったろう。一編集者の全生涯、全能力を投入しうる存在、未知の予感としての対象がそこにある。しかも恋する女がそのようにあるということは、正直うれしいことであったろう。対象が男であるよりは。

事業家、経営者として、憲三がいかにすぐれた資質者であることか。『高群逸枝全集』を出現させてゆく過程をつぶさに見てゆくと『大日本女性人名辞典』は逸枝の名で出されたが、研究に着手した彼女のカードを整理して憲三が書いたものであった。これを出版したときのパンフレットなどを読んでも隠されているその綿密な企画力、実行力、持続力、全過程への心配り、さらには事後処理の完璧さにおどろく。

彼女の家出によって、憲三は失ったもののいかに希有な、かけがえのないものであったかに気付いたのであったろう。女房の家出。つまり家女房、家事婦の家出で、大恐慌におちいった亭主があわてて追っかけ連れ戻すという例はありふれているけれども、この時の憲三は一種の覚醒を、たぶん、日本の男たちが体験したことのない覚醒をとげたであろうことが想像される。この覚醒のしかたは稀に見られる男の能力というものである。憲三は大正リベラリズムが産み出して、今日までもその伝統を保っている近代進歩主義に加え、「ものすごいエゴイスト」で反俗精神のかたまりでもある。

逸枝がなんのあてもなくひとりで上京して、婦人矯風会の守屋東や、当時の文壇に時めいていた生田長江に見出され、『放浪者の詩』(新潮社)『日月の上に』(叢文閣)と続けざまに詩集出版の事態となった頃、球磨の山の中で教員をしていた作家志望の憲三の胸中はいかなるものであったろうか。逸枝上京には旅費を持たせ、詩集出版の便りを受けとったときには、当時で三十円もの生活費を更に送って、「静かに勉強せよ」などと言っているけれども、ひと月たつかたたぬうちに彼も上京し、手紙いっぽんで代用教員をやめ、逸枝を故郷近くの海岸まで〝略奪〟して来て隠したりしている。逸枝の妊娠を知って二人であらためて上京し、(死産)ようやく新居を持つのだが、社会主義的アナキストたちや、故郷の文学青年仲間をその新居につれこんで、たちまち梁山泊的世界が展開したのをみれば、この青年の胸底のいら立ちがほの見える。

逸枝の家出で覚醒しなければ、憲三自身の自我もそのゆくところを持ちえなかった。ここには、かつて日本の男たちが経験したことのない種類の宗教上の、あるいは芸術上の、あるいは哲学上の資質が覚醒するときのテーマが深く内蔵されている。

社会主義は、ロマンチシズムだけではいけないとおもう、と、女性史事始めの日に、老成したらしく憲三は妻に言っているけれども、その後の情熱のよってくる源は、逸枝への日に日に新しくなる恋情のごときもので、生涯これ、騎士道的ロマンチシズムともいうべきものに生きた人であった。男の活力の根源に湧いているのははかりがたいほどなエロスであり、男性をつきうごかしているエロスの本源は女性そのものの筈で、この問題は私にとってもいまだに未知というか困惑につつまれる。けれども、僧侶の妻帯が当り前で、尼僧に夫持ちがいないことを考えあわせると、不可解で暗示的なテーマに突き当る。

あたら男子の一生を台なしにして女房ごときにかかずらい、男が内助をつくしたとは美談かもしれないけれど、というたぐいの揶揄を私は一再ならず耳にする。女房たちのお世話にならずには男子一生の仕事もようできないこの種の多妻主義の男性たちが、はためには老いぼれても若い女性（できうれば複数以上の）にもてたいらしいのは、永遠の若さとロマンチシズムへの願望にちがいない。

一人の妻に「有頂天になって暮らした」橋本憲三は、死の直前まで、はためにも匂うように若々しく典雅で、その謙虚さと深い人柄は接したものの心を打たずにはいなかった。

『母系制の研究』を最初にすえたそもそもの端緒は、昭和四年、大塚史学会から発行された『三宅（米吉）博士古稀祝賀記念論文集』という八三〇頁にのぼる大冊の論文集の中の、柳田国男『聟入考』を、最初憲三が読んで疑問を発したことから始まった。この『聟入考』は柳田国男の論文としてはごく短いもので、原稿枚数にしてわずかに百枚ぐらいのものであるけれども、この小論文に誘発されて、昭和六年から七カ年の歳月をかけた菊判総ページ六八六の『母系制の研究』が成り、ひきつづき、十三年九カ月をかけて全十一章三千六百枚――本文二千八百枚、付録婚姻制八百枚の『招婿婚の研究』を合わせて『聟入考』を反論、反証するものであった。この両著が出されたとき、柳田学の影響下にある人々も、歴史学会もなりをひそめているような、無視しているような感じであったのはまことに興味深い。

この二著の圧巻の部分は、記録に残るわが上古からの皇室婚の内容であり、別の表現でいえば、この国の権力構造の秘奥を腑分けし明らかにする内容である。この書が、『聟入考』だけでなく「統制と弾圧とによって学者たちが萎縮を余儀なくされ、曲学阿世の徒が跋扈した当時の歴史学会」にむけて出されたことはいうまでもない。ここにも橋本憲三その人の志がこめられていないだろうか。全研究の内容によほどに深くわけ入り、共に渉猟しつくしたものでなければ全十巻の編纂は成らなかった。憲三をおいては、『高群逸枝全集』の編纂者たりうるものはいなかったのである。いや、今日の高群逸枝像は出現しなかった。

私は世田谷の森の家の内観の偉容を感動を持って思いおこすが、そこは見たこともない一大書庫で、水俣の淇水文庫より更に充実した内容のように私にはおもわれた。森の家の外観については、熊本の『詩と真実』の伊吹六郎氏がここを訪れて書きとめたものがあり、『火の国の女の日記』に収録されているので省くけれども、「アッシャー家」というような印象を伊吹氏は得られたらしい。しかし一歩屋内にはいると、正規の書斎、（応接間）、茶の間はいうにおよばず、湯殿の横の小部屋といわず、化粧部屋といわず、二階書斎（寝室をかねる）も張出しのおどり場も、壁面という壁面はすべて天井までとどく書誌類でことごとく埋まり、書架のしつらえ方の機能的、合理的であることはおどろくべきもので、すべて憲三氏の設計になる手づくり（カンナは大工さんがかけた）であった。書架の板はみな檜で、釘を使わぬ組み立て式になっており、時に応じて、つまり書物の大きさに応じて随時にわく組の組替えが出来るような仕かけになっている。

「古事記から織豊時代までの、この国で印刷されたほとんどの文献を集めたのですよ。全部読んだのですよ、彼女は」

厖大な文献資料とこの夫婦との、生々溌剌たるいとなみがそこには息づいていた。書物はここでは生き物であり、世俗とのつきあいを断ったこの夫婦の対話者としてそこに居並んでいた。

古事記伝二巻、古事類苑、古事記大成、国史大系（五十三巻）、史料大成（四十二巻）、群書類従（二十二巻）、故実叢書（三十二巻）、日本文学大系（二十三巻）、大日本古文書、大日本古記録、後二条師通記（上・下）、世界史（ソビエト科学アカデミー版十巻）、親族法（穂積重遠）、図説日本文化史大系（九巻）、日本庶民生活史（三巻）、日本歴史大辞典（二十巻）、大百科事典（二十七巻）、日本文化史大系（四巻）、日本風俗史講座（二十六巻）、未開家族の論理と心理（マリノウスキー）、御湯殿の上の日記（十巻）、六国史（十一巻）、国文学講座（十巻）、モルガン古代社会（上・下）、ミクロネシア民族誌、支那古代社会研究、支那古代経済思想及制度、小右記（小野宮実資）、権記（藤原行成）、春記（藤原資房）、中右記（藤原宗忠）、玉葉（藤原兼実）、明月記（藤原定家）、兵範記（平信範）、言継卿記（山科言継）、神話伝説大系（十一巻）、古琉球、琉球神道記、日本古代共同体の研究、社会思想全集（二十四巻）、古典劇大系（十巻）、寺領荘園の研究、南方民族の婚姻、新日本歴史講座（五十冊）、歴史学研究、日本農業史、大鏡活援、紫式部日記正解、支那原始社会形態、日本上代における社会組織の研究（大田亮）、支那の家族制、朝鮮の姓史と同族部落、日本婚姻史論、日本荘園史概説、三宅博士古稀祝賀記念論文集（柳田国男、聟入考収録）、キュウリー夫人伝、ゴッホ伝、国学院雑誌……。

いまの中学生程度の学力も持たなかった私にはこれらはまったく想像もつかぬ未知の世界であった。理解の範囲の中にはいって来たものといえば、ただ一冊、すっかり茶色になっている昭和二年刊行の『改造』四月号であった。自分が生まれた年に出されたおない年の雑誌ということに心ひかれて手に取ってみると、そこに芥川龍之介の「河童」というのが載せられていて、いたく感心したものである。

それをめくりながら考えていると、私が生まれてこの方、おそすぎる覚醒がおとずれた三十七歳までの無学の時間をすっぽり、この夫妻は系統的な勉強に当て続けていたのだという実感が、取り囲まれている大書架から伝わって来た。古事記のコの字も読んだことのなかった私は、絶望感よりも、この一大書庫に、無限の天地のようなものが広がってゆくのを感じた。これより三十八歳のはじめからイロハを習いはじめよう、そして死ぬまで勉強というものをしてよいのだというような啓示と、この天地へのいいようもない慕わしさを感じたのである。ここに創り出されている世界はいったい何なのか。まったく無知なるものの資格をもって私は、この不思議の国に招き寄せられたのであった。このときたまたま私の左眼の視力が、非常に衰えてしまっているのを氏に発見されるということがあったりした。

全集編纂を完了されたあと、水俣に移られた氏の胸中には、時間の澱のような憂いが降り積んでいるようであった。ある日唐突に、

「……ひょっとして、彼女の一生は、悲惨ではなかったかと思うときがあるんです」

などとおっしゃることがあった。

「……『婦人戦線』発刊前後までの彼女の姿を、ありありとよく思い出すのです。僕がやりそくなってばかりいて。彼女が今でも気の毒で気の毒で」

私は氏の額や衿首ににじみ出てくる汗にびっくりする。それはまったく脂汗を流すという形容にふさわしかった。彼女を遇する上でこの種のやりそくないの話題になると氏は必ず、深い苦悶に全身をよじっている少年のような表情をされ、白い形のよい額に、そのような汗が浮かび出てくる。私はこのように自分の妻のことを語る男性にかつて接したことなく、ぼうぜんとして次のことばを待つのが常であった。

彼女の墓の見える窓辺には、世田谷の森の家の茶の間にあった置時計が、これも森の家から持ち帰られた書架の上においてあった。ノートルダム寺院の鐘の音をとったものだというその時計の音にきき入ったことがなぜかなかった。時はもうここでは、失われていたのかもしれなかった。

そして氏は、大きな置時計のあるその窓辺に倚って、例のタオルの首巻で、額と衿足に浮き出る汗をお拭きになる。窓のすぐ外の柿の木が若い葉をつけていて、それが見えていたおとしまでは、まだお元気そうにみえていた。柿の枝だけみていれば、東京世田谷の森の家の窓を連想する助けになり、秋葉山の山裾にある彼女の墓も、ちょうど氏がベッドに仰臥された位置から望まれていた。一九七六年に入り、窓は春を過ぎても開かなくなった。「全身神経痛に似た」痼疾は、氏の生命の中におもりを下しつつあった。

死が刻々と確実にせまっているのをお互いに知っていながら、その死をなかだちにして、よもやまの話をしあうということはひとつのドラマである。名状すべからざるこの気分をどう表現すればよいのだろう。

「体の中を、非常に寒い風が、嵐のようにかけめぐるのですよ。僕は嵐の発生源になって立っていられないのです。こういうことははじめてだなあ」

ひょっとして氏は、死にゆく自分の状態を遠まわしに、しかしなるべくリアリズムで描写してきかせていらっしゃるのではあるまいかと思うときがあった。聞き手を少しずつ、そうやって馴れさせてゆく。

(――彼女が森の家をはじめて離れて東京国立第二病院に行ったとき、つまりそれは死の入院であったのだが、二人とも、そのことに気づかれなかった。すくなくとも自分は、彼女をそこで死なせてしまうとは思っていなかった。彼女は自分の死を知っていたのだろうか? 知っていて、彼女は黙っていたのだろうか。あらゆることを二人で話しあい、共にやっていたのに、選りに選って、最後のときだけを共有することが出来なかった。これは不思議な、ふに落ちないことだ――)

「ぼくの欠落性が、最後の時も出たのですよ。しょうがないなあ。片時も本を手離さなかった彼女が、どうしてあのとき、それをしなかったのか。じつに静かに、美しく病んでいたのです。本も読まないで、メモひとつとらないで。もっとも感じることがあって僕はメモしていましたけど。何を考えていたのかなあ、あの頭の中で。偉大な、どうも僕は散文的にしか表現できませんけれどもねえ、やっぱり偉大といってよかったなあ。あの子の頭は、そりゃおどろくべき働きをしていましたからねえ。何を考えていたんだろう、最後の時。死ぬことがわかっていれば、いやそういうかすかな予感もなきにしもあらずだったけれど、森の家で死なせるべきだった。僕がついていてやって――。あそこがいちばん気に入っていたのに」

最後の逸枝雑誌、三十一号の編集が終ってしばらくした頃、主治医の佐藤千里氏から、私は、もうあまりお互いの持ち時間がないことを具体的に知らされていた。つらいことだったが実妹の静子さんにその状態を理解してもらわねばならなかった。静子さんは東欧旅行を計画されていたが、それを中止された。

春も過ぎようとしていた。

「遺言を静子にしたのですよ、元気なうちにしておいた方がよいのでね。もしや重態になっても誰にも知らせてはならない。旧友人たちにも、身内にも。ましてジャーナリズムなどには。葬式などはいっさいしないこと、あなたも香典などもって来てはいけません。これは守って下さい。遺物などどこかに寄贈することも考えられるが、押しつけになるから一切を土に返すこと。それらいっさいを静子に託しました。あれは実行力がありますからね。……。

僕たちは森の家を維持してゆくのに、排他的に面会謝絶を行いました。友人、親類の冠婚葬祭いっさい、謝絶して過ごしました。ですから、絶対に、知らせてはいけません」

私は懊悩のすえ静子さんには内密で、朝日評伝選に高群逸枝を執筆予定の、鹿野政直、堀場清子夫妻に緊急事態がせまっていることを連絡した。たぶん鹿野氏から、事情を認識できる範囲の方々に、やはり内密に報告がとどくかもしれないと念じながら。

氏はおだやかな声で言われる。

「自分の生命を、自分で管理するというのが、現代の科学と文明人に残された最後のテーマですねえ。僕はね、コントールをあんまりたくさん呑まないように、医者からもらう睡眠薬もあんまりたくさん呑まないようにしているんですよ。いざというとき、利きませんから。それでね、いよいよのとき、嘔吐しないように、口にくつわをはめて置きたいと思うのですけれど」

微笑が口辺にただよっている。

「だめでございますよきっと。致死量というものがあって、先生のように、お薬を十種類も十二種類も長年お呑みになっていらっしゃると免疫がおできになっていて、少なくても多すぎても、利かないと思います。植物人間におなりになることうけあいです」

「困ったなあ。僕はもう今度はダメだと思うんだけどなあ……。今にして思うんですけど、水俣病の、とくに子どもたちがねえ、どんなにつらいだろうと思うと、ほんとうに気の毒で……。あれは苦しいんですよ、きっと。僕でも大へんだから……。今ならこうしてお話できますけれど、このままでその、いわゆる植物人間になったら、お手あげですよ。佐藤先生に、お願いしてみるんですけれどねえ。一大テーマだもんで、先生なかなか、お返事下さらないんですよ」

氏の生い立ちについておききして置きたいことが沢山あった。御自分のことを主にして語ることを好まれなかったので、なにげない会話の折に出てくる球磨川の印象などを、私はひそかにノートしだしていた。自分は編集者だから、彼女の前面に出てはならないんですと常々おっしゃっていた。

「どうして僕のことに興味を持つのかなあ諸君は。もっと彼女の書いたものを眼光紙背に徹するごとく読んでくれたらよいのに。あれは彼女のすべてなのに。彼女自身、書いたものがすべてだと言っていたのです。僕はつまらない普通の男で、放蕩無頼で、いや放蕩はしなかったが、無頼漢といってもよかった。彼女のお蔭で少しはましになれたわけで、僕が彼女を教化したという考え方に立てば、少しも彼女を理解できなくなるんですよ。彼女へのはいり口はそこで閉ざされるのですよ……。そうでしょう」

水俣に移られてから、全集の売行と比例して訪問者たちがこの部屋に「防ぎようもなく侵入し」

はじめていた。森の家の原則はくずれかけていた。卒論を控えた学生たちとか、新聞の人たちとか、いわゆる逸枝ファンの人たちだったが、なぜ氏が逸枝の蔭の人として終始されたか、その秘密を知りたい、隠されているそれを直接氏の口からききたい、というのはその人たちのやみがたい希求のようだった。氏はたいてい寡黙に微笑して、例のように額の汗を拭きながら悪戦苦闘して答えられる。

「僕は彼女とは、有頂天ですごしました……。一日も飽きるなどということはありませんでした。影？ 僕が彼女の影になってですか、うーん。一日、一日、それは素晴らしい日々をすごしたのです。いや、僕でなくとも、他の男性であったとしても、彼女はきっと至福を与えずにはおかなかったような女性でした。……そりゃ見かけは、奴隷のごとくも見えるんです。すっかり奴隷なんです。矛盾撞着のかたまりなんですよ。悪意では人に応対できないんですから……。日常生活ですか、そりゃ、ぶきっちょで……風にも耐ええない風情の人でしたよ。洗濯なんか、させてもダメなんですよ、うまくやれやしない。やりたがるんですけれど」

それからすっかりはにかまれ、質問者たちが、ひどく深遠なことをきいたような顔で帰ってゆくと、氏は大急ぎで上衣を脱いでしまわれ、上半身にふき出ている汗を、いつも手離さぬタオルで拭きにかかられるのである。

「いやもう、諸君にはすっかりお手あげです」

そのようなこともあって、私はテープとりなどを禁止された気持になっていた。けれども、三十一号にとりかかる前に私は申し出た。

「彼女ひとりでは、彼女自身の像が完結いたしません。どんなに偉大であろうと。これは女性の性をいうのですが。こんなにも女らしい方ですから。彼女ひとりをとり出そうとしますと、彼女は片輪になって出てきます。それでは彼女がかあいそうで……。憲三という男性と結ばれている彼女でないと、彼女の、女性であることの意味が消え、彼女は充実しない、性を持たない女性になるとお思いになりませんか」

仰臥されるのが一日一日長くなってゆくベッドの上で、非常に深いまなざしをされ、なにかの意味のように、あるいは習慣のように、左の方に身を起そうとして、枕元をごわごわと探られるのであった。そこにはいつも、『高群逸枝雑誌』の表紙の書きかけや、方々から送ってくる原稿や、その割りつけを示す書き入れや、切り貼りをしたワラ半紙やが置かれていた。のちには、チューブ入りの糊や、鋏、ものさしのたぐいまでが枕元に持ちこまれた。そういうものをまさぐりながら、しばらく表紙の出来ぐあいを手にとって点検される。仰臥されているので、表紙の下絵がかすかにふるえている。そして、表紙ながら胸に手をおかれる。

「どうぞ、なんでもおたずね下さい」

「あの、私、テープとりのおけいこをしたいのですが」

氏はプッと声を出して吹き出されたが、しばらくして申された。

「どうぞ、やりそこなわんようにお願いします。あなたがテープを扱うとは画期的大事業だなあ……。細川一先生（チッソ附属病院長、水俣病の発見者で終始患者側に立たれた。）のときも、ぜんぜんダメだったんだからなあ……フフフ。いやこれは、記念すべきことですよ。最初にして、最後かもしれませんからね」

主治医は多分あと二週間前後のお命と判断されていた。

「神経痛に似た痛みが襲ってくるのです。こいつがねえ、ゲリラみたいな奴で、どこを襲ってくるやら予想がつかないんです。もう撃退できないんですよ自力では。佐藤さんは非常に助かる。痛みについて、あの人は探究心があるから」

女性のこの主治医が一日に二度ぐらい招ばれるようになっていた。彼女は逸枝雑誌の会員であり、往診ついでに雑誌の発送を手伝ってくださったりする。痛み止めが使用されているらしかった。

「気分がよくなりました。お話いたしましょう。こんなに静かな時間を持てるのは、あなたもたえてないことでしょう」

テープ採りはなかなかうまくゆかなかった。音ははいっているのだが、言葉がぜんぜんききとれない部分が多すぎる。それに不可解な音が這入っているのをよく聴いてみると、帰宅するときの自分の足音や、手さげの中で買物の紙袋ががさがさとふれあう音や、すれちがう自動車の音だったりした。

頭を横むきにしたまま氏は、小型テープのボタンに手をのばされる。

「やっぱり、僕の方が上手だもん」

日本の家庭は、いちど爆破せねばならぬと氏は考えておられた。従前の家庭観、男女観でいうところの、内助をつくす女性の役割の単なる裏返しや変型や、異なるエピソードとして、男が妻に内助をつくしたとしか考えることができない認識力を、時々話題に出して苦笑されることがあった。

「僕も身に覚えがあるんですがね。男性諸君の、こと女性に関する志向ですがね、その低いこと、その粗雑なこと、処置なしです。まあ男は、思い上るようにできていますから。これはね、逆の意味の過保護でしてね、諸君の方も、ほんとは解放されていないんですよ、昔日の僕のごとくに。意外やインテリたちにこの種の奇型が多いのです。そういう男のあり方を許す分だけ、女の美徳や知恵の深さ、つまりは愛の深さということになっているので、ほんとうに助かりません」

つまり氏はこうも思っていられたのではあるまいか。そういう女性の本来的な愛の無明世界というものは、無意志ではなくて意志をあらわしているのだと。どのような意志であるか、まだ全的な表現を持ったことはないけれども、そのような無明をいとなむ意志として彼女は在ったのだと。自分はそれにむきあう性として、そのような世界の奥にいる彼女に、なにかを点ぜねばならなかったのだと。生命界の何億光年を逆算してゆくような、もっとも深い闇の奥からこそ、最初の光というものは点ぜられうるのだ。その最初の、光になりかわる直前の、点が産まれる一瞬に凝集する力というものを思いたまえ。そういう深所にとどこうとするのが、男性の力というものではあるまいか。女性の内助というのが、それはそれで自足、他足するのもわかるけれども、男の得意とする論理学の上から言っても、論理自体が卑小で粗野に感ぜられてならない。性というものは人類にとって最後のものである。しかも万人平等で。諸君の性は浅く渡り歩いてゆくきらいがある。男の論理もそこに根本を置いてみればどうなるのか。単なる男女同権では、いかにもスローガンめいてそれでは味気ない。それでは女性のあるいは男性の、隠されている生命を穿ちえていないようにおもわれる。彼女は人類を信じていたが、それは進歩をという意味ではなくて、自浄力、甦る美しき力を信じようとしていた。もちろん人類が生み出す悪も知っていて。

五月十七日、十時半ごろ御見舞に。静子さん長椅子の上。御疲労のお顔色、ああ昨夜は先生がお痛みだったなと思う。お茶いかがですかと、静子さんが窓辺に誘いゆかれるので不思議におもいついてゆくと、先生に背をむけて卓上にメモされる。

「なるべく(勉強を)お続け下さい」

残り時間いよいよ少なくなった、貴重な時間の意。佐藤主治医、この勉強時間のために鎮痛剤を打たれる形になる。勉強が続くと、苦痛もやわらぐと先生おっしゃる由。勉強というのは、「最後の人」のためにわたしがおたずねをすることであった。けれども先生のお顔色ただならず。

「あと二年ぐらい、勉強つづけられたら、どんなにかよろしいでしょう」

「ええそうしたいものですね、ぜひ。夏になったら探訪にまいりましょう、彼の地の払川へそれから球磨の方へも」

そうおっしゃっていた。先生は夏がお好きだった。

いまのこの事態は、梅雨前の悪コンディションであるという風な気分を女たちは保とうとした。

先生はしかしお気づきかもしれなかった。彼岸の方からと、此岸の方からみえる同じ遠景について話をするように、わたしたちはやはりそこに見えている死について話しあっているのかもしれなかった。

「おいたみですか」

「はい、とてもいたみます。僕は今日はねえ、なんだか僕は、人間のロボットになって、ばらばらになっていたんですよ。今やっと一つになっているんですけれども、なんだかそんな風になって、陳列棚の上に乗っかっているんですよ僕が」

「ああ、それではどんなにかせつないでしょう」

「うん、僕はこのところ、とても不思議な目に逢っているのですがね。僕が三十六本になっていて、平たくなっているんですよ。そして、そのうちの一本が、すーっと、こんなちいさな尿器のような、管のようなものの中に、吸収されてしまうのですよ」

「あの三十六本というのは」

「ええ、比喩ですね、あばら骨でしょうかね。僕を収斂して言いあらわしますとですね、ぼくと尿器と、二つに分裂してましてね。まもなく、一本になるんですけれど、いまは、わかれているんですよ」

ここ十日ばかり尿器をお使いになって、とうとう、こんなもののお世話になるようになりましたとおっしゃっていた。そしてはっきり覚醒され、「あなた今日はお握りですか。お昼も過ぎたでしょう、お握り召しあがれ」とおっしゃる。お握り半分コしましょうかというと、うん、とおっしゃるのでゴマむすびとたくあんさしあげる。手に持って眺められ、じつにおいしそうに、味わって食べていらっしゃる。二十分ばかり咀嚼なさる。

「ああ、日本の食べ物では、塩のきいたおにぎりと、たくあんにつきるなあ」

五月十八日、昨夜鹿野夫人二十時二十三分「有明」でおみえ。間にあってよかった。今朝の御面会よい結果であればよいがと思い、時間をずらしてゆく。十一時御見舞い。今日の先生尋常ならず。

「ああ石牟礼さん（と目をひらかれ）やっと、お声がきこえました。今日はねえ……。円がねえ、ぼくが、円になって、円について今日は……」

「おいたみですか」

「はい」

「おもみいたしましょうか」

「はい……」

アイスクリームを持ってお見舞いにうかがった静子さんのお孫さん、三郎少年に。

「アイスクリーム、おめでとう。夏、さようなら」

幻覚（痛みどめの注射のせいか）のつづきのような勉強の時間の中での、先生のおことば。

「現代の神話は、タヒチの女ですねえ」

「コップがふたつありましてねえ、ひとつの方には、生命がはいっているんです。もうひとつの方に……（まなざしをこちらにじっと注いで云い淀むように）真理をいれようとするんですけれどね、なかなかそいつがね（ちょっと困ったような、はにかんだような微笑）はいりにくいんですよ」

五月十九日、鹿野夫人とごいっしょにお見舞。ナポレオン食堂より、鹿野夫人、夫君に御連絡なさる。まず夫人に先に行ってもらう。入口まで一度ゆかれ、はいれず、引き返して来られる。つらいとおっしゃる。そこで（ナポレオンに待機していたので）御一緒する。『岼泉日記』、夫人に託される。『婦人戦線』、石牟礼に。夫人お帰り後、また先生の勉強のお話、もう半ば幻覚か。深沈としたまなざしでこちらを見ながら。

「僕の躰がね、今日はまるで、一枚の板のようになっていましてね。そいつを手でこうつまみあげてね（つまみあげる動作）こんな風に眺めているとね、一枚の板なんですよ。それでそいつをつまみあげて、陳列棚に乗っけて見るんですけれどね。もっと具体的にいいますとね、妙なものですけれど、その、うすい板を半分、半分に更にうすく切りわけますとね、上の方はその、まるであのオコシ、お菓子のオコシのようにね。粒々になって、粒を固めるものがはさまっているんですよ。そいつが、うすく固めた板の上に乗っかっているんですよ。それがいまのボクなんです……。あなたの貴重な時間をさいてすみません」

静子さんのお疲れはなはだし。

先生の吐かれる息と吸う息、吸う息の方、とても苦しげである。

五月二十二日、新聞社そろそろ知りはじめたもよう。朝日の伊藤記者昨深夜みえる、口止めたのむ。朝十時半ごろ、鹿野政直先生もおみえ、間に合われた。御夫婦で橋本邸へ。おともする。

静子さん枕元にいらして先生おめざめ。ちょうど痛みが去っていて、御夫妻にごあいさつおできになる。お帰りになったあと、

「今日は記念すべき日になりました」

と深い息をつかれ、お声がとても弱々しい。

「秋晴れのよい日でしたねえ。あなたの古典的なあのお家にお伺いしたのは。かつてないことでしたが。ちょうど十年です、あれから。彼女が出発した頃にうりふたつでしたよ、本棚もなんにもない、しかし、本が二、三冊あって。うっかりすると世間にいれられない孤独な姿で……。僕にはほんとうによくわかった……。『椿の海』は、まだですか。僕ならうまく広告が考えられるけどなあ」

「そろそろ『最後の人』の次回の構成を考えはじめているのですが、そのじゅんびを」

「ああそうですね、ぜひそうしましょう。ちゃんとやりましょう」

「あの、白石野の、彼女が清人さんと栞さんと三人で、桃源境のようなところに迷いこむくだりがありますね、小さかったとき」

「ああ、ほんとうです」

また意識が混濁されおねむりになるご様子。清人（逸枝の弟）さんは一カ月ほど前に亡くなられた。逸枝の最後に残った血縁であった。先生ねむりこみながら改まったような様子をされる。なにかおっしゃる。

「どうぞ」

とおっしゃる。勉強のお催促らしい。

「あの……彼女が神隠しにあいますでしょう、月夜の晩に」

「……はい、ほんとうです……。彼女と……高群清人といっしょに、……しています」

「……」

ききとれないくらいかすかに、しかしはっきり、

「……寒椿が……（咲いて）います」

「寒椿が」

「はい……」

それは最後のおことばだった。静子さんが上がっていらっしゃる。

佐藤先生おみえ。朝日新聞社出版局（評伝選の係）の宇佐美承さんご到着、五時頃。白菊をお見

舞に持って濡れておいでになる。それで外は雨が降っているんだなと思う。もう、お話おできにならない。

七時頃うすぐらくなり、先生の呼吸、ハーッ、ハーッと深く長くなる。

静子さんこの十日間ほとんどお睡りにならない。ああ、とおっしゃって、

「なにか、のみましょうか、のどが変ですよ」

と紅茶にウイスキーを入れたものを、佐藤医師におすすめになり、ああ、と板の床に座りこんでしまわれる。窓の方をむいてうつむいていらしたが、片手で自分の躰を支えるように床に突っ張るようにおいて、紅茶を啜りながら、

「涙も出ないんですよ。この心の底の方にある悲しみは、病気ではないでしょうか。正常なんでしょうか……。涙も出ないんですよ。なんという人でしょうねえ、この兄は。こんなにうつくしくなっている人は」

鹿野先生は、十一時四十分ごろのでお帰りになった。

佐藤さん、午後からほとんどつききり、いよいよフェルバビタール打たねばならぬようになったようですとおっしゃる。お悩みのご様子。

先生のお姉さんの藤野さんが、若主人におんぶされておいでになる。もう十年くらいベッド暮らしの躰で、おんぶされたまま肩越しに、よく透る声で、

「憲さぁん、憲さぁん！　姉さんが面会に来たばぁい。もう、もの言わんとなあ」

とおっしゃる。そのお声の情愛、哀切かぎりなく、先生の寝息と交互にこの方も息を吐かれる。「おお、思うたより、やせちゃおらんなあ。憲さぁん、うつくしゅうしとるなあ」

先生のお返事はない。藤野さんにつき添うようにこの家の人たち御見舞に見える。たぶんもう面会禁止は解かれたのであろう。先生の深い寝息を一同黙黙と見守っている。

静子さんも佐藤さんも髪ふりみだれている、たぶん私も。徹夜。

五月二十三日、先生こん睡さめられず。深い呼吸続く。十二時頃ちょっと帰宅、ある予感持ちながら。追っかけるように佐藤さんから電話で、五十分でした。ダメでしたと。

橋本憲三氏をおもうとき、私は数多くはないがこの人が、『婦人戦線』と昭和初期のアナキズム系の雑誌と晩年の『高群逸枝雑誌』の表紙のために描かれた、さまざまのあの直線を思い浮かべる。それはじつに端正でうつくしい。一本の直線は紙の上のどこにでも引けばよいというものではない。一本ひくか、二本ひくか、縦にひくか、横にひくか、右寄りにするか左寄りにするか。直線の細さは一ミリか、三ミリか、おそろしく瞬間的で緻密な計算がそこにはたらいていて、空である紙の面が、一本の直線のひき方によって抽象的な世界に千変万化してそこに現前する。それは絵画にも似ているが、むしろ原理的な美の目盛りのようにわたしには見える。配される明朝体の文字もその直線を基として、直線の延長上の形象として力づよく配列され定着されるのである。白紙の上にひきおろされるストイックな直線によって、無限の余白がそこには抱合され、魅力的な謎を含んだ空間がひろがっている。『高群逸枝雑誌』の表紙は、しばしば、そのようなストイックなぜいたくともいうべきものでつつまれていた。ここには凡庸ならざる志がこめられていた。それは男性美そのものであるようにわたしにはおもわれる。世俗を峻拒して、とある世界を護る意志、貫徹する意志がこめられている。線などはまったく誰がひいてもよさそうなものだけれど、空間を創出する最初のいっぽんの線、というものがあるのではあるまいか。古代壁画の線刻のような、何かが命じる力というものが。それは橋本憲三氏が残した透明な、まぎれもない表現であった。

氏はなぜみずから影の人として在りつづけたのか。それこそが醇乎たる男子の志というものではなかったか。

司馬遼太郎氏によれば、日本の男社会は意地悪だそうである。これは――日本人の民族病といってよく、ふつう、婦人が仲間を組む場合にこの人間精神とも言いがたいほどに生物的な作用が現われるとされるのだが、日本では男の社会でおこなわれるのが特徴的である。それも庶民の世界でなく、官僚社会、学会、画壇、文壇、記者クラブといったところでおこなわれる――のだそうで、なんのための意地悪かと考えてみると、男性たちの自己顕示欲にからんでいると思われるのである。橋本憲三氏の場合、ものすごいエゴイストだとその妻にみとめられていた個性は、日本男性の血脈は受けているけれども、その運用がちがっていた。

『高群逸枝全集』はこの国における女性史学に道をひらくものとしておこされた。それは女性自身の手に成ってはじめて女性史たりうるものであった。そのようにあらしむるために、橋本憲三は男としてのすべての力をそこに集中して惜しまなかった。ふたりの生活はたのしかった。

橋本憲三が見ようとしたもうひとつの近代を私たちもそこにみることができる。

「彼女はまるでサービス奴隷でした、ほうっておけば。僕にはそれはいたましかった。今でもいたましい。いいですか、そのような姿をとっている彼女を全として、すべてとして、そこで僕はうごいたのです。僕をうごかしたのは彼女なんです。そこがむずかしい。彼女は要求はしないのです。彼女は自立してました。居ながらにして」

朱をつける人——森の家と橋本憲三

一種のむなしさを伴ってこの稿がはじまるのは、たぶん時代の虚無があまりにも深いからである。とはいうものの、詩人は常に思想の廃屋の中から言葉を生まねばならない。

木や岩や水や暗がりや、太陽が、ただちに神でありえた時代が遠く去ってしまった現代では、詩の力が、かつての神歌《オモロ》のようにそれを代行せねばならぬと高群逸枝は思っていた。しかしながら、詩の霊力と照応すべき時代の稟性が、神の生きていた時代よりさらに衰弱している現代においては、彼女の寂寥は宿命でもあった。彼女はその晩年に、愛鶏タロコの死に寄り添いながら呟いている。

残っているのは雨漏りの
ひどくなってる鶏舎《こや》ばかり

これもいつかは朽ちるだろう
夏は涼しく冬暖かにと
見守ったのもいまはゆめ
生きてかいないわたしたち

（『火の国の女の日記』）

その生涯における昂揚期の作品群でよりも、日常無防禦の独白の中で、より深く、おのが生涯を語ってしまった逸枝にわたしは胸つかれる。そのように書きつけた逸枝も、共用の日記からそれを採集して残した夫憲三も今は亡い。

全詩集の昂揚期から見れば、一見痴語とも思われかねないその言葉は、生理的な老いが書かせた日記の独白、と言ってしまえばそれまでだが、かつてこのような断念を、作品の詞としては書かなかった人の心境を読み解こうとすれば、思い当たることはさまざまにある。

このように書きつけたとき、逸枝のまなうらには、自分ら亡きあとに朽ちてゆく森の家のたたずまいが、重なって視えていたことであったろう。小さな鶏小屋の運命と同じように、夫憲三が妻の勉強のために、この国ではじめて建てた女性史学事始めの家も、それを護り包んでいた森も朽ち果てる……。

生涯、幾度もの運命の危機が訪れたが、そのたびごとに捨て身の自己放棄を敢行して、そこか

ら常に前途を仰ぎ見、「出発哲学」を自らに課し、壮大きわまる人生の宇宙を生きた人の、

——生きてかいないわたしたち

という自己内心への告白はどうしたことか。いないな、稀有の世界を生きた人であったなればこそ、ただならぬ寂寥であったろう。ちいさな鶏の死に手向《たむ》ける小詩にそれを語ったことは、むしろこの人にふさわしく思われる。

今世紀に台頭した諸思潮への反証そのものであろうとして、「生命哲学」のよって来たるところを、ひらいて見ようとした人の向きあっていた最後の世界、彼女みずからが書きつけた「地球の冷却にそって寂滅《じゃくめつ》する生命世界」への入口に、慈光を湛えて、人間よりはさらにちいさな生命、一羽の白い鶏を抱いた老女が、ほほえみながら座っているのをわたしたちは視る。

思えば森の家とは、高群逸枝とその夫憲三との住んでいた、最初のクニというか、祭祀所を意味していた。そこはまた、彼女の詩と学問を象徴する場所でもあった。象牙の塔の学問というものが仮にあるとすれば、それはわたしたちには縁がない。けれども、〈森の家の詩と学問〉というものがあることを、このふたりが示したことによって、詩と学問は、いつでも万人のためにひらかれていることをわたしたちは知る。

ところで、森の家そのものは、その形がこの世に在った時も、それが消失した現在に至るまでも、森に闖入《ちんにゅう》したがった人びと、あるいはそれに成功しなかった人びとに、閉鎖的で難解な存在として印象づけられもした。憲三によってひそかに記されていた逸枝死亡時の小事件は象徴的

である。

森の家が最初のクニであるとは、異邦に対する独立圏を意味する。けれども敵対する政治連合へのそれではなくて、たとえば、古代宗教上の秘儀や遺制の意味を今日から分類して見るときの、聖と俗ということになぞらえて考えてみれば、解けてくるところがあるのかもしれない。聖と俗とは言っても、彼女をむやみと神秘化したいためではない。核兵器所有のバランスによって、平和が保たれていることに象徴される、世紀末に来た知性への、最終の課題を解くカギがそこらあたりに、秘められているかもしれない。

逸枝が現代人、ことに知識人にはまれに見る霊威《セジ》（まだ沖縄や八重山、宮古あたりの女性たちに保たれていて、おなり神――生きた神、兄弟たちのための姉妹神――であるとされるセジ）の高さを持っていたことは、彼女に関心を持つほどの者なら、誰しも肯いうることであろう。

幼時から観音の子の自覚を持ち、それにふさわしい父母の待遇を受けて育ったことに、生涯の資質が定められたであろうことは、『火の国の女の日記』に「愉快なお伽ばなし」として記されている。観音の子の形成については、堀場清子氏の、夫君鹿野政直氏との共著による『高群逸枝』（朝日新聞社）に精緻な省察がなされていて、深い共感を覚え、啓発されることがすくなくない。ここを通り抜けずには、逸枝の現代における巫女性の意味も読み解けまいと思われる。そのあたりのことは同書を読んでいただきたいが、本稿は『高群逸枝雑誌』の発刊と終刊に立ち会いながら、ただただ無力でしかなかったひとりの同人として、森の家と橋本憲三氏の晩年について、いまだに続いている服喪の気持の中から報告したい。

憲三氏は、水俣に帰られてからまもないある日、筆者に、

「僕は思うのですが、彼女はその、なんと言ったらよいのでしょうね、社会的な地位をおのずから、生まれながらにですね、持っていたように思うのです。そこが彼女の、天才であるゆえんだと思うのです」

と言われたことがある。

「社会的な地位」とは、もちろん地位や名誉、肩書などのそれではない。現代社会に占められている彼女の位相、というニュアンスであった。わたしはそのとき直ちに、彼女自らが『女性の歴史』の中で、族母卑弥呼や、――女性中心の文化という項をもうけてのべている、古代琉球の姫彦制《ひめひこせい》の中での、聞得大君《キコエオオキミ》に似つかわしい位相であるというふうに想い浮かべた。彼女の全詩業は狭義の詩壇に向けた詩ではなかった。たとえば、古琉球や八重山群島あたりの神女《しんによ》たちによってうたい残されてきたオモロなどに似ていると思う。現代語が衰微してゆく中で、いよいよ詩の耀《かが》きを失わぬそのオモロや上代叙事詩の、現代への復活を希うものではなかったかとわたしには思われる。

けれども、オモロや神歌が日常の規範となって生きていた時代は、その霊力と感応しあう人びとの、宗教共同体があってのことだった。今や、その相感能力を失った現代社会における、悲劇としての聞得大君の精神の継承者が、すなわち高群逸枝その人ではなかったろうか。たぶんその

ような霊感の衝迫にかられて彼女は書いている。

わたしたち人間は、やはり昔から知的動物であった。過去を知り、現代を知り、未来を知り、宇宙の実体を、人生の法則を、生命の原理を知り、運命を知り、災厄を知り、それらにたいして身を処する方法を知りたいと、われわれは昔から喘ぎもとめてきた。

そういう知的欲求の、おそらく最初の形態として、私はここに霊能の問題をかかげたいとおもう。そして、私はこの霊能の問題こそ、無視することも、軽視することもゆるされない、まさに世界史的事実であったことをいいたい。

それはつまり、女性の霊能――はやくいえば「神がかり」という手段などを通じて表現されていた一種神秘的な知的能力――のことであるが、後代のひとびとは、この能力を、女性のヒステリーや、病的発作に帰している。

われわれは、あらゆる国々の昔ばなしや、童話や、冒険譚等のなかで、妖婆や、山姥や、仙女というような異様な神通力をもつ種族のことが、一種の恐怖心とともに、また一種の郷愁をもって、語りつがれていることを知っている。

女性一般が、しばしばそうした異様な種族の血すじとさえされていたのである。はやい話が仏教でも、キリスト教でも、儒教でも、そういう眼で女性一般を観察し、そして警戒していたことはまちがいなかろう。時代をもっと歴史以前にまでさかのぼると、そこにはもうそのような異様な種族はいない。なぜなら、そこではそれらは「異様」な存在としてではなく、神として認識されているから。琉球では、全女性がおなり神とされていた。おなりは敬称して、おみなりともいう。日本内地でいう、女すなわち「をみな」も、おそらくは琉球語おみなりと同語であろう。そうとすれば、琉球のおなり神の俗は、同時に日本の古俗といってもよい。

（全集版『女性の歴史』第一巻一一八―一一九頁）

聞得大君は王の姉妹でなければならず世襲であって、最高の女神とされていた。この最高という言葉に反発を抱くむきもあるだろうけれども、全女性が神とされた頃のセジ（霊威）のあらわれ方が、形としてはそういう姿をとって顕現したので、こういう神女たちの霊能を抜き出して来て逸枝を当て、現代を見れば不思議ではないと思う。筆者の不完全な視力では、いまだ完全に、『母系制の研究』『招婿婚の研究』を読み解くに至らないが、この二著は、このような彼女の、それ自体が使命を帯びた（彼女の自覚以前の）詩人の力、いってみればその霊能で読み解こうとした歴史への呼びかけ、つまり逸枝のもとめる意味での歴史の叡知への、全身全霊をもってした呼びかけの記述と思われる。森の家はこの意味において、彼女の拝所《ウガン》であり、科学上の想念と芸術がひとつになって昇華した所であった。そしてまた後述するが「朱付け」の儀式のあるところであり、「花さし遊び」の御殿庭《ウトンミャア》ではなかったか。

彼女の社会における位相に対して、夫憲三は、彼女のいう「姫彦制」の彦として、ほかならぬ彼女自身によって選ばれたその供奉者であり、あるいは根人《ニーチュ》（後述）の役目に当たる人だったと思われる。それは、真の意味での男性でなければつとまらぬ役目であった。

現代の若い読者にその字面から了解されまじき、拝所とか御殿庭などという名称をここに説明しておきたいが、宮古、八重山や沖縄におけるそのような名称の、神がみずから祈るものに来給うその場所は、今日の日本本土よりすればわかりにくい。

そこには人工的な虚飾の一切無い、草道の辻とか木の蔭とか、岩の割れ目より、かすかな水のしたたる場所とかである。そのような処を聖域として南海の島々の人びとは、おのが心の内界に神を呼ぶのである。その地の神を知らぬものが、この聖域をうっかり横切って汚したりすると、祈る人びとは、聖なる井《カー》から水を汲み、神に詫びながらここを浄めずにはいられない。

その場所に日本式、あるいはヨーロッパ式の壮麗な宮殿があるわけではない。神々の来て遊ぶ聖なる場所は、祈る人びとのまなうらにだけ視えるのである。今でも、全女性たちが神になるイザイホーの秘儀の日のために、島をあげて、慎しみ供奉する久高島の御殿庭も、神アシャギと呼ばれる、四本柱に瓦をのせただけの建物（昔は草屋根であったろう）の、前の広っぱがその場所であった。陽のめぐるのに向ってひらいているそのたたずまいは、いかにもまじりけのない、神と人だけの世界に思われた。神域をつくっているものは、遠い世からの風や、常世の国と観念されている海原からの香りや、草や木に宿っている精霊たちの気配であった。そのような場所に立ったとき、自己顕示の権化のような形につくられた、人工的な聖域を見なれていた目のうつばりがいっきょにとれて、筆者もまた、太古に自他の霊とはじめて感応した者たちのように、うなじを貫く戦慄を覚え、精神の無限豊饒を受感した。それは遠い性の自覚、空のかなたから光の放射を受けたような、原初に付与された性の自覚といってよかった。

森の家をめぐる聖と俗とを考えようとして久高島を訪ねたが、ここで考えてみたいのは、民俗学のみならず文学や宗教の世界で、あるいは下層常民の世界で聖なるものをいうとき、聖痕を負ったもの、つまり片輪者と云われたり、不具とも云われる人びとが、同時に神として、遇されていることの意味である。

マリアが聖母と云われるには、未婚の母の受難のテーマが深く秘されていると思われる。キリストが馬小屋の桶を産盥とせねばならなかった説話にも、そこまで追いつめられたものは甦えらねばならぬ、被差別者の歴史があってのことだったろう。各国の神話に至っては、異相異形の神たちがぞろぞろ登場する。

げんに身近な水俣を中心に考えてみても、不知火海海域の各地に、声をひそめて畏れ敬まうように「あのひとはまんまんさまぞ」とか、「悶え神さま」とか称ばれる人びとがいる。前者を、自己誇示競争ただならぬ現代のまったただなかに連れてくるならば、うすらバカといわれそうな生まれつきの人を、まだわたしどもの田舎では、「まんまんさま」と敬まい、辛うじてかばっている。この気風とて、水俣病事態でいっきょに粉砕されつつある。

悶え神とは、自身は無力無能であっても、ある事態や生きものたちの災禍に、全面的に感応してしまう資質者のことである。この世はおおむね不幸であるが、ことに悲嘆のきわみの時に悶え神たちが来て、共に嘆き悲しみ加勢してくれた(饒舌《じょうぜつ》の意味ではない)ことを、悲嘆の底に落ちたことのあるものは、生涯のよき慰めとする。その悶え神とは、ただじいっと涙をためて寄り添って来るまんまんさまであったり、背中を黙って撫でて去る老婆であったり、憂わしげに、片隅から見あげている、いたいけな幼女であったりする。そして、わが身も不幸を負っているものである場合もある。

神話伝説の神々に片輪者が多いのもこういう謂われを含んでのことと思われるが、それはなぜなのか。「うすらバカ」や「片輪」を神にするのは、いうまでもなくこれを超俗者として復活させたいためで、そのように願うのは人びとの中にある悶えの意識とおもわれる。ここで大切なのは、両者の間にある絶対無償の関係である。あるがままの存在のすべてを黙って大切にする、いやいや、役目を持たせて大切にする、そういう世界なのであった。

現実には社会の脱落者、生活無能者とされるこの種の人びとを、目ざわりとして葬りはじめたのが、いわゆる近代市民社会であった。そしてこのような非情の時代になって来たとき、絶対弱者たちの意識の表現者、聖痕を負う者の悶えの表現者は詩人でなければならないと彼女は考えていた。なぜなら詩人たるものの唯一の取り柄といえば、「巷を歩けば千の矢が突きささ」り、風にも耐ええぬ魂を抱いていることだけである。

人は私の姿を指さして
あの泥にまみれている
女の気狂いをご覧なさいと
大声をあげて罵った

（『放浪者の詩』「女詩人の物語」）

ここにおいて詩人は隠れ処を求めずにはいられない。そこで異次元の森や野原や巷に身を隠すが、その異次元世界の中からさえ彷徨をはじめざるをえぬ宿命である。それでも、「花の思いに満たされて、そして徹宵《よっぴ》て笛を吹く」かとおもうと、

蛆虫になるべき身をば持ちながら、
いきな立ちんぼや、コレワイサノサ、墓掘りや。
行く手は時代の左り道。プロね。

（『東京は熱病にかかっている』第十一節「お葬いの夜のボロ仲間」）

などと唄うのであるから、世の常の人からまじまじと見られていたとしたら、気狂いと思われ

て致し方ないところのものである。詩壇というものが出来上がって、彼らが団結しているようなのは、隠れ処願望のあらわれかもしれぬ。

森の家が超俗的な自己聖化を遂げたがっていたのは、この二人が、ひとりずつにしておいたならば、いずれも野垂れ死しかねない超俗的片輪者だったからである。帝都東京が「熱病」を病んでいる時代であった。この超異常者の二人をもしも不知火海海域のどこかに置いたならば、よそから来て正体不明、理解不能の人物は神にしておくにしくはなしというので、書物神さまとか高《たか》漂浪《ざれき》神さまとか大切にしたろうに、馬の目を抜くお江戸が近代に化け始めたところでは、敏感という名の精霊のような二人が、「面会お断り」の小さな呪符を、森の家の玄関にしつらえたのはむしろ上出来であった。

前近代から超出している世界では、あの絶対無償の相互世界は失われ、悶えの共有によって、互いが世俗の中に聖化を遂げ合う構造も失われ、自分で超俗者を目ざすしかない。けれどもそれは必ずひずみを産まずにはいないのである。なぜならば、ここで超絶者たらんとするものも、自分の外側だけではなく内側にも、近代を抱いてしまっているからである。ことにも彼女は超近代の極をも持っていた人であった。なにしろ「日月の上」の人である。自己分裂は深かったろう。憲三氏はある時ふと、にわかに蒼茫《そうぼう》とした顔になられて、こう洩らされた。

「彼女はとても悲惨でした。僕は気の毒で気の毒で見ていられませんでした。彼女が機嫌よくしていればいるほど……」

わたしは凝然として師を見あげた。

彼女の若年の日の捨身と出発、それは『娘巡礼記』を読めばどのように形をとってゆくかが理解される。四国巡礼において彼女の接した人びとは、シラミとおできの膿汁にまみれ、白痴とも片輪ともいわれて最下辺にうごめいている者たちであった。泥土の中のアニミズム世界に生きる人びとは、彼女を観音の化身に見立てて慕い寄っている。彼女の背をそこへ押しやるものの声をここへ引けば、

阿蘇のけむりをながめながら夢のように歩いて行った。熊本を出はずれたとある店で雨具を買おうとして立ち寄ったところ、店の人がいきなり、

「何も出んばい」

とあびせかけた。

私はこれで、自分が客観的にもじゅうぶん、乞食遍路となったことをたしかめ得た思いだった。……大津にくると日が暮れたので、私はためらわず、町はずれの一軒の農家に宿を乞うた。

「私はお四国へまいるものですが、一夜の宿をおあたえくださいませんか」

私はみじんのいつわりもなくただありのままにときめたので、簡明な言葉をよしとしたのである。その家ではことわられたが、外の家を教えてくれたので、ありがたく礼をいってそ

の教えられたところへいくと、そこでは気さくに、

「ああそうかい、泊まってお行き」

と応じてくれた。

「ああそうかい」ということばは、村では馴れていないことばである。

「そうずござりますか」

と村の人のていねいにいうのがつねで、私は貧しくはあったが、とにかくそうした受け答えのなかで育ってきていたが、しかし、桶屋さんの助手となってからは「こら娘、おるがえん盥やどぎゃんしたこ」などといわれて馴れているのである。

（『火の国の女の日記』第二部「巡礼の旅」）


情景の生きていた頃より五十年ばかりの歳月の抑制を経て、描かれる筆の息づかいが感ぜられる。このさりげなさの内容は多くのことを教えてくれる。

敬虔な心篤《あつ》い村々の尊崇を集めつつ、先任地から村長に招聘《しょうへい》されるほどの人柄であった小学校長の娘が、その身分から、当時のいわば平均的な農村下層社会にまじわり合ってゆく姿は、後に引く五十銭借金の詩と相まって感銘深いものがある。

学齢に達するまで家に書物というものを見ず、近所の淫売衆に可愛がられて、字というものには、小学国語読本で初めておめにかかった筆者などから見れば、明治末年の、九州中部山村の小

学校長の家というものは、村における最高の知識人であったと思われる。ことにも逸枝の家系や赴任先における位相を、嶋泉と号した父の日記などに読んでゆけば、わたしの育った水俣の貧民社会と、逸枝の育った、田舎ではあるけれども文化階層を目ざす家やその周囲が、まるで時代を逆さにして置かれているような錯覚を覚える。

巡礼行で逸枝の出逢う人びとは、筆者のまわりにいた文字通り最下層のものたち、極端にいえば人間の数に入れられぬはみ出し者ばかりで、その故に神仏の声を聞こうとしている、あの憑依する人たちであった。ちいさな逸枝とちいさな筆者が、もし時代をひとつにして出逢うことが出来たならば、たちまちふたりは気が合って、「変な同志」が満身創痍の身を直感しあったろうにと思わないではいられない。そのときふたりを結び合わせるのはたぶん階層の差なのである。この差というものはまことに重要で、ふたりはそれを媒ちにして、一瞬に互いの悶え（幼児のそれはあの根源性というものを完璧に持っている）を読みとり、その受感の内容はボルテージに満ちて重層化したと思われる。つまりふたりともあの、地の足の底から「その他大ぜい組」あるいははみ出し者たちと共に、天上のまぼろしを見合ったと思われる。

逸枝が巡礼行で見たものは、この世の奈落に浮き沈みしている人びとであった。そこは堀場清子氏も指摘していられるように、米騒動の波動もとどいては来えぬ世界であったろう。ここを通過したことは、彼女のはげしい読書への、入魂儀礼であったと思われる。たぶんこの入魂行によって、彼女はその資質の上に真の霊威を授かったのであろう。巡礼行を促した要素に、憲三を中心にした青春の苦悩があったことは、初期作品のすべてに読みとれる。

その時の憲三氏の、彼女へのはなむけの言葉をここに記しても、もうお叱りにはなられまい。それは、

「丈夫なズロースをはいてお出でなさいよ」

というのであった。含羞のこもるやわらかいお声でほほえみながら、

「うーん、あのね……。そのように言ったのです」

とおっしゃったので、虚をつかれて絶句し、笑い出してしまうと、師もつられて笑い出された。透明なテノールのやわらかいお声も今は亡い。


わたしたちの逸枝はしかし、詩人としての出発に当たって、まことよい理解者にめぐまれたといわねばならない。柳沢健と生田長江の言葉を彼女自身感謝をもって『火の国の女の日記』に引いている。しかしまた、長篇詩「日月の上に」は詩壇人から悪評も受けた。彼女は組織的悪評と言っているが、たとえば山村暮鳥の「日月を尻に敷く」などの「下卑《げび》た」批評に対して、作者としては「平和」をいっているにすぎずとしながらも「つねに噴出の機会をねらっている地の底の火熱に近いものを感じさせないではいません」という生田長江の推薦文（『新小説』大正十年四月号）などを紹介しながら、後年になって持説を展開している。

「日月の上に」は、詩が大衆から遊離し、文字からも孤立し、詩作者仲間のみの自慰的作品になりおわろうとする時点に立って、それを本来のありかたにかえそうとする意図をもっていた。古代文明は叙事詩によって開幕されているのをつねとするが、それは大衆にうたわれる詩であるとともに、大衆を啓発する歴史学であった。（中略）それで私の詩は、詩の方法論からいっても、ダンテの詩が俗語によって書かれたように、大衆に密着する俗語によって書かれねばならなかった。それは音楽的、絵画的等の要素をもつとともに、思想や学問が随時にとりいれられねばならず、社会の諸現実に深くかかわるものでもなければならず、また現実と超現実との交錯する境地にも入りこみ、それを象徴化し抽象化する私の破調短歌のいわゆる恍惚の世界の手法をもとり入れねばならないものだった。

（『火の国の女の日記』第二部「日月の上に」）

彼女における恍惚の焔、地獄の火と天界の光が形となったもののひとつが、大正詩壇人たちになじまれなかった次の詩であったことはいうまでもない。

汝洪水の上に座す
神エホバ
吾日月の上に座す

詩人逸枝

彼女は十三歳の頃教科書の文章を訳して、

大アフリカの夜はふけて
きこゆるものは悲しげな
タンガニーカの水の音

という新体詩をつくったと『火の国の女の日記』に書いて十三歳の作品は、国家意識と世界意識とが同時に心に刻印されたからだとしている。過敏な資質というべきであろう。生田長江によって題詩とされた『日月の上に』の詩集は、よほどに超絶的に感ぜられたとみえ、大正詩壇の嘲笑を買ったという雰囲気もわからないではない。この詩を現代に持って来るとすれば、たとえば、近頃テレビで話題になった、土星への全地球的熱狂の表出を考えれば、この詩はそれほど異和感を持たれなかったのではあるまいか。当時の詩壇人より、目線の位置が上空にあったばかりに悪評を買ったらしい。彼女の現世との異和を示す数々の事件の中でも、この詩ほど世俗との落差をみせたものはなかったろう。異様な女、自己誇示の強い女とも受けとられてしまったらしいことは、さらに彼女自身を、この世は居心地の悪いところと感じさせたであったろう。けれども、彼女が「天の星の秘密を知りたいと思うものは地の足の下を掘るにしかず」と同じ詩篇の中で書いているのをみれば、その宇宙観がたんなるうわごとではなく（うわごとにも重要な意味があるが）、それを計るには自己の内部の、「地の足の下を掘る」物差しをもってしていることが読める。
天の星と地の足の下との間から娘になり、世間に出始めた逸枝の第一歩とはこういう世界であった。

五十銭を借りにはるばると／野原の村にでかけていくと、そこの小学校長が／お酒に酔って申すには／あなたの名前は聞いている／前の校長の娘だね／金を借りにくるなどとは／なんという見下げたことだ／しかるに女は考えた／なんと不思議なことだろう／あのフヨードル・カラマーゾフが／きっとあたしに憑いたのだ。

（『日月の上に』）

このような経験があればこそ、「かよわいまでにほのぼのと／宇宙は私を明るくし／二足三足夢の中／肩にさくらの散りかかる」というような恍惚境も深くなる。「お日様くるくる廻ってる／お日様袂に落っこちる／どこが山やら世界やら／ひらりと上がれば天の川／ひらりと下れば薔薇の床」という次第である。
現世の苦悶を感受する資質が深ければ深いほど、天上へのまぼろしは美しい。あの聖者たちの至福の絶対境が、常に死と隣合わせであったように、日常において絶対や究極を求めたがった彼女に、世間との齟齬《そご》が生じようともそれは必然というもので「火の国の侮辱の沼が、ともしびをつけて待っている」ことになるのは避けられない。

彼女における地の足の下意識、つまりその激しい疎外感の原型となったものには、生まれた直後に、彼女をとりあげた産婆が「ビキ（蛙）の子のごたる」と言い放ったことにも見られ「観音の子」の裏側にぴったり重なっていることがうかがわれる。そこからの回心への願望の軌跡を彼女は次のようにものべている。

従姉千代野の病気への深刻な同情と痛み（彼女は胎内にいるとき堕胎の水銀薬のために不具となった）、私の一族や私のぐるりの部落の人びとの上にみられる貧困、憎しみ、怨み、犯罪、酒乱等々の悲惨事をみたりきいたりするとき、感受性のつよい幼い私の心は、釈迦や日蓮や親鸞に比せられる清い尼となって、大乗的に人を救い、または小乗的にひとり行いすます道に進み入りたいとねがわずにはいられなかった。このねがいは熊本の観音坂の尼寺入り志願となり半ば実行して挫折した。

（『火の国の女の日記』第一部「魂の欲求」）

小さい娘の子は／平気でこういうのだろう／母ちゃんあの村では／なんにも貰えなかったわ

ね／だからこんなに空腹《ひもじい》のよ　母も怪しまないで答えるだろう／そうね　あの村のひと／
いったいに意地わるで／なんにもくれやしない

（『放浪者の詩』「従姉に与う」）

従姉千代野については堀場清子氏が綿密な考証を加え、逸枝のこの世の弱者たちとの同行者であるゆえんを、氏もまた心情の道連れとなって彫琢《ちょうたく》していられるが、父なし子であった不具のこの従姉が、いずこかの地上をさまよっているさまを、自身の乞食巡礼の体験に重ねて逸枝は書いた。

筆者も血縁の中に父なし子やいわゆる精神を病む者らが居て育ったが、逸枝もまた、生命がこの世の奈落からも出生し、血の河を流れて野に出る姿を眺め、その意味を考え抜いたに違いない。『放浪者の詩』を読めば文章上の修辞ではなく、地獄の焔に遭う人であったことが読みとれる。そこに身を置いている灼熱度によってのみ上昇する天上への願望が、おのずから口をついて、天才を、という語が出て来たりして、さらに彼女自身を異様化してもいる。その願望が、世の常の立身出世願望や卑俗な自己顕示とは、まったく異質のものであったことはいうまでもない。これをスローモーションフィルムで見れば、森の家すらも見えない火《ほ》むらをあげてしんしんと燃えあがっているような、一種の自己葬祭の日々のように見えなくもない。面会謝絶の森の中でじつは彼女は自分自身を、憲三を供護者として祀っていたと思われ、それがあのままごとめいた月祭でもあったろう。

逸枝のいう天才の意味については、また稿をあらためて書きたい。

彼女が通った四国巡礼の道筋は、最下辺の民たちの生きざまが展開している普遍の日常であった。そこに生きるものたちは、それ自身の姿によって現世をあらわしていた。釈迦もキリストも、吟遊や象徴の詩人も、乞食遊女も革命家もその道を通り、あるいはそのような世界の深みから出生したのである。

彼女がこの旅において「戸口に立って物を乞い／川原に行き暮れて野宿し／暗い夜道を峠へ越える／馴れてみれば／これらのことも／一つの動作にすぎない」という心境に到達し、「私の心の中には／泥まみれな無数のものや／ありとあらゆる悪罪が／すこしも傷つけられないではいっている」というのを読めば、すでにあの普遍の領域、たとえていえば仏教成立を促した歴史の心因への把握、あるいはドストエフスキーの文学が、それなくしては成立しえなかったロシア民衆の世界における普遍、それを彼女も把握しつつあったのであろう。憲三と結ばれて後の家出事件までの、若年の日の捨身への衝動、この全面的自己抛棄の衝動はなにに由来していたのか。依り代としての大地の炎が彼女を呼んでいたのであろう。

十六歳の時の『告白』と題する文章に、「わたしの燃ゆるような心を密閉した腐れた肉体の図太さよ。……汝は腐れている。汝は心のままを表わし得ない。……悶え狂う心を包んで黙々たる汝が姿のいかにさびしく、みにくきや」と書いているが、退学に至った熊本師範学校の校風に、そぐわなかったであろう資質を充分うかがわせる。二十五歳になった『娘巡礼記』（堀場清子校訂・朝日新聞社）になると「自分では不思議とも何とも思はないんだけれど、世間の人々が眼をそば立てて不審がる処を見ると、矢っ張り没常識に相違ない」といくらか自己を客観視している。しかしたちまちまた、「未来は元より不明だ。不安だ。併し乍ら私は……不明不安の恐ろしさ哀しさを或る茫漠たる併し熾烈な想像の原野の上で詩化し劇化し、夫《それ》らから発散する芳醇な夢の香に恍乎として酔ってゐる」人でもあった。

ことあるごとに「世間の人々が眼をそば立てて不審がる」自分を、幼児の頃から発見せねばならぬ人間は、さらにふかく、「詩化・劇化」の世界を自分で創るものである。現世という巨大なフラスコの中にいる彼女を世間という業火《ごうか》が灼く。その火炎が強ければ強いほど現身の彼女はそのフラスコの中で、昇華を遂げ、つまり自ら詩化し劇化されていよいよ香りを放つしかけになってゆく。

このような自己劇化あるいは詩的転生を遂げつつある姿が、疑わぬ者、信じる者、苦悩のより深いものには視えてくる。彼ら自身も自分の鏡、俗世からの転生を遂げた姿をうつす鏡を欲しているからである。ここには人が人に、神が人に、あるいは芝居の舞台に憑依《ひょうい》する契機が存している。

筆者のもの心つき始めよりさかのぼること二十数年前、二十五歳の彼女が通過したことによって大分県の山間部の人びとの心にひき起こした賑わいはまことに興味ぶかい。村人たちが日常ならざるものへ、あけっぴろげな好奇心を見せているのが『娘巡礼記』にはまことに生き生きと記されている。彼女がそこに呼び出してしまった人びと、大分県大野郡東大野村中井田の村民たちは、なんとわたしの生い育った辺土の村民たちに瓜二つであることか。今も身のまわりにいる誰彼に、表情もその物腰さえもが重なって生き返るようである。では村々にとって日常ならざるものとはどういうことだったろう。

滞在幾日、私は今衆人環視の標的見たいになつて仕舞つた。すぐ前を馬車が通る。「アレだな」なんて云つて行く。……お爺さんがニコくして帰つて来た。曰く、「アンタの事が新聞に載つてゐるぜ。エライ学者娘だろテ皆の衆が話してゐた」……私は一寸赧《あか》くなつて考へた。退屈まぎれに大分新聞へ投書したのだ。……荷馬車客馬車行人の群が「新聞に出てゐた人だ」なんて目を見張つて通つて行く。其の羞づかしさつたら身の置き所もない位だ。中には態々馬をとゞめて乗客に説明の労をとる馭者さんもゐる。人を動物園の動物見たいに思つてるのか。おかげで暑いのに汗を垂らし乍ら屛風の影でやつと人目を忍ばねばならぬとは世にも情ない身の末となつたものだ。

(『娘巡礼記』)

九州中部の山ふところに深く抱かれている村々。〈帝都東京〉においては、大正リベラリズムが花咲こうとしている。そこを目ざして、明治維新後の地殻変動によって揺すり出された村々の神童たちが出郷しつつあった。彼らはやがて戦前戦後のいわばエリート層を形づくる人たちであったろう。逸枝の道すじもそのような道すじではあったけれども、彼女の場合は、あたかも一筋の閃光が沼の底を照らし出し、水中の澱《おり》の舞うなかを透過して行くように、近代社会の母層をなす村々へ舞いくだったのである。

テレビもなければラジオもなく、おそらく新聞を読んでいるのも村の有志たちだけ、彼女の表現を借用すると「坊さん、校長先生、女先生、某自称県会議員」といった人種、つまり村の旦那衆で、若い時、村の外に出て知識の洗礼を受けて来た人びとであったと思われる。

逸枝がこの村で自分への「参詣者」といっている人びとがいる。占をやってくれと訪ねてくる男もいれば、「貴女様は平常人《ただびと》様ではないと聞いて」首や足の腫物をなおしてくれとやって来る老婆やおかみさんがいる。説法をしかけに来る法師がおり、村岡伊平次そっくりの周旋人さえ出没する。祭のような騒ぎであったと彼女はいうが、それはまさしく時ならぬ祭であったのだ。村々のハレの日といえば、冠婚葬祭であるけれども、客人《まろうど》のおとずれる日、それが乞食遊女であろうと芸人であろうと、あるいは人殺し泥棒であろうと、その出現の日は祭にかかわるのである。善意にせよ悪意にせよ、人びとは寄ってたかって構いつけ、去ってゆく遊行の人に自己の思いを仮託した伝説をつくりあげ、それを故郷の心情の遺産として残すのである。

「今日は柱に凭《もた》れてゐた」「今日は上り口にかけてゐた」「足はブラ下げてゐたか」「いや土間につけてゐた」「はき物は?」「草履」「おい今日はニッコリしたよ」まるで見世物だと思っていると彼女はいうが、またとない見世物であったろう。ただでさえ村の日常とはこのようなものであるうえに、村に存在したことなく、通ったこともない人種が来たのである。自分でも「尊い姫」でありたいと思っている異常な天才だった。アニミズム世界のただ中にいる層にこそ、彼女の本質は直感されたと思われる。このような村で、貴種流離とは神の流離であって、観音の申し子ともされた彼女がこの村を通ったのは自然の成りゆきであった。

うつつの目に学者というものを視たことのない村民の目からすれば、年若いなよなよとした娘に、学者が宿っているなどとは、奇跡を見る事であったろう。

二十年ばかり前、水俣川の川べりの土手に、中老の乞食氏がいずこからとなくやって来たことがある。ぼろトタンを拾い集め、寝そべるほどには事欠かぬくらいの、丈低い小屋をまず立てた。土手を通る人びとは親しくその小屋を覗きこみ、観察しつくし、乞食氏が、なにやら字のぎっしりつまった紙片を読んでいたというので、たちまち畏敬した。焼いたからいもを皮をむいて食べていた(きわめて当り前なのだが)といって皆で首をひねり、そして唸《うな》った。ただものではあるまい、というのであった。今日の昼は膝を組んで寝そべっておんなった(居られた)。昨日は雨が降ったが、あんまり破れてもいない洋傘をさしておらしたと感嘆しあう。ついに、大学者か仙人であろうと結論づけて、人びとはおおいに満足であった。仙人が居なくなった今に至るもなつかしみ、「蘇《ソ》峰《ボ》さん」という贈り名をして、愛惜おくあたわざるものがある。ちなみに当地は徳富蘇峰《そほう》の出身地である。

父母の庇護のもとに校長先生の家の「ご令嬢」の待遇を受けていたときには、はじめから村民たちの間に位置関係が定まっていて、「そうずござりますか」というような受け答えをされていた逸枝であった。それがみずから身元不詳の者となり、彼女は、村の貴種から、流離する貴種となったのである。村落共同体のあからさまな肉質に、はじめてじかに触れたのであったろう。いうまでもなく、「屏風の影でやっと人目を忍ばねばならぬ」ような村の目と口が、石川啄木を「石をもて」追い出した近代文学の故郷でもあった。

このように寸描してみただけでも度はずれにアンバランスな女性に、ふつうの男なら一時の物めずらしさで近づきもするであろうが、生身に接して補佐し続けた夫という人も尋常の人ではなかったろう。

彼女の全業績の字間行間を読み込んでゆけば、詩人と学者を兼ねていた一人の天才を彫琢しあげた、たぐいまれな編集者がそこに居たことが読みとれる。「男の立身出世願望の変型したもの」であるとは思えない。第一そのような卑俗な男であったならば、後出する「留守日記」にもみるように、憲三なしではいられなかった逸枝というものは、相当にグロテスクなものになりはすまいか。

ゆく先々に帰依するものと、悪魔視するものとを（逸枝には淫乱の気配があったという説が、今でも故郷に生きている）作り出してゆくのは、天才として宿命づけられたものと世俗との相乗作用にほかならぬ。逸枝のみならず、世間や世俗は期せずして、まだあらわれざる天才（異常とされるものを含め）をこのようにして養ってもいるのである。

「面会お断り」のちいさな木の札は、そのような彼女が、世俗にむかってしかけた呪符であった。表むきには、「積極的排他的謝絶」であったけれども、ひそかな、聖域の表示であったと思われる。ほんの骨子だけ、彼女について書いて来たのは、もちろんその夫憲三にふれたいがためである。このようにあった逸枝が、紆余曲折もあったにせよ、あるいは当然、「擬恋もあったのです。彼女はなんというか、恋の上手な人だったものですから。誰だって彼女を見れば、恋せずにはいられなかったでしょう」（憲三氏の言葉）ということであれば、彼女の持っていた蜜の香りがどのようなものであったか、悩殺されたものたちがいたにしてもしかたがない。それにしても、憲三にむけてのみ終生積極的に愛を訴え、それを確認したがり、共に「完成へ」と歩んだのは、よくよくその夫を好きであったと思われる。

恋のはじめの頃、婚約のあかしを早く見たくて、彼女は憲三に遠慮勝ちな声で申し出た。

「父に、あなたから、手紙を書いて頂けませんでしょうか」

「オブローモフかぶれ」であったこの青年が、なんとなく口ごもったままにしていると、彼女は言ったという。

「あの、ご面倒ならば……わたしが替わって書いてもいいのです。熱烈に、書きますから」

「そのときはちょっと虚をつかれましてね、ううん、彼女らしいなあと思って……。今になりますと、あの時、書いてもらっておくべきだったなあ。惜しいことしたなあ……、ケッサクを書いたと思いますよ」

「ほんとうに！」

とわたしも申しあげた。

自己に対して純粋であった故に、憲三もまた、俗世とは反りのあわぬ素質を持っていた異質者であった。逸枝が保護色をまとい過ぎて「ウソからウソをいう人」「傲慢」「異常」とも思われたのに対し、憲三は極端な拒否を示してこれをかばい続けた。両者は深い所で結ばれる必然を持っていたが、逸枝によって命名されたこの「物すごいエゴイスト」のそれを考えてみたい。

逸枝は『恋愛論』において、「精子細胞による異質混和が、胚種細胞を別個の実体へと組織を一変させるように、男性に点じた理知を、女性が受容すれば、女性はそれを本能化（実体化）してゆく」のに対して「男性のそれは理知の愛であり、理知を失えば即座に消える愛」であると彼女はいう。けれどもそのように本能化した女性の愛は男性の理知を宿して「内部的自覚をなし、新しい叡知を生」み「さらに男性の、新しい理知を育成する母胎となるべきもの」で、ゆえに「男性の理知は、女性の叡知からつくられ、それをまた女性が受容して本能化し、叡知化してゆく」ともいう。彼女の推定した母権社会の心情的根拠がここらあたりにあると思うが、これをいわゆる女上位の主張と受けとり、母権という言葉を今様の権力社会というように翻訳して「女共が権力を握ったらこの世はメチャメチャ」というがごときものと受けとっては、彼女の言いたいことはまったく理解されない。

とにかく「女性の財産は本能である」から「高く進化した本能の女性は進化した美をもち（わたしの翻訳では進化は深化）叡知をもち」「選択能力を持」つ。「このような女性の恋慕は、人生の花で」「なぜなら、女性の恋慕によってのみ、男性は発見され、女性とともに不死となる」と彼女は思うのである。夫憲三は彼女に発見され恋慕され、不死の人となった。不死を彼女自身が真に希《のぞ》んでいたか、にわかには断じがたいが、この二人はしあわせであった。

終始一貫したこのような恋愛観は、全ての業績の主題であったばかりでなく、それを生きた、あるいは生きたかった人なのであった。

日々を生きるということは、躰すなわちその五官で他者の生にふれることである。なかでも愛し合えるということは、たてまえや理論ではなく、朝昼晩一緒にいても、あるいはそれができぬ事情にあって離れているにしても、互いの生理をおぎなって相感《あいめ》であうことだと思われる。それがなり立たねば、とてものことに肌の匂いの違う同士が、一緒にやってゆける筈がない。

彼女がいかに憲三を好きであったか、その愛の理論よりむしろ、「留守日記」（『火の国の女の日記』所収）を見れば何人にも納得されよう。

「あなたと口ぐせの声が出る。わざといってもみる。妙なきもちである。勉強しよう。いま何時だろう。……いま東京駅だ。窓から東京駅の方角をみる。……無事で、そして都合よく急行があれと願う。ここで、しんけんに願うため、おじぎをする。……いま正午か。ああもう四時間たった。また便所。どうも変だ。三日ぶんの米を洗ってきた。何をみても思いだす。……あなたといって、こたつのむこうのどてらを撫でてみる。ちょうど夫が頭をこたつにつけてねむっているときの姿のようだ。便所に下りるたび、ごめんなさいというきもちで、その横をそっと通る。……肉雑炊をしてたべた。夫にもよそった。朝二人でたべたのこりですませたのだが、まだのこっている。お茶ものんだ。夫にもはいといってついでやり、それを私がのんだ。……今夜は夫が車中だから、私も着物のままでやすむことにする。ではあなた」

物すごいエゴイストだと憲三を他人さまにむけて書くとき「興味のない事柄や人物には冷淡」とことわるのを見れば、「わたし以外には興味なく冷淡」ととれないでもない。まあなんと、逸枝さんのおのろけぶり、と思い、そのような日々が送れてほんとうによかったこと！　ほかのものはめったにそうはゆかないのですもの、と言ってあげたくなる。死の数日前水俣から上京して、病院を見舞った義妹の静子さんに、「森の家に行ったら、ぜひ『留守日記』を読んで下さい」とわざわざ彼女が言ったのは、何事であれむきつけにそれとは人に頼めない（自分のことでは、夫以外には）彼女が、森の家に帰りたいのを訴えていたのではあるまいかと思われてならない。

私どもが夫妻の生き方に心をゆすぶられてやまないのはなぜなのか、愛の形はいろいろあろうけれども、この二人においては相手に対して真摯《しんし》にむきあい、慢性的な弛緩やなれあいや欺瞞が、みじんも感ぜられないからであろう。

憲三氏は折にふれて言われた。

「彼女がやめましょうと言えば、（研究を）いつでもやめられたのです。ただ僕の方からやめようとは言わないのです。彼女次第だったのですから。僕の方からそれを言わなかったのは、彼女が富むことが、彼女の地位が見えるものですからね。ここに人類のために貢献しつつある魂がある、居ながらにして貢献しつつあるからですね。それが見えているものですから、言わないわけです。彼女の内実が富むことは、世界が富むことなんです。でね、つまり家庭爆破にですね、僕も貢献しようと。家庭臭うーん、家事婦臭というべきでしょうか、そんなになるのは僕はイヤでした。出来もしない人ですし。まあ助けずには居られませんからね。いえいえ義務だなんてことではないのです。喜々として、いや、有頂天というべきだなあ。彼女といればもうしあわせいっぱいだものですから。そんなにして暮らしましたよ。うーん、その、あれだなあ、酔生夢死、いや夢生《むしょう》というべきでしょうか。きっとそれなんだな。彼女の世界の内側で、おかげをこうむって、まあ、僕のようなものが感化を受けましてね。それはしあわせでした」

憲三における「物すごいエゴイズム」とはなんであろうか。彼女の『恋愛論』の中に卵子の思想ともいうべきものがある。雌すなわち卵子は静止していて、進入してくる精子を選択するというものである。この考え方からすると、一言で言えば憲三のエゴイズムとは、精子の本能の純粋性に帰すとわたしは考える。億の単位の競争者の間を泳ぎ切って、ただ一個の卵にたどりつかねばならぬとは、卵から見れば想像を絶することで、壮絶という他はなく、まことに御苦労さまである。思うに男性のエゴイズムは史上最初の精子が生まれ、同じく最初の卵を意識したときに点ぜられたのであろう。逸枝流に言えば、この時「恋愛の美」が始まったのである。その後永い永い幾変遷の間に、精子たちの意識もこの大事業に疲れて来たと見え、変型が出来て来た。権力指向というのもその一典型かもしれぬ。

逸枝が、「男性の理知」という事について述べていることは先にみた。それは彼女が憲三にみたエゴイズムの到達点でもあろうか。しかしながらその到達点へ至る過程は単純ではなく、考えられうる限りの行動を以ってする構想力、ここでは憲三が取った諸行動、並の男性よりすれば、理解を絶する逸枝という人間への丸ごとの把握、その先見性と適切無類の補佐の実践、ほとんど無意識なほどまで深い認識に立って、彼の理知のエゴイズムはそこに至ると思われる。これを普通にいえば、男らしいとか、一大勇猛心の発露、ともいうのであろう。具体例をさまざまひいてみたいが、今回は体力がない。このような理知にたえず働きかけるのは、静止している卵子の力であることはいわずもがなである。

文明の形のいろいろに応じて分裂し変型し、類型化したエゴイズム諸氏の中にあって、自ら多くは語らぬ憲三の、それのよって来たるところをたどろうとすればむずかしい。雄における真の原始性が、文明的に風化した中では見えにくいからである。吉田松陰は「諸君は功業をなすつもり、僕は忠義をするつもり」と同志たちに言って訣別したそうであるけれども、当時における「忠義」の解釈は今は置くとして、ここでは功業すなわち功名よりも、自己の心にあるものへの心中立てにこそ身命をなげうつのだ、という意味に解釈したい。憲三と松陰とでは、取り合わせが不適切かもしれないが、心中立ての純粋さを言いたいだけである。

このすさまじい出世戦争の世界で、憲三のそぎ落としたものはなんであったのか。まならにあり続ける橋本憲三、わが恩師は、匂やかな含羞を湛えた典雅なお方であった。のちに沖縄で、深い浄らかさを湛えた知性人におめにかかったが、このような美しい人柄に絶えて逢ったことはない。私事を書かせて頂けば、処女作『苦海浄土』のかなりの部分は、東京世田谷の朽ち果ててゆく森の家で、お励ましにうながされて書き進められた。当時そこしか、わたしの身を置く場所はなかった。逸枝の霊に導かれている気持であった。チッソ東京本社座りこみの心の諸準備も、森の家でなされた。はじめていうことである。

その後の著書はすべて『椿の海の記』に至るまで、師が最初の読者、批評者であった。いかに透徹し卓絶した批評家であられたことか。水俣のせんすべない事情はえんえんとひき続き、今に至るも恩師から託された御志を果たせないでいる。御死去に逢い、はなはだしい気落ちからいまだに立ち直れない。

いましも現世の外へひと足踏み出し、ありし世の方へ振り返り、死霊となりつつある妻に向けて蹌踉《そうろう》と、潰れた片目を押え、片手を伸ばし、よろめいてゆく哀れな男の幻が、現われる。何かの境を断ち切るような高い鼓の音がわたしの耳にひびき渡る。俗縁の掟をあらわす鼓である。鼓の音は少しずつ変化し、彼岸と此岸の間をあらわす音になってゆく。その音に導き出されて魂は死霊の妻にあずけているが、俗身はまだ自縄自縛にかかってよろぼう夫。

それは次第に色を替えてゆく光の音色となり九曜の曼荼羅の中へ男を誘うものでなければならない。

弱法師《よろぼし》とその妻の霊が去った後に鴛鴦《えんおう》の衾《ふすま》すなわち紗の衣が一枚、あの世とこの世の薄明から舞い降りたかのように、あるいは抜け殻のように置かれている。じつは、この舞台設置のところから、まだ演ぜられたことのない弱法師が始まるのである。そしてその鼓の音のようなものにおくられて、わたしは海を越え、久高島にわたったのだった。

十二年に一回、午年に行われるというイザイホーの神事をまのあたりにした時、胸に去来してやまないことがあった。今は亡き森の家のふたりに、生命の奥の妙音を聴くような、あるいは生命の内なる宇宙の、光源の島にたどりついたような秘祭について、報告したかったものを。

逸枝没後の森の家にゆくことがかなったのは、『女性の歴史』上巻の中に見える南島の島々の神歌の存在にふれたことがそのきっかけであった。久高島のみならず、沖縄諸島や宮古諸島、あるいは八重山諸島に見られる「おなり神」（その兄弟や島を守護する生きた女神）の存在。おなり神の化身とされ、生き霊魂《マブリ》と信じている蝶《ハビル》のことを、碧緑《へきりょく》の海洋の上に想い浮かべたとき、ことに、島の成人女性のすべてが神女となる島にいて、それを思い浮かべた時に、わたしは、未来の方から測られるこの世の古層が、一羽の蝶の飛翔によってひらひらと静かに裂けはじめ、生命のコロナのようなものが、わが現身の内側からその裂け目にむかって、くるめきひろがるように感ぜられた。そのとき、ながい間ふさがれていた自分の詩、あの言霊が、やっと甦ったような感じをもった。

イザイホーの秘儀そのものについては「東京中の民俗学者が、久高島に引越して来ていて、民俗学者人口でいえば、東京はいま空っぽだ」という話であったので、おいおいご専門の方々によってその内容があきらかにされると思われる。

十二月十四日（昭和五十三年）初日の「夕神遊び《アシ》」から始まった神事の第三日日、「花さし遊び」の日が、とりわけわたしには感銘深く思われた。

久高島では年中行事のすべてが、国神という名の神女たちを中心とした祭祀を中心に行われている。たとえば一月の前半には「火祭りの御願立て」後半は「精神祭り」二月中旬「大主加那志御願立て」二月吉日「ミシクマ遊び」三月三日「浜下り」、というぐあいに農事や漁撈についての祭祀を神女たちと共に行い、遠く出かける男たちの漁もみな、彼女たちの霊威の守護とそのはからいによって行われている。祭事のとき男たちは、彼らの母であり姉妹であり、妻であり娘である神女たちを補佐してゆくことで、久高島そのものが成り立っている。

イザイホーは、このような島に午年がめぐって来て、三十歳以上になった女性がニライカナイからやってくる神を迎え入れ、初めて神女になる「ナンチュ」たちを、全島あげて供奉し祝福する祭儀である。秘祭とか秘儀とか称ぶのは、彼女らと神との接触の内奥が外部（男たちのすべてにも）

には秘されているのでそのようにいう。それを知らされない男たちとて、遠来神の来訪は感知されるので、この期間中、全島は隅々まで緊張する。一カ月も前から女性たちによって、三人の男神たち立ちあいのもとに「御願立て」がなされ、聖域のまわりには禁忌の場所が設けられる。ナンチュになる女性たちは身をきよめ、精進潔斎《しょうじんけっさい》して御嶽《ウタキ》まわりをし、山や森や海の神から神名をいただくのであるけれども、この儀式の内容を聞くことすら、禁忌をおかすとされている。

ナンチュたちに来つつある神、島に豊饒をもたらす神は、ナンチュたちを通じて島を安泰に導く神であるから、島人たちは神の来て遊ばれるのを、ひたすら畏れ慎んでお祝いしつつ迎える。

男たちが祭儀中に受け持つ仕事は重要である。彼女らのこもる「七つ屋」の小屋づくりや、「ナンチュ」になるための、もっともきびしい試練といわれる「七つ橋」づくり、神をむかえ入れるところと思われる「神アシャギ」の、クバの葉による壁づくり、それから「アリクヤーの綱」というものなどを、島中総出して作る。

秘祭が、はためにも集約されて顕現するのは六日間であるけれども、この綱は、四日目にはじめて正式に、男たちが「根人《ニーチュ》」に先導されて参加する日に、神歌をうたう神女たちと向きあい、舟を漕ぎあうように綱を握りあって漕ぐ儀式に使われる。「根人」は男性で、日常の祭祀を行う国神のひとりに「根神」といわれる神女がいるがそれとの対称と考えられる。根人はこの祭祀集団に三人の男神がいるうちの一人である。男性たちはこの秘祭の裏方を完璧に仕上げ、彼らの守護神のために心を配りつつ、島が安堵する日を待っているように見受けられた。

「夕神遊び」から始まった祭儀は三日目に入り、「花さし遊び」の中の「朱つき」「朱つき遊び」へと展開してゆくのである。

初日、暮れゆく御殿庭の前に全員髪の具などをほどき去り、身を浄めて、垂れ髪白衣（神衣）となった女神たちが、その籠り屋から御殿庭に出て来た。

家族とも島の者たちとも離れて、ひたすら「七つ屋」ごもりを続けていて、はじめて神と接した「ナンチュ」を中心に、付添う形の姉神たちや年とった国神たち、その従神たちの姿は形容を絶する。そくそくと入魂の表情でほとんど伏目となり、犯しがたい野性の気品のごときが匂い出ていた。息をするのもはばかられ、神女といわれるのがただちに納得された。その彼女らによってくりひろげられる「夕神遊び」は、遠来神の気配が彼女らの全身を通して、島民たちに感ぜられているようであった。

彼女らの表情は日常の表情とは一変していた。御殿庭をかこむ南国の、福木の森を背景にした黄昏の中、白衣垂れ髪、素足の姿は凄絶というほかなかった。彼女らの目にはわずらわしい見物人の姿はかき消えているらしく、入神の表情に周囲は息をのんでしずまった。

三十六年前、この秘祭の調査に従われた琉球大学の湧上元雄先生は、外部からの見物人が誰一人居なかったときの神女たちの、髪振り乱して御殿庭にかけこんで来た姿は、じつに凄絶でおそろしく、わななきながらひれ伏したとその夜語られた。

三日目の朝、髪を結いあげて清らかな白鉢巻を背に垂らした神女たちは「イザイ花」をその髪にさしていた。イザイ山から全員で「エーフワイ、エーフワイ」とゆっくりとなえながら合掌しつつ列をつくって、朝陽のさす中を御殿庭に出て来た。白衣の下の素足が素朴さの優美ともいえるものをかもしだす。赤い色が太陽、白い色が月、黄が地をあらわす紙を、細く切って花にまとめ、白鉢巻の前に全員さしている。白衣、素足、髪の切花が、背後のイザイ山の濃い緑の中で朝陽を受けて、何事が出現したかと思われる程にまぶしく美しい。神女たち、ことにこの年はじめて神となった初々しいナンチュたちは入神の表情を失わず、水晶の輪の先に曲玉《まがたま》のついたくびかざりを垂らした、年老いた二人のノロ神や掟神の、大らかで悠揚迫らぬ姿がこれを先導する。その姿はじつに軽やかで品性の至りつく野性美を思わせる。すぐ後から姉神たちと共に従っているナンチュたちは幽玄で、しかもなり立ての神女らしく可憐さを失わない。

この時、神女たちの御殿庭への入場を待ち受ける形に立っていた白衣の「久高根人」が、両手を合わせてはいってくる神女たちの、全員の額と両頬に朱をつけ始めた。

合掌しながら朱をつけてもらった神女たちは根人の後方「神アシャギ」の前で、まだ朱つけの終わらぬ神女たちとむかいあうように四列に並び、朱つけを見まもるように全員合掌したまま、非常に静かな波のように、白衣の躰を左右に揺らしつつ細い声で、「エーフワイ、エーフワイ」をとなえ続けている。さてナンチュたちは、特別に用意されていた三つの臼に腰をおろし、根人から、それぞれ朱をつけてもらうのである。神々しいばかりの半眼の伏目になっている彼女らの目に、涙が浮かぶのを見たと、そば近くにいた人びとに聞いた。

額に朱をいただくのは、神になったしるしである。朱をつける人の姿はまことにおおらかで、全景にそそぐさんさんたる太陽の光のもと、白衣のその姿は、祭場の重要な柱、天から来た柱のように立っていた。

このあと神女たちは男兄弟が捧げる白い大きな楕円状をした粽《ちまき》様のスジ（霊威をあらわす）を、優雅にかがみながら、ノロ神から朱印の跡につけてもらうのであったが、その情景は、古代的に洗練された性の儀式をあらわすようにも感ぜられた。はるかな時間のゆったりと波打っているような、光の情景の中にわたしは誘い込まれていた。波打つ光の時間の中で全員の朱つけが済んだ。神女たちは合掌しつつイザイ山にはいった。それから列をととのえ、こんどは白鷺の精のようになって出て来た。

朱つけを終え、完璧な神女になった姿だった。それはじつに清々しかった。ニーブトイという名の男神が迎えて太鼓をたたきながら神歌をうたう。神女たちもまたうたいながらゆったりと三重の円をつくりつつ「ハー神遊びのティルル」をうたいはじめる。

今日のこの日は　百年までも　千年までも　イザイホーよ　拝所に　捧げなさって　貫花も　挿し花も　挿し方が美しい　みんな揃って美しい　本を栄えさせて　根を栄えさせて

（略）

舞踊と演劇のはじまりが、神の庭から始まったことを思わせる生命力の豊饒とその厚み。静けさ単純さの奥に、このような華麗な花がひらいていたのかと思わせる様式美を見せて、彼女らの両手は合掌の形から胸の前にやや水平になった。それを軽く重ねて搏《う》つようにしながら、ゆったりした素足の進むのに合わせているが、日常は農業や漁業をしているその両手の動きが、蝶の羽根のやすらぐときのように美しく息づいて見える。白衣の袖が広袖で、帯のない着流しがその全身像をより清らかに見せている。円舞しつつ、全員がイザイ山に去った。

かいつまんで記したが、逸枝の読者ならば想われないであろうか。久高島の日常と、祭祀社会の頂点であるイザイホーの秘儀が、彼女の推定した上古の姫彦制と母系社会がうつつにここに甦っていることを。深い感動の中にいて、「花さし遊び」の中の朱つけの儀式、素朴な木の臼に腰かけているナンチュと、その額にいましも朱をつけようとしている根人の姿に、筆者には高群逸枝とその夫憲三の姿が重なって視え、涙ぐまれてならなかった。

逸枝がいう憲三のエゴイズムとは、男性本来の理知の、もとの姿をそのように言ってみたまでのことであったろう。その理知とは究極なんであろうか。久高島の祭儀に見るように、上古の男たちは、懐胎し、産むものにむきあったとき、自己とはことなる性の神秘さ奥深さに畏怖を持ち、神だと把握した。そのような把握力のつよさに対して女たちもまた、男を神にして崇めずにはおれなかった。そのような互いの直感と認識力が現代でいう理知あるいは叡知ではあるまいか。

憲三はその妻を、神と称んではばからなかった。

『高群逸枝雑誌』終刊号「編集室メモ」より

東京世田谷の〈森の家〉を引き揚げられる頃、憲三先生は、理論社から刊行されつつあった『高群逸枝全集』の別巻に相当するものを構想されていた。

全集編纂の段階でそぎ落しておかれた『娘巡礼記』や断簡類、日記などを渉猟しなおし、彼女が最後に書きたかったであろう詩篇をかすかにでもうかがわせる巻をお望みであった。「彼女に尋ねなおし彼女がよしとするものを選り抜いて、香りを出して、彼女が望んでいた形にして出してやりたいのです」と云われていた。全集というものに対する解釈が色々あるが、今は触れない。そのお仕事は氏の晩年の日々の、せめてもの慰めであった。『高群逸枝雑誌』はそのような意図を秘めて出され始めた。同人は先生と弟子の私のふたりであった。カンパを辞退すると内規に書かれた。弟子は最後のお仕事をお手伝いしたいと思っていた。しかしすぐさま挫折が来た。水俣病事件の深化である。お助けするどころか、自ら運動の口火を切らねばならぬ破目となったのである。

彼女とのまつりを営んでいられる斎場と知りながら、情況について御相談めいたことを口にしたりする仕儀であった。その間、村上信彦氏を始め、河野信子、石川純子、西川祐子、栗原弘、寺田操諸氏の御高作を頂くことが出来たのは、甲斐ない同人の慰めであった。

　思えば逸枝が古事記伝一冊を机上に置いて、研究生活への第一歩とした三十七歳と同じ歳に、そこへゆくことを許された私は、小学校国語読本によって初めて文字と出逢ったものの、女学校にもゆけなかった。逸枝にくらべれば文盲に等しく、帰郷した後も勉強し表現することがはばかられる身であった。そのようであったゆえに、誰にも気兼ねせず、あまつさえ夫に助けられて学問をした女性がいた、そのことを知っただけで、わたしの内部に核融合反応のような事が起きた。

　役に立たない同人を先生はお叱りにならず、水俣病のことで書くビラにお目を通され、失明寸前を発見して頂き、医者につれて行って下さった。

　お言葉の数々をテープに採らせて頂けばよかったが、不器用で思いもつかなかった。後世の為に如何ばかり意味を持ったかと悔まれるが、堀場清子氏による「おたずね通信」が残されたことは私どもの喜びである。

　折にふれて洩らされる御言葉を私は、卓絶した思想家、批評家の言として拝聴した。真の意味のラジカルさを身をもって行った人の言葉はじつに透明であった。御臨終には主治医の佐藤千里氏が立ち合われた。その間のことは『草のことづて』(筑摩書房刊)に記したのでここでは割愛した。

高群逸枝との対話のために
――まだ覚え書の「最後の人・ノート」から――

1

全体で、原存在でもって、私はあなたにおこたえしなければならない。高群逸枝との原初的な出遭いを書け、と河野信子さんあなたは云われました。部分で語ってはならない、語りたくない、と思いながら、しかし私のことばはみじんこ同然です。

そのようなことばであっても、まず自分自身の心からききとるために、やさしさのきわみの音楽に包みこまれながら書いてゆくことにいたします。こうしているまにもうっかりしていると気が散るのです。ちいさいものたちがひもじがっていたり、年寄りたちは失明しつつあったり。

欲することだけを行なえ、という志を立てて私はともかくも仕事場をかくとくしました。河原の石を寝床にして暮らすのが私にはもっともふさわしいのですが、私の存在そのものが汎抽象であるいまは、机と、窓のある部屋が私の後半生にくっついてくるのはとてもふさわしいことです。

あと十年をひとくぎりに、ここで生きてみることにします。

一九六三年冬、私は三十七歳でした。

ようやくひとつの象徴化を遂げ終えようとしていました。象徴化、というのは、――なんと、わたしこそはひとつの混沌体である――という認識に達したのでした。いまや私を産みおとした〝世界〟は痕跡そのものであり、かかる幽愁をみごもっている私のおなかこそは地球の深遠というべきでした。

私には帰ってゆくべきところがありませんでした。帰らねばならない。どこへ、発祥へ。はるかな私のなかへ。もういちどそこで産まねばならない、私自身を。それが私の出発でした。

そのころある文化サークルの男性がいうには、

「女は三十歳で定年ですよ、男にとって青春は永遠です」そして彼は非常に年若い恋人にいつも失恋していました。私は感心してききましたが、いえいえ、私などは年々逆に歳をなくしてゆくようですから六十歳で大恋愛をするような予感がいたします、といいました。すると彼は、ウワーバケモノですよ、そうなったら、といいました。またひとりの男性は、「どんなに好きな女でも三日とは鼻つきあわせえないね」と。

このような鼻毛氏たちの発言をきいているとわたくしは、よほど女たちの性はその深みで多様化しつつあるなと思うのでした。男たちは女たちの性がみせる表面上の等質性をちょっとひとなでしたにすぎません。そのようなとき女たちは全情況に対して生理ひとつでむきあって、閉じているのです。それはじつにながいあいだそうでした。そういう女たちの〝自然〟を男たちは見失ってひさしいのです。ひたすら擬制の快楽の、そのまた擬制化へ、図式化へ、インスタント化へと男たちは空転してゆきます。

私の擬制上の生涯はとっくに終り、三十七歳という年はその形骸化の表示であったことを思い出します。とはいえ、いちども生きたことなく拡散している生命に魂を入れねばならない、と私は考えていました。しんと寝返っていると、まだ意識化されない女たちの性の歴史がそこに横たわっており、男たちの歴史から剥離してくるその音もない深みでわたしたちのエロスはうごかぬ淵となってゆくのでした。私は女たちの深淵をかきいだいてねむりました。女たちの性はわたしのふところで多様化し、分化し、孤立し、その孤立の連帯でもって男たちをはじき出していました。女たちはあぶくのような声を立ちのぼらせています。女が全体をもっている、などということは男たちにとっては思いもよらないことなのです。

いましがた革命について考えていた男といえども女たちの方にむきなおるときは体制そのものとなってむきなおります。男たちの言葉は権力語となって、発せられるとたんに死滅して、私の目の前にこぼれおちます。それはみるにたえない光景でした。

いまだ発せられたことのない女の言葉でもってこれにこたえられないものかと私は思っていました。いまだあらわされたことのない女たちの歴史のすべてでもって――。しかし私には女たちの歴史もことばも埋没してゆくばかりでした。男たちとの間にとりかわすべき言葉がひとかけらもみつかりません。なにかいおうとすれば、たちまち男の思想でしゃべることになる。このように完ぺきに支配されていれば、女は三十歳で定年どころか、定年として生まれてくるも同然です。

充分に年をとっている統計学の好きな男の友人が、そのようにしょげかえっている私をあわれみ、左のように教えてくださいました。

——じっさい個々の生命の歴史はもっともっと古いわけで、現在生きているわれわれは、生命の長い歴史からみれば、一つの資料、もしくは化石に近いものだといえましょう——と。

それはそうですとも。こうなればのんびり考えなくちゃ、と私は思いました。それにしても私はいつも問題をかかえきれまい、とおもうほど飛躍させてしまう体質をもっています。つまり間尺になどけっしてあわないのです。しかし全体というものはいつも自分のなかにずっしりとあるのです。

けれども非常に急いで、私自身の個体史にかえって考えるところなんです。(ここで個体史というのは、女たちの歴史を動かしている原理をわけもっている私、つまり資料としての私、ここでは部分としての私、といういみです)

サークル村に、愛情論なるものを書こうとして、たちまち絶句した時期のことを、私はいまもくるしいとまどいをもって思いださずにはいられません。そのとき突然、あの安保の年がやって来たのですから。

（この〝突然〟という非常に間抜けた認識の仕方は、じつに私にとってはあの、〝必然〟とともにいつもやってくるうちなる弁証法です）

ひたすら発祥へ、原初へと、かえりたがっている私の出発の年代紀をいまかりにどこかにおかねばならないとしたら、安保はおぼろげな、おもてむきの、私の紀元年にあたります。そのときから私は全情況に対してくっきりと異物そのものになりました。

おもいかえすだにあやしいできごとですが、私はそのとき日本共産党熊本県芦北地区の、非合法の主婦党員でした。サークル村に参加することと、入党することは、いまだ書かれざる近代思想史がどうであれ、私にとっては突然湧いてきた美学でした。いえ、すべての混沌の内部にいつもいて引き裂け、つぎなる混沌を生みだす民衆のひとりとして私はそこにいました。（『無名通信』三号、一九六七年九月）

2

私たちの中の既存の「知性」は、それが啓モウ的であればあるほど、文明の後遺症的流産を示してきています。その知性たちが吐いて、すいすいと流通している無数の、言論の無害。私は自分に害をあたえるための呪文をとなえだしていました。

花がひらく
赤ちゃんが死ぬ

のっぺらぼうの壁の家の花がひらく
赤ちゃんが死ぬ
肉汁の匂いのこぼれる扉をあける
赤ちゃんを食べているのかい
スプーンですくって

消毒液のなかの注射針
注射針に吸いついている赤ちゃんの皮と肉
お乳をポン　とはなすように針をはなして
そのとき赤ちゃんは世界のオモリになって
落ちてゆきます

窓のないホーム
しちゅうの匂い
あたしの腕のなかで首を折ったひまわり
未熟なおなかからぼとぼとしたたりおちて
赤ちゃんになれない赤ちゃんが死ぬ

死ぬということには論理がないままに
花はひらき
肉汁がにおう

とある日
音もなく
空のいちばんたかいところから
空はゆっくりひきさける
脚のねもとの下の地球ながら
空はぱっくりひきさけてしまう

その日から
赤ちゃんのための
天国はみえない

それは一九六〇年ごろの、赤ちゃんと題する私の呪文でした。なにしろ、アウシュビッツやや原爆や、や水俣病やそこらへんにありとあらゆる死をみごもりつづけている私のなかの、ぱっくりひらいた未来図のさけめを、つぎからつぎに気泡のようなへんなうたが立ちのぼってゆくのです。

浜の真砂のどろぼうたちが
よあけに酔ってうたうには
「すぎしアンポの純情よ
……………………」

そのようなしまつの美学ではとてもとても、日本共産党のなかの政治綱領とぴったり結びあう筈なく、わたしはきょとんとしてたちまちもとの、自分の混沌のなかにとびもどってきたのでした。

観念の旅はとっくに終っていたはずでした。それは物心ついたときとっくに——。

母におんぶされて、おんぶしている母の両手の下で、はきなれようとしていたポックリ下駄がおっこちるのが心配で、その心配を云うことのできない片言をもがもがいっているうちに彼岸会のお寺につくと、坊さまは、

「地獄極楽はあの世にあるとおもうなよ、この世にあるが地獄であるぞよ」

と必ずいうので、ものいいなれにまず、
コノヨニアルがジゴクデアルゾヨ、とおぼえたのです。
夢のように無邪気で、赤んぼうのわたしと尻ほったてて、ままごとケンカなぞしあっている母よりも、わたしをじっくりひざの上に抱いてくれたのは、「気のふれとらす」といわれていた祖母でした。
彼女は、私をひざの上にのせて頭をさすりながら、しわぶくようなやさしい声で、

どまぐれまんじゅにゃ泥かけろ
松太郎どんな地獄ばん（ばい）
おきやがまんじゅにゃ墓たてろ
どこさねいたても地獄ばん
こっちも地獄
おきやも地獄

と呟いていました。

おさな心にも祖母のうたの意は心にしみてわかりましたし、松太郎とはわたしの祖父、おきやさんは祖父の権妻《ごんさい》だと近所の小母さん達が教えますし、松太郎と祖母の間にわたしの母と母の妹、

松太郎とおきやさんの間に母の異母妹と弟がいて、このような家のムコになった父とみんなが同居しているありさまはちょっとした人間図絵でした。

お寺に隣りあって天草ながれの女郎屋、カフェがひしめきあい、お灯明も女郎屋の灯もひとつになって水俣川がそのあいだを流れてゆくのでした。

安保はおぼろげな紀元年だと先に書いて、こころさだまらぬわたしはまたいそいで訂正せねばなりません。ここに書きおく片々たることどもは、いつの世をあらわす目もりとも定かならぬまぼろしです。自分の中におさまりきれない〈全体〉を抱いているからには一路まいしん、脱出しよう！　と考えているものですから。どこへ。つまり発祥へ。自分の中のはるかな原初へ！

そこから、悠久のサイクルの中へ、とびおりよう。そしてぼかんぼかあんとバクハツしよう、とおもうのです。

とはいえ接続詞のような性愛をこえてゆかねばなりません。

男は四季おりおりに肩先に生やして眺める樹のようになりました。春のおわりの息をふきかければ空いっぱいに花べんをふらす木蓮になり、祖母の口説を真似してみればたちまち氷河期となって眠ります。

〈全体〉を司る原理がわたしで、歴史と体をあわせているんだなあとおもえば、自分の髪のようにぴったりとしてさびしい自己性愛がわいてくる。歴史の不毛というやつをこうして、いちまいいちまいはぎとってゆくんだなあと奥歯を噛む。

大部分の性愛についていえば、（知りもしないで）帰巣すべき自然を失いつつある表現としての、擬制一夫一婦への定型化への道をあゆんでいる。アメリカの夫婦交換もスウェーデンのフリーセックスも。

いや、とやっとわたしは思いあたるのです。

あの、ベチュアナランドの女児、アウストラロピテクス（一九二四年発掘）の寂寥がずっとわたしを支配しているのだと。この女児にめぐりあうまでに迂廻した年月のおかしさ。高群逸枝の親しい書物、『恋愛論』の中。

なつかしさのあまりわたしははばで（誰にもみられず）、泪をこぼす。そして逸枝とアウストラロピテクスがひとりの女児になってしまう。ほほずりしたくなる。

彼女が具有し、主張し、彼女を女児と見わけさせたその性のはるけさとしたたしさ。切実さ。彼女をおもえば、自分の中の細胞のひとつひとつが花ひらくような自浄運動をはじめるではないか。

まだ発掘途上にある人類史の中をひとすじにのぼりつめてゆけば、みえなくなるエロスの谷のほとり。化石の中にねむっているかあいらしい愛。

〈インタビュー〉高群逸枝と石牟礼道子をつなぐもの

聞き手・藤原良雄

同じ町内に橋本家が

——高群逸枝さんは一八九四年生まれで、石牟礼さんが一九二七年ということは、年は三十二、三違いますね。同じ熊本県に生まれ育った高群逸枝さんは、水俣で非常に有名な方だったんでしょうか。

石牟礼　いいえ、全然。私は水俣の栄町に小学校の二年か三年生までおりましたけれど、同じ町内の四、五軒先に、橋本商店という食料品のお店があったんです。それで小さい頃、よく大豆とかお砂糖とかを買いにやらされておりました。そのお店が橋本憲三さんご姉妹の家とは、もちろん知るよしもなく。

逸枝さんが亡くなられて、憲三さんと静子さんが私の家に見えられた時に、静子さんの姿を見て「ああ、あそこの店の人」って思いました。背中のすっと伸びた近代的な美人で、おおらかな、とても知的な感じの人でした。お顔もよく存じあげていて、ものはいわなかったけれど、親しい人と思っておりました。それでうちに来られて仰天しましてね。まさか同じ町内におられたとは。同じ町内ではありましたが、逸枝さんと憲三さんは一年に一回も帰っておいでにはならない。それでも橋本家には、東京の二人を実際に援助した姉妹がいたんです。あのお二人は、お国のために勉強しよるんだから、援助をせんといかんとおっしゃって、戦時中にもお金や食べ物を送りつづけられた。そうしたことは後から知りました。

当時（一九六四年ごろ）、私はサークル村に入っててちょっと書いたり、谷川雁さんがやっておられた大正行動隊に行ってみたりしていました。短歌をやめかかっていたので、別な表現を獲得したかったんです。そのころ、自分を言い表せるものが何にもないと思ってて、いろいろ悩んでいました。結婚とは何ぞやとか。そして表現とは何かと。

それで、サークル村におられた、背が高くて才女でいらした河野信子さんが「無名通信」というのを出しはじめられて、私にも何か書けとおっしゃったので、「高群逸枝との対話のために」という文章を書きました。水俣の淇水《きすい》文庫という徳富蘇峰が寄贈した図書館があるんですが、そこに私は本を読みに行っていたんです。

『女性の歴史』との出会い

その淇水文庫の館長さんがなぜか気に入って下さって、特別室にご案内くださって「ここにある本は他の人には貸出しはしませんけれど、石牟礼さんにはなんでもお貸しいたします」とおっしゃった。そこで逸枝さんの『女性の歴史』という本の上巻を見つけました。

当時、私は、村の中の石牟礼家の嫁になっているんですが、お嫁にいってみたら、何かしら違和感がある。全部価値観が違う。あらためて村全体を見てみたら、よその嫁さんたちも、女性は不当なあつかいを受けていると思ったんです。

だって、莚《むしろ》を広げて麦なんかを干すときに、座り方を見られて、「あそこの嫁は、尻を地面につけている」なんて言われる。それは働いている姿ではないということですね。そこまでこまかく見られていて「あの嫁は朝から新聞を読む」とか。わが家は新聞を取らないから、私は新聞の破れたのを拾ってきて読んでいたんです。

舅、おとうさんはのんびりした人で、「うちに新聞記者が来た」って、私のことを自慢なさる。「おるげ（わたしの家）の新聞記者」といって。お姑《かあ》さんのほうは、「道子さん、たいがいにせんかな、弘がぐらしかばい（こういう嫁で息子がかわいそう）」って、じかに言われたこともあって。だけど、お姑さんはお姑さんで、村の人からいわれていたにちがいない。「あんたんとこの嫁は」って。わが家は百姓ですから、私は一生懸命百姓仕事もしました。それでも、嫁入りのときに箪笥も持ってゆかなかった、なんて言われる。

経済的だからと、お兄さん夫婦といっしょに結婚式を挙げました。そしたら、お兄さんの嫁さんは立派な箪笥を持ってきて、結婚式のときに飾って、「よか箪笥じゃあ」と言ってみんなで観賞するんです。それで嫁入りのときには、箪笥持っていかにゃならんのだったかと思ったり。

そういえば私の親が「もうちょっと待ってください」って、向こうの親に言うのを聞いていました。「もうちょっとすると田んぼが実るから、そしたら現金と替えて、箪笥ぐらいは、つけてやりますから」って。でも箪笥に入れるほど洋服もないしと思って、私は箪笥を持っていく気は全然なかった。

それでも自分のものを何か持っていきたいので、紙をいろいろ持っていきました。紙が好きで、手漉きの和紙とか、ふつうの和紙、筆で書ける無地の紙を十種類ばかり集めたのを、後生大事に嫁入り道具のように思って、袋に入れて。それで変な嫁と思われたんですね。

そういうなかで雨の日などに淇水文庫に往きまして、『女性の歴史』という本を読みました。その時に、うそみたいですけれど、背筋がゾクゾクして電流がその本から伝わって来たんですよ。背表紙に高群逸枝と書いてあった。電流が背中を行ったり来たりしまして。

――逸枝さんが石牟礼さんを呼んでいたのか、石牟礼さんがつながったのか、そこで出会ったわけですね。

石牟礼　背表紙を見ただけで。その時、丸い光輪が本の上に射したんです。夕陽がもれて、そこに、たまたま当たったんだろうと思いますけれど。よくよく見たら『女性の歴史』と書いてあって、ハッとして読みふけりましたが、興奮しましてね。かねてから私が思っていることに全部答えてある。それですぐ高群逸枝さんに手紙を書きました。そしたら逸枝さんは一カ月ぐらいして亡くなられました。

秋になってから憲三先生が妹の静子さんと二人で、私の水俣の家に訪ねて来られました。「秋晴れのいい日でしたね」って憲三先生が最期に述懐されましたもの。「逸枝と二人で、あなたの話を、ちょこちょこしておりました」と。それで森の家を、「彼女の勉強した跡をぜひ見ておいてほしい」とおっしゃいました。もう売って姉妹のおられる水俣へ帰るおつもりだったんでしょう。ものすごい出来事です。私はそういうこと、全然予想していなかった。

——どういうようなお手紙を書かれたんでしょうか（注参照）。

石牟礼　どういう手紙を書いたんでしょうね。『女性の歴史』をまた読み返してみれば思い出すと思いますけれど。ともかく私のふだん思っていること、一番悩んでいること、一番つらいことに、逸枝さんのこの本は全部答えてくださっています、感激しましたとか、そういうような手紙でしょう。それからまだお尋ねしたいことがいろいろあるとか、こんな本を読んだのは生まれてはじめて、と書いたと思います。私は本をおおっぴらに読める環境にありません。けれども、なんとかして時間を作りだして、また読みとうございます、と書いたに違いない。

造山運動がはじまった

——憲三さんと静子さんが見えたのが六四年か六五年の秋でしょう。「森の家日記」の元になったノートは熊本から東京へ向かう六六年六月二十九日から始まっている。半年か一年半後です。

石牟礼　すぐ行ったように思ったけど。私、年月は全然憶えていないんです。

——たしか、『熊本風土記』で『苦海浄土』（連載名「海と空のあいだに」）の連載が六五年十一月からはじまっていると思うんです。この時は、『苦海浄土』をそこで書いていた。

石牟礼　はい。うちでも書いていましたけれど、東京に行ってからもずっと森の家で書いていました。そして憲三先生にお見せしていました。そして『熊本風土記』連載のため、渡辺京二さんにお送りしていました。だから渡辺さんはよくご存じです。

――そうすると、六四年の春に淇水文庫で『女性の歴史』を見つけられて、六六年の六月に森の家に行かれる間に『苦海浄土』の連載がはじまる。石牟礼さんにとってはものすごい時期です。世界が一気に広がるというか。

石牟礼　広がるというよりも、造山運動がはじまった、私の中で。火山が噴火するような、地殻変動が起きはじめた年です。いろんなことをやりはじめていますもの。『西南役伝説』のメモをとりはじめたり。

その時の環境は、私自身が無文字社会の中にいるわけです。そしてサークル村に行ってみたら（一九五八年ころ）、当時の観念語が流行っているんです。谷川雁さんの観念語を炭鉱の鉱夫の人たちまでみんな真似をして。水俣でも、「統一」や「団結」という言葉を使いはじめて、労働組合運動がはじまるんです。チッソに第一組合と第二組合ができたりして、そこで私もビラを書いたりして。地殻変動が起きつつあったんです。それで噴火したかな。

――石牟礼さんが三十七歳から三十九歳ぐらいの時ですね。

石牟礼　熊本で渡辺京二さんを中心にして、『熊本風土記』の前に『炎の眼』という雑誌を作っておられた。「新文化集団」と名乗って、それは私は知りませんでした。

それで真似して「水俣新文化集団」というのをでっちあげて。チッソの労働組合と第二組合との関係とか、会社との関係とか――もめていましたから、それをひやかすような文章を書いていました。だれからも頼まれないのに第一組合の加勢をして、仲間でビラを書くと、反論のビラが出る。そういうことも遊びでやっていました。なんでそういうことを突然やりだしたのか、自分でもわけがわからない。何か表現したかったんです。

渡辺さんとはどんなふうにしておつきあいがはじまったのか、思い出せないんです。渡辺さんが水俣まで原稿を取りにいらしたことがあります。私が「海と空のあいだに」という題をつけていたら、それじゃあ何のことかわからんと言われました。連載の時のタイトルはずっと「海と空のあいだに」とつけていました。赤線を引っぱったりするのがめずらしくて、しきりに線を引っぱっています。そして書きはじめに原稿用紙の最初のマス目を一字空けるということも、渡辺さんから習った。

——石牟礼さんからすると渡辺京二の存在はすごく大きいですね。

石牟礼　とてもすごく大きいです。

——『熊本風土記』、新文化集団というのは、渡辺さんの問題意識でしょうけれども、谷川雁の観念論ではだめだということですね（笑）。

石牟礼　（ふふふ……）雁さんの言葉は観念的で、そうでないこともありますけれど。あの人は、ひとを恫喝するくせがあって、それには違和感をもっていました。言葉で恫喝なさる。そして試される。ですからみんな真似をするんです。

——サークル村の活動の中で、高群逸枝の存在とか、『女性の歴史』を知ったわけではないということですね。

石牟礼　全然ちがいます。

――ここがおもしろいです。淇水文庫で石牟礼さんが高群逸枝の本を見つけたというか、出会ったというか。会うべくして会ったんじゃないかと思います。それが石牟礼さんの代表作になる『苦海浄土』が生まれるころであった。

石牟礼　何もかもいっぺんにきました。

平塚らいてうと高群逸枝

石牟礼　平塚らいてうさんのところへも憲三先生に連れられて三べん行きました。とても品のいい方でした、とくに後姿が。いつもお召物は和服でいらっしゃいました。襟元を指で繕いながら、逸枝さんのことを、「お化粧がお好きな方で、大きな鏡があって、いつもきれいにおめかしをしておられました」とおっしゃる口調がとても上品で、たおやかな威厳のある方でした。高群さんと平塚らいてうさんはとても仲がよかった。ただ、行ったり来たりはなさらない。らいてうさんは悪口をけっこういわれていますから。熊本時代にもう、らいてうさんのうわさは憲三さんの故郷、人吉あたりにも聞こえていて、「新しい女」たちといわれていました。グループの中に神近市子さんもおられたんですが、人吉の文化人たちがうわさしていましたって。「東京には新しかおなごどもが出てきて、『かみつこ、いち食お』いう名前のおなごもおるげな」と。らいてうさんはその教祖といわれていて。

当時の日本はいまよりももっと女性が卑しめられていた時代です。逸枝さんのほうも大変おおらかな気持ちになっておられて、ともすれば排撃されそうな、そういう動きを目ざとく感じて。そしてらいてうさんは、社会的な地位が高い層の生まれですから、教祖にでもしたいという考えがあったろうと思います。いざという時は全面的にらいてうさんを擁護しようと思っていらしたんじゃないでしょうか。それであなたの自伝は私が書くと、逸枝さんはらいてうさんへの手紙に書いていています。「書いてもよかと、かねがねいっていました」と憲三さんがおっしゃっていました。

それでらいてうさんは、逸枝さんのことをとても親しそうに、信頼している口ぶりでおっしゃいました。美しい姿に見えました。らいてうさんってこんな人だったのかと思いました。ひょっとして、猛々しいところのある人かと思っていましたけれど、実際お目にかかってみたら、たおやかな女性《にょしょう》で、とても好意をもちました。

『東京は熱病にかかっている』

――『女性の歴史』に出会われてから高群逸枝さんのほかの作品にも目を通されたのではないかと思いますが。

石牟礼　ほかの作品は森の家に行ってから徐々に読ませていただいたんです。詩集もいろいろありますけれども、『東京は熱病にかかっている』、これがまた読んでみたら、そうじゃそうじゃと思って。

東京にみんな憧れて行くでしょう。東京に行くのが出世コースの道すじのように田舎の者は思っていますから、それがどうも私は気になってしょうがなかった。それで「あそこの分限者（財産家）の家の何番目は東京に行ったげな」と。資産家の子女たちは東京に行くんです。東京に行って○○企業に入ったとか。東大に行ったのは谷川家だけでしたけれど、最近は水俣からも東大に行く人が出てきたそうです。だいたいチッソの幹部は東大を出とるといわれてます。それで「東大頭」と名前をつけて。

実際、幹部たちと時どき出会いますでしょう。患者さんのそばにいた時に、チッソの幹部と二言三言やりとりをしたことがあります。その冷酷なこと。患者さんたちは、とても切実なことを訴えようとなさっているんです。何十年も口にしなかったようなことを、思いつめておっしゃっても、その受け答え、やりとりが、品物の値段をつけるような。患者さんを物のようにあつかうんです。「患者さんがおっしゃりたいことは、そういうことじゃありませんでしょう。積年の思いがあられて、やっとここまで来られておっしゃっているのに、そういう答えはあんまりじゃありませんか」と、私が言ったりするんです。そうすると、「石牟礼さん、ここは文学の場ではなくて、交渉の場所でございます」って返事が返ってきました。

チッソの幹部に、東大閥というのがあるんだと言われていました。だれが東大閥か知りませんけれど、東大閥とか京大閥とか、いろんなのがあったんでしょう。そんなふうになっとるばいねと思いました。

――「東京は熱病にかゝつてゐる」は、七、八十年前に書かれているけれども、いまだに通用する。

石牟礼　そうですね。最初は歴史の記述にしては詩的な描写があるなと思って、その地の文が表現としても魅力的ですね。詩人です。

――石牟礼さんも、私は詩人だと思うんです。肩書きを書くとしたら詩人・作家です。

編集者としての橋本憲三と渡辺京二

石牟礼　憲三先生は一人で『全集』の編集をしていらして、理論社から時どき編集者が来ていました。編集長の小宮山量平さんのことも、「小宮山の野郎は」と親しんでおっしゃっていました。しょっちゅう姿の見えない逸枝さんと対話しながら、あの膨大な内容の『全集』をお一人で作られました。あんなご夫婦がおられるんですね。

ある時、逸枝さんが家出なさったんですね。それまでは森の家の前身は梁山泊状態だったんですって。憲三さんがいっぱい、いろんな人を連れてきて、料理作りが不得手な逸枝さんを働かせて、大変にぎわっていた時代がつづいて。それだもんで逸枝さんが家出をなさった。その家出の手紙が、家出をする人が書くようなものじゃない。「あなたをとても好きです」というような、逸枝さんの憲三先生にたいするラブレターなんです。それを見て憲三先生はきっぱりと飲み友達を連れてこられなくなった。しばらくして、平凡社のまだ落ちつかない時代だったそうですけれど、十一月になって寒くなって、「朝の霜どけ道を出かけてゆくのを、思ってもみて下さいよ」とおっしゃって退職なさった。十一月の霜の道を行くのはつらいと言って、逸枝さん一人のための、専属編集者になられました。

——逸枝さんが女性史研究に入ろうと思われたのは三十七、八歳です。石牟礼さんも、だいたい火山が噴火するのが三十七、八歳ですから、本当に自分のやりたいことに打ち込まれたのが、だいたい同じぐらいの年齢ですね。最晩年の逸枝さんと憲三さんが石牟礼さんのことを話題にしておられたというお話もあるし、逸枝さんは先に逝かれたけれども、憲三さんが石牟礼さんをバックアップしながら『苦海浄土』が生まれるということですね。

石牟礼　とてもすぐれた編集者だと思います。当時、平凡社でいろいろ編集の企画を立てたりなさっていました。企画を立てたり、編集部員を集めて、割り振りして分担させてやるような仕事にも、大変すぐれた能力をおもちだった。

——高群逸枝にたいする橋本憲三のように、石牟礼道子にたいする渡辺京二というすぐれた編集者がいて、今日の石牟礼道子があるという感じがしますね。二人三脚でね。渡辺さんが石牟礼さんを支えようという、これは橋本憲三と相通じるものがあるんじゃないかと思います。

石牟礼　そうですね。私はあんまり年月が頭の中にないものですから、何を尋ねられても、はてなと思って。そうすると渡辺さんはピタッと憶えておられる。どういう頭だろうかと思います。私はそういう方面は、まるで憶えていない。

「恋愛論」「恋愛創生」

——高群さんの「恋愛論」、「恋愛創生」についてはいかがですか。

石牟礼　「恋愛創生」を先に読みました。こんなふうに考えるとよくわかるな、と思いました。解剖学的な言葉が随所に出てくるんです。詩的に書けば一種酩酊してしまうようなところを、彼女はとても上手に解剖学的な記録というか、昆虫の卵にたとえたり生物学的な言葉で切り抜けている。勢いは「恋愛創生」のほうがあります。「恋愛論」はちょっと違います。言葉が詩的に冷静になっている。

「招婿婚の研究」は目が悪くなって、まだ全部は読んでないのです。専門書ですが、『古事記』や『風土記』に出てくる女たちの歌、古代語でうたわれた歌の解釈は見事ですね。大変魅力的です。「須勢理毘売《すせりひめ》」だったか、「我《あ》はもよ女《め》にしあれば」、「ああ私は女だから」といううたいだしの歌のかけあい、相聞歌のような長い歌がありますけれど、上古の人たちはじつに詩的に純度が高い。現代語より上代語のほうがいいですね。言葉も文章も美しい。方言の中には上代語が残っています。まだちゃんとした作品は書いていませんけれど、現代でもわかるようなかたちで上代語で書きたい。

HIGOTAXI

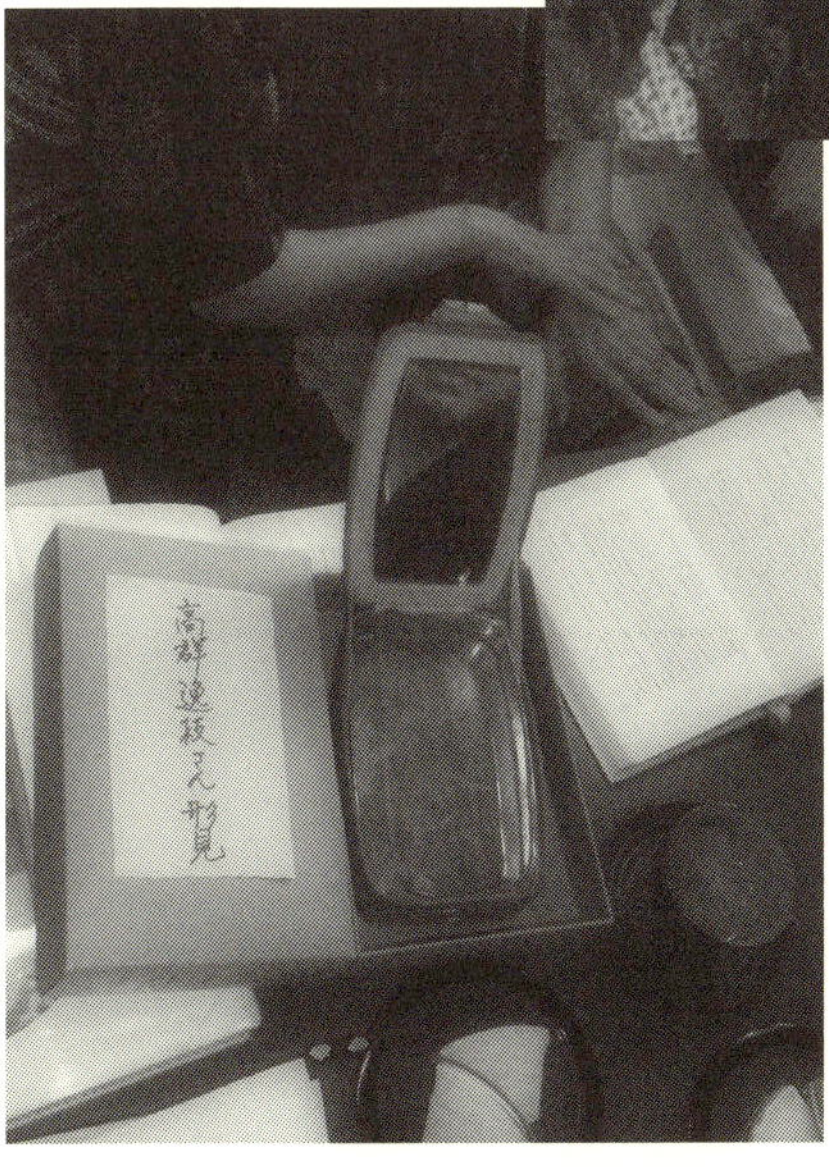
高群逸枝さん形見

森の家との別れ

――この「最後の人」というのは、非常に不思議な構成になっているんじゃないかと思うんです。第一章「森の家」は、石牟礼さんが主語で、橋本憲三さんと出会って、森の家に滞在しているときの記録です。第二章の「残像」は、憲三さんの語りを、憲三さんに成り代わって書いておられます。これは石牟礼さんの創作がかなり入っているんでしょうか。

石牟礼 そこは、そんなに創作はしていないと思いますね。ただ、解釈の仕方というのが、ほかの人と違うんでしょうか。比べてみたことがないからわかりません。

――だけど、ここらあたりの文章はすごいと思うよ。「なんという生々しい夢を見たことだろう。あなたの感触は、ぼくの肩と舌の上に、のこっています」なんて、これは。

石牟礼 ああ、こういうことはひょろっとおっしゃっていましたよ。

――本人が語っていたんですか。

石牟礼 生で聞いたことがあります。舌がやわらかかったとか、聞いたことがあります。「森と共にいるのです。いみじき名前だったなあ……」（一一〇頁）、私たちの世代では使わない、ちょっとだけ古い、古いけれどもハイカラな表現を時どきなさっていました。「森はもう、あなたが知ってのとおり、変なものになってきましたよ」。あの森を引きあげるのはとてもおつらかったと思います。木も伐って売ってしまわなければならないし、本当にこんなに大きなヒノキやスギがいっぱいありましたからね。遠くから見ると、いかにも森という感じで。そして一つ一つ手をかけて、彼女との思い出の場所を手放す。手放すための労働をしておられましたから、とてもおつらそうでした。

いまは児童公園になっているそうです。「絶対にあなたは来てはいけません」、「ぼくが引きあげたあとの森の家の跡を見に来てはいけません」とおっしゃいました。だから行かない。

逸枝さんとの思い出の最後の書物を、その中に私の手紙も入っていたかもしれませんけれど、三軒の古本屋さんに声をかけて引き取ってもらって、最後のトラックが出ていく時は、トラックに向かって深ぶかと最敬礼をなさいました。よくまあ、見せていただいたと思います。『最後の人』っていい題だな」「読みたいという欲望は止みがたい」、早く読みたいとおっしゃっていました。

逸枝さんの形見に、憲三先生からお化粧ケースをいただきました。これをいただいたときは、粉白粉や紅白粉の粉がいっぱいくっついていました。

逸枝さんがなぜか、ほっぺたに日の丸のように紅をつけていらしたというのは有名な話です。その愛用の形見で、いただいたときは、まだ恰好よかったですよ。きれいに、水では洗っています。もう匂いはしないですね。ケースが二重になっていて、取手がついて取り外しできるようになっているのがおもしろい。これは、粉白粉や頬紅がついていましたから、時どき洗うためにこのようなつくりになっているのだと思います。

存在の原郷をつくっている二人

——橋本憲三さんが一九七五年に亡くなってから、『高群逸枝雑誌』の終刊号が、一九八〇年の十二月に出ます。この「最後の人」の連載は一九七六年の四月、つまりその四年前に、未完であるけれども一応終わったわけです。どうしてずっと単行本にされなかったんですか。

石牟礼　高群逸枝のファンがたくさんいますよね。ですから、慎んでいたいという気持ちです。森の家に滞在する特典を与えられて、そこで『苦海浄土』まで書かせていただいて、『西南役伝説』の一部も書いているんです。それも全部、憲三先生の目を通って、とても大切な時間をいただきました。奇跡のような時間をいただいたんです。それをひけらかしたくない、と思っておりました。もうちょっと書き加えるとかしたかったんですが、そのひまがありませんでした。病気になって、怪我をして、視力も落ちました。最近は、昔書いた文章を読むと、へぇー、こんな文章書いている、いま書いたら書けるかしらと思います。それで書き損なって、栄光に満ちたお二人を、栄光というのは世間的な意味ではなくてですが、少しでも汚《けが》したら申しわけないと思っていて、慎んでいたいと思った。そのうち、だれかが見つけて読んでくださるだろうと、そんな気持ちでした。

——そういうふうに思われて、四十年近い歳月が流れました。憲三さんが亡くなる時に文章を寄せられましたね（「『最後の人』覚え書き——橋本憲三先生の死」）。それからも、もう三十年以上たっています。この三十年のあいだ、そして現在、高群さんをどういうふうに感じておられますか。

石牟礼 いよいよますます尊敬しています。あの時代に、よくまあ、こういう鋭い、純粋さで押し切っていくようなことができたものだと。そして、彼女の感じているこの世への感受性の熱いこと。純度も高いけれども、世間にたいする、人間にたいする思いの深さは、私のお手本で、大切にしたいと思っています。そして男女のあり方が、羨ましいですね。羨ましいけれども、羨望というのと違う。男と女は斯くあらねばならないと思っています。最敬礼です、お二人にたいしては。

日本の古代にあったような、純粋な。

今はみんな、世間の垢にまみれずには生きていけない、どこかでまみれてしまいます。だけど、汚《よご》れない存在と生き方。存在の原郷《げんきょう》をつくっている二人だと思う。これは何かの形で書いておかねばと、いつも意識していました。何を書くにも原郷というのがあります。こういうところにいたい、と夢見ています。言葉にすると、ちょっと気恥ずかしい。

——憲三さんから逸枝さんとのことをお聞きになって、憲三さんの姿もそばで見ておられて、そう思われたわけですね。

石牟礼 はい。憲三さんのような人、見たことないです。純粋で、清潔で、情熱的で、一瞬一瞬が鮮明でした。おっしゃることも、しぐさも。何かをうやむやにしてごまかすというところが感じられない。言いたいことははっきりおっしゃる。

——「最後の人」というのはどういう思いで。

石牟礼　こういう男の人は出てこないだろうと。

——憲三さんのことを。

石牟礼　はい。高群逸枝さんの夫が、「最後の人」でした。

（二〇一二年八月三日　於・石牟礼道子宅）

（注）石牟礼道子が六四年に『女性の歴史』に出合い、高群逸枝に書いた手紙は現存していないが、その内容は同じ頃書かれた『現代の記録』創刊宣言を敷衍したものであるという。また、「高群逸枝研究ノート（橋本憲三氏への手紙メモ）」と題したノート（一九六四年七月六日よりと記されている）がごく最近渡辺京二氏によって発見された。参考までに以下に附録として収録する。（編集部）

［附］『現代の記録』創刊宣言

戦後史の曲り角をレッドパージ・安保とたどると、そのあと渦を巻いて内側に屈折してゆく反体制の隊列の最初の点、に〈地方〉がある筈であった。

廃藩置県によって、九州は急速に臍の緒のような天草あたりから、流民の移動が始まり、一九〇〇年初年頃から紡績産業に参加しはじめた女達を先陣に、この地を出た底辺労働者達が、多様な思いをこめて〈故郷〉の概念を抽出しはじめてから、たかだか六〇年の年月しか経ていない。出稼ぎ地帯と故郷には断ち切る事の出来ない直線が結びあい、それはこの国の二重構造にせめぎあう主旋律をもなして来たのである。近代の底辺、いわば母胎としての前近代、と規定することが、――故郷（地方）――を荷なう者達の光栄であった。

マイナスの値いを逆算しつくす哲学の中に、わたし達は故郷のエネルギーを見ようとして来た。

今わたし達の手の中には、様々な、こゝ二、三年間の「経済高度成長」政策の、ネガがある。

わたし達の列島がその為に黒々とふちどられている米原水爆基地。その地図の中に壊疽のような速度で拡がりつゝある象徴的な筑豊ゴーストタウン。そしてわたし達自身の中枢神経に他ならぬ水俣病等々。意識の故郷であれ、実在の故郷であれ、今日この国の棄民政策の刻印をうけて、潜在スクラップ化している部分を持たない都市、農漁村があるであろうか。このようなネガを風土の水に漬けながら、心情の出郷を遂げざるを得なかった者達にとって、もはや、故郷とは、あの、出奔した切ない未来である。

地方をでてゆく者と居ながらにして出郷を遂げざるを得ないものとの等距離に身を置きあう事が出来れば、わたし達は故郷を媒体にして民衆の心情とともに、おぼろげな抽象世界である〈未来〉を共有する事が出来そうにおもう。その密度の中に彼らの唄があり、わたし達の詩《ポエム》があろうというものだ。さしよりそこで、わたし達の作業を、記録主義と称ぶことにする。

一九六三年十二月

[附]〝隠れ〟の思想と、壮大な自己復権

はじめて、高群逸枝の『女性の歴史』(性の牢獄)を偶然にひらいてみたのは、彼女の死の三カ月前である。

読むというより、一〇頁くらいなぞったばかりだった。

私はかつてなかったほどの衝撃を受けて、それが何の意味かを考えるために、あとの頁を伏せたまま、得体の知れぬ衝迫に居ても立ってもおれぬ気がして、彼女あての手紙を書いては消していた。彼女の死のことが、予想通りのように受けとれた。私は、谷川雁さんの思想を、自分の最終の思想にしてしまってもよいとそれまでおもっていたが、しかし、本来の、生れながらの私が承服しかねているのを、もっとはっきりさせてみたい欲望もあった。

つまり、日本の近代思想は挫折派の系譜であり谷川雁さんを最後の人として一応凄絶な終焉をみた、と思っていたので、何ということでもないが、その思想の葬列に対して古代流の敬意を表していたのである。

野面を渡る老いた風のように彼の、

〇角裂けし　けものうつむく　地平まで

という秘句を私は
　○角裂けし　けものあゆみくる　みずおちを
とつくり替えて、白骨の御文章とも、していたのであった。


高群逸枝の中にある原衝動に私はとどろくような血縁を感じた。

私の本能の中の影の部分であった抽象的な「母系」が、形として実在する母系として逸枝が生きたことに、私はなんとも混乱しながら慕わしい気持をつのらせてしまった。

現身の母はあれども、かくあるべき母の姿を逸枝の中にみたとき、その人は世に亡き人であり、私は彼女を、この世ならぬところで相逢う妣であるとしなければならなかった。

真の意味における出遭いとは、おおむね、たとえば相手の「死」を媒体としなければならぬところに哲学的な意味あいがあるのであろう。

生前彼女は「両三度、あなたのことをほめて、口にした」とは夫君憲三氏の便りであったが、私は誰にほめられたより、私のたどたどと書きはじめたばかりのものが、逸枝さんの目にとまっていたことが、嬉しい。が、それがまた肩息だけで呼吸をしているように、悲しいのである。

高群逸枝の思想は、日本近代思想の終焉に当り、思想史的にみても、人類史がもちうる希望への予言にみちてゆるぎない。菩薩がいみじくも女性の擬似体であるように、さらには女性的なあらわれをそなえているのと逆に、彼女の思想は彼女自身が女体である故に顕現するほかなかった菩薩行ではなかったか。もしやひょっとして、彼女は人間を超えたこの世ならぬ存在になろうとひそかに決意したのではなかったか。

彼女にみえている家父長制とは、老衰した性のような日本近代思想を常にもてあそびながら、その思想の根元と、あるべき未来をつなぐために彼女が選んだ方法は、痛苦にみちたナルシズムのみを自己媒体とせざるをえなかったのであろう。

彼女の中には人間復権への全面的な絶対的欲求があった。彼女は復権の完成をめざしていた。その意味でながい隠れの時期は（彼女が名のり出るまでの）自己完成の時期であった。彼女が人類、と発言する時、自分とへその緒のつながっている人類、または自分が産む人類、という認識はほぼ彼女の生理感覚となっていたとおもわれる。

実に緻密で用意周到な（彼女のあのパルチザン的復権）そのながい潜行の時期をえて、最初にその深い成熟の姿をあらわすのは、『大日本女性人名辞書』を発表したときである。その意味で徳富蘇峰に序文を乞うたのはまことに心憎いことであった。このような歴史の中に生きるには個人の多様な変身術が必要な時代であることを含めて、政治体制の絶対主義に対して、彼女はもはやそれより先はゆづれない個人の絶対的権力、いわば自己権力の行使を対置しようとしていた。　これは彼女においてはロマンチシズムとして形成される。これは「母性我」という言葉で表現される。憲三との生活もその一表現である。「母性我」

という発想をしなければ人類との原連帯を生むことができない。そして体制の絶対主義を産み出すことにもその機能としての（厳密な意味での個人主義）「母性我」はかかわっているのであり、むきつけな政治体制に対置するには、彼女の母性我はあまりにも純粋であるゆえに、あえかなものにすぎ、（これを彼女は天上性とも称した）後半生の全面的隠遁生活をもって更にそれは、母性我の美学ともいうべき性の原始性の、恢復を自己の性でもって探り出すべく、とじこもってしまうのである。

その意味で彼女は世紀的な詩人であると言いたい。

逸枝における「言葉」のならびない権威。

○彼女の原衝動、および生き方にみる現代的課題

安保後の体制の再編成と反体制運動の脱落状況のなかで、彼女が『婦人戦線』を発刊（実は憲三氏の発案・発行）・廃刊し、密室での研究生活に入った原衝動は、われわれ深沈たる安保世代に深い促しを持っている。私はたてまえとしての反体制的表現者としてでなく、十六歳から十九歳まで〝決戦下の教育〟にたづさわっていた辺境の一代用教員であったが、終戦とともに戦争責任を感じ、辞職していた。いわば破産状態にあった無力な人間として、私の場合には、逸枝の著著との出合いは思想的開眼となったのである。（歴史の基底部を深く潜行してのみ成熟する思想――。）

あとがき

空の雲が厚くたれ下ってきて、雨粒が一滴二滴と頬や頭に落ち始めるときの、一種恍惚とでもいってよい安堵感を、何にたとえようか。まさしく天の慈雨である。山々の草木とともにうちふるえるような感じで、公然と農作業を休んでよい。誰に気がねもなく集まってバカ話をしようが、寝ころんでいようが、男たちは昼間から焼酎を飲み、村全体が祝祭気分で山童《やまわろ》や、がらっぱ（河童）の話などが賑わい、新しい民話も生まれる。つらい労働を体験しているばばさまたちも、それに加わった。

私は谷川雁著『原点は存在する』を思い出す。

二十世紀の「母達」はどこにいるのか。寂しい所、歩いたもののない、歩かれぬ道はどこにあるか。現代の基本的テエマが発酵し発芽する暗く暖かい深部はどこであろうか。そこそは詩人の座標の「原点」ではないか。（中略）

段々降りてゆくよりほかないのだ。飛躍は主観的には生まれない。下部へ、下部へ、根へ、根へ、花咲かぬ処へ……。

それは雁さん、私たちのところですと思う。

私の育った水俣川の河口地帯では、女が農事にたずさわらないということには、周囲の目が冷ややかだった。

そういう環境に育って、家事の過酷さや農作業から解放されたいとねがいながら、引けめも持っていて、矛盾も極まっていた時期に、高群逸枝さんの『女性の歴史』と出会った。

水俣には徳富蘇峰が寄付した「淇水文庫」という図書館がある。館長の中野晋さんが、そこの特別資料室に入れて下さったのは昭和三十九年の梅雨時分であったろうか。見廻すと二メートルくらい先の書棚に、何かの象徴のように光の輪が乗っていて、そこに高群逸枝著『女性の歴史・上』という文字が浮かびあがっていた。手にとった瞬間、電流のようなものが背中を走った。それまで高群逸枝の名を聞いたことがなく、中野館長さんにどういうお方ですかと尋ねた。「お読みになればおわかりになりましょう」とおっしゃられ、うやうやしく、それを手渡された。お借りして帰って読みはじめた。一〇頁も読んだろうか。その言葉の使い方の詩的繚乱というか、文章力の破天荒さにたちまちひき入れられ、その著者が死の床にあったとも知らず、熱烈な手紙を書いた。

お返事は来ず、御逝去のハガキが来た。三カ月も経っていたろうか。橋本憲三先生が予告もなく私を訪ねてみえ、「東京の『森の家』を見ておいて下さい」と申し出られたのである。私が出した手紙については、

「彼女と、こもごも、両三度、話しあったことでした」とおっしゃった。

その後憲三先生が再度私のところに見えたのは昭和四十一年の秋で、家族の理解をとりつけてご一緒に上京することになった。そのとき私は「苦海浄土」の第一稿（原題「海と空のあいだに」）を渡辺京二氏の『熊本風土記』に連載していて、その原稿も「椿の海の記」の半分くらいも憲三先生がまず目を通され、森の家から送ったことが忘れられない。

憲三先生は逸枝さん亡き後の森の家で『高群逸枝全集』（全一〇巻、理論社）を刊行されたあと、お二人の生活を水俣から支えておられたご姉妹のもとに居を移された。そこで『高群逸枝雑誌』を出された。「最後の人」は創刊号から三一号まで連載し、終刊号には久高島の「イザイホー」の神事にちなんで「朱をつける人」とした。島の女たちがすべて神になる日に、男たちはこれに仕え、その最高の役は、神女たちの眉の間に朱をさすのである。

この雑誌には私も助手の役目を務め、憲三先生亡きあとに発行した終刊三二号は渡辺京二氏の編集である。「最後の人」については、水俣病問題をかかえながらのことであったので不満なところが多々ある。

憲三先生は亡くなられる前日、混濁してゆかれる意識にすうっと晴れ間が来たかのように語られた。

「秋晴れのよい日でしたねぇ。あなたの古典的なあのお家にお伺いしたのは。かってないことでしたが。ちょうど一〇年です。彼女が出発した頃に、うりふたつでしたよ、本棚もなんにもない、しかし、本が二、三冊あって。うっかりすると世間にいれられない孤独な姿で……。僕にはほんとうによくわかった。『椿の海』はまだですか。『最後の人』とはいい題だ。こちらも早く読みたいという願望は、止みがたいなあ」と割れた笛のようなお声でおっしゃった。氏がおっしゃった「あなたの古典的な家」とは、実家のとなりにあった、にわとり小屋を、かろうじて人間が住めるように父がしてくれた掘っ立て小屋のことである。

この度、「最後の人」を『全集』の中から取り出して、わざわざ単行本にして下さるという。藤原良雄氏のご厚意にはお礼の申しあげようもない。どのような方々が読んでくださるものやら心許ないが、どうか逸枝さんの詩魂が、一人でも多くの読者の魂に木霊を呼ばんことをねがう。パーキンソン病も加わって、加筆する体力もなくなった。今日まで身のまわりのことから清書にいたるまで、お世話し、ご苦労下さっている米満公美子さんに、深く深くお礼を申し上げたい。

二〇一二年一〇月一日

石牟礼道子

高群逸枝・石牟礼道子関連年譜（1894-1980）

年	高群逸枝	石牟礼道子	関連事項
一八九四（明治27）	0歳		高群勝太郎・登代子の長女として、熊本県下益城郡豊川村（現松橋町）に生まれる。父は小学校校長、母は熊本延寿寺の学僧の娘。弟二人妹一人の長子。
一九〇八（明治41）	14歳		北部高等小学校卒業。8月熊本の母方の大叔父隈部家に寄宿、壺東女学校入学。翌年、県立熊本師範学校入学、まもなく脚気をやむ。翌年退学。
一九一三（大正2）	19歳		熊本女学校4年修業鐘紡女工となる（翌年3月退社）。
一九一四（大正3）	20歳		隣村西砥用小学校代用教員となる（4月）。6月父の佐俣校に転勤。
一九一七（大正6）	23歳		のちに夫となる橋本憲三（20歳）と文通、8月、最初の出あい。学校を退職し、熊本市で新聞記者になろうとするが失敗。
一九一八（大正7）	24歳		6月4日より11月22日まで四国巡礼、「娘巡礼記」を『九州日日新聞』に連載（百余回）。
一九一九（大正8）	25歳		橋本憲三と婚約（4月14日）、4月26日婿入り。
一九二〇（大正9）	26歳		上京、軽部仙太郎（東京府世田谷村）かたに下宿。この年『放浪者の詩』『日月の上に』を書く。
一九二一（大正10）	27歳		『日月の上に』を発表（『新小説』4月号）、6月15日叢文閣より出版、新潮社より『放浪者の詩』出版。憲三とともに離京、熊本県八代郡金剛村（現八代市）に住む。

年	高群逸枝	石牟礼道子	関連事項
一九二二（大正11）	28歳		『美想曲』（金星堂）出版、4月10日、長男憲平を死産。歌集『妾薄命』（金尾文淵堂）出版。
一九二三（大正12）	29歳		6月、憲三平凡社に入社。長篇詩集『東京は熱病にかかっている』（平凡社）出版。関東大震災にあう。
一九二四（大正13）	30歳		東京郊外落合に新居をもつ。居候をするもの多く、個室もなくなる。
一九二五（大正14）	31歳		家出を決行。憲三につれもどされ、下落合に住居をかまえ、憲三に夫婦の誓いを求める。
一九二六（大正15）	32歳		『恋愛創生』（平凡社）出版。
一九二七（昭和2）		0歳	3月11日、熊本県天草郡宮河内《みやのがわち》村（現河浦町）に生まれる。父白石亀太郎、母吉田ハルノ。父が当地の建設事業にたずさわっているときに出生。三カ月後葦北郡水俣町へ帰る。
一九三〇（昭和5）	36歳		平塚雷鳥らと無産婦人芸術連盟を結成し、機関誌『婦人戦線』発行（翌年通刊16号で廃刊）。
一九三一（昭和6）	37歳		7月1日、東京府荏原郡世田谷町満中在家に家を建て研究生活に入る。憲三、全面的な支持と協力を約束する。面会謝絶、門外不出。憲三資料文献をととのえるために古書店などを歩き参考文献目録をつくる。『母系制の研究』に着手する。
一九三三（昭和8）	39歳		秋、栄養失調と過労にたおれる。
一九三六（昭和11）	42歳		10月、『大日本女性人名辞書』（厚生閣）出版。高群逸枝著作後援会発足。
一九三八（昭和13）	46歳		『招婿婚の研究』の本源的位相に気付き、これまでのカード一〇〇〇〇枚を破棄し再検討、カードのとりなおし、文献の再読に入る。

一九四〇（昭和15）		13歳	水俣市第一小学校卒業。水俣市立実務学校（現県立水俣高校）に入学。このころ歌作始む。
一九四七（昭和22）		20歳	代用教員を退職。3月、石牟礼弘と結婚。
一九四八（昭和23）	54歳		『恋愛論』（沙羅書房）出版。
一九四八（昭和23）		21歳	10月、長男道生出生。
一九五一（昭和26）	57歳		『招婿婚の研究』脱稿、昭和28年1月講談社より出版。
		24歳	この頃「令女界」歌壇に投稿、窪田空穂より激賞さる。
一九五四（昭和39）	60歳		『女性の歴史』上（講談社）出版、中巻翌年5月、下巻昭和33年6月、続巻同年7月、同社より出版。
一九五八（昭和33）		31歳	「サークル村」結成に参加。11月29日弟一《はじめ》事故死。
一九六三（昭和38）	69歳		『日本婚姻史』（至文堂）出版、9月『火の国の女の日記』にとりかかる。翌年4月第3部をもって絶筆。
		36歳	水俣市日当猿郷に転居。雑誌『現代の記録』を創刊（創刊号のみ）。
一九六四（昭和39）	70歳		6月7日、永眠（国立東京第二病院にて）、病名、癌性腹膜炎、法号、和光院釈浄薫大姉。
		37歳	春、淇水文庫で高群逸枝著『女性の歴史』との衝撃的な出合い。高群逸枝宛てに手紙を書く。「高群逸枝さんを追慕する」『熊本日日新聞』7月3日「視点」。「未発の志を継ぐ」『熊本日日新聞』9月11日「視点」発表。
一九六五（昭和40）			『火の国の女の日記』（理論社）出版。第4～第6部は憲三の筆になる。このころ（一九六四―六五年秋）橋本憲三・静子、石牟礼道子を訪問。東京世田谷の高群逸枝・橋本憲三の自宅兼研究所（「森の家」）滞在を打診。

年	高群逸枝	石牟礼道子	関連事項
一九六五(昭和40)		38歳	『熊本風土記』に『苦海浄土』(連載名「海と空のあいだに」)初稿連載開始。「海と空のあいだに」(一)(二)『熊本風土記』11月号/12月号。
一九六六(昭和41)		39歳	6月29日~11月24日、橋本憲三宅「森の家」に滞在。「橋本憲三氏へ」〈潮〉。「海と空のあいだに」(三)~(八)『熊本風土記』1月号/2月号/6月号/7月号/8月号/11月号。
一九六七(昭和42)		40歳	「ボーヴォワールの来日と高群逸枝」『日本談義』8月号。「高群逸枝との対話のために」(一)第二次『無名通信』5号、3月刊。「最後の人」(一)『高群逸枝雑誌』創刊号・10月刊。
一九六八(昭和43)			10月、憲三『高群逸枝雑誌』(季刊)を発行する。
一九六九(昭和44)		42歳	1月『苦海浄土』を出版。同書により熊日文学賞を与えられたが、受賞辞退。4月、父亀太郎死す。6月、水俣病患者、裁判を提訴。「最後の人」(二)~(五)『高群逸枝雑誌』2号/3号/4号/5号。『苦海浄土・わが水俣病』講談社、1月刊。
一九七〇(昭和45)		43歳	『苦海浄土』により第1回大宅壮一賞を与えられたが受賞辞退(「文藝春秋」5月号に「第3章・ゆき女きき書」掲載)。「最後の人」(六)(七)『高群逸枝雑誌』6号/7号。
一九七一(昭和46)		44歳	12月、チッソ東京本社すわりこみ(自主交渉)に参加。
一九七二(昭和47)		45歳	自主交渉のため、東京・水俣間を往復。6月、左眼の白内障手術を受く。
一九七三(昭和48)		45歳	3月、水俣病裁判判決。10月、季刊誌『暗河』を創刊。「最後の人」(九)『高群逸枝雑誌』18号。
一九七四(昭和49)		47歳	「最後の人」(十)~(十三)『高群逸枝雑誌』22号/23号/24号/25号。

一九七五（昭和50）		48歳	「高群逸枝のまなざし」高群『恋愛論』（講談社文庫）解説・10月刊。「最後の人」（十四）～（十七）『高群逸枝雑誌』26号／27号／28号／29号。
一九七六（昭和51）		49歳	「最後の人」（十八）『高群逸枝雑誌』31号。5月23日、橋本憲三永眠（79歳）。「橋本憲三先生の死」『婦人公論』10月号。
一九七七（昭和52）		50歳	「最後の人」覚え書（一）（二）『暗河』14号／15号。
一九八〇（昭和55）		53歳	橋本静子氏とともに『高群逸枝雑誌』終刊号を発行。「朱をつける人」『高群逸枝雑誌』32号・12月刊。

初出一覧

最後の人　詩人 高群逸枝　（連載「最後の人」一〜一八）『高群逸枝雑誌』一九六八年一〇月、一九六九年一月、一九六九年四月、一九六九年七月、一九六九年一〇月、一九七〇年一月、一九七〇年四月、一九七二年一月、一九七三年一月、一九七四年一月、一九七四年四月、一九七四年七月、一九七四年一〇月、一九七五年一月、一九七五年四月、一九七五年七月、一九七五年一〇月、一九七六年四月。

森の家日記　（未発表）一九六六年六月二九日〜一一月二四日。

「最後の人」覚え書――橋本憲三氏の死　『暗河』一四号・一五号、一九七七年。

朱をつける人――森の家と橋本憲三　『高群逸枝雑誌32』終刊号、一九八〇年一二月。

『高群逸枝雑誌』終刊号「編集室メモ」より　『高群逸枝雑誌32』終刊号、一九八〇年一二月。

高群逸枝との対話のために――まだ覚え書の「最後の人・ノート」から　1は『無名通信』三号、一九六七年九月。2は『無名通信』五号、一九六八年三月。

〈インタビュー〉高群逸枝と石牟礼道子をつなぐもの　二〇一二年八月三日収録　於・石牟礼道子宅。

『現代の記録』創刊宣言　『現代の記録』一九六三年一二月。

〝隠れ〟の思想と、壮大な自己復権　（未発表「高群逸枝研究ノート」より）一九六四年七月六日。

著者紹介

石牟礼道子（いしむれ・みちこ）
1927年、熊本県天草郡に生れる。作家。
『苦海浄土――わが水俣病』は、文明の病としての水俣病を鎮魂の文学として描き出す。1973年マグサイサイ賞。1986年西日本文化賞。1993年『十六夜橋』で紫式部文学賞。2001年度朝日賞。『はにかみの国――石牟礼道子全詩集』で2002年度芸術選奨文部科学大臣賞。2002年7月、新作能「不知火」が東京で上演、2003年には熊本、2004年8月には水俣で奉納上演。池澤夏樹個人編集『世界文学全集』（河出書房新社）に、日本文学の中で唯一、『苦海浄土』（全3部）が収録される。
『石牟礼道子全集　不知火』（全17巻・別巻1）が2004年4月から藤原書店より刊行中。他に『石牟礼道子・詩文コレクション』（全7巻、2009～10年、藤原書店）などがある。

最後《さいご》の人《ひと》・詩人高群逸枝《しじんたかむれいつえ》

2012年10月30日　初版第1刷発行©

著　者　石牟礼道子
発行者　藤原良雄
発行所　株式会社　藤原書店

〒162-0041　東京都新宿区早稲田鶴巻町523
電　話　03（5272）0301
FAX　03（5272）0450
振　替　00160-4-17013
info@fujiwara-shoten.co.jp

印刷・製本　中央精版印刷

落丁本・乱丁本はお取替えいたします
定価はカバーに表示してあります

Printed in Japan
ISBN978-4-89434-877-6

❸ **苦海浄土** ほか　第3部 天の魚　関連エッセイ・対談・インタビュー
「苦海浄土」三部作の完結！　解説・加藤登紀子
608頁　6500円　◇978-4-89434-384-9（第1回配本／2004年4月刊）

❹ **椿の海の記** ほか　エッセイ 1969-1970　解説・金石範
592頁　6500円　◇978-4-89434-424-2（第4回配本／2004年11月刊）

❺ **西南役伝説** ほか　エッセイ 1971-1972　解説・佐野眞一
544頁　6500円　◇978-4-89434-405-1（第3回配本／2004年9月刊）

❻ **常世の樹・あやはべるの島へ** ほか　エッセイ 1973-1974　解説・今福龍太
608頁　8500円　◇978-4-89434-550-8（第11回配本／2006年12月刊）

❼ **あやとりの記** ほか　エッセイ 1975　解説・鶴見俊輔
576頁　8500円　◇978-4-89434-440-2（第6回配本／2005年3月刊）

❽ **おえん遊行** ほか　エッセイ 1976-1978　解説・赤坂憲雄
528頁　8500円　◇978-4-89434-432-7（第5回配本／2005年1月刊）

❾ **十六夜橋** ほか　エッセイ 1979-1980　解説・志村ふくみ
576頁　8500円　◇978-4-89434-515-7（第10回配本／2006年5月刊）

❿ **食べごしらえ おままごと** ほか　エッセイ 1981-1987　解説・永六輔
640頁　8500円　◇978-4-89434-496-9（第9回配本／2006年1月刊）

⓫ **水はみどろの宮** ほか　エッセイ 1988-1993　解説・伊藤比呂美
672頁　8500円　◇978-4-89434-469-3（第8回配本／2005年8月刊）

⓬ **天　湖** ほか　エッセイ 1994　解説・町田康
520頁　8500円　◇978-4-89434-450-1（第7回配本／2005年5月刊）

⓭ **春の城** ほか　解説・河瀬直美
784頁　8500円　◇978-4-89434-584-3（第12回配本／2007年10月刊）

⓮ **短篇小説・批評**　エッセイ 1995　解説・三砂ちづる
608頁　8500円　◇978-4-89434-659-8（第13回配本／2008年11月刊）

⓯ **全詩歌句集** ほか　エッセイ 1996-1998　解説・水原紫苑
600頁　8500円　◇978-4-89434-847-9（第14回配本／2012年3月刊）

16 **新作 能・狂言・歌謡** ほか　エッセイ 1999-　解説・土屋恵一郎

17 **詩人・高群逸枝**　（次回配本）解説・臼井隆一郎

別巻 **自　伝**　〔附〕著作リスト、著者年譜

*白抜き数字は既刊

〝鎮魂〟の文学の誕生

「石牟礼道子全集・不知火」プレ企画

不知火《しらぬひ》

（石牟礼道子のコスモロジー）

石牟礼道子・渡辺京二
大岡信・イリイチほか

インタビュー、新作能、童話、エッセイの他、石牟礼文学のエッセンスと、気鋭の作家らによる石牟礼論を集成し、近代日本文学史上、初めて民衆の日常的・神話的世界の美しさを描いた詩人の全体像に迫る。

菊大並製　二六四頁　二二〇〇円
（二〇〇四年二月刊）
◇978-4-89434-358-0

近代への最もラディカルな批判

自然の男性化／性の人工化

（近代の「認識の危機」について）

C・v・ヴェールホフ
加藤耀子・五十嵐蕗子訳

近代の自然認識から生まれたもの――科学・技術信仰、国家による暴力、資本主義、コンピュータ、遺伝子工学、自然〝保護〟、そして〝女性学〟――を最もラディカルに批判する。

四六上製　三三六頁　二九〇〇円
（二〇〇三年一一月刊）
◇978-4-89434-365-8

MÄNNLICHE NATUR UND KÜNSTLICHES GESCHLECHT
Claudia von WERLHOF

「愛」がなければ、「知」はむなしい

媒介する性

（ひらかれた世界にむけて）

河野信子

「女と男の関係史」に長年取り組み続けてきた著者が、XX、XY、XO、XXY、XXX、XYY……そのほか男、女という二極性では捉えきれない、自然界に多様に存在する性のあり方から歴史を捉え直し、未来へ向けた新しい視点を獲得しようとする意欲作。

四六上製　二八〇頁　二八〇〇円
（二〇〇七年九月刊）
◇978-4-89434-592-8

「母親」「父親」って何

母親の役割という罠

（新しい母親、新しい父親に向けて）

F・コント　井上湊妻子訳

女性たちへのインタビューを長年積み重ねてきた著者が、フロイト／ラカンの図式的解釈による「母親＝悪役」イメージを脱し、女性も男性も子も真の幸せを得られるような、新しい「母親」「父親」の創造を提唱する、女性・男性とも必読の一冊。

四六上製　三七六頁　三八〇〇円
（一九九九年一一月刊）
◇978-4-89434-156-2

JOCASTE DÉLIVRÉE
Francine COMTE

愛は悲劇を超えられるか？

なぜ男は女を怖れるのか

（ラシーヌ『フェードル』の罪の検証）

A・リピエッツ
千石玲子訳

愛は悲劇を超えられるか？　ラシーヌ悲劇の主人公フェードルは、なぜ罪を負わされたのか。女性の欲望への恐怖とその抑圧という西洋文明の根源を鮮やかに解き明かし、そこからの〝解放〟の可能性を問いかける。

四六上製　一九六頁　二八〇〇円
（二〇〇七年一月刊）
◇978-4-89434-559-1

PHÈDRE
Alain LIPIETZ

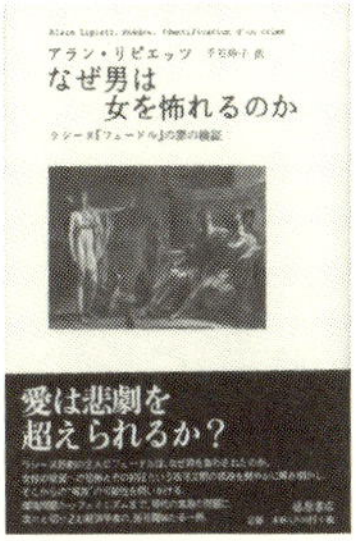

❼❽ 爛熟する女と男——近世 　福田光子編

⑦ 288頁　2000円（2000年11月刊）◇978-4-89434-206-4

⑧ 328頁　2000円（2000年11月刊）◇978-4-89434-207-1

〔解説エッセイ〕⑦吉原健一郎　⑧山本博文

身分制度の江戸時代。従来の歴史が見落とした女性の顔を女と男の関係の中に発見。（執筆者）浅野美和子／白戸満喜子／門玲子／高橋昌彦／寿岳章子／福田光子／中野節子／金津日出美／島津良子／柳美代子／立浪澄子／荻迫喜代子／海保洋子

❾❿ 鬩《せめ》ぎ合う女と男——近代 　奥田暁子編

⑨ 342頁　2000円（2000年12月刊）◇978-4-89434-212-5

⑩ 320頁　2000円（2000年12月刊）◇978-4-89434-213-2

〔解説エッセイ〕⑨若桑みどり　⑩佐佐木幸綱

女が束縛された明治期から敗戦まで。だがそこにも、抵抗し自ら生きようとした女の姿がある。（執筆者）比嘉道子／川崎賢子／能澤壽彦／森崎和江／佐久間りか／松原新一／永井紀代子／ウルリケ・ヴェール／亀山美知子／奥田暁子／奥武則／秋枝蕭子／近藤和子／深江誠子

⓫⓬⓭ 溶解する女と男・21世紀の時代へ向けて——現代 　山下悦子編

⑪ 278頁　2000円（2001年1月刊）◇978-4-89434-216-3

⑫ 294頁　2000円（2001年1月刊）◇978-4-89434-217-0

⑬ 240頁　2000円（2001年1月刊）◇978-4-89434-218-7

〔解説エッセイ〕⑪宮迫千鶴　⑫樋口覚　⑬岡部伊都子

戦後50年の「関係史」。（執筆者）森岡正博／小林亜子／山下悦子／中村桂子／小玉美意子／平野恭子・池田恵美子／明石福子／島津友美子／高橋公子／中村恭子／宮坂靖子／中野知律／菊地京子／赤塚朋子／河野信子

〈ハードカバー〉版　女と男の時空　（全六巻・別巻一）

Ａ５上製　各平均600頁　図版各約100点

Ⅰ ヒメとヒコの時代——原始・古代　河野信子編　520頁　6200円　◇974-89434-022-0

Ⅱ おんなとおとこの誕生——古代から中世へ　伊東聖子・河野信子編　560頁　6800円　◇978-4-89434-038-1

Ⅲ 女と男の乱——中世　岡野治子編　544頁　6800円　◇978-4-89434-034-3

Ⅳ 爛熟する女と男——近世　福田光子編（品切）576頁　6602円　◇978-4-89434-026-8

Ⅴ 鬩ぎ合う女と男——近代　奥田暁子編（品切）608頁　6602円　◇978-4-89434-024-4

Ⅵ 溶解する女と男・21世紀の時代へ向けて——現代　山下悦子編　752頁　8600円　◇978-4-89434-043-5

女と男の関係からみた初の日本史年表

別巻　**年表・女と男の日本史**　『女と男の時空』編纂委員会編

品切　Ａ５上製　448頁　4800円（1998年10月刊）◇978-4-89434-111-1

網野善彦氏評「女と男の関係を考える“壮観”な年表」

原始・古代から1998年夏まで、「女と男の関係」に関わる事項を徹底的にピックアップ、重要な事項はコラムと図版により補足説明を加え、日本史における男女関係の変容の総体を明かすことを試みた初の年表。

平易な語り口による斬新な女性学入門

読む事典・女性学

H・ヒラータ、F・ラボリ、H・ル＝ドアレ、D・スノティエ編
志賀亮一・杉村和子監訳

五十のキーワードを単に羅列するのではなく、各キーワードをめぐる様々な研究ジャンルそれぞれの最新の成果を総合するとともに、キーワード同士をリンクさせることによって、女性学の新しい解読装置を創出する野心作。

A５上製　四六四頁　**四八〇〇円**
（二〇〇二年一〇月刊）
◇978-4-89434-293-4

DICTIONNAIRE CRITIQUE DU FEMINISME
Helena HIRATA, Françoise LABORIE, Hélène LE DOARÉ, Danièle SENOTIER

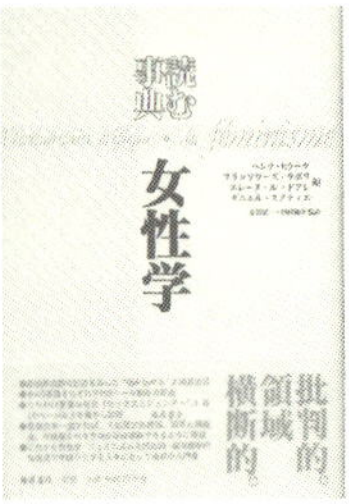

女性・近代・資本主義

歴史の沈黙

（語られなかった女たちの記録）

M・ペロー
持田明子訳

「父マルクスを語るマルクスの娘たちの未刊の手紙」「手紙による新しいサンド像」ほか。フランスを代表する女性史家が三十年以上にわたり「アナール」やフーコーとリンクしつつ展開した新しい女性史の全体像と近代史像。

A５上製　五八四頁　**六八〇〇円**
（二〇〇三年七月刊）
◇978-4-89434-346-7

LES FEMMES OU LES SILENCES DE L'HISTOIRE
Michelle PERROT

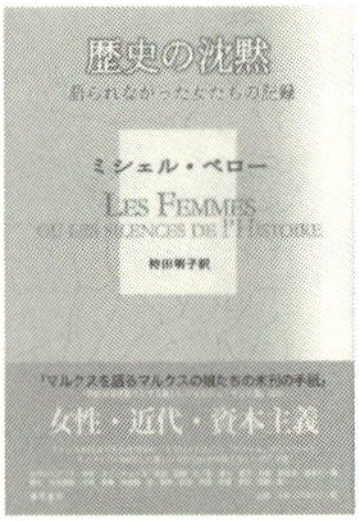

「女と男の関係」で結ぶ日本史と西洋史

歴史の中のジェンダー

原始・古代から現代まで、女と男はどう生きてきたのか。「女と男の関係の歴史」の方法論と諸相を、歴史学のみならず民俗学・文学・社会学など多ジャンルの執筆陣が、西洋史と日本史を結んで縦横に描き尽す。

網野善彦／岡部伊都子／河野信子／A・コルバン／三枝和子／中村桂子／鶴見和子／G・デュビィ／宮田登ほか

四六上製　三六八頁　**二八〇〇円**
（二〇〇一年六月刊）
◇978-4-89434-235-4

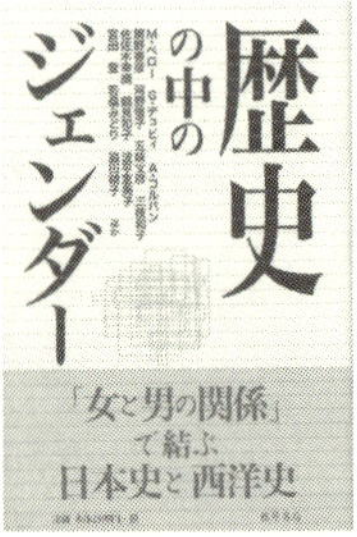

初の「ジェンダーの国際関係」論

国際ジェンダー関係論

（批判理論的政治経済学に向けて）

S・ウィットワース
武者小路公秀ほか監訳

大国、男性中心の歪んだジェンダー関係のなかで作り上げられた「国際関係論」を根本的に問いなおす。国際家族計画連盟（IPPF・国際非政府組織）と国際労働機関（ILO・政府間国際組織）の歴史を検証し、国際ジェンダー関係の未来を展望。

A５上製　三二八頁　**四二〇〇円**
（二〇〇〇年一月刊）
◇978-4-89434-163-0

FEMINISM AND INTERNATIONAL RELATIONS
Sandra WHITWORTH

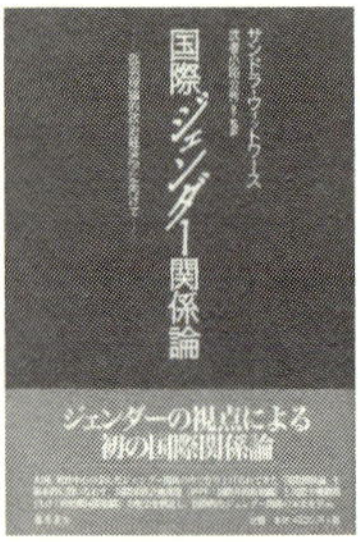